Knaur.

Über die Autorin:
Andrea Koßmann wurde 1969 in Marl geboren, wo sie auch heute noch lebt und als Kauffrau für Bürokommunikation bei einem großen Chemiekonzern arbeitet. Sie unterhält eine mehrfach preisgekrönte und sehr beliebte Website (www.kossis-welt.de), auf der sie Rezensionen, Autoreninterviews und eigene Texte veröffentlicht. *Männertaxi* ist – nach zwei Lyrikbänden – ihr erster Roman.

Andrea Koßmann

Männertaxi

Eine turbulente Komödie

Knaur Taschenbuch Verlag

Die Handlung dieses Romans ist frei erfunden.
Ähnlichkeiten zu realen Personen, Unternehmen oder Ereignissen sind reiner Zufall und nicht beabsichtigt.

Besuchen Sie uns im Internet:
www.knaur.de

Wenn Ihnen dieser Roman gefallen hat, empfehlen wir Ihnen gerne weitere Highlights aus unserem Programm – schreiben Sie einfach eine E-Mail mit dem Stichwort »Männertaxi« an:
guteunterhaltung@droemer-knaur.de

FSC
www.fsc.org
MIX
Papier aus verantwortungsvollen Quellen
FSC® C014496

Originalausgabe Oktober 2010

Ein Unternehmen der Droemerschen Verlagsanstalt
Th. Knaur Nachf. GmbH & Co. KG, München

Umschlaggestaltung: ZERO Werbeagentur, München
Umschlagabbildung: FinePic®, München
Satz: Daniela Schulz, Stockdorf
Druck und Bindung: GGP Media GmbH, Pößneck
Printed in Germany
ISBN 978-3-426-50488-8

2 4 5 3 1

*Für meine Mädels**

und vor allem:
für mich!

Prolog

Hey Babe«, hauche ich verführerisch, »nun zier dich nicht so. Ich möchte ein wenig Spaß mit dir haben. Nicht mehr und nicht weniger. Keine Verpflichtungen, kein Psychogequatsche, einfach nur Sex.«

Ich schüttle meine langen Haare, strecke meine Brust nach vorne und setze einen äußerst lasziven Blick auf. Ich fühle mich wie eine der Gespielinnen von James Bond.

Die mussten doch sicher auch immer ein kleines bisschen den Bauch einziehen, oder?

»Mein Name ist Isa.« Ich mache eine kurze Pause. »Isabell Schwärzenbach. Ich bin eine wahnsinnig tolle Superfrau, an die ihr Männer euch nicht rantraut, weil ihr glaubt, dass ihr mich eh nicht bekommt. Ich sehe einfach umwerfend gut aus mit meinen gerade mal achtundzwanzig Jahren, meiner makellosen Haut und meiner Traumfigur mit Modelmaßen – und du, mein Kleiner«, ich strecke ihm mit einem provozierenden Grinsen lockend den Zeigefinger entgegen, »bist nichts weiter als ein Stückchen Schokolade, das ich für mein Leben gern mal vernaschen würde, ohne danach auch nur noch einen Gedanken daran zu verschwenden. Und niemand, hörst du, niemand kann mir widerstehen!«

Wem versuche ich eigentlich etwas vorzumachen?

Skeptisch betrachte ich das Bild, welches sich mir bietet. Gerade eben noch habe ich einen Mann vor mir gesehen, der rein zufällig meinem Ex-Freund Tom verdammt ähnelte, doch jetzt schaue ich direkt in mein Gesicht, welches im

Spiegel ausschaut wie eine Maske, die nach Karneval in den Schrank gelegt wurde und dort gefühlte hundert Jahre vergessen vor sich hinstaubte. Ich entdecke die kleinen Fältchen um meine Augen. Also, eigentlich muss ich dazu gar nicht auf Entdeckungsreise gehen, und eine Lupe brauche ich dafür sicher auch nicht, denn sie fallen beim ersten Blick schon auf.

»Okay, okay ... das war gelogen. Ich bin ... ähm ... ich bin eine dreißigjährige Powerfrau!« Ich ziehe die Augenbrauen hoch und mache den Mund so spitz, dass meine Haut fast glatt ausschaut.

Aber ehrlich gesagt, sähe es bescheuert aus, wenn ich so durch die Gegend laufen würde.

Ich streiche eine Haarsträhne hinter mein rechtes Ohr. »Also, wenn man es ganz genau betrachtet, bin ich eigentlich schon fünfunddreißig«, flüstere ich ein wenig bedröppelt, während ich leicht auf meine Lippen beiße. »Aber ich sehe natürlich wesentlich jünger aus!« Ich lache mein Spiegelbild an. Das Lachen sieht gequält, gekünstelt und irgendwie maskenhaft aus, aber in der Frauenzeitschrift, die ich neulich im Wartezimmer meines Frauenarztes gelesen habe, stand, dass man es genau so machen soll. Irgendwas mit *»positiv denken«* und *»sich selber schön reden«* und *»sexy und atemberaubend in nur zehn Minuten«*. Das habe ich verinnerlicht. Ich nehme jeden Tipp an, der mich jünger aussehen lässt. Schließlich fühle ich mich nicht wie Mitte dreißig.

Zugegeben: Im Moment fühle ich mich gerade wie Mitte hundertvierzig.

Seufzend öffne ich meinen Badezimmerschrank, den ich mal wieder ein wenig aufräumen könnte. In den nächsten Wochen kommt schließlich diese neue Kosmetikserie von Joop auf den Markt, und die muss ich unbedingt haben. Dafür brauche ich Platz!

Eigentlich würde ich meine Cremes ja gerne in ein adrettes Regal stellen, denn ich schaue mir die Tiegelchen, Tuben und Spender gerne an. Sie sind doch die wahren Lover einer Frau: Sie verwöhnen uns, ohne dass wir groß »Bitte, bitte« sagen müssen. Sie versprechen uns, dass wir schön sein können, wenn wir es wollen. Sie sind immer griffbereit, und vor allem geben sie keine Widerworte. Aber man muss sie natürlich so aufbewahren, dass ein Mann sie nicht sofort entdeckt. Denn Männer sollen schließlich denken, dass wir Frauen von Natur aus schön sind und diesem ganzen Kosmetik-Wahn resistent gegenüberstehen.

Ich erinnere mich noch gut daran, wie ich vor einem Jahr mit meinem damaligen Freund Tom durch ein Kaufhaus schlenderte. Als wir an der Kosmetikabteilung vorbeikamen, sagte er: »Warum sind manche Frauen nur so bescheuert und geben ein Heidengeld für diese Cremes aus? Glauben die eigentlich wirklich, dass sie dadurch jünger aussehen?«

»Nee, aber ehrlich! Die sind ganz schön blöd, was?«, bestätigte ich ihn, während mein Blick auf einen Aktionsständer von Escada fiel, auf dem eine Anti-Aging-Creme stand, die ich schon immer haben wollte – und die es gerade als Supersonderangebot gab!

Verzweifelt schnellte mein Blick durch den Laden. Nach links – nach rechts – geradeaus. Mist! Wo war diese verdammte Verkäuferin? Immer, wenn man eine braucht, ist gerade keine da. Aber wehe, man will sich einmal ungestört umsehen, dann kreisen sie um einen wie Fliegen um einen Kuhfladen. *Aaaah!*

»Ich bin froh, dass du so etwas nicht brauchst, mein Schatz«, flüsterte Tom mir ins Ohr. »Du bist von Natur aus hübsch!« Er küsste meine Nasenspitze.

Ich wusste nicht, ob ich gerührt sein oder verächtlich auflachen sollte. Also lächelte ich ihn freundlich an – und entdeckte endlich eine Verkäuferin. Nun brauchte ich nur noch ein gutes Ablenkmanöver.

»Hey, schau mal, da vorne! Da ist die Musikabteilung!«, verkündete ich so euphorisch, als habe ich soeben höchstpersönlich Amerika entdeckt. »Sollen wir dort mal nachschauen, ob eine neue CD von *Rammstein* rausgekommen ist?«

»Ich denke, die magst du nicht?«, fragte Tom erstaunt.

»Aber du, Schatz!«, flötete ich. »Und ich will doch, dass du es schön hast.« Während ich ihn mit sanftem Druck meiner linken Hand in Richtung der CD-Regale dirigierte, gab ich der Verkäuferin mit meiner rechten hinter Toms Rücken Zeichen, dass sie mir eine der Escada-Cremes zurückstellen sollte. Ich glaube, diese Zeichensprache versteht so ziemlich jede Frau. Während wir uns stillschweigend angrinsten, fühlte ich mich wie eine Verschwörungspartnerin, die gerade einen ganz dicken Coup gelandet hatte.

Noch einmal werfe ich einen Blick in meinen Anti-Aging-Schrank im Bad. Ein *»Wir-Frauen-haben's-schon-nicht-leicht«*-Seufzen entfleucht mir, während ich die Tür schließe. Ich brauche diesen Schrank sicherlich nicht zum Leben, aber ganz bestimmt zum Glücklichsein. Denn in ihm befinden sich Wunderwaffen, die einer Frau das Leben ungemein erleichtern. Man muss nur ganz fest dran glauben. Und das tu ich!

»Wow, sehe ich toll aus – und das natürlich von ganz allein!«, lache ich erneut in den Spiegel – und diesmal ist das Lachen echt. Denn am liebsten lache ich über mich selbst. Und dann? Strecke ich meinem Spiegelbild die Zunge raus und verlasse das Bad.

Einigermaßen gut gelaunt schlüpfe ich in Jeans und T-Shirt, bevor ich in meine kleine Miniküche gehe und den Wasserkocher anstelle. Ein Blick auf die Uhr verrät mir, dass ich noch eine Stunde bis zum Schichtbeginn habe.

Kapitel 1

Seit zwei Jahren arbeite ich im DVD-Verleih *Snack & See*. Das ist sicher kein Traumjob, aber einerseits ist alles besser, als von Hartz IV zu leben, und andererseits mag ich es, unter Menschen zu sein. Zumal ein nicht unerheblicher Anteil der Kundschaft Männer sind. Gutaussehende Männer. Nette Männer. Potente Männer. Zumindest wirken einige von ihnen so. Ausprobiert habe ich bisher keinen. Aber was nicht ist …

Leider ist mein Chef eher ein Grund dafür, sich die Männer abzugewöhnen, denn er ist das, was man bei Wikipedia findet, wenn man den Suchbegriff *Choleriker* eingibt. Noch dazu scheint er Frauen zu hassen. Zumindest die, die für ihn arbeiten, denn er kommandiert uns rum wie ein Feldmarschall. *Wolf* ist daher meiner Meinung nach ein sehr passender Name für ihn. Noch dazu sieht er auch aus wie ein Wolf: Ein dunkler, grau durchzogener Vollbart verdeckt mindestens achtzig Prozent seines Gesichts. Ich dachte immer, in Deutschland herrscht das Vermummungsverbot? Aber bei Wolf ist es schon okay so, denn ich möchte gar nicht wissen, was er unter diesem Bart alles versteckt. Sicher kleine Monster, die ihm das Leben so schwermachen, dass er seine schlechte Laune an den Angestellten auslassen muss.

Die Haare, die er im Gesicht zu viel hat, fehlen ihm übrigens auf dem Kopf. Bestimmt haben die Schlechte-Laune-Monster dort schon alles kahl gefressen. Dabei ist der Mann erst siebenundvierzig. Aber vielleicht findet er es auch einfach nur chic, so auszusehen? Oder er schaut, im Gegensatz zu mir, nie in den Spiegel.

Eins muss man Wolf aber lassen: Er hatte eine gute Geschäftsidee. Das *Snack & See* ist nämlich nicht nur ein normaler DVD-Verleih, sondern auch ein gut sortierter Kiosk. Und das stellt sich immer wieder als ausgesprochen praktisch heraus.

Nachdem ich Tom vor einem Jahr beim Fremdgehen mit seiner (*Achtung: Klischee, Klischee, Klischee*!) Praktikantin erwischt und monatelang unter Liebeskummer gelitten habe, wurde ich unsere beste Kundin. Jeden Tag nahm ich mir nach meiner Schicht schmalzige Liebesfilme und haufenweise Chips und Häagen-Dasz-Eis mit nach Hause. Mit Karamellstückchen! Statt heißem Sex mit meinem Ex gab es sahnig-scharfe Fressabende. »Kind, das ist doch nicht gut für dich«, sagte meine Mutter damals immer wieder zu mir. Und ich dachte nur: *Das ist Liebeskummer auch nicht.*

Meine beiden Grundnahrungsmittel in dieser Zeit hatten und haben im Gegensatz zu Männern eigentlich nur Vorteile – das kann man anhand der Chips ganz einfach beweisen: Sie machen zwar Lärm, wenn man sie kaut, aber sie verhalten sich ansonsten verdammt ruhig. Chips gehen nicht fremd, nur weil irgendeine dahergelaufene Schnepfe ihnen sagt, dass sie so knackig und scharf sind. Und vor allem können Chips einem nicht weh tun. Es sei denn, man isst zwei oder drei Tüten auf einmal und hat hinterher das Gefühl, man könne nicht weiterleben, ohne sich den Finger in den Hals zu stecken, aber so weit habe selbst ich es nie kommen lassen. Manche Frauen verlieren nicht nur ihre Männer, sondern direkt auch ihren Appetit und einen beträchtlichen Teil ihres Körpergewichts. Ich nicht. Dafür habe ich damals das revolutionäre Ernährungsprinzip *Trennkost à la Isa* entwickelt, das ich mir dringend patentieren lassen muss: Zunächst verschlingt man eine ganze Tüte Chips in knapp sechseinhalb Minuten. Wer länger braucht, sollte trainieren, denn ohne Fleiß kein Preis. Dann muss man eine kurze Pause einlegen, sich das überschüssige Paprikagewürz von den Fingern lecken, vielleicht ein kleines Rülpserchen in die große Welt entlassen, und dann, aber wirklich erst dann, taucht man einen riesigen Löffel in das bereits leicht angetaute Karamelleis und beginnt, diesen abzuschlecken. Wer auf gute Wertungen in der B-Note hofft, macht dies genießerisch. Wer nach dem Leistungsprinzip lebt, schaufelt einfach in sich hinein. Das macht man so lange, bis man durch den Boden des Bechers schauen kann, wenn man ihn gegen eine Lampe hält, ohne dass einem Eis ins Gesicht läuft. Sprich: bis der Becher leer ist. Was gibt es Schöneres?

Trennkost à la Isa ist die beste Medizin gegen Liebeskummer. Zumindest zeitweise.

Wenn man später mit Bauchweh im Bett liegt, übernehmen dann die Papiertaschentücher und Lovesongs aus dem CD-Player die Liebeskummer-Wache. Gefolgt von einem tiefen, komaartigen Schlaf, aus dem man am liebsten gar nicht mehr aufwachen möchte.

Nachdem ich innerhalb kürzester Zeit sieben Kilo zugenommen hatte, musste ich mir eines Tages eingestehen, dass es so nicht weitergehen konnte. Sieben Kilo! Für jedes Jahr unserer Beziehung eines … denn Tom war nach genau sieben Jahren des Zusammenseins aus meinem Leben verschwunden. Einfach so. Von heute auf morgen. Mit nichts als seinem Koffer, gefüllt mit den Dingen, die er in den letzten Jahren mit in meine Wohnung gebracht hatte. Alles, was ihm gehörte, war mit einem Schlag weg. Sogar sein Nageletui. Nur eins hatte der vergessen, mitzunehmen. Er hatte in meiner Wohnung etwas sehr Existentielles und Wichtiges zurückgelassen: MICH!

Und MICH wollte ich wiederhaben. Mich, die lustige, lebensfrohe Isabell, die jeder einfach nur Isa nennt. »Isa wie Pisa. Nur ohne P.« So hatte Tom immer gescherzt. Damals habe ich immer gegrinst, wenn er diesen eigentlich recht müden Spruch vom Stapel ließ. Heute könnte ich bei dem Gedanken daran abwechselnd schreien und heulen. Wahnsinn, wie sehr sich doch die Zeiten ändern können.

Eins stand für mich fest: Ich wollte nie wieder einen Frosch küssen, der sich im Nachhinein nicht als Prinz entpuppen würde, sondern als ein herzloses, gemeines, hinterhältiges Stück DNA. Auch wenn dieses spezielle herzlose, gemeine, hinterhältige Stück DNA mit Sicherheit das Schönste war, was mir bis dahin in meinem Leben passiert war. Also bevor Tom vom Traummann zum Nachfolger eines ehemaligen amerikanischen Präsidenten mutierte. Wer um Himmels willen hat eigentlich diese unsinnigen Praktikantinnenstellen erfunden? War doch sicher ein Kerl! Einer mit Hintergedanken, die er hinter dem beruflichen Aspekt harmlos verstecken konnte

Irgendwann beschloss ich, nicht nur mit Tom, sondern auch mit anderen Männern abzuschließen. Zumindest, was die Gefühlsduseleien angeht. Denn kaum lässt man Gefühle zu, öffnet man auch automatisch die Tür zu den Problemzimmern.

»Vielleicht können die Kerle gar nichts dafür«, mutmaßte meine beste Freundin Pia, nachdem ich ihr von Toms Praktikantin erzählt hatte. »Vielleicht zwingt ihr McJoy sie dazu, den männlichen Charme anzuknipsen und dafür Herz und Gewissen für eine Zeit in den Stand-by-Modus zu stellen.«

»McJoy? Was um Himmels willen ist das denn?«, fragte ich entsetzt, denn ich dachte zunächst an ein saftiges Stück

Rinderhacksteak, eingezwängt in zwei Pappbrötchenhälften, verziert mit einer Gurkenscheibe und einem dicken Klecks Remoulade, erhältlich in einer dieser amerikanischen Fast-Food-Ketten.

»Ihr *McJoy,* Isa.« Sie starrte mich mit aufgerissenen Augen an, als hätte ich das Wörtchen *Begriffsstutzig* auf der Stirn stehen. »Ihr kleiner Freund, der im Idealfall nicht wirklich klein ist. Ihr bestes Stück. Wenn der die Kontrolle über die Kerle übernimmt, gibt es erst mal nur Spaß für die beiden! Da wächst kein Realitätsgras mehr, sag ich dir! Sie denken nicht mehr daran, dass sie uns auf ewig lieben wollten, dass wir da waren, wenn es ihnen schlechtging, und dafür gesorgt haben, dass es wieder besser wurde. Weißt du, ich glaube, Männer wissen das. Aber ihre McJoys eben nicht!«

Ich nickte zustimmend. Pia sieht immer alles so einfach und rational. »Und was kann man dagegen tun?«, fragte ich.

»Den McJoy mit seinen eigenen Waffen schlagen und ihn einzig und allein als Joystick sehen. Und nicht als etwas, das auch noch lange Kaminabende, Kinder und das große Glück mit sich bringt.«

In diesem Moment nahm ich mir vor: Ja, genau so würde ich es ab sofort machen! Ich bin nun mal ein Mensch aus Fleisch, Blut, Lust und Verlangen und möchte weder auf Männer noch auf McJoys und die schönste Nebensache der Welt verzichten. Nur diese Gefühlsgeschichten würde ich jetzt erst einmal bewusst ausklammern. Sicher ist das leichter gesagt als getan, aber ich war auf dem besten Wege genau dorthin.

Nachdem Tom vier Monate fort war, traute ich mich zum ersten Mal, meinen Kopf wieder in die Höhle des Löwen zu stecken, und wagte den Schritt nach draußen: in eine Disco.

Dort lernte ich Ronny kennen, der trotz meiner sieben Trennkostkilo sofort begeistert von mir war. Okay, vielleicht auch eher von dem Satz, den ich ihm nach fünf Minuten ins Ohr hauchte: »Pass auf, Kleiner, ich will Sex. Aber keine Liebe! Kriegst du das hin?« Ich hätte nicht gedacht, dass es so einfach sein würde, einen Kerl dahin zu bekommen, wo man ihn gerne sehen würde: zwischen die hauseigenen Laken. Okay, ich gebe zu, dass ich diese klare Ansage wohl ohne die drei süffigen Caipis, die Pia mir regelrecht einflößte, nicht rausbekommen hätte. Außerdem hatte ich den Text vorher mit ihr geprobt. Dennoch, ich war begeistert, dass es so gut funktionierte!

Weniger begeistert war ich, als Ronny zwischen besagten Laken nach fünf für ihn offenbar sehr anstrengenden und schweißtreibenden, für mich aber eher wenig freudvollen Minuten mit einem kuriosen Grunzlaut kam und ich meine liebe Mühe hatte, ihn aus dem Bett zu bekommen, bevor er einschlief. So hatte ich mir das nicht vorgestellt.

Anders lief es mit Patrick, den ich bei meinem nächsten Ausflug in die Disco ein paar Wochen später mit nach Hause nahm: Er war durchaus tageslichttauglich und im Bett ausgesprochen talentiert. Als wir später atemlos nebeneinanderlagen, überlegte ich, ob ich ihn direkt für das nächste Wochenende noch einmal einladen sollte – genau in dem Moment schaute er mich lachend an und sagte: »Tja, Zuckerpuppe, ich denke, das war es dann wohl mit uns beiden, was?«

Ich schaute ihn fragend an.

»Also, nimm das jetzt nicht persönlich, aber so eine langweilige Nummer habe ich das letzte Mal geschoben, als ich entjungfert wurde«, erklärte er kopfschüttelnd. »Und da war ich vierzehn!«

Ich bin mir bis heute nicht sicher, wie er auf die Idee kommen konnte, dass ich das *nicht* persönlich nehmen würde.

»Tja, also, äh …«, stammelte ich los und versuchte dann, es zumindest mit Humor zu nehmen. »Du weißt ja, Übung macht den Meister.«

Er musterte mich von oben bis unten. »Nichts für ungut. Du siehst wirklich nett aus. Aber auf Frauen mit Cellulite steh ich einfach nicht.«

Ich glaube, ich muss nicht erwähnen, dass an den nächsten Abenden *Trennkost à la Isa* mein einziger Bettgefährte war.

Ich wollte den Kerlen schon auf ewig abschwören, als Sascha auftauchte. Ich lernte ihn in einem Supermarkt kennen, als wir gleichzeitig nach der letzten Salamipizza griffen und schnell beschlossen, sie gemeinsam bei mir zu essen. Was wir dann allerdings nicht taten, sondern … nun ja. Eigentlich sollte es ein One-Night-Stand werden, aber Sascha war gut. So richtig, richtig gut! Und er wusste, dass er danach zwar durchaus noch ein Kompliment loslassen durfte, ansonsten aber meistens schnell zu verschwinden (oder noch einmal zur Sache zu kommen) hatte. Ohne Gefühlsballast. Ohne Bindung. Das ging erfreulich lange gut. Wobei die Betonung hierbei auf der Vergangenheitsform liegt. Leider!

Piep, piep. SMS *von Sascha.* Oops, wenn man vom Teufel spricht …

> Gib uns bitte eine Chance. Nur ein Herz
> kann mehr geben als ein Körper!

Ja, das mag sein. Aber nicht, wenn man mit Gefühlstiraden abgeschlossen hat. Seufzend lösche ich die SMS wie alle ihre Vorgänger, die Sascha mir geschickt hat, seit er meinte, mir seine Liebe gestehen zu müssen – und ich das, was zwischen uns war, sofort beendet habe.

Es gibt sicherlich Frauen, die davon träumen, dass ein dunkelblonder, sportlicher Hüne, der noch dazu Hirn im Kopf hat (und es sogar benutzt!), vor ihnen kniet und sagt: »Ich habe mich in dich verliebt!« Aber hey, das war so nicht abgemacht. Sascha ist wirklich ein feiner Kerl, dazu supergut im Bett. Er weiß genau, welche Stellen eines Frauenkörpers und welche Bereiche der weiblichen Psyche er näher inspizieren und stimulieren muss, damit sie tun, was sie tun sollten: sich *er*regen und nicht *auf*regen nämlich. Und ich habe mich sogar dazu hinreißen lassen, dass er ein paar Mal bei mir übernachten durfte. Aber wir hatten von Anfang an vereinbart, dass es nur um Körperlichkeiten gehen sollte. *Have fun, no problems.* Und vor allem keinen Liebeskummer!

Das mag sich vielleicht sehr hart anhören, ja. Aber er hatte sich nicht an die Regeln gehalten, also musste er gehen. Ich habe seit der Sache mit Tom nun mal meine Prinzipien, und an die halte ich mich. Ich, die eigentlich immer konsequent inkonsequent durchs Leben geht, aber nach dieser herben Enttäuschung war mein Selbsterhaltungstrieb einfach stärker.

Natürlich habe ich mich trotzdem gefragt, warum ich nicht einmal einen Funken Verliebtheit für Sascha entwickelt habe. Vielleicht hat Tom mir damals bei unserem letzten Sex eine Ladung Gefühlskälte injiziert, denn die hatte er ja bereits intus, da die Sache mit seiner Praktikantin bereits eine Zeitlang parallel lief. Von irgendwas muss ich diese gefühlsresistenten Gedanken ja haben.

Ich trinke in Ruhe meinen Cappuccino, lege danach etwas Make-up auf die bereits eingezogene Antifaltencreme, schlüpfe in meine Chucks und mache mich auf den Weg ins *Snack & See*.

»Isa! Ich hatte dir gesagt, dass du den Teppich im Kuschelzimmer saugen solltest! Und zwar *gestern!* War daran *irgendetwas* nicht zu verstehen?«, empfängt mich mein Chef, herzlich wie immer. Da fühlt man sich doch gleich gut aufgehoben, sicher und geborgen.

»Guten Morgen, Wolf, auch so gut geschlafen?«, lächle ich ihn gequält an. Okay, ich habe das Staubsaugen gestern vergessen. Aber hey, muss er mich deswegen so anschnauzen?

»Die Marken hast du auch noch nicht zurücksortiert!«, ranzt er mich weiter an. Das sind die durchnumerierten Dinger, die unter den DVD-Hüllen hängen und die die Kunden vorne auf die Theke legen, damit sie den richtigen Film von uns bekommen.

»Also wirklich, Wolf, das habe ich gestern Abend noch gemacht, bevor ich gegangen bin!«

»Auch im Kuschelzimmer?«, fragt er lauernd und hält fünf rote Marken hoch.

Der Punkt geht an ihn. Ich habe mich schon oft gefragt, wie man darauf kommt, den Raum mit den erotischen Hardcore-Filmen *Kuschelzimmer* zu nennen, schüttle aber nur den Kopf, stelle meine Tasche ab, schnappe mir die Marken und gehe schnurstracks ab in die *Schießbude*. So nenne ich persönlich den Raum und finde diesen Begriff wesentlich passender.

»Und die Schaufensterauslage muss heute auch aktualisiert werden!«, dröhnt es hinter mir. »Die alten Filme raus, die neuen Filme rein! Zack, zack und dalli, dalli!«

Ich hasse Wolf. Wie kann ein Mensch ein solcher Kotzbrocken sein? Wenn er unzufrieden mit seinem Leben ist, soll er seine Wut doch woanders auslassen, aber nicht an mir. Dem schwächsten Glied in der Kette. Ich frage mich, wie seine Frau es überhaupt mit ihm aushält! Soweit ich informiert bin, ist sie immerhin schon fünfzehn Jahre mit ihm verheiratet. Wahnsinn! Wahrscheinlich ist sie taubstummblind.

Aber da ich auf den Job angewiesen bin, stehe ich eine halbe Stunde und einen gesaugten Teppichboden später im Schaufenster, um dort andere Filme zu dekorieren, und träume vor mich hin.

Wieso arbeite ich eigentlich nicht auf Hawaii? Ich könnte als Kellnerin hübschen Beach-Boys die Drinks servieren, bevor sie sich auf ihren Surfbrettern wieder in die Wellen stürzen. Ihre stählernen, braungebrannten Körper wären eine Augenweide für mich – und nach Feierabend würden sie sich sicher darum reißen, mich verwöhnen zu dürfen, *all inclusive* sozusagen. Mich, Isabell Schwärzenbach, die neue amtierende Miss Hawaii, mittlerweile sieben Kilo leichter. Eine nicht zu verachtende Oberweite würde meinen Astralkörper zieren, der stramme Po würde zum Anfassen einladen, die Haare würden offen über meine sonnengebräunten Schultern wallen und mir ab und zu geheimnisvoll leicht ins Gesicht fallen, wenn der heiße Sommerwind mich streichelt, während die Palmen sich dazu im Takt bewegen und die Jukebox im Hintergrund *»Like Ice in the Sunshine«* zum Besten gibt …

Eines Tages sitzt George Clooney an der Theke der Strandbar, weil er in der Nähe gerade seinen neuen Film dreht. Er lächelt mich an und legt einen funkelnden Diamantring auf die Theke. »Der ist für dich«, sagt er, und während ich kurz davor bin, zu hyperventilieren, flüstert er mir ins Ohr: »Du bist atemberaubend schön. Ich habe mich auf den ersten Blick in dich verliebt.«

»Aber du hast doch eine Freundin, George«, vermute ich. Stand dazu nicht neulich etwas in der *Gala*?

»Die kann dir nicht das Wasser reichen. Ich werde sie

sofort verlassen, wenn du dafür heute Nacht mir gehören wirst.«

Ich lache, um ihm zu zeigen, dass ich nicht so naiv bin wie manch andere Frau. »Das glaub ich dir nicht.«

George zieht sein Handy aus der Tasche, tippt etwas ein und hält mir das Display entgegen:

Es ist aus. Ich habe meine große Liebe gefunden.

»Drück!«, sagt er mit rauher Stimme.

Drücken? Wie jetzt? Ich blicke ihn fragend an.

»Na, drück auf *Senden*«, lächelt er.

Und genau das mache ich. Wahnsinn, ich läute gerade das Ende von George Clooneys Beziehung ein. Ich! Isabell Schwärzenbach aus Münster-Hiltrup! Und bald wird es die ganze Welt erfahren!

George wirft dem Strandbarchef einen Scheck vor die Füße, um mich freizukaufen. Auf Händen trägt er mich vom Strand in seine Luxussuite, wo bereits eine Visagistin, Udo Waltz und Wolfgang Joop auf mich warten. In null Komma nix bin ich perfekt gestylt und trage ein weißes, enges, langes Kleid, in welches ich mich nicht etwa hineinquetschen muss, sondern sanft hineingleite wie in einen Handschuh. Der Reißverschluss schließt sich wie von selbst, ohne dass ich mich dafür hinlegen und den Erstickungstod riskieren muss.

Udo Waltz steckt mir einen Schleier ins Haar. Obwohl er mich anlächelt, kann ich den Neid in seinen Augen sehen. Ich schenke ihm ein gönnerhaftes »Tja!« und zucke ladylike mit den Schultern. »Natürlich weiß ich, dass du meinen Bräutigam gerne selbst geheiratet hättest, Udo – aber man kann nicht alles haben im Leben.«

»Außer wenn man du ist«, sagt Udo ehrfurchtsvoll. Recht hat er!

In diesem Moment kommt George in den Raum und stottert vor Begeisterung, als er mich sieht. »Du ... du ... du bist ... umwerfend!« Dass einem so gestandenen Mann wie George Clooney jemals wegen mir die Worte fehlen würden, hätte ich im Leben nicht gedacht! »Ich liebe dich, Isa, und ich habe dich vom ersten Moment an geliebt.«

In mir breitet sich das wunderschöne Gefühl aus, das man Liebe nennt. So unauffällig wie möglich huste ich einen kleinen Brocken in ein Taschentuch: das Stückchen Gefühlskälte, welches Tom mir hinterlassen hat. Ich lasse das Tempo zu Boden fallen und zerquetsche seinen Inhalt unter meinem Manolo-Blahnik-Absatz.

Ich lache und schicke ein kleines Memo an mich selbst: »Diesen Tag unbedingt rot im Kalender anstreichen, denn es ist der glücklichste Tag in meinem Leben!«

George drückt sich von hinten an mich, umschlingt mich mit seinen Armen, ich spüre seinen warmen Atem im Nacken und höre, wie er sagt: »Isa, willst du ... willst du meine ...«

Ja! Frag es! Sag es!

»Willst du ... Willst ...«

Schrei es raus, George!

»Willst du meinen Laden ruinieren?«

Laden?

Ich drehe mich erschrocken um. George?

Wolf steht wutentbrannt vor mir. Sein Gesicht ist knallrot, und seine Augen sind blutunterlaufen. Ich schaue mich hektisch um. Wo ist George? Wo sind Udo, Wolfgang, und wo, verdammt noch mal, ist dieses irre Brautkleid?

»Guck dir das an, Isa! Das geht nie wieder raus!«

Ich schaue nach unten – und alles ist pink!

Pink?

Oh mein Gott!

Ich muss mich während meines Tagtraums durch das ganze Schaufenster gearbeitet haben und stehe nun in der Retro-Ecke. Hier bietet Wolf immer einen uralten »Film der Woche« an, den man als kostenlose Zugabe bekommt, wenn man mindestens drei hochpreisige Neuerscheinungen ausleiht. In der letzten Woche war es *Pretty in Pink*. Dazu hatte ich die DVD-Hüllen auf Eimern mit pinker Wandfarbe dekoriert, welche auf einer kleinen Leiter standen. Dagegen muss ich in meiner Verzückung gelaufen sein – und offensichtlich war bei einem Eimer der Deckel locker.

Shit!

»Mach das sofort weg!«, kreischt Wolf. »Aber schnell! Und hör endlich auf, so bekloppt in der Gegend rumzuschauen! Du träumst ja mit offenen Augen! Das hier ist ein knallharter Job, Isa!«

Weichei! Wenn er selbst so knallhart wäre, würde er diesen Scheißjob doch selber erledigen.

»Wenn ich erst mal mit George Clooney verheiratet bin«, murmele ich wütend.

»Hast? Du? Was? Gesagt?«, schnauzt Wolf mich an. Sein Blick verrät mir, dass ich lieber meine Klappe halten sollte.

»Nichts, schon okay«, sage ich und strecke ihm, während er davonstolziert, die Zunge heraus.

Nach zwei Stunden Schrubberei ist der Teppich im Schaufenster wieder blau. Ich dafür pink. Dabei ist Pink so gar nicht meine Farbe. Vor Jahren habe ich mal eine Typberatung machen lassen, und da war Pink als absolutes No-Go angekreuzt. Es macht meinen Teint viel zu blass und meine dunkelblonden Haare viel zu langweilig. Pretty in Pink? Ich würde eher sagen, dass ich ausschaue wie Piggy in Pink. Ich bin froh, dass George Clooney mich so nicht sehen kann. Es würde ihm die Tränen in die Augen treiben.

Meine relativ gute Laune von heute Morgen neigt sich langsam, aber sicher dem Ende zu. Warum versaut Arbeit einem eigentlich den ganzen Tag?

»Wenn du fertig bist, kannst du gehen!«, mosert Wolf.

Ich sehe ihn erstaunt an. »Aber … ich muss doch eigentlich noch drei Stunden …«

»So wie du aussiehst? Du willst mich wohl verhohnepipeln, was?« Wolf könnte sich ruhig mal ein wenig vom George-Clooney-Charme abgucken. Ich versuche, mir Wolfs Bart wegzudenken. Aber es will mir weiß Gott nicht gelingen.

»Geh nach Hause!«

Ui! Das hat Wolf wirklich noch nie zu mir gesagt. Ein unverhofft halbfreier Tag? Fein!

»Und die Stunden wirst du nacharbeiten, das ist ja wohl klar!« Mist.

Ich klemme mir meine Tasche unter den Arm, rufe Wolf ein ironisches »Ich wünsche dir auch noch einen superschönen Abend« zu und stürme aus dem Laden, bevor mich eine DVD-Hülle am Hinterkopf treffen kann. Aber okay, das würde er nie tun. Wolf ist cholerisch, aber zum Glück nicht gewalttätig. Auch wenn er die kleine Isa-Seele manchmal ganz schön beansprucht.

Vor der Tür stoße ich mit einem unserer Stammkunden zusammen, einem eher nichtssagenden Typen, der sich seit einiger Zeit mindestens fünfmal die Woche DVDs bei uns ausleiht.

»Oh, sorry«, entschuldige ich mich, »ich habe Sie nicht gesehen, Herr Schröder.« Wolf besteht darauf, dass wir alle

Kunden siezen, und ich habe mich inzwischen daran gewöhnt, obwohl mein Gegenüber und ich in etwa gleich alt sein dürften.

»Möller.«

»Was?«

»Mein Name ist nicht Schröder, sondern Möller.« Er schaut mich von oben bis unten an und grinst. »Hübsche Farbe. Steht Ihnen aber so gar nicht! Macht Ihren Teint irgendwie ein bisschen blass.«

Der Typ kennt sich aus. Und obwohl seine Feststellung ja fast eine Beleidigung ist, lache ich. »Da haben Sie recht. Ich habe es erst mit Lilafurzgeblümt versucht, aber Sie wissen ja, dass man das unter der Woche nicht tragen kann«, frotzele ich zurück.

Er grinst mich an – und reißt seine Jacke auf. Ich bin so perplex, dass ich einen Schritt zurücktrete: Ist dieser Typ ein Exhibitionist? Dann aber sehe ich, dass er ein neongrünes T-Shirt trägt, auf dem steht: *Farbe ist auch nicht mehr das, was sie mal war!*

Er grinst mich an.

»Tja, also …«, sage ich irritiert. Sind diese T-Shirts nicht schon seit dem letzten Jahrhundert völlig out? »Also dann, schönen Tag noch, Herr Meier.«

»Möller.«

»Äh, ja. Natürlich. Herr Möller. Schönen Tag. Beehren Sie uns bald wieder.« Mit rotem Kopf drücke ich mich an ihm vorbei. Mann, ist das peinlich. Und ich möchte lieber nicht darüber nachdenken, wie Rot und Pink zusammen aussehen. Das beißt sich doch total.

Als ich zu meinem Auto komme, das um die Ecke geparkt ist, haben meine Wangen zum Glück wieder ihre normale Farbe angenommen. Was für ein Tag! Der muss unbedingt besser beendet werden, als er begonnen hat. Also krame ich mein Handy aus der Tasche und schicke Pia eine SMS:

Restaurierungsabend! Heute! Bei mir um 20 Uhr?

Das ist genau das, was ich heute brauche: einen Abend mit meiner besten Freundin und einer kleinen – oder nicht ganz so kleinen – Auswahl »Ich-halte-dich-jung«-Produkten aus unseren Badezimmerschränken. Dazu ein Fläschchen Rotwein. Oder zwei.

Pias positive Antwort erreicht mich binnen Sekunden. Ich fahre noch schnell in den kleinen Weinladen an der Ecke und besorge uns was richtig Nettes, Süffiges. Da Pia, im Gegensatz zu mir, wahnsinnig pünktlich ist, wird sie garantiert um Punkt 20 Uhr auf meiner Matte stehen. Und obwohl ich es nicht weit nach Hause habe, muss ich mich sputen, denn es wird sicher etwas länger dauern, bis ich mich entpinkt habe.

Zu Hause stopfe ich die dreckigen Klamotten in die Waschmaschine und springe unter die Dusche. Ich metamorphiere von Pink zu zartem Rosa und fühle mich dank meines Lieblingsduschgels wie ein duftender süßer Pfirsich.

Ein Pfirsich mit leichten Dellen an den Beinen.

Hallo, rufe ich mich selbst zur Ordnung, LEICHTE *Dellen!* Über die muss ich mir wirklich keine Gedanken machen. Cellulite ist doch eigentlich überhaupt nicht erwähnenswert. Zumindest nicht, wenn man sie hat.

Nach dem ausgiebigen Duschbad hülle ich mich in meinen Wohlfühl-Bademantel. Er ist schneeweiß, kuschelig warm und riecht nach meinem Lieblingsparfüm. Wenn es nach mir ginge, würde ich sogar mit ihm auf die Straße gehen, denn er ist meine absolute Nummer 1 in Sachen »Ich-fühl-mich-wie-ein-Baby-in-Mamas-Schoß«-Klamotten.

Ich schnuppere am Kragen des Bademantels und bilde mir mit einem leichten Schaudern ein, dass er auch immer noch ein bisschen nach Tom riecht. Was natürlich nicht sein kann, denn seit unserer Trennung habe ich den Bademantel zigmal gewaschen. Aber das ist wieder so eine Ungerechtigkeit des Lebens: Oft verfliegt das Parfüm, nach dem man den ganzen Tag duften möchte, schon nach wenigen Stunden – während ein Duft, an den man sich nur ungern erinnert, erstaunlich hartnäckig ist.

Die Erinnerung daran, dass Tom mir den Bademantel zu meinem dreiunddreißigsten Geburtstag geschenkt hat, verdränge ich geflissentlich. Dafür kann mein Kuschelmantel ja nichts. Und wer braucht schon Erinnerungen an schöne, längst vergangene Zeiten, die in der Gegenwart nur noch weh tun? *Ich! Sicher! Nicht!*

Ich straffe den Gürtel um meine nicht ganz so schmalen Hüften und schlüpfe in meine Pantoffeln, diese weichen, rosafarbenen Dinger mit Herzchenemblem, die ich vor ein paar Monaten in meinem Lieblingsschuhladen entdeckt habe. Dann setze ich mich auf meine Küchenfensterbank und atme behaglich aus. Das wäre geschafft. Nun muss nur noch Pia kommen, und dann kann der schöne Teil des Tages beginnen.

Piep, piep. SMS *von Sascha!*

Können wir nicht noch mal reden? Heute Abend?

»Och nee, bitte nicht«, murmele ich. »Sascha, fang doch endlich an, es zu kapieren.« Die Ignorier-Taktik zieht bei ihm offenbar nicht. Also muss ich wohl oder übel zu härteren Maßnahmen greifen. Also schreibe ich ihm:

Nein, tut mir leid. Es gibt nichts zu reden. Du bist ein feiner Kerl, aber ich will nichts von dir. Mach's gut!

Ich würde das gerne so herzlos empfinden, wie es klingt, aber das schaffe ich leider nicht. Ich bin nicht in Sascha verliebt. Will ich auch gar nicht sein. Mich interessiert sein McJoy, nicht der Rest seines Lebens. Aber es tut mir schon leid, dass ich ihn so abservieren muss, und wünschte, er würde es endlich verstehen. »Du machst zwar immer einen auf toughe Frau«, hat mich Pia gestern deswegen aufgezogen, »aber mach dir nichts vor: Du hast ein Herz aus Gold, ob du willst oder nicht.« Wahrscheinlich hat sie recht. Aber manchmal hätte ich doch lieber ein Herz aus Stahlbeton.

Kapitel 2

Kennengelernt habe ich Pia vor ungefähr fünf Jahren. Meine damalige Fingernagelstylistin war in eine andere Stadt gezogen und hatte mich einfach so mutterseelenallein mit meinen bald recht abgefressen aussehenden Nägeln zurückgelassen. Ich stand kurz vor einer unheilbaren Depression, als mir eines Tages aus dem hiesigen Stadtanzeiger Pias Anzeige entgegensprang:

> **Fingernageldepression?**
>
> Das muss nicht sein!
> Pia hilft –
> der mobile Maniküreservice!

Natürlich habe ich sofort angerufen und einen Eiltermin mit ihr gemacht. Zwei Stunden später stand Pia vor meiner Tür. Man könnte fast sagen, es war »Liebe auf den ersten Fingernagel«. Ich glaube, in dem Moment, als Pia mir die künstlichen Nägel aufklebte, klebte sie sich selbst direkt in mein Leben. Wir verstanden uns auf Anhieb und passten zusammen wie Pat und Patachon, Bonnie und Clyde, A-Hörnchen und B-Hörnchen, Dick und Doof … obwohl, die Letztgenannten sind nun wirklich kein charmanter Vergleich für uns.

Pia und ich sind beste Freundinnen, aber das bedeutet nicht, dass wir immer einer Meinung sind. Wir streiten uns sogar manchmal, auch wenn wir nie lange aufeinander böse sein können. Als wir uns kennenlernten, war es so, als würde man sich zum ersten Mal im Leben zunächst ein Stück Vollmilchschokolade in den Mund stecken und dann auf die glorreiche Idee kommen, gleich zwei Paprikachips nachzuschieben. Und auf einmal merkt man, dass genau das eine wunderbare Verbindung ergibt, die man nicht mehr missen möchte. Ja, genau so muss es sein. Ich bin übrigens die Schokolade, und Pia ist der Paprikachip.

Klopf, klopf – klopf, klopf – klopf, klopf, kloooopf.

Das ist sie! Pia klopft immer die Melodie von *Knockin' on Heaven's Door* an meine Tür, damit ich direkt weiß, wer da zu mir will. Denn ansonsten könnte auch Frau Mattheuser vor mir stehen, meine alte, neugierige Nachbarin, die es doch tatsächlich mal gebracht hat, hier mitten in der Nacht wie verrückt zu klopfen. Als ich aufmachte, wollte sie wissen: »Ist alles in Ordnung bei Ihnen? Ich habe ein so fürchterliches Stöhnen aus Ihrer Wohnung gehört und dachte, ich schau mal lieber nach! Da ist doch vorhin ein Mann in Ihre Wohnung gegangen. Wollte er Sie umbringen?«

Nun, natürlich hatte ich zuvor nicht gestöhnt, weil mir irgendwas weh tat oder mir jemand ein Messer an den Hals hielt. Ich hatte lediglich Besuch von Sascha. Und hey, welchen Grund sollte es da schon geben, wenn man stöhnt?

»Bei mir ist alles in bester Ordnung«, versuchte ich, sie abzuwimmeln.

»Sind Sie sicher, Kind? Soll ich nicht lieber mit reinkommen?«

Wollte Frau Mattheuser (geschätzte hundertfünfundsiebzig Jahre alt) sich vielleicht auf die Couch setzen und uns zuschauen? Ich glaube, manchmal unterschätzt man alte Menschen, weil man meint, sie hätten doch sowieso keinen

Sex mehr. Aber wer weiß ... vielleicht ist Frau Mattheuser trotz der akkuraten Blüschen und grauen Röcke ein ganz scharfes Luder, arbeitet tagsüber nebenbei in einer Telefonsexagentur, schmeißt sich abends als Domina in Lack und Leder und tut immer nur so gesittet ...

Lachend reiße ich die Tür auf.

»Lass mich vorbei, mir fällt gleich alles runter«, stöhnt Pia hektisch und drängelt sich an mir vorbei ins Wohnzimmer. Sie ist voll bepackt mit diversen Flaschen, Dosen, Tuben und hat alles zwischen Arm, Schulter, Busen und Kinn geklemmt. Ich frage mich, wie sie es geschafft hat, dennoch zu klopfen.

Übrigens spielt das Klopfen zwischen Pia und mir eine große Rolle. Nicht umsonst nennen wir uns manchmal scherzeshalber *the crazy Knocking-Ladies*.

Pia wohnt seit zwei Jahren in der Wohnung genau über mir. Das hat nicht nur einen praktischen, sondern auch einen finanziellen Aspekt: Seitdem wir unter dem gleichen Dach wohnen, wundert sich die Telefongesellschaft sicher über unsere plötzlich so niedrigen Rechnungen.

Während wir früher stundenlang, nächtelang, wochenlang am Stück miteinander telefonierten, so reicht es jetzt, dass Pia über mir einmal mit dem Fuß auf den Boden stampft, wenn sie mit mir reden möchte; wenn ich Pia dringend brauche, klopfe ich mit dem Stiel meines Wischmopps gegen die Decke.

Dann gehe ich entweder zu ihr rauf, oder aber sie kommt zu mir runter; nicht selten treffen wir uns im Treppenhaus und beschließen dann spontan, in welche Wohnung wir zum Quatschen gehen. Am Anfang haben wir ein paar Mal den Fehler gemacht, direkt vor Ort und Stelle loszureden – aber auf wundersame Weise tauchte dann immer Frau Mattheuser auf, und die gehen unsere Geschichten nun wirklich nichts an.

Das Klopfen ist aber auch eine Möglichkeit, ein wenig aufeinander aufzupassen. Wenn ich Männerbesuch habe, so gebe ich zwischendurch immer mal zwei kurze Wischmopp-Klopfer ab, um zu vermelden, dass alles okay ist. Während wir früher mit unseren Erfahrungsberichten bis zum nächsten Tag warten mussten, so können wir uns jetzt auch mitten in der Nacht schon drüber »unterhalten«, wie der Kerl im Bett ist.

Einmal kurz klopfen bedeutet, dass wir reden müssen. Zweimal kurz heißt, es ist alles in Ordnung. Bei dreimal klopfen lassen wir den anderen wissen, dass *er* so lala war und wohl nicht noch ein zweites Mal *kommen* wird. Wenn wir aber viermal klopfen, so heißt das: *Ich habe den wahren Sex-Gott getroffen, und wenn ich ihn nicht so ausgepowert hätte, würde ich ihn dir gerne vorbeischicken.*

Als Sascha zum ersten Mal bei mir zum Einsatz kam, war ich so begeistert, dass ich mich natürlich unbedingt in die Küche stehlen musste – wo er mich nach drei Mal Klopfen leider erwischte.

»Was um Himmels willen machst du hier mitten in der Nacht?«

Ich lief rot an und begann, nach einer Ausrede zu suchen. »Ähm, die Nachbarin von oben hatte die Musik so laut, und ich konnte nicht schlafen.«

»Aber ich höre gar keine Musik!«, sagte er erstaunt.

»Na siehste, dann hat mein Klopfen ja schon was gebracht«, antwortete ich grinsend und drückte mich an ihm vorbei ins Bad. »Und du, mein Lieber, gehst jetzt direkt wieder ins Schlafzimmer – ich bin sofort wieder bei dir für die nächste Runde.« Das musste ich ihm zum Glück nicht zweimal sagen. Und da die drei Klopfer für seine Leistung nun wirklich nicht ausreichend waren, hastete ich dann doch noch einmal schnell in die Küche zurück. »Jetzt erdreistet sich die dumme Kuh auch noch, zurückzuklopfen, ha!«, rief ich in Richtung Schlafzimmer, schnappte mir den Wischmopp und donnerte schnell vier Mal gegen die Decke. Ich konnte mir nur zu gut vorstellen, mit was für einem breiten Grinsen Pia nun sicher im Bett lag.

»Und? Wie schaut's aus?«, fragt meine beste Freundin eine halbe Stunde später, nachdem sie es sich im Schneidersitz auf der Couch gemütlich gemacht hat und an ihrem Handtuch auf dem Kopf rumfriemelt. Zum Auftakt des Abends haben wir uns erst einmal eine Haarkur gegönnt, die nun einzieht. »Gibt's irgendwas Neues an der Männerfront?«

Ich verziehe das Gesicht, während ich in die Küche gehe und uns zwei Cappuccino mache.

»Was soll es schon Neues geben?«, frage ich, während ich die beiden Tassen ins Wohnzimmer jongliere. »Das mit Sascha ist vorbei, weißt du doch.«

Pia schüttelt ihren Turbankopf. »Ach, Isa, ob das wirklich die beste Entscheidung war …«

»Hey, es war vereinbart, dass wir lediglich Sex haben wollten. Und dann kommt er auf einmal mit der *Ich-habe-mich-in-dich-verliebt*-Masche um die Ecke! Wer, bitte schön, braucht denn so was? Ich will Spaß und keine Probleme!«

»Aber süß war er doch schon, oder?« Pia schnappt sich eine Nougatpraline aus der Leonardo-Glasschale, die – stets gut gefüllt – schon seit Jahren zum festen Inventar meiner Wohnung gehört. Auch so ein Überbleibsel von Tom.

»Süß ist Schokolade auch! Aber sie nervt nicht, verliebt sich nicht in einen und bricht einem auch nicht das Herz«, predige ich wie ein Pfarrer von seiner Kanzel.

»Ja schon«, beginnt Pia, »aber Männer …«

»Männer sind doch alle gleich. Erst machen sie einen auf unschuldig und lieb und treu, aber sobald sie dann die Möglichkeit haben, noch eine andere Frau zu beglücken, ist es aus mit dem Treue-Gedanken. Da wird dann nur noch auf ein einziges Körperteil gehört – und das befindet sich definitiv nicht im Kopf!« Ich weiß schließlich, wovon ich rede: Kaum kam diese neue Praktikantin in seine Firma, hat Tom sich von ihr um den kleinen Finger wickeln lassen. Sie ist übrigens ganze zehn Jahre jünger als er! Na ja, zumindest hat er das Klischee erfüllt, dass Männer auf jüngere Frauen stehen. Und auf Praktikantinnen. Grausam, echt! Und dann heißt sie auch noch Chantaaaal. Mir wird schon übel, wenn ich den Namen höre, denn um ihn so richtig schön französisch klingen zu lassen, muss man beim »l« die Zungenspitze an den Gaumen pressen. Und zwar ganz vorne hinter die Schneidezähne. Und genau das erzeugt bei mir nun mal einen Würgereiz. So rein anatomisch gesehen. Da kann ich nichts für. Ehrlich nicht!

»Und Sascha hat sich deine Abfuhr einfach so gefallen lassen?« Pia rührt sich drei Teelöffel Zucker in ihren Cappuccino. Ich frage mich, wo sie nur all die Kalorien lässt, die sie sich zuführt, denn in ihrem Körper angekommen, scheinen sie sich direkt in Luft aufzulösen.

Ich hingegen lasse zwei Stück Süßstoff in meinen Cappuccino mit dem nahezu fettfreien Milchschaum fallen … und beiße dann umso lustvoller in eine Buttercreme-Praline. Man muss nun mal das Gleichgewicht bewahren. Und das in jeder Lebenssituation.

»Ihm bleibt wohl nichts anderes übrig. Er schreibt mir zwar jeden Tag ein paar Sehnsuchts-SMS, aber irgendwann wird er es schon verstehen. Es gibt nun mal Regeln. Und wer sich nicht an sie hält, fliegt raus! Ich lass mich von den Kerlen nicht mehr verletzen. Da kann kommen, wer will! Sex ja, Herzschmerzgedöns: never ever. *So!*« Ein wenig komisch ist es ja schon, mich selbst so knallhart reden zu hören. Aber auch, wenn ganz tief drinnen in mir die romantische Ader brodelt und für den richtigen Mann sicher nur zu gerne wieder nach außen dringen würde, bleibe ich hart.

Obwohl ich zugeben muss, dass es manchmal schon nicht übel wäre, die berühmte starke Schulter zum Anlehnen zu haben. Aber wenn diese Gedanken versuchen, an die Oberfläche zu kommen, verdränge ich sie schneller, als ein Formel-1-Fahrer fahren kann. Denn starke Schultern können Isa-erfahrungsgemäß nicht nur schön zum Anlehnen sein, sondern vor allem auch verdammt kalt.

»Ich meine ja nur …«, fängt Pia schon wieder an.

»Ach komm, was soll das denn jetzt? Du weißt doch besser als jede andere, wie es ist, wenn man das Herz gebrochen bekommt.«

Pia hat ihren Ex-Mann vor ein paar Jahren ebenfalls beim Fremdgehen erwischt. In dem Fitnesscenter, in das er fünfmal die Woche trainieren ging. Dass das Trainieren darin bestand, dass er keine Gewichte stemmte, sondern sich dem McJoy von einem der Trainer widmete, hätte sie nie für möglich gehalten, wenn sie es nicht mit eigenen Augen gesehen hätte. Und während ihr Ex-Mann Bernd inzwischen mit Karlheinz verheiratet ist, singelt Pia sich durchs Leben und nimmt sich regelmäßig einen Mann für die Nacht mit nach Hause. Oder besser gesagt: für eine halbe. Denn bis zum Frühstück dürfen die Gelegenheitslover auch bei ihr nicht bleiben. Da haben wir viel gemeinsam.

Eine Bekannte hat uns mal mit hochgezogenen Augenbrauen gefragt, ob wir uns nicht manchmal wie Schlampen vorkommen, wenn wir so offensiv auf Männerfang gehen. Ich wollte dann von ihr wissen, ob sie glaubte, dass ihr Freund das auch zu einem Kumpel sagen würde. »Wohl kaum«, sagte sie, »aber das ist doch auch etwas anderes.«

»Wohl kaum«, gab Pia daraufhin einfach nur zurück.

Ja, wir mögen Sex. Aber wir wollen weder Gefahr laufen, uns das Herz brechen zu lassen, noch sind wir bereit, stundenlang drum herumzureden, um an unser Ziel zu gelangen. Dass Frauen unbedingt darauf erpicht sind, erobert zu werden, ist doch auch nur so ein Klischee. *Natürlich* ist es schön, wenn man umgarnt wird und wenn man merkt, dass der Mann sich so richtig Mühe gibt. Aber letztendlich wollen wir doch alle das Gleiche. Warum also so viel Zeit verschwenden? *Basta!*

»Es ist aber auch ätzend, was die Männer heutzutage für Probleme haben«, grummelt Pia vor sich hin. Ich greife ein Toffifee aus der Glasschale, schiebe es ihr blitzschnell in den Mund und lache: »Das, liebe Freundin, ist der Grund, warum Gott Schokolade erschaffen hat.« »Und Karamell!«, grinst Pia zurück.

»Und Heilerde-Masken!«

Nachdem wir uns gegenseitig den grauen Matsch, der uns schön machen wird, auf unsere Gesichter gestrichen haben, lackieren wir uns die Fingernägel.

Piep, piep.

War ja klar. Es kommt immer dann eine SMS, wenn man gerade keine Hand frei hat. Ich werfe einen Blick auf das Display meines Handys. SMS *von Sascha* steht dort.

Na, das hat Zeit, bis der Nagellack getrocknet ist. Ich werde mir doch wegen eines Kerls keine Macke in den Lack hauen. Vor allem werde ich ja sowieso nicht antworten, von daher ist es egal, ob ich die SMS jetzt schon lese oder erst in fünf Minuten.

Obwohl …

Neugierig bin ich ja schon irgendwie.

Ich beuge mein Gesicht Richtung Tisch und versuche, mit meiner Nasenspitze die »OK«-Taste zu betätigen. Pia schüttelt den Kopf. »Du bist verrückt.«

»Bin ich nicht! Nur neugierig.«

Nachdem ich ein paar Mal genau daneben geklickt habe, öffnet sich irgendwann das Fenster mit der SMS, und ich lese laut vor:

> Ich habe noch nie eine Frau kennengelernt, die so ist wie du. Wir wollten uns beide nicht ineinander verlieben, aber ich kann doch nichts dazu, dass ich nun ständig von dir träume. Bitte überleg es dir noch einmal. Vielleicht verliebst du dich ja doch noch in mich. Und, hey: Glaubst du eigentlich, es gibt so viele Kerle, die es bei Bedarf viermal pro Nacht bringen *fg*?

»Viermal?« Pia hebt anerkennend eine Augenbraue. »Also, vielleicht solltest du mir mal seine Nummer geben …«

»Papperlapapp. Und vergiss nicht: Ich liebe Sascha zwar nicht, aber ich mag ihn – da werde ich ihn doch nicht einem wilden Tier wie dir zum Fraß vorwerfen!«

»Ich bin ein wildes Tier!«, grunzt Pia albern und fuchtelt mit ihren frisch lackierten Nägeln in der Luft, als wäre sie ein Monster. »Und ich habe *Huuuuunger!*« Dann grinst sie breit. »Ich habe übrigens wirklich Hunger.«

War ja klar, dass dieser Satz irgendwann von ihr kommen musste. Denn wann hat sie eigentlich mal keinen Hunger? Als die Engel sie damals im Himmel fragten, was sie auf Erden werden wolle, hat sie sicher vergnügt gerufen: »Hungrig!« Und weil die Engel das so putzig fanden, haben sie es direkt so eingerichtet, dass sich Pias Wunsch erfüllen sollte – ohne dass sie allerdings jemals zunehmen würde.

Das ist die einzige Erklärung für ihre elfengleiche Figur. Und dabei ist sie genauso alt wie ich. Nein, stopp – sie ist sogar ein paar Monate älter als ich. Aber Pölsterchen auf den Hüften oder Cellulite? Fehlanzeige.

Neidvoll begutachte ich Pia. Ihre lange blonde Mähne versteckt sich zwar gerade unter dem Turban, aber ihre 90–60–90-Maße kann man unter ihrem Jogginganzug sehr gut erahnen. Zugegeben, eigentlich tendieren Pias Maße eher in die Richtung 85–70–92, aber wer will schon kleinlich sein, zumal ich selber von diesen Abmessungen zentimeterweit entfernt bin. Was würde ich dafür geben, einmal im Leben so auszuschauen? Wenn wir uns, so wie jetzt, gemütlich auf der Couch lümmeln, komme ich mir neben Pia manchmal wie ein gestrandeter Wal vor. Ein netter kleiner Wal, ja, aber eben keine Nixe.

Wobei: Können Wale eigentlich Cellulite bekommen? Ich schon. Wenn ich mich kritisch unter die Lupe nehme, habe ich fast das Gefühl, dass mein ganzer Körper von einer leichten (!) Orangenhaut überzogen ist. Außer vielleicht am Ohrläppchen.

Na ja, vielleicht übertreibe ich ein wenig. Aber trotzdem. Schön ist das nicht. Ehrlich nicht.

Manchmal glaube ich, dass sich die kleinen Engel damals bei Pia einfach verausgabt haben. Und als es dann darum ging, mich zur Erde zu schicken, haben sie zwar beschlossen, mir auch ein Abo auf ewigen Hunger mit auf den Weg zu geben, konnten sich aber nicht mehr dazu aufraffen, das Zunehm-Abo abzubestellen. Und so kämpfe ich ständig gegen die Kilos. Kaum sind sie weg, kommen sie schon wieder.

Das Leben ist einfach hart und ungerecht. Warum sonst sollte es so schwer sein, überflüssige Pfunde zu verlieren, während sich ganz und gar nicht überflüssige Männer wie Tom in Sekundenbruchteilen verabschieden können?

Sport könnte natürlich sowohl gegen das ein oder andere *Trennkost-à-la-Isa*-Kilo und gegen die leichten Dellen helfen. Ich bin an sich ja auch sehr sportlich! Zumindest wäre ich es, wenn ich den richtigen Sport für mich finden würde. Eigentlich stelle ich gar nicht so hohe Ansprüche an den Sport. Er sollte nur drei Dinge können: Mich nicht zum Schwitzen bringen, mich nicht außer Atem kommen lassen und mich durchtrainiert aussehen lassen.

Solange ich keinen Sport gefunden habe, der mir all dies bieten kann, bleibe ich eben Kopfsportlerin.

Isa, bist du eigentlich sportlich?, könnte mich irgendwann mal jemand fragen. Und dann könnte ich antworten: *Ja, sehr! Aber mehr so intern!*

»Worauf hast du denn Appetit? Ich habe gerade nicht sehr viel im Haus«, frage ich.

Gerade nicht sehr viel im Haus ist eigentlich untertrieben, denn ich gestehe, dass ich keine Super-Hausfrau bin, die den Kühlschrank immer proppevoll hat, um jedem Überraschungsgast gleich ein Fünf-Gänge-Menü auftischen zu können.

»Wie wär's mit …« Pia tut so, als würde sie angestrengt nachdenken. »… Pizza?«, fragt sie dann lachend.

»Stimmt. Hatten wir ewig nicht!«, antworte ich amüsiert.

Das letzte Wochenende ist schließlich schon viel zu lange her, und Pizza ist immerhin nahrhaft und gesund! Vor allem, wenn man eine Vierjahreszeiten-Pizza nimmt, denn da ist total viel Gemüse drauf. Als Ausgleich zu den Kalorien der Salami und des Kochschinkens. So fürs Gewissen. Das Fett der Wurst wird quasi durch das Gemüse wieder relativiert, und das Ganze wird mit einem Hauch von Käse überzogen, der wiederum die Kalorien selber aufisst, um sie uns zu ersparen. Käse ist ganz schön clever! Vor allem, wenn er heiß und zerlaufen ist.

Okay, es darf auch mal ein bisschen mehr Käse sein. Aber nie, nie, *nie* sollte man um eine doppelte Portion bitten. Was zu viel ist, ist zu viel. Außer in Ausnahmesituationen, versteht sich.

Nebenbei bemerkt: Warum sollte man sich für eine Geschmacksrichtung entscheiden, wenn man gleich vier auf einmal haben kann?

»Okay, zweimal *Isa* wie immer?«, frage ich, während ich in die Küche gehe, um den Flyer von der Pinnwand zu nehmen. Obwohl ich die Nummer dieser Pizza sogar schon rückwärts pupsen könnte, schaue ich mir den Flyer immer wieder gerne an. Manchmal gehe ich dann tatsächlich noch einmal alle neunundvierzig Pizzasorten durch und überlege, mal etwas anderes zu nehmen. Doch letztendlich bleibe ich immer wieder an meiner Nr. 21 hängen. *Pizza Quattro Stagioni Isa.* Benannt nach – und jetzt kommt's – *mir!* Weil ich die Pizza schon so viele Jahre immer wieder bestelle, hat Luigi, der Pizzabäcker meines Vertrauens, sie bei der Neuauflage seines Flyers umbenannt und mir dieses Geschenk zu meinem dreißigsten Geburtstag gemacht. Ich habe meine eigene Pizza! Andere Menschen haben nicht einmal eine eigene Meinung.

»Na logo, was sonst?«, höre ich Pia aus dem Wohnzimmer rufen.

Ich lache und merke, dass Teile meiner mittlerweile hart

gewordenen Gesichtsmaske auf mein doch sehr ausgeprägtes Dekolleté rieseln und im Nirwana zwischen meinen Brüsten verschwinden. Ich muss noch mehr grinsen, als ich mich frage, wie viele Männer jetzt wohl gerade gerne meine Gesichtsmaske wären.

»Pizzeria Grande Italia, gute Abende«, höre ich die vertraute Stimme nach dem zweiten Freizeichen.

»Hallo Luigi, Isa hier!«

»Aaaaah, meine über alles geliebte Isa! Wie gehte es dire?«

»Gut – aber wir haben Hunger. Du kennst uns ja inzwischen«, antworte ich lachend.

»Zwei *Quattro Stagioni* wie immer? *Isa* für Isa?«, italienert Luigi in den Hörer.

Pia kommt aus dem Wohnzimmer angeschlichen und flüstert: »Sag Luigi bitte, er soll den jungen knackigen Typen schicken und nicht den älteren mit den Haaren in der Nase«, während sie schelmisch lacht und im Bad verschwindet, mit ihren Händen auf das Handtuch an ihrem Kopf zeigend.

»Ja genau. Wie immer. Ähm, sag mal, Luigi, wie heißt noch mal dein neuer Fahrer?«

Der Kerl sieht wirklich lecker aus. Auch wenn er beim letzten Mal ein paar schlüpfrige Bemerkungen gemacht hat, die mir eigentlich nicht so gut gefallen haben. Zumindest war ich ein wenig perplex. Und das will was heißen.

»Diese junggee Manne?«

»Ja genau. So ein großer, dunkler Typ mit dem tollen Lachen!«

Inzwischen bin ich mit dem Hörer in der Hand Pia ins Bad gefolgt und zwinkere ihr zu.

»Isse Paolo. Isse gerade unterweges, aber wenn er wieder hier iste, schicke ich ihn direkte zu euch Ladys.«

Strahlend lege ich auf. Hach, ist doch toll, wenn man eine

superleckere Pizza erwartet und diese dann auch noch von einem knackigen jungen Mann geliefert wird.

»Er kommt«, grinse ich Pia an. »Ob man den nicht vielleicht gleich als Nachtisch …?«

»Schäm dich!« Sie wackelt streng mit dem Finger vor meiner Nase herum. »Wir sind ja schließlich nicht auf Männer angewiesen, um einen schönen Abend zu haben.«

»Äh … nicht?«

»Isa!«

»Na ja, vielleicht sind wir es ja doch irgendwie. Ich meine, mal angenommen, ich hätte heute Abend Lust, nach der Pizza einen Mann zu vernaschen. Was dann? Es ist ja gerade niemand hier. Sascha ist bereits abserviert, und ein Neuer ist doch so schnell nicht zu kriegen. Und hättest du jetzt noch Lust, dich aufzubrezeln und auf die Piste zu gehen?«

Pia schüttelt den Kopf. »Ganz sicher nicht. Ich habe morgen um halb neun meinen ersten Termin!«

»Also könnte man sich doch vielleicht den netten Pizzafahrer gönnen, bevor man die Pizza zu sich nimmt. Sex macht schließlich hungrig, und wenn man sexelt, bevor man isst, hat man rein kalorienmäßig ja auch schon einiges auf Vorrat verbraucht sozusagen.«

»Du hast definitiv zu lange keinen Mann mehr gehabt, wenn du solche Argumentationen von dir gibst!« Pia fährt sich mit der Bürste durch die Haare. »Mein letzter One-Night-Stand ist allerdings auch gute drei Wochen her. Und du solltest das da«, sie deutet auf die Reste meiner Gesichtsmaske, »nun wirklich abwaschen, sonst bekommt der Pizzafahrer einen Herzinfarkt, wenn du die Tür aufmachst.« Während ich mir das Gesicht wasche, kommt mir ein Gedanke. »Jetzt aber mal ehrlich«, sage ich. »Wäre es nicht klasse, wenn es anstatt eines Pizza-Flyers einen Flyer mit leckeren Männern geben würde?«

»Hä? Wie jetzt?« Pia kann mir anscheinend nicht so ganz folgen.

»Na, stell dir doch mal vor, man könnte eine Nummer anrufen und sich einen Mann bestellen! Einfach so! Ohne dieses ganze Kennenlerngedöns!«

»Gibt es doch schon: Callboys!«

Okay, da hat sie recht.

»Mhh ... aber sich einen Callboy nach Hause zu bestellen, hat doch auch immer diesen schmuddeligen Touch! Ich meine etwas viel ... Seriöseres? Irgendwas, was vielleicht nicht jeder Frau zugänglich ist. Ein Geheimtipp sozusagen. Man ruft dort an, bestellt sich einen Mann für einen Abend oder vielleicht auch für eine ganze Nacht, und am nächsten Tag ist der Kerl verschwunden. Vor dem Frühstück, versteht sich! Und natürlich müsste man zwischen verschiedenen Männern wählen können.«

»Das nennt man immer noch Callboys, Isa. Und wenn du mehr Auswahl haben möchtest, dann brauchst du wahrscheinlich einen *Männerpuff*. Brrrr, allein schon das Wort!«, versucht Pia, mich auf den Boden der Tatsachen zurückzuholen. Aber sie schafft es nicht, denn ich krame in der Phantasieecke meines Gehirns nach einer Fortsetzung dieser Idee.

Wir verlassen das Bad und fläzen uns auf die Couch, während ich mein Gesicht mit einer Feuchtigkeitscreme einreibe.

»Ich hab's!«, rufe ich plötzlich. »Ein Männertaxi!«

Pia schaut mich erstaunt an. »Männertaxi?«

»Ja, stell dir vor, anstatt eines Pizzataxis würde es ein Männertaxi geben! Man ruft als Frau dort an, bestellt sich die

Nr. 21, und schon bekommt man eine halbe Stunde später ein leckeres Kerlchen serviert. Frisch geduscht, frisch rasiert und extra scharf mit allem, was dazugehört.«

Bei der Nr. 21 muss ich natürlich an Christoph Metzelder denken, den Fußballspieler, der bei der WM 2006 genau diese Nummer auf seinem Rücken trug. Ich bin die absolute Keine-Ahnung-Haberin, was Fußball angeht. Aber als damals Tom mit ein paar Freunden bei mir unbedingt die WM verfolgen wollte, konnte ich kein Spielverderber sein und habe mich dazugesetzt, um in einer Zeitschrift zu blättern. Irgendwann schrien alle »Oooooh« und »Aaaaaah«, und ich schaute auf den Bildschirm. Dort sah ich ihn dann: groß, schlank, dunkelhaarig. Unheimlich lange Fußballerbeine. Und unglaublich sexy. Also stimmte ich in das allgemeine »Oooooh« und »Aaaaaah« ein, wenn auch aus anderen Gründen.

»Wer ist das? Wer ist das?«, fragte ich aufgeregt und klebte mit der Nase am Bildschirm.

»Das ist Christoph Metzelder«, sagte Tom genervt, »und nun weg da!«

»Ich hol euch mal schnell ein paar Bier!«, behauptete ich, flitzte aber nicht in die Küche, sondern in mein Schlafzimmer und googelte nach dem besten Grund, zweimal fünfundvierzig Minuten fernzusehen.

Ich habe über vierzigtausend Fotos von ihm gefunden – und zu meiner Schande muss ich gestehen, dass ich einen Großteil von ihnen auch angesehen habe. Auf manchen trug er einen Vollbart und erinnerte mich an Jesus. Das gefiel mir nun nicht. Aber es gab ihn auch frisch rasiert, und auf einigen Fotos hatte er diesen unbeschreiblichen Blick. Wenn ein Mann mich im wahren Leben so anschauen würde, wäre ich vermutlich sprachlos. Oder ich würde brüllen: »Nimm mich, benutz mich und wirf mich dann ruhig weg, Babe!«

Seitdem ist Christoph Metzelder neben George Clooney ein gerngesehener Hauptdarsteller in meinen Träumen. Ich stelle mir vor, wie ich nach einem wichtigen Spiel, bei dem er sämtliche entscheidenden Tore geschossen hat, im Whirlpool auf ihn warte. Erstaunlicherweise ist Christoph weder verschwitzt noch erschöpft, als er das Handtuch fallen lässt und …

»Hey, das hört sich jetzt aber mal interessant an!«, reißt Pia mich aus meinen Gedanken. »Und vor allem wäre es cool, wenn man jederzeit und von überall dort anrufen könnte. Denn jeder würde denken, dass man sich eine ganz normale Pizza bestellt.« Sie lacht. »Ach, herrlich – ich rufe von meiner letzten Kundin aus an, und wenn ich dann nach Hause komme, steht mein Feierabend-Verwöhner bereits vor der Tür!«

Ich stecke mir eine Nussnougatpraline in den Mund. »Verwöhnen ist ein gutes Stichwort. Ich finde aber, es sollte dabei nicht nur um Sex gehen. Man könnte auch gemeinsam …« Ich überlege. »Shoppen gehen!«, fällt mir dann ein. »Es wäre doch toll, wenn man jemanden dabeihätte, der nicht rumnörgelt, weil es mal wieder länger dauert als geplant, und der dann auch noch schön die Tüten nach Hause trägt. Und ein nettes Essen zu zweit in einem schönen Restaurant wäre auch klasse.«

»Wieso denn in einem Restaurant«, überlegt Pia. »Wäre doch viel besser, wenn der Mann alle Einkäufe erledigt und bei mir in der Wohnung kocht, nachdem er mir ein Schaumbad eingelassen hat. Danach gibt es dann Candle-Light-Romantik, um nach einem stressigen Arbeitstag zu entspannen«, träumt sie vor sich hin, »und ein Mann, der nicht erzählt, was er alles erlebt hat, sondern der sich dafür interessiert, was ich gemacht habe …«

»… gefolgt von einer langen Massage …«

»… garniert mit tollen Komplimenten …«

Ich seufze. »Aber so etwas gibt es natürlich nur in unserer Phantasie.«

»Und vielleicht auch in der von tausend anderen Frauen«, mutmaßt Pia.

»Eben!«, sage ich nachdenklich. »Eben!«

Dingdong, dingdong.

»Ah, da kommt ja unser Männertaxi«, rufe ich lachend, während ich meine schneidersitzverknoteten Beine auseinanderklamüsere und zur Tür laufe.

Paolo, der bestaussehende Pizzataxifahrer von ganz Münster-Hiltrup und Umgebung, kommt die Treppe hinauf, ein strahlendes Lächeln auf den Lippen und mit zwei Pizzaschachteln in der Hand.

»Hallo Paolo, komm rein. Wir verhungern schon fast!«

»Hallooo, mein heißes Häschen!«, dröhnt er durch den Flur. »Mein Chef hat gesagt, ihr wolltet die Pizza unbedingt von mir geliefert bekommen? Na, ihr seid mir ja zwei wilde Weiber!«

Ähm … muss das jetzt gerade so laut sein? Wahrscheinlich steht meine Nachbarin wieder direkt hinter der Tür. Also winke ich Paolo schnell an mir vorbei in meine Wohnung und schließe die Tür. Als ich mich zu ihm umdrehe, will ich ihn eigentlich für die unangebrachte Lautstärke zurechtweisen – ganz zu schweigen von den »wilden Weibern« –, aber dann verschlägt es mir doch erst einmal die Sprache. Sein Zahnpastalächeln blendet mich fast. Seine Haut ist sonnengebräunt und hat diesen Kupferton, den ich nur aus Hochglanzillustrierten kenne. Unter seinem weißen, engen T-Shirt kann man die Muskeln sehen, die sich dort stolzgewölbt präsentieren. Paolos Haare sind kurz und haben diesen typischen »Gerade-aus-dem-Bett-gekommen«-Style, den ich bei Männern so liebe.

»Schöndassudabist«, nuschele ich.

Paolo zwinkert mir zu und geht dann ins Wohnzimmer, wo Pia bereits die Teller und das Besteck auf dem Couchtisch verteilt.

Ich schaue mir sein Hinterteil an und würde ihm am liebsten in den Po kneifen. Mann, ist das ein Knackarsch! Mir läuft das Wasser im Munde zusammen ... und das nicht nur wegen des leckeren Dufts der Pizzen.

Wie mag sich dieser Po anfühlen, wenn ich ihn erst einmal aus dieser engen Jeans befreit habe? Was für eine Unterwäsche Paolo wohl trägt? Bitte keine weiten Boxershorts. Wobei – dafür sitzt die Jeans doch eigentlich zu perfekt. Ob er gar nichts drunter trägt? Oder diese engen Shorts von Calvin Klein, die Tom immer trug? Die fand ich ganz phantastisch, vor allem in Hellgrau. Da zeichnet sich alles ab, was sich darunter verbirgt. Meine Phantasie kam jedes Mal in Wallung, wenn ich Tom darin in der Wohnung rumspazieren sah ...

»Oh, hallo Paolo«, säuselt Pia und zwinkert mir zu. Während Paolo die beiden Pappschachteln auf den Tisch stellt und sich dafür bücken muss, zeige ich auf seinen Hintern und forme ein *Oh, là, là* mit den Lippen, während Pia zustimmend nickt.

»Sag mal, Paolo ... verdient man eigentlich viel bei so einem Pizzataxi?«, fragt Pia mit so einem unschuldigen Ton, der mich fast zum Lachen bringt – denn wer meine beste Freundin so gut kennt wie ich, der weiß, dass sie beim Anblick dieses Sahneschnittchens alles andere als unschuldige Gedanken hegt.

»Na ja, Millionär wird man dadurch sicher nicht!«, antwortet Paolo schulterzuckend, schickt aber sofort sein Strahlelachen hinterher. Eventuell sollte ich meine Sonnenbrille holen, um nicht geblendet zu werden.

Während Pia eine Flasche Rotwein öffnet, die ich zuvor auf den Tisch gestellt habe, zwinkert sie ihm zu: »Hättest du nicht Lust, mal etwas anderes zu machen?«

Ich fasse es nicht. Sie gräbt ihn tatsächlich an!

Natürlich weiß ich, dass Paolo kein Kind von Traurigkeit ist, aber mit seiner Antwort hätte ich trotzdem nicht gerechnet.

»Hey, Puppe, du meinst … Strippen?«

Ich reiße meine Augen auf und habe das Gefühl, als würde mir jemand die Luft abschnüren. Wie kommt er direkt auf Strippen – und vor allem: Woher wusste er, was ich denke?

»Das wäre doch schon mal ein Anfang!« Pia schaut ihn herausfordernd an.

»Hey Ladys, ihr seid ja ganz schön heiß!« Paolo dreht sich zu mir um, und da mein Blick längst wieder auf seinem Po ruhte, schaue ich nun auf das, was sich hinter den Knöpfen seiner engen Jeans versteckt. »Na, und was willst du von mir, schönste Isa, hmmmm?«

Ich fühle mich ertappt, räuspere mich und beschließe, mich mit einem *Ach, das war doch alles nur ein Spaß, haha* aus der Affäre zu ziehen.

»Ja, äh, also …«, stottere ich, *»alles.«*

Das habe ich nicht wirklich gesagt, oder? Aber bevor ich das Missverständnis aufklären kann, stolziert Paolo schon zu meiner Anlage hinüber. »Dann dreh ich uns die Musik mal ein bisschen lauter«, grinst er.

Ich träume. Das ist die einzige Erklärung für das, was hier gerade passiert. Ich bin eingeschlafen und habe einen Traum. Blitzschnell kneife ich mich in den Arm. *Aua!* Das tut weh …

und ist der eindeutige Beweis: Ich schlafe nicht – habe aber trotzdem einen Alptraum. Denn auch, wenn ich mir solche Situationen wie diese hier manchmal heimlich in Gedanken ausmale – ich bin nie davon ausgegangen, dass es wirklich passiert! Aus dem Augenwinkel sehe ich, dass auch Pia ziemlich verdutzt aus der Wäsche schaut.

Paolo beugt sich übertrieben lasziv zur Anlage vor und streckt uns dabei wieder seinen Knackarsch entgegen. Super wäre jetzt natürlich, wenn die Weather Girls *It's raining men* schmettern würden – das wäre so absurd, dass wir gemeinsam darüber lachen könnten, was hier gerade passiert, und dann könnte Paolo prustend zugeben, dass er uns eigentlich nur veräppelt hat, und …

Aber das Leben ist kein Wunschkonzert, und das Radioprogramm ist es heute auch nicht. Statt eines witzigen Situations-Entkrampfers schallt ausgerechnet ein Modern-Talking-Hit aus meinen Lautsprechern. Irgendwie billig. Aber das passt natürlich durchaus dazu, was Paolo nun abzieht.

»Setz dich, Isa-Mäuschen.«

»Aber ich …«

»Setz dich!«, grollt er dunkel und verführerisch. Ich erschrecke mich so, dass ich seiner Bitte Folge leiste, und falle neben Pia auf die Couch. Sie drückt mir ein Glas Wein in die Hand – und ich trinke es in fast einem Zug leer. Das kann ja heiter werden! Anscheinend bin ich jetzt in genau so einer Situation, von der später beim Erzählen niemand glauben wird, dass es wirklich passiert ist.

Paolo steht vor uns, bewegt sich zur Musik und greift mit den Händen an den Saum seines hautengen T-Shirts, um es langsam ein Stück hochzuziehen. Das macht der doch nicht zum ersten Mal!

»Brother Louie, Louie, Louie«, murmelt Pia tonlos. Dann

kichern wir beide zeitgleich los. Paolo, der uns gerade wieder den Rücken zugekehrt hat, um seinen Knackarsch zu präsentieren, bekommt davon nichts mit.

»Das ist doch alles nicht wahr!«, flüstere ich.

»Ich kann's auch nicht glauben«, grinst Pia. »Aber weißt du was: Das nehmen wir jetzt mit! Ich meine, hallo ... wann passiert einem so etwas schon mal?«

Vielleicht hat sie recht. Vielleicht muss ich mich einfach nur ein bisschen locker machen und abwarten, was passiert? Okay, Isa, entspann dich ...

... *go with the flow* ...

... mach dich locker ...

... *ommmmmmmmm* ...

Ich bin alles andere als verklemmt, aber für das hier brauche ich anscheinend noch eine gewisse Eingewöhnungsphase. Schnell schenke ich Pia und mir ein zweites Glas Wein ein.

Paolo, der sich uns wieder zugewandt hat, lässt mir aber keine Zeit, das Glas an meinen Mund zu setzen, denn er greift nach meiner Hand, zieht mich von der Couch hoch, legt meine Finger an sein T-Shirt und bedeutet mir, ihm beim Ausziehen behilflich zu sein. Wie ein Schulmädchen komme ich mir vor, als ich das Shirt Zentimeter für Zentimeter an seinem Astralkörper nach oben schiebe, bis eine unbehaarte, sehr muskulöse Männerbrust zum Vorschein kommt. *Wow!* Paolo hat einen dieser Körper, die man sonst nur in photoshopbearbeiteten Parfümwerbeanzeigen sieht.

Ich bekomme ein flaues Gefühl im Magen – und eine Etage tiefer passiert etwas ganz anderes.

Ich spüre mehr, als dass ich es sehe, wie Paolo seine Hüften lasziv im Rhythmus vor meinen bewegt – und merke, dass ich nun doch langsam in Stimmung komme ...

»Habt ihr Lust auf einen Dreier, Ladys?«

Scrrrratsch!

Ich habe das Gefühl, als hätte gerade jemand Thomas Anders die Faust ins Gesicht geschlagen und Dieter Bohlen ein Knie in seinen Unterleib gerammt, damit sie aufhören zu singen.

»Aber ... also ...« Ich bekomme kein vernünftiges Wort raus.

»Ähm ...« Pia scheint es hinter uns auf dem Sofa ähnlich zu sehen. Paolo greift an mir vorbei nach ihrer Hand und zieht sie zu sich hoch, während sie abwechselnd zu ihm und mir schaut und genauso perplex wirkt wie ich. Und auf einmal liegt Paolos eine Hand auf meiner rechten Brust und die andere auf Pias linker.

Irgendwas läuft hier gerade mächtig schief.

Ich bekomme kalte Füße. Aber so was von!

»I caaaan't liiiiive, if living is without you«, singt nun Nilson aus dem Radio. Von wegen! Ich kann gerade supergut ohne das hier leben! Ein Dreier? Mit Pia und unserem Pizzataxifahrer? *Never ever.*

»Also Paolo, es war nett mit dir ... aber ...«

Paolo macht keine Anstalten, sich zurückzuziehen, und streichelt mir nun über meine Wange. »Nun hab dich nicht so, Kleine, du willst es doch auch«, haucht er in mein Ohr. Dann schaut er Pia an, leckt sich mit seiner Zunge über seine Lippen und stöhnt: »Und du doch auch, du Luder!«

Ich reiße mich von ihm los, zupfe meinen Bademantel wieder zurecht und mache zwei schnelle Schritte zur Seite. »Was bekommst du für die Pizza?«, frage ich in ernstem Ton.

»Die schenke ich euch, wenn wir jetzt damit weitermachen, womit wir angefangen haben, Ladys.«

»Wir können unsere Pizza selber bezahlen«, sagt Pia, die

sich bereits neben mich gestellt hat, »und wir haben keine Lust auf einen Dreier.«

»Und das soll ich euch glauben?« Paolo streicht sich selbstverliebt über seinen durchtrainierten, glattrasierten Oberkörper, der auf einmal gar nicht mehr so sexy aussieht wie noch vor wenigen Augenblicken.

»Paolo, es war nur ein Test. Wir wollten nur mal sehen, wie ein Mann wie du so tickt, und du hast den Test ... bestanden«, erklärt Pia.

»Genau!«, sage ich und hole schnell meinen Geldbeutel. »Und du bekommst jetzt auch mehr Trinkgeld als sonst.«

»Hey, ich bin total heiß auf euch, Ladys!« Sein Lächeln hat die Strahlkraft verloren. »Ihr könnt mich doch jetzt nicht einfach wegschicken wie einen dummen kleinen Jungen!«

Jetzt fängt er auch noch an rumzuzicken?

»Es ist nur so ...«, fange ich an, »wir sind ... also, ich meine, wir haben ...«

»Wir haben gerade unsere Tage bekommen.« Pia hat die rettende Idee.

»Genau«, bestätige ich schnell, »total gleichzeitig. So ist das bei uns Frauen nun einmal.« Was für ein Unsinn. Aber irgendwie muss man ihn doch loswerden können. »Wenn wir uns beim nächsten Mal eine Pizza von dir bringen lassen, machen wir genau da weiter, wo wir jetzt aufhören mussten. Nur heute geht es einfach nicht ...«

Paolo sieht uns skeptisch an. »Versprochen?«

»Versprochen!«, kommt es im Chor aus unseren Mündern. Ein Blick hinter Pias Rücken zeigt mir, dass sie ihre Finger dabei genauso überkreuzt wie ich.

»Na, dann ist das hier ja nun gerade wirklich dumm gelaufen«, Paolo schüttelt den Kopf. »Aber wusste ich's doch, dass ihr auch heiß auf mich seid – ihr seht ja, was ihr alles verpasst …«

Mann, ist der von sich überzeugt! Selbstbewusste Männer sind sexy, ja, aber das hier ist etwas ganz anderes.

Nachdem er sich das T-Shirt wieder übergezogen hat, tippt Paolo mit einem Finger auf die Rechnung, die auf der oberen Pappschachtel klebt. »Okay, das macht dann sechzehn Euro für die Pizza und zehn Euro für mich.«

Zehn Euro für seinen Strip, den wir nicht mal bestellt hatten, oder wie? Aber egal – Hauptsache, er verschwindet schnell wieder. Ich krame dreißig Euro aus meinem Portemonnaie, bringe ein »Stimmt so« raus und weise Paolo den Weg zur Tür.

»Allzeit bereit für euch, Ladys, denkt dran!«, sind seine letzten Worte, bevor ich die Tür zuschlage und erleichtert ausatme.

Ich gehe mit etwas wackligen Knien zurück ins Wohnzimmer. Pia ist auch noch ganz durch den Wind. »Puh, das war knapp!«

»Der Typ ist echt der Knaller.« Ich schütte uns noch Wein ein. »Ich hätte nie gedacht, dass er wirklich …«

»Ich auch nicht.«

Zum Glück macht sich nun meine große Klappe wieder bemerkbar. »Andererseits, es hätte schlimmer kommen können.«

»Wie meinst du das denn?«, will Pia wissen.

»Na, stell dir mal vor, diese hohle Nuss hätte uns *nicht* attraktiv gefunden – das wäre nun wirklich ein Drama gewesen!«

Wir prusten beide los, und die Anspannung löst sich sofort. »Brother Louie, Louie, Louie«, grölt Pia.

Als wir uns wieder beruhigt haben, fallen wir genüsslich über unsere Pizzen her.

»Also *so* würde ich mir ein Männertaxi aber nicht vorstellen!«, krame ich dabei erneut meine Phantasie raus.

»Stimmt«, sagt Pia. »Da dürften nur Männer angeboten werden, die es auch wirklich wert sind, dass man sie bestellt. Und irgendwie müsste alles möglich sein – man muss sich einen Mann für einen Theaterbesuch bestellen können, für einen ruhigen Abend zu Hause, wenn man einfach keine Lust hat, allein zu sein … und natürlich auch für einen alles andere als ruhigen Overnight-Stay.«

Genüsslich schneide ich mir ein Stückchen von meiner leider etwas erkalteten Pizza ab und schiebe es mir in den Mund. Unbewusst habe ich schon wieder angefangen, mir Deutschland zurechtzuschneiden: Ich weiß auch nicht, warum ich das mache, aber ich esse immer erst den Rand der Pizza, und wenn ich den abgeschnitten habe, sieht meine Pizza immer wie *good old Germany* auf der Landkarte aus.

Pünktlich zum Nachtisch aus der Leonardo-Schale sind wir bei der zweiten Flasche Wein angekommen. »Lass uns den Gedanken mal weiterspinnen, Pia. Es sollte so eine Art Männertaxi geben, bei dem alle Frauen anrufen können, um sich für ein paar Stunden, einen Abend oder eine komplette Nacht einen Mann zu bestellen. Der wird dann schön brav wie die Pizza mit einem Taxi zum Treffpunkt gebracht.«

Pia lacht. »Aber natürlich ohne diese komischen Warmhaltekartons, in denen die Pizzen dieser Welt immer ihre letzten Daseinsminuten fristen.«

»Logo, die würden die Haut ranzig machen«, amüsiere ich mich bei der Vorstellung, einen heißen Mann in einen Pappkarton zu quetschen.

»Und natürlich dürfen die Männer nach dem Abend nicht fragen, wie sie denn so waren. Ich finde diese Machotypen schrecklich, die beim Sex drei Minuten lauthals stöhnen und danach am liebsten noch ein Einser-Zeugnis haben möchten.«

»Die Kerle müssten einfach gehen, wenn die Frau es sagt«, stimmt Pia mir zu. »Oder hast du schon mal eine Pizza erlebt, die dich nach dem Essen gefragt hat, wie sie dir geschmeckt hat?«

Wir bekrümeln uns vor Lachen. So langsam merke ich, dass mir der Wein zu Kopf steigt. Und wahrscheinlich erfasst mich deswegen auf einmal der Tatendrang. »Weißt du was? Da ich noch nie gehört habe, dass es so ein Männertaxi gibt, machen wir einfach selbst eins auf!«

Pia ist begeistert. »Ich bin dabei!«

»Die Frauen werden uns die Bude einrennen, und ich kann sofort meinen Job bei Wolf aufgeben. Und wenn wir selbst wieder einen Mann für gewisse Stunden brauchen, bestellen wir einfach einen unserer Angestellten.«

»Auf Kosten des Hauses natürlich!«, grinst Pia.

»Oder noch besser: Wir testen die Herren erst einmal, bevor wir sie auf die Karte setzen!«

Wir klatschen begeistert unsere Hände zusammen. »Da gibt es nur ein Problem«, räume ich dann ein.

»Es gibt keine Probleme, nur Lösungen!«, behauptet Pia.

»Wo bekommen wir die Männer denn her? Paolo kommt nämlich ganz sicher nicht in Frage!«

»Wir können ja mal ’ne Anzeige im Internet aufgeben«, schlägt Pia vor. »Einfach mal schauen, ob sich darauf Männer melden, die Lust haben, mitzumachen! Komm, wir trauen uns jetzt einfach! Vielleicht schreibt ja auch gar keiner. Und wenn doch: Werden wir halt reich!« Pia fummelt an ihren Fingernägeln. Das macht sie immer, wenn sie aufgeregt oder nervös ist.

Mit den Worten »Kommen Sie mit in mein Büro, Frau Roth!«, lotse ich Pia in mein Schlafzimmer, denn dort steht mein Laptop. Wir lassen uns bäuchlings aufs Bett fallen, decken uns mit meiner roten Kuscheldecke zu, von der ich sicher nicht erwähnen muss, dass auch sie ein Überbleibsel von Tom ist, und ich starte das Internet.

Kapitel 3

Ich klicke die Startseite unserer städtischen Zeitung an. Die Rubrik *Kleinanzeigen* ist schnell gefunden. »Unter Geschäftliches?«, überlege ich.

»Nee. Die Männer, die wir suchen, wollen doch auch ihren Spaß haben. Ich glaube kaum, dass die unter *Geschäftliches* nachschauen. Guck mal lieber unter *Sie sucht Ihn.*«

»Klingt auch wieder logisch.« Wo sie recht hat, hat sie recht.

»Okay, hier haben wir die Rubrik. Nun muss noch ein Text her ...« Wir werfen uns gegenseitig Anzeigenideen zu: »Nebenjob zu vergeben. Seriös. Gute Aufstiegsmöglichkeiten!« »Nee, das hört sich irgendwie nach Versicherungsmakler an.«

»Taschengeld aufbessern? Wir geben Ihnen die Möglichkeit dazu. Schicken Sie eine Mail!«

»Nö, das klingt so nach Zeitungaustragen.«

»Möchten Sie sich mit tollen Frauen treffen, Sex haben und trotzdem Geld damit verdienen?«

»Oh Gott, wie plump.«

»Aber darum geht es doch.«

»Dann kannst du ja noch mal bei Paolo anrufen.«

»Uuuaaaaah!«

Irgendwie scheint es doch nicht so einfach zu sein, sich eine passende Anzeige auszudenken, bei der die Männer zwar direkt wissen, worum es geht, aber weder sofort abgeschreckt werden noch das Gefühl haben, dass sich jeder

Hinz und Kunz melden kann. Obwohl – kann man Männer eigentlich mit Sex-Aussichten abschrecken? Und wenn Hinz aussähe wie George Clooney und Kunz wie Christoph Metzelder …?

»Haben Sie Lust, Frauen nach allen Regeln der Kunst zu verwöhnen und dabei auch noch reich zu werden?«, schlägt Pia vor.

»Reich? Hmm … das werden sie aber sicher nicht, oder?«, bezweifle ich. »Reich werden doch nur wir.« Ich lache verschwörerisch.

»Das müssen sie ja nicht wissen. Und wer weiß, wie gut das Taxi läuft: Man fängt doch mit allem klein an, und wenn man es richtig anstellt, kann man etwas total Großes draus machen«, motiviert Pia mich.

»Okay, du kannst das ja schon mal eben so eintippen. Ich hole uns noch ein Gläschen Wein.«

»Wir brauchen auch eine E-Mail-Adresse, an die die Männer schreiben können«, sagt Pia, als ich zurückkomme.

»Stimmt, dafür möchte ich ungern meine private Adresse nehmen. Man muss das Private von dem Dienstlichen trennen können, das sagt dir jeder Chef«, bemerke ich lachend.

»Nichts leichter als das. Ich hab doch die Internetseite für mein Fingernagelstudio und könnte schnell eine zweite Domain beantragen, die zum Beispiel *www.maennertaxi.de* heißt. Das ist eine Sache von Sekunden«, schlägt Pia vor. »Und dann hast du die E-Mail-Adresse *isa@maennertaxi.de*.«

Wahnsinn! Hört sich prima an! »Aber müssen wir eigentlich auch noch einen richtigen Firmennamen haben? Oder sollen wir dieses gesamte Projekt der Einfachheit halber *Männertaxi* nennen?«, brainstorme ich weiter.

»*Männertaxi* ist doch klasse!« Pia klappert auf der Tastatur, und auch wenn ich keine Ahnung habe, was sie da jetzt genau macht, fühle ich, dass sie genau das Richtige tut.

»Die Domain ist noch frei!«, jubelt Pia, nachdem sie die von uns ausgedachte Adresse in eine Suchmaschine eingegeben hat, bei der man die Verfügbarkeit von Webadressen überprüfen kann. »Das ist cool, Isa, das ist soooohoooo cool!«

»Klasse!«, freue ich mich.

Pia tippt irgendwas in ein Formular ein, und am Ende sagt sie: »So, das Baby hat einen Namen! Jetzt können wir die Anzeige schalten.«

»Warte mal … ich muss kurz nachdenken. Der Anfang der Anzeige ist schon mal gut so. Vielleicht sollten wir aber auch noch erwähnen, dass es sich um eine äußerst seriöse Geschichte handelt und vor allem nichts mit Telefonsex oder dergleichen zu tun hat«, werfe ich ein. »Ich habe im Fernsehen mal einen Bericht gesehen über diese Frauen, die an der anderen Seite der Null-Neunhunderter-Nummern sitzen und den Kerlen in den Hörer stöhnen. In Wirklichkeit bügeln sie gerade ihre Wäsche oder stricken sich einen Pullover. Sind zwar auch alles Gründe zum Stöhnen, aber das braucht doch kein Mensch.«

»Wie wäre es mit: Kein Telefonsex! Seriös! Trauen Sie sich!«, beginnt Pia.

»Mailen Sie uns noch heute, und werden Sie ein Teil des weltersten Männertaxis!«, vollende ich die Idee.

»Das isses«, sagen Pia und ich gleichzeitig, während unsere Gläser beim Anstoßen leise klirren.

Ich tippe den Anzeigentext in das dafür vorgesehene Feld, was unter dem Einfluss des Rotweins schwieriger ist, als ich gedacht hätte, gebe meine persönlichen Daten ein und klicke auf *Senden*.

»Halt, halt, warte mal!«, ruft Pia plötzlich aufgeregt. »Was ist, wenn sich nur hässliche Männer melden? Dann sitzen wir irgendwann mit denen zu einem Vorstellungsgespräch in einem Café und ... brrrrr!«

»Auweia, wieso ist uns das denn nicht vorher eingefallen ... warte mal ...« Ich lese schnell, was nun in dem Fenster steht, das sich nach dem Abschicken automatisch geöffnet hat, und atme erleichtert auf. *»Solange der Text von unserer Redaktion noch nicht online geschaltet wurde, können Sie ihn jederzeit ändern«,* lese ich vor. »Also, Konzentration jetzt, es wird feingeschliffen!«

Als wir schließlich den fertigen Text auf dem Bildschirm sehen, prosten wir uns noch einmal zu und schicken ihn dann freudestrahlend ab:

Haben Sie Lust, Frauen nach allen Regeln der Kunst zu verwöhnen und dabei auch noch reich zu werden? Kein Telefonsex, keine Verpflichtungen. Eine seriöse Vermittlungsagentur freut sich auf Ihre Bewerbung (nur mit Bild). Trauen Sie sich, und schreiben Sie noch heute an: isa@maennertaxi.de

Pia und ich legen uns auf den Rücken und betrachten grinsend den künstlichen Sternenhimmel an meiner Schlafzimmerdecke. Meine ich das nur, oder drehen die sich wirklich gerade ein bisschen?

»Ich bin gespannt, ob sich überhaupt einer meldet ... und was das für kuriose Typen sind!«, giggelt Pia, während ich selig vor mich hin kichere. »Und vor allem müssen wir sie vorab auf Herz, Nieren und McJoy testen, bevor wir sie auf die Frauen loslassen!«

»Ehrensache!«

»Ohne Männertaxi-Qualitätstest geht hier gar nichts!«

»Wir sind so verrückt!« Ich überlege, wann ich das letzte Mal mit einem derartigen Grinsen auf dem Gesicht eingeschlafen bin. Nach einer Nacht mit Sascha? Oder mit George Clooney oder Christoph Metzelder oder Julian McMahon (das ist der irre Typ aus der Serie *Nip/Tuck*) oder Tom … Hey, wo ist das Problem? Andere Menschen zählen Schafe, um einzuschlafen, ich zähle imaginäre und reale Männer.

»Bis morgen, Süße, ich geh dann jetzt nach oben«, höre ich Pia noch flüstern, bevor ich ins Reich der Träume falle – und mich dort von starken Armen gutaussehender Kerle auffangen lasse …

Kapitel 4

Um zehn Uhr reißt mich der Wecker aus dem Schlaf. Mein Kopf fühlt sich an, als hätte ein Blitz eingeschlagen. Ich quäle mich aus dem Bett und stelle fest, dass ich im Bademantel eingeschlafen bin. Egal, dann kann ich jetzt direkt in die Küche gehen, um mir einen Espresso aus meinem Kaffeeautomaten zu ziehen. Bevor ich ihn allerdings auf ex in mich hineinkippe, spüle ich zwei Aspirin mit einem Glas Wasser hinunter.

Nachdem ich ausgiebig geduscht und mich danach gestylt habe, kehre ich ins Schlafzimmer zurück, um mich anzuziehen. Mein Dienst im *Snack & See* beginnt heute zum Glück erst mittags, und so habe ich noch ein wenig Zeit, um den Tag langsam in Fahrt kommen zu lassen.

Ich denke an gestern Abend zurück und schüttle mich, als ich an die Sache mit Paolo denke. Typen gibt's. Wahnsinn! Und dann fällt mir unsere Männertaxi-Idee wieder ein. Ich lächle und schüttle nun den Kopf ob dieser Idee. Was Frau nicht alles so tut, wenn sie auf Männerentzug ist und ein wenig Wein intus hat …

Bevor ich ein paar Stunden später die Wohnung verlasse, werfe ich einen letzten Blick in den Spiegel. Gar nicht mal so übel, was mich da anschaut und mir frech die Zunge rausstreckt.

Als ich die Tür abgeschlossen habe, drehe ich mich um – und kriege einen Riesenschreck, denn wie aus dem Nichts ist Frau Mattheuser im Flur aufgetaucht und sieht mich prüfend an.

»Frau Schwärzenbach, sind Sie krank? Geht es Ihnen nicht gut?«

Hä? Wie jetzt?

»Doch, doch, warum fragen Sie?«

»Sie sehen so blass aus. Als wäre Ihnen übel.«

Blass? *Übel?* Ich fand doch eigentlich, dass ich recht annehmlich aussah, als ich meine Wohnung verließ. Um nicht zu sagen, dass ich aussah wie das blühende Leben. Spinnt die?

»Danke, mir geht es gut!«, presse ich etwas mürrisch heraus. Kann die sich nicht mal um ihre eigenen Belange kümmern? Ich meine, wenn ich so aussehen würde wie sie, würde ich mir zumindest mal die Haare färben. Oder ein wenig Make-up auftragen. So wie Frau Mattheuser würde ich nicht mal rausgehen, um die Matte vor meiner Tür gerade hinzulegen.

»Vielleicht essen Sie zu wenig?«

Ich schaue Frau Mattheuser skeptisch an. »Nicht, dass ich wüsste!« Eigentlich esse ich ja zu viel. Aber auch das geht sie nun wirklich nichts an! Ich gehe an ihr vorbei.

»Ich könnte ja mal für Sie kochen!«, ruft sie hinter mir her.

Ich bleibe stehen und drehe mich noch mal kurz zu ihr um: »Sie meinen nicht wirklich, dass ich vom Fleisch falle, oder?«

Jetzt kommt es drauf an, ob Frau Mattheuser doch noch Pluspunkte bei mir sammelt. Für ein Kompliment bin ich schließlich immer zu haben, auch von nervigen Nachbarinnen.

»Also, das nicht gerade, aber Sie sehen so … so … ungesund aus. Haben Sie heute Abend Zeit?«

Ich winke nur noch mit meiner rechten Hand ab, lasse

Frau Mattheuser stehen und mache mich auf den Weg zum Bäcker, um mir dort meinen Coffee-to-go zu kaufen – und natürlich das zwingend dazugehörende Schokobrötchen. Damit ich ja nicht zu wenig esse. *Pöh!*

Danach mache ich mich auf den Weg zum DVD-Verleih. Die Sonne scheint, und der Tag gehört mir. Trotz Frau Mattheusers wenig schmeichelhafter Meinung über mein Aussehen bin ich gut drauf, kann aber eigentlich gar nicht genau erklären, warum es so ist. Vielleicht waren das gar keine Kopfschmerztabletten, sondern irgendwelche Happy-Pills? Wenn dem so ist, nehme ich jetzt jeden Morgen eine!

»Isa! Komm sofort rein und sag mir, wie das passieren konnte!« Wolf steht in der Tür, als hätte er bereits auf mich gewartet.

Okay, vielleicht sollte ich zwei von den Happy-Pills nehmen, bevor ich zur Arbeit gehe. Mein Chef ist mal wieder krebsrot im Gesicht. Wäre er ein wütender Stier in einem Comic, würde ihm jetzt Dampf aus Nase und Ohren kommen. Bei dieser Vorstellung treibt es mir ein Grinsen ins Gesicht.

»Hör auf zu grinsen und beantworte mir meine Frage«, schreit Wolf mich an.

Herrgott noch mal, was ist denn jetzt wieder passiert?

»Was ist denn los? Lass mich doch erst mal reinkommen!«, sage ich, während ich Wolf so sanft wie möglich zur Seite schiebe, um mir den Weg in den Laden zu bahnen. Erst einmal stelle ich in aller Ruhe meine Tasche hinter der Theke ab und melde mich dann mit meinem Usernamen und meinem Passwort am PC an.

»Herr Röttger war gestern Morgen hier, kurz bevor du die Farbe im Schaufenster verschüttet hast!«

»Schön für Herrn Röttger. Und nun? Will er wissen, ob noch Farbe übrig ist, um sein Schlafzimmer damit zu streichen oder was?« Wolf nervt mich, und wäre ich nicht angewiesen auf diesen Job, würde meine Faust jetzt gerne Bekanntschaft mit seiner Visage machen und mal so richtig *guten Tag* sagen, bis seine Nase strahlt. Und zwar neonpink! Dann würde ich ihm ein paar Blümchen und kleine Luftballons an die Nase tackern, mich freudestrahlend auf den Weg zur Tür machen, mich noch einmal umdrehen und ihn anlächeln, während ich fast lasziv fragen würde: »Wolf?« Er würde mich, aus Ohren und Nase dampfend, anschauen; die Blümchen und Luftballons würden aussehen, als tanzten sie den Moonwalk. Und dann würde ich sagen »LECK MICH!« und davonstolzieren.

Aber natürlich muss ich mir das alles verkneifen.

Wolf steht jetzt direkt vor mir, und zwar so nah, dass ich seinen Mundgeruch riechen kann. Mir wird übel.

»Du hast die Marken gestern falsch einsortiert! Du hast die aus dem Kuschelzimmer und dem Actionbereich durcheinandergeworfen! Herr Röttger wollte sich *Die Bourne Identität* ausleihen – und da die falsche Marke dran war, bekam er *Das Luder Natalie* mit!«

»Wo ist das Problem?«, frage ich unschuldig. »Als wenn ihm der Film nicht eh besser gefallen hätte!« Ich kann mir ein Grinsen nicht verkneifen.

»Wo das verdammte *Problem* ist? Herr Röttger wollte den Film mit seiner *Frau* zusammen schauen!«

Zugegeben, das war wahrscheinlich etwas peinlich. Ich kenne Frau Röttger schließlich vom Sehen. Sie macht auf mich jetzt nicht gerade den Eindruck, als würden Luder jeglicher Art bei ihr besonders hoch im Kurs stehen.

»So what?«, frage ich trotzdem, damit Wolf endlich mit der Sprache rausrückt und mir sagt, was an diesem Fauxpas so schlimm ist. »Sie mussten ihn sich ja nicht ansehen.«

»Herr Röttger war *pornosüchtig* und hat seine Krankheit nach fünf Jahren tiefenpsychologischer Therapie endlich besiegen können!«, brüllt Wolf.

»Sagt wer?«, frage ich erstaunt.

»Seine Frau natürlich! Und gestern schiebt er den Film ein und rastet völlig aus! Das ist wie bei einem Alkoholiker, der trocken ist, aber jederzeit rückfällig werden kann!« Okay, ich sehe den Ernst der Lage nicht. Alkoholiker haben mein volles Mitgefühl, aber *Herr Röttger?* Ich kann nicht anders, ich muss lachen. »Isa, das ist *nicht* witzig! Röttgers Frau war heute Morgen hier, hat mir den Film vor die Füße geschmissen und mir mit einer Klage gedroht!«

Ich pruste laut los. »Frau Röttger will *uns* verklagen, weil ihr Mann einen Porno bekommen hat?«

Wolf sieht aus, als würde er mich umbringen wollen. »Was ist daran so witzig?«

»Komm her«, ich reiße mich zusammen und weise Wolf an den Computer. »Gib *Herr Röttger* ein.«

Wolf tippt im Zweifinger-Suchsystem *Paul Röttger.* Auf dem Bildschirm werden nun die letzten fünfzig Filme angezeigt, die Paul Röttger sich ausgeliehen hat. Außer *Das Luder Natalie* werden nur jugendfreie Filme angezeigt.

»Ja. Und?« Wolf schaut mich verwirrt an. »Was willst du mir damit sagen?«

»Du hast mir nicht zugehört, Wolf. Ich habe nicht gesagt, dass du *Paul* Röttger eingeben sollst, sondern *Herr* Röttger.« Ich beginne, Spaß daran zu haben, meinen Chef vorzuführen. »Du erinnerst dich doch sicher daran, dass ich unsere Kunden grundsätzlich mit Herr und Frau ansprechen soll? Das hat Herrn Röttger auf eine Idee gebracht.«

Wolf tippt mit misstrauischem Blick *Herr Röttger* in die Suchmaske. Und wieder werden fünfzig Filme angezeigt –

nur dass sie diesmal Titel haben wie *Der Club der großen Dinger.* Und: *Titten, Blasen und Trompeten.* Und: *Claudine, die Immergeile.* Und, und, und.

»Aab… aber …« Wolf ist sprachlos. Dass ich das noch erleben darf!

»Du kannst den Mund wieder schließen. Herr Röttger hat mich vor einiger Zeit gebeten, ihm einen zweiten Account zu erstellen. Er hat mir erzählt, dass er diese Filme heimlich schaut, um seine Frau nicht damit zu verärgern. Die ist nämlich nicht pornosüchtig, sondern … ach, welches Wort hat er noch verwendet?« Ich lasse mir die nächsten Silben auf der Zunge zergehen wie eine Praline. »Frigide.«

»Also … also ist er gar nicht therapiert worden? Seine Frau denkt das nur?«

»Bingo! Da kannst du mal sehen, auf welche Ideen ihr Kerle kommt. Wahrscheinlich hat Frau Röttger ihren Mann überrascht, und das Einzige, was ihm einfiel, ist natürlich, uns zu beschuldigen. Jetzt entschuldige dich mal schön bei mir und hör endlich auf, in mir immer die Schuldige zu sehen.«

Wolf ringt einen Moment sichtlich um seine Fassung. Aber er wäre nicht mein liebreizender Chef, wenn er sich nicht schnell wieder fangen würde. »Ein zweiter Account für einen Kunden, ja? Wieso ist das nicht mit mir abgesprochen? Ist das nicht sogar ein Straftatbestand? Vortäuschung falscher Tatsachen?«, blafft er mich an.

Meine gute Laune ist wie weggewischt. »Ich weiß nicht, warum du an allen Dingen immer was zu nörgeln haben willst«, sage ich gepresst, »aber erkenne endlich, dass ich ein Mensch aus Fleisch und Blut bin und mich von dir nicht so behandeln lasse!« Ich merke, wie ich richtig wütend werde. Jetzt könnte man wohl bei mir den Dampf aus Ohren und

Nase treten sehen. Aber ist doch wahr! »Ich gehe nach hinten ins Büro«, knarzt Wolf unbeeindruckt zurück. »Und komm mir heute nicht mehr unter die Augen!«

Ich schaue ihm wütend hinterher, während er ins Büro geht, und flüstere etwas lauter als sonst: »Arschloch!«

Ich bin geladen, aber nun taucht ein schlaksiger Teenager mit seiner Freundin auf, die sich hoffentlich mehr für das *High School Musical* als für Luder-Action interessieren. Ich atme tief ein und aus. Gaaaaanz ruhig, Isa.

»So, was darf ich euch denn geben?«, sage ich dann gekonnt freundlich und fange an, sie und die drei anderen Kunden zu bedienen, die sich ebenfalls an der Theke versammeln. Es fällt mir schwer, aber ich schlucke meine Wut hinunter. Der Kunde ist König und darf eine nette DVD-Fachberaterin erwarten und keine weinende, vor Wut rot angelaufene Tussi, die so aufgequollene Augen hat, als hätte sie gerade mit Henry Maske Petting unter der Bettdecke gemacht. Aber heute Abend! Heute Abend werde ich die Männertaxi-Mails checken, die mir just in diesem Moment wieder in den Sinn kommen. Ich werde reich werden mit dieser grandiosen Idee! Und dann werde ich eines Tages von meinem Geld diesen Scheißladen kaufen und Wolf auf die Straße setzen! Natürlich würde ich dann schon lange nicht mehr selbst hier arbeiten, denn ich bin dann längst mit George Clooney verheiratet und kümmere mich eifrig mit ihm um die Familienplanung. Ich hätte ja gerne ein Mädchen (Emily), George lieber einen Jungen (Maverick). »Aber letztendlich ist es doch egal, was es wird«, sagt George und küsst mich. »Hauptsache, gesund.« Und Hauptsache, ein Kind – denn als eine alte Schulfreundin vor ein paar Jahren schwanger wurde und mir freudestrahlend die frohe Botschaft überbrachte, hatte ich einige Tage später einen Alptraum, dass ich bei der Geburt dabei war. Doch nach stundenlangem Pressen und Wehen kam kein Kind aus ihr raus, sondern ... ein Wellensittich. Keine Ahnung, was mir *dieser* Traum sagen wollte.

Aber zurück zu George. Wir werden überglücklich sein in unserem neuen Fünf-Millionen-Dollar-Haus direkt am Strand, an welchem wir nun gerade händchenhaltend spazieren gehen, während George mir tief in die Augen schaut und fragt:

»Haben Sie noch Häagen Dasz Toffee?«

Hä?

Ich schaue auf die andere Seite der Theke und blicke in die rotgeränderten, verweinten, riesigen braunen Augen einer dunkelhaarigen Kundin.

»Toffee? Aber klar!«, antworte ich irritiert, während ich zur Tiefkühltruhe gehe und den Deckel öffne.

»Bitte drei Becher!«

Drei? Auweia.

Ich angle die Becher aus der Truhe und gehe wieder zurück an die Theke. Die Kundin schneuzt in ihr Taschentuch. Alles klar. Spätestens als ich die DVD-Marke nehme und den Film raussuche, weiß ich, dass sie gerade einen Hardcore-Liebeskummer der Extraklasse durchlebt. *Die Brücken am Fluss.* Einer der Filme, bei denen ich nur zwei ganz bestimmte Szenen sehen muss, um Rotz und Wasser zu heulen.

Die Dame tut mir leid, denn ich kann wirklich nachvollziehen, wie es ihr gerade geht. Diese Phase ist bei mir selbst ja nun noch nicht allzu lange her.

»Macht zusammen achtzehn Euro«, sage ich mitleidig. Während sie das Geld in ihrem Portemonnaie zusammensucht, lege ich eine Tüte Paprikachips auf den Tresen. »Da, die sind von mir.«

Sie sieht mich erstaunt an. »Ich wollte aber doch gar keine …«

»Glauben Sie mir«, sage ich und sehe sie so an, dass über meinem Kopf wahrscheinlich ein großes *Ich weiß, was Sache ist* flackert, »die können Sie spätestens in einer Stunde gut gebrauchen.«

Sie lächelt gequält, und ich zwinkere ihr tröstend zu. Es gibt Momente im Leben von Frauen, in denen sie einfach zusammenhalten müssen. Und das hier ist genau so einer.

Ich packe alles in eine Plastiktüte und schaue der Frau hinterher, als sie mit hängendem Kopf und triefender Nase den Laden verlässt. Tauschen möchte ich jetzt nicht mit ihr.

Obwohl ich nicht an den lieben Gott glaube, schaue ich nach oben und murmele: »Gott sei Dank ist diese Phase bei mir vorbei!« Gefühle? *Never ever!* Man sieht ja, was daraus werden kann!

Kapitel 5

Als ich nach Hause komme, will ich mich eigentlich sofort auf meinen Rechner stürzen, um nachzuschauen, ob sich irgendjemand auf unsere Anzeige gemeldet hat – aber dann kommt alles anders. Zuerst ruft meine Mutter an. Ich liebe sie, wirklich, ich liebe sie sogar sehr. Was ich nicht liebe, ist das Leben der Nachbarn meiner Mutter, doch das hält Mama nicht davon ab, mir in der nächsten Stunde genau darüber zu berichten. Und zwar ausführlich. Natürlich kommt dabei auch zur Sprache, dass die Tochter von Frau Kottner (wohnt zwei Häuser neben Mama) gerade einen Architekten geheiratet hat. Die Tochter von Frau Mertens (eine Parallelstraße weiter) hat sogar schon zwei Kinder. Und – ein Hoffnungsschimmer in der heilen Welt – der Sohn von Frau Dopphof (direkt nebenan) hat sich bei seinen Eltern geoutet.

»Na und«, sage ich, »ist doch okay, wenn er schwul ist, da wirst du ja wohl kaum etwas gegen haben.«

»Nein«, sagt Mama, »natürlich nicht – und stell dir vor: Er ist seit drei Jahren heimlich mit diesem Politiker zusammen, wie heißt der noch … egal, auf jeden Fall zieht er jetzt zu ihm, und die beiden werden ein Kind adoptieren, aus Korea oder China oder Japan. Auf jeden Fall so ein Baby mit Schlupflidern. Die olle Dopphof ist nicht so begeistert davon, aber ich habe ihr gesagt: Frau Dopphof, glauben Sie mir, jedes Enkelkind ist besser als gar kein Enkelkind.«

Wupps, das hat gesessen. Ich würde es meiner Mutter gegenüber nie zugeben, aber so ein kleiner wunder Punkt ist dieses Enkelkindgebrabbele ja nun doch für mich. Während sie munter weiterplappert und vermutlich nicht mal ahnt, dass sich in meine Augen ein paar kleine Tränchen verirren, gehe ich mit dem Hörer zur Tür, öffne sie leise und betätige die Klingel.

»Und dann sagte Frau Dopphof noch … Huch, was war das denn? Hat es etwa bei dir geklingelt?«

»Ja, Mama, das hat es!«

»Ist es wenigstens ein netter Mann?«

Mütter können manchmal so grausam sein. Auch wenn meine eigene ja nur das Beste für mich will.

»Nein, Mama, das ist Pia, und deshalb muss ich dich jetzt leider weghängen. Ich melde mich in den nächsten Tagen wieder bei dir.«

»Dann erinnere mich bitte daran, dass ich dir noch von der Tochter meiner Turnschwester Maria erzähle. Die kennst du doch noch, die Angelika? Du glaubst es nicht, die konnte jahrelang nicht schwanger werden, aber dann auf einmal …«

»Ja, Mama, ich werde dich dran erinnern. Grüß Papa von mir. Tschüs!« Genervt, aber eben auch ein bisschen traurig, beende ich das Gespräch.

Kaum habe ich sie abgewimmelt, bemerke ich, dass sich die Tür meiner Nachbarin öffnet, als ich meine gerade schließe. Ich halte einen Moment inne, atme tief ein, krame ein Taschentuch aus meiner Jeans und schneuze hinein.

Kinder. Ja, die hätte ich auch gern gehabt. Mit Tom. Aber das ist vorbei. Und genau aus diesem Grunde versuche ich, den ganzen Abend nicht mehr an ihn zu denken, sondern krame lieber meine *Nip/Tuck*-DVDs raus und schaue dem Schönheitschirurgen Dr. Christian Troy dabei zu, wie er seinen Patienten die Nasen bricht, das Fett absaugt und andere unglaubliche Dinge mit ihnen anstellt, um sie schöner zu machen, und stelle mir dabei vor, er würde mal Hand an mir anlegen – deutlich zärtlicher, versteht sich. Können Schönheitschirurgen eigentlich auch Herzen straffen? Oder wenigstens Altersflecken darauf entfernen? Oder es sonst wie hinbekommen, dass alles irgendwie ein wenig hübscher ausschaut und die Narben darauf nicht mehr ganz so weh tun?

Auch in den nächsten Tagen komme ich nicht dazu, meine Mails zu checken. Meist komme ich nicht mal dazu, überhaupt daran zu denken. Also verschiebe ich es aufs Wochenende.

Am nächsten Samstag muss ich morgens schon früh raus, weil ich mit meinen alten Schulfreundinnen Karin (die mit der Wellensittichgeburt) und Steffi (ohne Kinder, aber wie angekettet an ihren Ehemann) aufs Land fahre, um Norbert (unserem damals einzigen Jungen in der Clique, der erst mit fünfundzwanzig die erste Freundin hatte!) zu besuchen, der – das scheint im Moment ein Virus zu sein – ebendiese Freundin heiratet. Zwei Tage lang bin ich fast ausschließlich von glücklichen Paaren umgeben. Der einzige Singlemann, ausgerechnet Norberts Trauzeuge, ist bei den insgesamt vier anwesenden Singlefrauen heiß begehrt. Da er mir bereits nach zwei Minuten unaufgefordert erklärt, dass er sich auch so schnell wie möglich verlieben möchte, aber bitte in eine Frau Mitte zwanzig, damit sie gemeinsam noch mindestens eine halbe Fußballmannschaft in die Welt setzen können, suche ich schnell das Weite und beschäftige mich lieber mit meinen neuen Freunden Jim Beam und Ramazzotti und knibbel dabei missmutig an einem abgebrochenen Fingernagel, den Pia mir unbedingt reparieren muss. Das Leben ist ungerecht, und es beweist mir dies jeden Tag aufs Neue.

Als ich nach über einer Woche endlich dazu komme, meine Mails zu checken, traue ich meinen Augen kaum: Achtzehn E-Mails sind aufgrund unserer Männertaxi-Anzeige eingetrudelt! Schnell hole ich meinen Wischmopp aus der Abstellkammer und klopfe einmal an die Zimmerdecke, damit Pia runterkommt. Das muss sie unbedingt sehen!

Keine fünf Minuten später liegt Pia kaugummikauend neben mir auf meinem Bett.

»So viele?« Sie reißt ihre Augen auf und guckt, als würde gerade ein LKW voller Anti-Aging-Creme-Tiegelchen vor ihr entladen werden. »Das glaub ich jetzt nicht!«

»Ich auch nicht. Vielleicht haben sich einige Männer auch einfach nur einen Scherz erlaubt.«

»Es gibt nur einen Weg, das rauszufinden!«

Mit einem nervösen Bumpern im Bauch öffne ich die erste E-Mail.

> Hallo, mein Name ist Harald Neureuther. Ich bin 42 Jahre alt, verheiratet, habe zwei Kinder und möchte gern ein paar Euro nebenbei verdienen. Durch Zufall bin ich auf eure Anzeige gestoßen und würde mich freuen, wenn ihr euch bei mir meldet!

»*Durch Zufall* … Nee, is klar!«, seufzt Pia.

»Ein Familienpapi?« Ich setze meinen Skeptikerblick auf. »Für ein Männertaxi? Der hat hier nichts zu suchen und soll mal lieber schön bei seiner Frau bleiben!« Der Mauszeiger schwebt schon über dem *Löschen*-Knopf.

»Warte mal, warte mal.« Pia scheint merkwürdigerweise sehr interessiert. »Nun sei doch mal ein wenig realistisch,

Isa. Wenn er fremdgehen will, dann wird er das so oder so tun. Der ist doch nie im Leben durch Zufall in die *Sie-sucht-Ihn*-Rubrik gerutscht. Und auf diese Weise geht er nicht nur schnöde fremd, denn das kann ja jeder, sondern er bringt auch noch ein bisschen Geld nach Hause. Da hat seine Familie dann doch sicher auch was von.«

»Mmm, ich weiß nicht.« Kann man Seitensprünge tatsächlich so einfach moralisch vertreten?

»Schau mal, wir wollen unseren Kundinnen doch viele verschiedene Männertypen anbieten«, fährt Pia mit ihren Überredungskünsten fort. »So ein Familienvater hat doch ganz andere Themen drauf als irgendein Junggeselle. Und er muss ja nicht gleich mit den Frauen ins Bett gehen. Theater, Kino oder ein Restaurantbesuch würden doch reichen. Wir wollen ja eben keine reine Callboyagentur gründen, sondern ...« Sie überlegt einen Moment und blickt dabei an meine Zimmerdecke. »Eine Agentur, die Frauen den Spaß bietet, den sie in ihrem Alltag nicht bekommen. Und dieser Spaß kann doch alles Mögliche sein!«

Damit spricht sie einen Punkt an, über den ich auch schon nachgedacht habe. Natürlich war es toll, mit dem Gedanken zu spielen, eine erfolgreiche Männervermittlerin zu werden. Aber letztendlich war mir immer klar, dass das nur ein Tagtraum ist wie meine wilden Abenteuer mit George & Co.

»Moment mal, Moment mal ... Ich dachte, wir schauen uns hier nur zum Spaß die Männer an, die auf unsere Anzeige«, ich suche nach dem richtigen Wort, »hereingefallen sind? Du meinst doch nicht wirklich, dass wir diese Schnapsidee tatsächlich realisieren sollen?«, frage ich skeptisch.

»Hey, *du* willst doch aus dem DVD-Verleih raus, oder nicht? Glaub mir, so ein Männertaxi ist die absolute Marktlücke! Es gibt Milliarden Frauen auf dieser Welt, die sich wünschen, dass ihnen ein Mann frei Haus geliefert wird!« Pia grinst mich an und knufft mich in die Seite. »Was ist denn auf einmal mit dir los? Neulich Nacht warst du so voller Tatendrang, und jetzt machst du einen Rückzieher?«

»Eigentlich finde ich den Gedanken daran ja auch sehr interessant«, gebe ich zu, »aber ich merke, dass ich mich so richtig noch nicht traue, ihn wirklich in die Tat umzusetzen. Erst war es nur eine Idee, von der ich ja wirklich sehr begeistert war. Aber es war eben ein Hirngespinst, und jetzt gibt es reale Männer, die daran Interesse haben!«

»Aber das ist doch super. Ein Wink des Schicksals. Eine göttliche Fügung. Ein ... ach, ein was-auch-immer. Und außerdem ...«, Pia lächelt verheißungsvoll, »haben wir ja auch etwas davon.«

»Du meinst, wir müssen die Kerle dann auch *wirklich* testen, oder?« Ich blicke Pia fragend an.

»Müssen? Nein! Wir *dürfen*, Isa, wir dürfen! Wir können sie ja nicht vermitteln, wenn wir nicht genau wissen, wie sie ticken! Kein Bäcker dieser Welt verkauft Brötchen, die er nicht vorher selber schon mal probiert hat.« Erkenne ich da ein lustvolles Lachen in ihren Augen?

»Und du würdest das auch mit einem verheirateten Mann machen?«

Pia überlegt einen Moment. »Nun ja ... also ... wenn ich ihn irgendwo in einer Bar kennenlerne, dann wüsste ich doch auch nicht, ob er verheiratet ist oder nicht. Dieser Harald spielt immerhin mit offenen Karten. Und letztendlich kann seiner Frau doch nichts Besseres passieren als ich.«

»Wie meinst du das denn?«

»Na«, sie grinst mich an, »ich will ihn ja nicht behalten. Ich brauche ihn nur für eine Nacht. Ich schütze seine Ehe also vor all den gierigen Weibern, die sich skrupellos an verheiratete Kerle ranmachen, um selbst in den Hafen der Ehe einlaufen zu können.«

Ich lächle und schüttle den Kopf. »Du und deine wilden Argumentationen, ihr bringt mich irgendwann noch um den Verstand. Aber okay, komm, schreiben wir Harald eine Antwort-Mail. Dann können wir ja immer noch schauen, wie wir das Ganze handhaben werden«, entschließe ich mich und klicke auf *Antworten*.

Hallo Harald,
vielen Dank für deine Mail. Bitte teile uns deine Handynummer mit. Wir werden dich dann umgehend anrufen und dich zu einem persönlichen Vorstellungsgespräch einladen. Wir freuen uns auf dich!
Das Männertaxi-Team

Dann fällt mir etwas ein. »Aber er hat gar kein Foto mitgeschickt«, beschwere ich mich, während Pia gerade ihr Kaugummi zu einer Blase formt und sie laut platzen lässt.

»Ach, nicht schlimm. Ich denke, weil er verheiratet ist, will er lieber erst mal diskret behandelt werden. Wir sehen dann ja beim Date … oh pardon, beim *Vorstellungsgespräch*, wie er aussieht. Lass den mal ruhig herkommen!« Pia grinst, und ich lasse mich von ihrem Grinsen gerne anstecken.

Dann klicke ich auf *Senden* und fühle mich komischerweise auf einmal ein wenig euphoriedurchtränkt. Vielleicht hat diese Schnapsidee ja tatsächlich richtig tolle Auswirkungen? Und manchmal muss man im Leben einfach mal verrückte Dinge tun. Warum nicht auch mal ein Männertaxi gründen, für das die Bewerber zunächst mal unsere persönliche Qualitätskontrolle durchlaufen müssen?

»Na also, hat doch gar nicht weh getan!«, freut sich Pia. »Und jetzt weiter!«

Unter den Absendern tummeln sich die verrücktesten Typen. Uns fällt auf, dass es noch mehr verheiratete Männer gibt, die sich auf unsere Anzeige gemeldet haben. Das bringt dann auch Pias vorher noch so überzeugte Argumentation ein bisschen ins Wanken. Und da wir keinen »Bei-uns-werden-Sie-als-langjähriger-vernachlässigter-Ehemann-mal-wieder-so-richtig-aufgepäppelt«-Club gründen wollen, sondern ein Männertaxi, welches in erster Linie unseren Kundinnen zugutekommen soll, verfrachten wir diese Mails erst mal in den von mir eigens dafür angelegten Unterordner mit dem Namen *Ersatzmänner*; mit Harald haben wir diese Schiene ja bereits bedient.

Nach drei wirklich indiskutablen Bewerbern öffnen wir die Mail von einem jungen Typen namens Lars Piotrowski. Das Bild ist ziemlich vielversprechend: Er ist groß, dunkelhaarig, scheint einen recht knackigen Körper zu haben und erinnert mich an diese Jungdarsteller aus den Daily Soaps. Und das ist auch der springende Punkt.

»Hey, guck mal, der ist gerade mal Mitte zwanzig – das geht doch gar nicht. Und hier steht, dass er noch sehr unerfahren ist!«

»Na und?« Pia schaut mich an, als würde eine Spinne auf meinem Kopf gerade eine rot-weiß karierte Decke ausbreiten und ein paar Tupperdosen aus ihrem Rucksack kramen, um dann ein Picknick einzulegen.

»Was sollen wir denn mit einem unerfahrenen Kerl?«, will ich wissen. »Unser Männertaxi soll den Frauen doch etwas bieten«, entgegne nun ich erstaunt. »Kann der Typ nicht lesen?«

»Ach komm, du weißt doch, was man sagt: Die jungen Früchte sind immer die knackigsten. Außerdem steht hier, dass er dringend Geld verdienen muss. Wir sollten ihm eine Chance geben.«

»Ach, ich weiß nicht. Kannst du dir vorstellen, mit einem so jungen Typen ...«

»Isa!« Pia schaut mich streng an. »Fragt irgendjemand Lothar Matthäus, ob seine Liliana nicht vielleicht ein bisschen jung für ihn ist?«

»Ja. Alle fragen das. Habe ich gerade erst wieder in einer Illustrierten gelesen.«

»Ach, papperlapapp.« Pia macht eine wegwerfende Handbewegung. »Es gibt so viele Männer, die deutlich jüngere Freundinnen haben – wieso sollte eine Frau das nicht dürfen? Außerdem, denk an Madonna – die hat schließlich mal gesagt: *Junge Männer haben keine Ahnung, was sie tun, aber sie tun es die ganze Nacht.*«

Ich muss lachen. Irgendwie hat Pia ja recht. Das Männertaxi soll Frauen etwas bieten, was sie sonst vielleicht nicht so einfach bekommen können. Und das könnte ja auch ein charmanter Jungspund sein.

»Also okay, warum eigentlich nicht? Erweitern wir eben unser Angebot um einen unerfahrenen Frauenbeglücker. Heutzutage ist ja wirklich alles möglich.«

Auch Lars bekommt unsere Standard-Mail, und schon geht's ab zur nächsten Bewerbung.

@ Sehr geehrte Männertaxi-Betreiberin!

Gerade habe ich Ihre Anzeige entdeckt und mich spontan entschieden, Ihnen zu antworten. Eine solche Anfrage liest man höchst selten. Ich bin geschieden, 39 Jahre, halte mich für gutaussehend, bin mit meinen 1,90 m schön groß und auch ansonsten sehr gut gebaut. Sie wissen sicher, was ich damit meine.

»Ganz schön direkt, der Typ, was?«, prustet Pia los.

Ich knabbere nachdenklich an meiner Unterlippe und lege meine Stirn in Falten, höre aber direkt wieder damit auf, weil mir einfällt, dass ich irgendwo mal gelesen habe, dass so ein Gesichtsausdruck die Altersfalten fördert. Und das wollen wir ja nicht.

»Sag mal, du hast doch nicht schon wieder Bedenken, oder?« Pia schüttelt ungläubig den Kopf. »Sei doch mal ehrlich, Isa. Es ist doch super, schon vorher zu wissen, welchen McJoy der Mann so in seiner Jeans gefangen hält, oder? Hast du es noch nie erlebt, dass du enttäuscht warst, nachdem du ausgepackt hast, was er so lange verborgen hielt? Ich glaube, da spreche ich nicht nur für mich. Ich denke schon, dass es sehr viele Frauen gibt, die auf die Größe Wert legen.«

»Es kommt nicht auf die Größe an, sondern auf die Technik«, doziere ich.

»Das hat sich doch mit Sicherheit ein minderbestückter Mann ausgedacht. Denn hey, das Auge isst doch irgendwie auch mit, oder? Und beim Metzger in der Auslage macht eine Salami doch auch mehr her als so ein kleines Cocktailwürstchen.«

»Aber das Auge kann sicher nicht im Voraus erkennen, welche Wahnsinnstechnik hinter einem Mini-McJoy steckt, oder?«, werfe ich ein.

»Wenn uns hier jemand hören könnte!«, juchzt Pia und strampelt vergnügt mit den Beinen. »Was wir gerade für Themen haben! Aber komm, lass uns mal schauen, die Mail geht ja noch weiter!«

Im öffentlichen Leben bin ich der Politik sehr zugewandt, und im Allgemeinen würde man mich vielleicht als Spießer bezeichnen. Doch in mir ruhen ganz andere Seiten, die nur darauf warten, endlich ausgelebt zu werden. Ich bin nicht pervers, obwohl Perversion sicher Ansichtssache ist, aber ich stehe auf Sex an außergewöhnlichen Orten, mit außergewöhnlichem Umgangston, außergewöhnlichen Stellungen und außergewöhnlichen Accessoires.
Ich würde mich freuen, wenn Sie sich bei mir melden, und verbleibe bis dahin mit freundlichem Gruß,
Ihr kleines Dreckschweinchen
Waldemar

Bumm!

Die Mail hat gesessen. Ein Spießer also, der gleichzeitig ein versauter Sexgefährte sein kann? So etwas gibt es also nicht nur in billigen Kitschromanen oder im Fernsehen, sondern tatsächlich im alltäglichen Leben? »Also, der geht jetzt mal gar nicht. Da bekomme ich ja schon beim Lesen Angst«, sage ich mit weit aufgerissenen Augen. »Ab damit in den Papierkorb«, erwidert Pia, und genau da landet die Mail von Waldemar dann auch. Wir sind schließlich kein Domina-Club, sondern ein ganz normales Männertaxi.

Typen gibt's, Wahnsinn!

Der nächsten Mail ist wieder ein Foto beigefügt. Bevor wir die Mail lesen, schauen wir uns das Bild an. Frauen sind nun mal von Natur aus neugierig.

Vor uns räkelt sich in edlem Schwarzweiß ein ausgesprochen attraktiver Mann auf einem hellen Laken. Sein Oberkörper ist durchtrainiert und nicht behaart, sofern man das auf dem Foto erkennen kann, und vor allem ist er unbekleidet. Also: der Oberkörper. Sein Unterkörper wird von einer sexy Jeans verdeckt, an der anscheinend der Reißverschluss defekt ist. Zumindest steht er weit offen. Und er scheint keine Unterwäsche zu tragen. So richtig sehen kann man allerdings nichts. Auch nicht, als ich das Foto auf fünfhundert Prozent vergrößere. Pia und ich kleben förmlich mit der Nase am Bildschirm.

»Wow, was für ein Typ!«, staune ich mit offenem Mund. Der kriegt auf jeden Fall schon mal aufgrund seines Bildes eine Antwort-Mail. Aber erst mal lesen, was er so schreibt.

Hallo! Ich wusste, dass heute genau der richtige Tag dafür ist, in diese Anzeigen zu schauen. Denn ich spürte, dass man mich sucht.

Pia und ich schauen uns zweifelnd, aber lachend an.

Du brauchst jetzt auch gar nicht mehr weiterzusuchen, denn du hast den richtigen Mann für dein Vorhaben bereits gefunden. Hier bin ich! Sven, Single, 32 Jahre, 1,97 m groß, durchtrainiert, immer gepflegt, von Kopf bis Fuß rasiert. Ich mag es, wenn auch an meinen Beinen nicht ein einziges Haar zu finden ist.
Es fühlt sich einfach sexy an, wenn ich eine Jeans trage und darunter nur meine eigene nackte Haut spüre und keine lästigen Haare, die mir sonst das Gefühl geben, ich hätte noch eine weitere Hose drunter.

Wenn das so weitergeht, mach ich mir gleich vor Lachen in die Hose!

@ Ich bin toll im Bett. Klar, wer so aussieht wie ich, muss einiges bieten. Ich bin nicht der Typ, der nur an sich denkt. Ich verwöhne die Frau liebend gerne, und wenn sie eine Schnellkommerin ist, dann kann es schon mal sein, dass sie in einer Nacht bis zu fünfzehn Mal auf ihre Kosten kommt. Alles schon erlebt.

»Nur fünfzehn Mal?«, fragt Pia schauspielerisch erbost und nahe davor, ein Sauerstoffzelt zu ordern.

@ Außerdem würde ich mit jeder Frau Sex haben! Für mich ist es nur wichtig, dass sie gepflegt ist. Das Aussehen spielt für mich keine Rolle. Ob blond, braun, rot, groß, klein, dick oder dünn. Es gibt keine hässlichen Frauen. Und außerdem reicht es, dass ICH gut aussehe.

Ich rolle mich vor Lachen zusammen. Pia liest derweil die Mail weiter vor:

@ Ich bin sehr ausdauernd. Und ich sage auch nicht, dass es nicht auf die Größe ankommt, denn das sagen nur Männer, die einen kleinen Schniedel haben. Reine Schutzbehauptung. Ich sage, es kommt doch auf die Größe an.

»Siehste, siehste, mein Reden!«, kommentiert Pia. War ja klar.

@ Und du wirst sicher nicht bereuen, mich bei dir einzustellen. Mein kleiner großer Freund und ich werden den Laden erst mal so richtig in Schwung bringen!
Mail mir.
Sven

»Meine Güte: Was für ein Auf-die-Kacke-Hauer!«, sagt Pia. »Aber wenn Männer so dermaßen von sich überzeugt sind, steckt meist nix dahinter!«

Diesmal will ich nicht die Spaßbremse sein und lege deswegen ein Veto ein. »Ja, aber schau mal, der Typ schaut klasse aus, und vielleicht sollten wir es einfach mal auf einen Versuch ankommen lassen. Ich finde, eine Chance können wir ihm auf jeden Fall geben. Schon allein bei seinem Anblick werden die Frauen reihenweise aus den Latschen kippen. Und wie sagtest du bereits? Das Auge sext schließlich auch mit. Alles andere werden wir dann doch sehen.«

»Okay, zu verlieren haben wir ja nichts«, stimmt Pia mir zu, während ich schon unsere Standardantwortmail an ihn aktiviere.

Schließlich haben wir uns durch alle Mails gearbeitet. Einige von ihnen haben wir direkt gelöscht, andere in den Ersatzmann-Ordner geschoben, und noch ein paar andere haben von uns die Standard-Mail bekommen. Nun heißt es abwarten, ob sich die Männer melden, und dann mal schauen, wie sie so in natura sind.

»Wie sollen wir das eigentlich mit den Bewerbungsgesprächen machen?«, frage ich Pia, die sich mittlerweile auf den Rücken gedreht hat, zur Decke schaut und ihren Kaugummi mit den Fingern aus dem Mund zieht, um ihn dann wieder hineinzuschieben und große Blasen daraus zu machen.

»Na, wir laden sie hier zu dir ins Büro. Das richtige Arbeitsgerät ist ja dann vorhanden!« Pia lacht schelmisch.

»Du meinst also echt, wir sollen die Kerle hier auf Leib, Nieren und McJoy testen?« Ein kleines Unwohlsein schleicht sich jetzt wieder in meine Magengegend ein.

»Natürlich! Wie sonst sollen wir sie auf die Speisekarte setzen, wenn wir nicht wissen, ob sie es wirklich bringen

Wir wollen uns ja schließlich nicht blamieren. Noch nie was von Stiftung Warentest gehört?«

Pia lacht, und sie hat recht mit dem, was sie sagt.

Gerade stell ich mir vor, dass der junge Richard Gere, übrigens ein weiterer Mann, mit dem ich in meiner Phantasie schon viel Zeit verbracht habe, zur Tür reinkommen würde. »Hallo Süße, du hast mich zu einem Bewerbungsgespräch eingeladen?« Seine Perlenzähne würden mich anblitzen, und bevor er weiterreden könnte, würde ich schon an seinen Lippen kleben. Mit den meinen natürlich. Er würde mich aufs Bett tragen, mir die Klamotten vom Leibe reißen und mir zärtlich ins Ohr flüstern:

»Sie haben Post.«

Mist! Die metallische Stimme meiner Mailbox reißt mich aus meinen Gedanken. Sven, der Sunnyboy, hat uns seine Handynummer geschickt. Das ging aber schnell! Er scheint es wirklich nötig zu haben … Pia zögert nicht lange, schnappt sich das Handy und verschwindet ins Nebenzimmer, um in Ruhe sprechen zu können. Ich höre sie ein paar Mal lachen, dann kommt sie zurück und reckt triumphierend den Daumen in die Höhe: »Morgen Abend ist das erste Vorstellungsgespräch!«

»Und, wann kommt er zu dir?«, frage ich neugierig und hibbelig.

»Was heißt hier zu mir?«, fragt Pia erstaunt. »Der kommt natürlich zu dir!«

Ich sehe sie verdutzt an. »Wie jetzt? Du hast ihn doch angerufen, nicht ich!«

»Da musst du durch«, grinst Pia, »und so, wie er aussieht, musst du das später sicher nicht bereuen. Hast du doch gerade selbst gesagt.«

»Aber …« Ich winde mich ein bisschen. Darüber nachzudenken, sich einen wildfremden Mann zum Sex kommen zu lassen, ist prickelnd – es nun aber zu tun eine ganz andere Sache.

»Du willst doch nicht kneifen, oder?« Pia sieht mich eindringlich an. »Ich dachte, das ist genau, was du willst!«

»Aber was mache ich, wenn der Typ aufdringlich wird und ich das gar nicht möchte? Der könnte sich als absolutes Arschloch entpuppen!«

»Da hast du natürlich recht«, lenkt Pia ein. »Aber ich kann ja schlecht danebensitzen. Denk an Paolo und seinen flotten Dreier.« Wir schütteln uns beide und müssen lachen, was mir etwas die Last von den Schultern nimmt, die sich gerade darauf breitgemacht hat.

»Sag mal«, fällt Pia dann ein, »hast du dir nicht so ein Bluetooth-Headset für dein Handy gekauft? So eins, bei dem du nur so einen Ohrstöpsel tragen musst?«

»Ja, klar.« Ich nicke. »Warum?«

»Na, das ist doch die Lösung: Du legst das Handy neben das Bett, steckst dir den Stöpsel ins Ohr, und ich bekomme genau mit, was passiert. Wenn dir die Sache zu heiß ist, gibst du mir ein Stichwort, und ich komme mit meinem Brotmesser runtergestürmt, um dich zu retten. Deinen Wohnungstürschlüssel habe ich ja, und dank deiner Handy-Flat ist das auch kostentechnisch kein Problem. Dann nutzt du die endlich mal richtig aus!«

So simpel der Vorschlag ist, er klingt tatsächlich beruhigend. »Prima Idee!«

»Vor allem wäre ich live dabei, und du brauchtest mir hinterher nicht alles haarklein zu erzählen! Und zur Not könnte ich sogar ein paar Instruktionen geben. Also, nicht dass du sie nötig hättest, aber man weiß ja nie.«

Warum werde ich eigentlich das Gefühl nicht los, dass Pia

sich manchmal anhört wie meine eigene Mutter? Wobei, nee, da ist es mir schon lieber, meine Mutter redet weiter von den Nachbarn und gibt mir keine Stellungstipps!

»Okay, also machen wir es so.« Ich bin aufgeregt und wieder richtig begeistert. »Mensch, Pia, ich glaube, wir hatten echt 'ne supergute Idee. Stell dir mal vor, es würde wirklich klappen, und wir würden ein Männertaxi vom Allerfeinsten aufziehen!«

»Ach, gerade noch Fräulein Ich-weiß-nicht-ob-ich-den-Kerl-treffen-will und jetzt schon wieder ganz obenauf?«, neckt mich Pia. »Lass uns erst mal abwarten, was es für Typen sind, und dann schauen wir weiter. Wir müssen uns ja eh noch überlegen, wie wir die Kerle dann überhaupt an die Frau bringen! Eine Internet- oder Zeitungsanzeige fände ich doof, denn das Ganze soll zwar gut laufen, aber dennoch auch ein Geheimtipp sein.«

»Ich habe da schon eine Idee. So eine Art Flyer, den aber nur ganz besondere Frauen zugesteckt bekommen, die es echt verdient haben«, verrate ich. »Aber jetzt muss ich erst mal ins Bett.« Wir stehen, uns reckend und streckend, auf und gehen zur Tür. Als ich mich im Flur mit einer Umarmung von Pia verabschiede, bemerke ich, dass die Tür meiner Nachbarin wieder ein paar Zentimeter offen steht. Wie kann ein Mensch alleine nur so dermaßen neugierig sein? Auch Pia bemerkt den Türspalt, und wie aus einem Munde rufen wir: »Guten Abend, Frau Mattheuser, und gute Nacht!«

Nach dem Waschen und Zähneputzen liege ich im Bett und starre zu den Sternen an meiner Decke empor; noch so ein Überbleibsel von Tom, der die Sterne vor ein paar Jahren an die Decke klebte, um mich damit zu überraschen. Ein glückliches Lächeln umspielt meine Lippen. Ich finde mich so richtig cool! Nun müssen nur noch die Männer halten, was sie versprechen.

Dann drehe ich mich auf die Seite und merke plötzlich, dass ich mir das Oberbett so eng um meinen Körper geschlungen habe, dass es sich anfühlt wie … oje … wie damals in der Liebeskummerphase. Da habe ich das immer so gemacht, weil es sich anfühlt, als würde Tom immer noch hinter mir liegen und mich ganz doll festhalten.

Nun beginne ich doch wieder, ein wenig zu zweifeln. Muss man für so ein Vorhaben wie das Männertaxi nicht sehr hartgesotten sein? Und? Bin ich das?

Bin ich das wirklich?

»Ja«, flüstere ich in die Dunkelheit. »Ich bin das. Ich kann das. Ich kann *alles,* was ich will.«

Es hört sich gut an, das zu sagen. Und richtig.

Ich lockere die Bettdecke, drehe mich auf die andere Seite und schlafe mit dem Gedanken an ein gut florierendes Männertaxi ein.

Kapitel 6

»Baby, du schaust ja heiß aus! So richtig zum Anbeißen! *Rrrrrrr.*«

Sven Bäumler stürmt meine Wohnung, ohne mir die Gelegenheit zu geben, hallo zu sagen. Der Sunnyboy mit dem nicht behaarten Oberkörper und dem defekten Reißverschluss, der inzwischen aber anscheinend repariert wurde, steht leibhaftig vor mir.

»Ich bin …«

»Na, nun komm doch direkt mal her, du Schöne!« Bevor ich etwas sagen kann, umarmt er mich schon und drückt mir direkt einen Kuss auf die Wange; er zielt zwar auf den Mund, aber ich bin geistesgegenwärtig genug, den Kopf schnell zur Seite zu drehen. Ich fühle mich doch ein wenig bedrängt und stoße ihn vorsichtig von mir weg, während er sich in meiner Wohnung umschaut und vom Flur aus in jedes Zimmer blickt.

»Du hast es ja schön hier«, befindet er. »Sehr gemütlich und geschmackvoll – du bist wirklich eine Klassefrau. So hatte ich mir das vorgestellt.« Er strahlt mich an – und streckt mir plötzlich eine Rose entgegen. Hat er die vorher hinter dem Rücken versteckt? »Ich wusste nicht, ob es passend ist, meiner neuen Chefin eine Rose mitzubringen«, erklärt er, »aber ich dachte, dann siehst du direkt, dass ich weiß, was sich gehört.«

Ich nehme die Blume entgegen und merke, wie die Anspannung von mir abfällt. Okay, dieser Sven ist ein Dampfplauderer und fällt mit der Tür ins Haus, aber er ist nicht unsympathisch. Und ganz davon abgesehen, kann ich nur sagen: Wow! Der Typ schaut wirklich irre gut aus. Seine Haare sind etwas länger und mit hellblonden Strähnchen durchzogen. Er trägt eine knackig enge Jeans, in der man wirklich alles erahnen kann. Und das ist nicht gerade wenig! Außerdem duftet er nach einem teuren Aftershave. In meinem Körper werden direkt Hormone freigesetzt, die ich seit ein paar Wochen nur noch vom Hörensagen und aus dem Beipackzettel meiner Antibabypille kenne. Sven ist braungebrannt, und würde er sagen, er käme gerade aus seiner hawaiianischen Surfschule, so würde ich ihm das direkt abnehmen.

»Ich bin Isa«, beende ich endlich den Satz, der mir vorhin schon auf den Lippen lag. »Schön, dass du gekommen bist, Sven. Dann komm doch direkt mal ins Büro.« Ich weise ihm den Weg.

»*Das* hier ist dein Büro? Das ist doch ein Schlafzimmer!«, stellt er erstaunt fest. »Schon, aber schau mal da!« Ich zeige auf meinen Computer am Fußende des Bettes. »Laptop! Und Laptop gleich Büro! Clever, oder?«, zwinkere ich ihm zu. »Mach es dir bequem, ich stelle die hier nur schnell ins Wasser.« Ich halte die Rose hoch und gehe dann in die Küche.

»Oje«, flüstere ich vor mich hin. »Was, wenn ich zurückkomme, und er hat es sich nicht nur bequem gemacht, sondern auch schon blankgezogen? Muss ich dann direkt zur Sache kommen?«

»Natürlich. Dafür ist er doch da!«, meldet sich eine Stimme in meinem Hinterkopf. »Bangemachen gilt nicht!«

Erschrocken fahre ich zusammen. Ich höre Stimmen? Dann muss ich über mich selbst lachen: Natürlich höre ich

Stimmen. Eine, um genau zu sein – die von Pia. Wie besprochen habe ich bereits meinen Handystöpsel im Ohr.

»Ich doch nicht!«, behaupte ich schnell.

Als ich mit einer kleinen Vase zurück ins Schlafzim- ... öh ... ins Büro komme, stelle ich erleichtert fest, dass Sven sich noch nicht ausgezogen hat. Stattdessen schaut er sich um. »Kleine Romantikerin, was?«, säuselt er, während er mit den Fingern die Blüten der getrockneten Rosen an meinem Spiegel berührt. Erst in diesem Moment fallen sie mir überhaupt wieder auf. Ich muss wohl nicht erwähnen, wer sie mir im Lauf der Jahre geschenkt hat – und dass ich sie unbedingt schleunigst wegwerfen muss. Sie sind genauso alt und vertrocknet wie meine Liebe zu Tom und gehören in ein anderes Leben. Und in den Müll. »Das war mal«, antworte ich lapidar.

»Darf ich da auch mal einen kleinen Blick hineinwerfen?« Er deutet auf die oberste Schublade meiner Kommode, in der sich meine Dessous tummeln. Ein keckes Lächeln umspielt seine Lippen, als er – ohne auf eine Antwort zu warten – nach dem Schubladenknauf greift.

»Ähm ... Das ist jetzt aber nicht gerade die feine englische Art, oder?«, frage ich erschrocken, zumal mir einfällt, dass in der Schublade natürlich nicht nur Sündiges aus Seide und Spitze liegt, sondern auch das, was meine Mutter gerne »praktische Wäsche« nennt (»Du holst dir doch sonst viel zu schnell eine Blasenentzündung, Kind!«). In meinem Ohr kann ich Pia prusten hören.

»Sccchhhh – nicht so laut«, flüstere ich.

»Nicht so laut?« Sven fühlt sich angesprochen. »Wie meinst du das?«

»Ähm ... versaut!«, werfe ich spontan ein und höre, dass Pia einen Lachflash de luxe bekommt.

»Du findest mich versaut, weil ich einen unschuldigen Blick auf deine Unterwäsche werfen will?«, fragt er amüsiert.

»Ich meine … Ich … ich habe dir … vertraut!«

»Vertraut? Soso.«

»Ja, als ich dich zu diesem Gespräch eingeladen habe«, beginne ich loszusprudeln, »habe ich dir vertraut, dass du … nicht in meine Schränke schaust! Also könntest du das bitte unterlassen und dich zu mir setzen?« Ich lasse mich aufs Bett plumpsen und merke, dass ich einen hochroten Kopf bekommen habe.

»Okay, Madame, ganz wie Sie wünschen.« Er kickt seine Schuhe von den Füßen, setzt sich brav im Schneidersitz zu mir aufs Bett und schaut mich neugierig an, wobei sein Blick weniger meine Augen, sondern vielmehr mein Dekolleté sucht. »Nun erklär mir doch bitte erst mal, worum es bei diesem Männertaxi genau gehen soll«, fragt er, während er eine Haarsträhne aus meinem Gesicht streicht. Ich drehe meinen Kopf ein wenig zur Seite, damit er das Headset nicht entdeckt. Ich räuspere mich und bemühe mich, eine möglichst professionelle Haltung einzunehmen, was nicht unbedingt leicht ist, wenn man auf seinem Bett sitzt. »Also, das Männertaxi soll so funktionieren, dass …« Meine Stimme zittert ein wenig. Immerhin ist das hier mein allererstes Bewerbungsgespräch! Zum Glück habe ich vorgesorgt für den Fall, dass meine Nerven etwas flattrig werden. Ich beuge mich rüber zum Nachttischchen und nehme das Klemmbrett zur Hand, welches ich heute Nachmittag vorbereitet habe. Schließlich soll das hier ja kein Kleinmädchengetue sein, sondern ein knallhartes Geschäft.

»Also«, fahre ich mit festerer Stimme fort, »wir laden jetzt erst mal ein paar Männer zum Gespräch ein und entscheiden dann, wen wir einstellen und wen nicht.«

»Wer ist wir?«

»Meine Fre- ... Geschäftspartnerin Pia und ich. Sie hat heute keine Zeit, und deswegen führe ich dieses Gespräch zuerst einmal allein mit dir. Wenn ich dich eine Runde weiter lasse, wird sie auch noch ein paar Fragen an dich haben.«

»Fragen?«, kitzelt mich Pias verschwörerische Stimme im Ohr. »Ich will nicht fragen, ich will fühlen!«

Sven nimmt sich ein Kissen, schiebt es sich in den Rücken und lehnt sich bequem zurück. »Ist Pia auch so hübsch wie du?« Er grinst schelmisch, und als er merkt, dass mir spontan keine Antwort einfällt, fährt er fort: »Ich freue mich darauf, sie zu treffen – denn ich bin ganz sicher, dass ich deinem Anforderungsprofil«, er streicht sich wie zufällig mit der Hand über seinen Waschbrettbauch unter dem engen T-Shirt, »genügen werde.« Der Typ scheint wirklich sehr von sich überzeugt zu sein. Das verunsichert mich. Aber urplötzlich kommt mir der Gedanke, dass ich – für den Fall, dass sich dieses Vorstellungsgespräch als völliger Flop entpuppt – sagen kann, ich wäre Redakteurin einer Frauenzeitschrift und würde gerne einen Artikel über das Sexverhalten von Männern schreiben. Allein der Gedanke an diese Ausrede beruhigt mich ungemein.

»Das werden wir sehen«, sage ich mit einer skeptisch hochgezogenen Augenbraue und stelle befriedigt fest, dass ihn diese Reaktion überrascht. Das gefällt mir gut. Wäre doch gelacht, wenn ich den eitlen Gockel nicht gezähmt bekäme! Ich werfe einen Blick auf die Notizen meines Klemmbrettes und fahre fort: »Wenn wir alle Männer getestet haben, werden wir einen Flyer erstellen, auf dem sie angeboten werden. Du kannst dir das wie eine Art Männerkarte vorstellen – so wie es für Pizzen in einer Pizzeria üblich ist. Wir haben ausgiebige Marktforschung betrieben und wissen daher sehr genau, was die verschiedenen Frauentypen sich wünschen.« Na bitte, geht doch.

Pia prustet mir ins Ohr. »Nee, oder?«, lacht sie. »Ausgiebige Marktforschung! Isa, du und deine Sprüche, einfach super!«

»Für jede dieser Anforderungen suchen wir daher nun einen geeigneten Mann, der auf die Karte gesetzt und dort kurz vorgestellt wird«, erkläre ich weiter. »Vom charmanten Begleiter für die Oper über den begabten Koch, der einen ruhigen Abend daheim zu einem besonderen Erlebnis macht, bis hin zu …«

»… zu einem sportlichen, gutaussehenden Sunnyboy für heiße Stunden?« Sven grinst, als würde er mit seinem Lächeln ins Guiness-Buch der Rekorde kommen wollen.

»So in der Art. Wobei wir ja auch schon beim Thema wären.« Ich hake die ersten Punkte auf meinem Klemmbrett ab und komme zu der Frage, die mit einem gelben Textmarker fett eingekreist ist. Ich hätte nicht gedacht, dass es so einfach ist, auf *dieses* Thema zu kommen. »Wir erwarten natürlich, dass du dich gut anziehst, die Dame freundlich begrüßt, eventuell auch etwas mit ihr trinken gehst. Das ist der Standard. Und die entscheidende Frage ist nun …«

Drei … zwei … eins … jetzt! Ich atme einmal tief Luft, nehme innerlich Anlauf und sage dann: »Wie weit würdest du gehen?«

Na also! Das kam doch schon ganz entspannt und souverän ruber.

»Bis zum Schluss, Lady«, sagt Sven wie aus der Pistole geschossen. »Ich will doch schließlich auch meinen Spaß haben!« Seine weißen Zähne blitzen, und ich merke, dass er einer von den Männern ist, die eine Frau mit Blicken regelrecht ausziehen können.

»Tja, also …«, sage ich, »das ist ja sehr … erfreulich.«

»Na los, Süße«, flüstert Pia in meinem Ohr, »nun zieh es durch!« Aber ich kann hören, dass sie genauso nervös ist, wie ich mich gerade fühle. Sicher knibbelt sie sich gerade ein Glitzersteinchen von ihren Fingernägeln ab.

»Du verstehst sicher, dass wir dich … testen müssen.« Auweia, hoffentlich klingt meine Stimme nicht so belegt, wie sie sich anfühlt.

»Du meinst, du würdest jetzt tatsächlich mit mir eine Nummer schieben, um zu schauen, ob ich in euer Raster passe?« Sven lächelt mich an. Nein, das stimmt nicht. Er grinst. Und zwar … herausfordernd? Ich habe wirklich das Gefühl, dass er mich auf einmal etwas spöttisch ansieht. So, als würde er mir all das hier gar nicht zutrauen. Na warte, Bürschlein!

»Korrekt!«, sage ich mit neuerlich fester Stimme. »Warum kompliziert, wenn es auch einfach geht?« Hey, das fluppt ja wie am Schnürchen!

»Tja, Isa, dann wollen wir mal die Zeit nicht vergeuden und direkt loslegen, oder?« Sven steht auf – und beginnt tatsächlich, sich sein Shirt über den Kopf zu ziehen! Sein glattrasierter Oberkörper sieht so einladend aus, dass ich sämtliche Zweifel, die ich gerade noch hatte, vergesse. Und das mulmige Gefühl ist einem Schwarm Schmetterlinge gewichen, der gerade in meinem Bauch zu tanzen beginnt. Also jetzt nicht diese Art »Verliebtheitsschmetterlinge«, sondern eher diese »Ich-glaube-jetzt-gerade-nicht-dass-mir-das-wirklich-passiert-aber-ich-find's-guuuuuut«-Flatterdinger.

»Was macht er?«, will Pia wissen.

»Er zieht sich aus«, sage ich, ohne nachzudenken.

»Wie bitte?« Sven schaut mich irritiert an.

»Öh … Ich meinte natürlich, du ziehst dich einfach nur

aus«, sage ich schnell, »und das ist nicht, was unsere Kundinnen später von dir erwarten. Lass dir Zeit, spiel ein bisschen. Oder hast du …«, nun ist es an mir, ihn herausfordernd anzusehen, »den Sex nur im Kopf und nicht in den Hüften?«

»Oh, sorry, Boss!« Sven grinst mich an und beginnt, sich im Takt der Musik, die aus meiner Mini-Anlage strömt, zu wiegen und dabei seine Jeans aufzuknöpfen, ganz langsam, Knopf für Knopf. Ich schaue gespannt zu. Unter seiner Jeans kommt eine enganliegende Boxershort zum Vorschein. *Das sind genau die, die Tom auch immer getragen hat,* durchfährt es mich …

Ach, was interessiert mich Tom! Ich muss mich jetzt aufs Geschäft konzentrieren! Und als sich Sven umdreht und mit geschmeidigen Bewegungen für mich tanzt, fällt mir das überhaupt nicht mehr schwer …

Irgendwann liegen wir nackt nebeneinander auf meinem Bett. Sven mag ein Großmaul sein, aber er weiß, wie er eine Frau so sinnlich langsam ausziehen muss, dass man sich die Kleider fast schon selbst vom Leib reißen möchte, und er ist ein absolut toller Streichler. Ich bekomme eine Gänsehaut nach der anderen, als er mit seinen Händen über jede Stelle meines Körpers fährt. Nur küssen kann er nicht unbedingt so, wie es mir gefällt, denn es fühlt sich so mechanisch und einstudiert an. Aber als ich seinen Kopf deswegen tiefer drücke und ihm erlaube, sein Gesicht zwischen meinen Brüsten zu vergraben, ist das auch eine gute Gelegenheit, unauffällig das Headset aus meinem Ohr zu ziehen und unter dem Bett verschwinden zu lassen. Pia hat sich gerade schon mit einem süffisanten »Okay, du brauchst jetzt sicher keine Zuhörerin mehr …« verabschiedet. Wer lässt sich schon gern beim Sex zuhören?

Apropos Sex: So langsam hat mein Körper genug von diesen Streicheleinheiten. Vorspiel ist schön und gut, aber nach einem Blick auf die Uhr stelle ich mir die Frage, ob über eine Stunde nicht doch etwas zu viel des Guten ist. Will der mich jetzt bewusstlos streicheln, oder wie?

Ich drehe mich auf den Rücken, den Sven gerade noch hingebungsvoll massiert und geküsst hat, und ziehe ihn energisch auf mich. Das fühlt sich gut an … nur: Irgendwas fehlt. Irgendwas, was eigentlich da sein sollte, ist definitiv nicht da.

Ich lasse meine Hände an seinem Körper nach unten gleiten, um seinen – wie ich vorher bereits ausgiebig sehen durfte – wirklich eindrucksvollen McJoy zu fassen zu bekommen. Nicht, dass ich das nicht vorher schon versucht hätte, aber Sven hat sich mir immer entzogen. Das mag ja die Spannung erhöhen, aber irgendwann ist's doch auch mal gut, oder?

»Ich muss mal eben schnell aufs Klo!« Sven springt aus dem Bett und stürzt in den Flur. »Ähm … wo ist …«

»Zweite Tür links«, rufe ich ihm verdattert hinterher. Irgendwo hatte ich mal gelesen, dass es rein anatomisch gar nicht möglich ist, dass ein erigierter Penis auch gleichzeitig Pipi machen kann. Vielleicht täuscht mich jetzt aber auch meine Erinnerung.

Als Sven nach ein paar Minuten immer noch nicht zurück ist, greife ich schnell nach meinem versteckten Handy und rufe Pia an.

»Wie, schon fertig?«, will sie wissen. »Und wie war's?«

»Nix ist. Der Mann streichelt sich an mir zu Tode.«

»Und wo ist er jetzt?«

»Er ist seit einer kleinen Ewigkeit auf der Toilette.«

»Während er mit dir im Bett sein sollte?« Pia klingt so erstaunt, wie ich es bin. »Versteh ich nicht.«

»Na, frag mich mal. Aber …« Mist! Ich höre, wie Sven zurückkommt. Schnell lege ich das Handy wieder so auf den Nachttisch, dass er es nicht sehen kann. Habe ich das Gespräch eigentlich beendet? Keine Zeit, um nachzusehen!

Ich drehe mich schnell auf den Bauch und strecke Sven meinen Po entgegen, als er ins Zimmer kommt. Jeder Mann wüsste nun genau, was er zu tun hätte. Jeder, aber anscheinend nicht Sven. Denn wieder beginnt er, mich zu streicheln. Oben, unten, hinten, vorne. Überall. Fehlt nur noch, dass er sagt: *»Hey Süße, öffne doch bitte mal deinen Mund, ich würde so gerne mal deine Zähne und das Zäpfchen in deinem Hals streicheln.«*

»Du bist so heiß, Baby«, stöhnt er mir ins Ohr. Das ist mein Stichwort. Ich drehe mich zu ihm um, fasse mit einer Hand in meinen Nachttisch, hole ein Kondom raus, reiße die Packung auf und halt es ihm hin. Meine Hormone spielen Tango, und ich kann mich vor lauter Lust kaum noch halten.

Sven schaut mich an.

Sven schaut das Kondom an.

Sven schaut an sich hinunter.

Sven schaut mich an – und ziemlich belemmert aus der nicht mehr vorhandenen Wäsche.

Ich schaue Sven an.

Ich schaue an ihm hinunter.

Das kann doch wohl nicht wahr sein!

»Das kann doch wohl nicht wahr sein!«

Habe ich das wirklich gerade gesagt?

Sven wird puterrot und legt sich neben mich. Sein McJoy liegt nun gemütlich auf ihm und zeigt – durchaus voluminös, aber nicht im Mindesten einsatzbereit – in meine Richtung, als würde er sich über mich lustig machen wollen.

Eigentlich sollte er wohl eher in Richtung Zimmerdecke zeigen, oder?

»Es tut mir leid, so was habe ich wirklich noch nie erlebt!« Es hört sich an, als wäre Sven den Tränen nahe.

»Hey …« Ich durchforste mein Gehirn nach allen geeigneten Sätzen, die ich je in meinem Leben zu genau diesem Thema aufgeschnappt habe, und greife letztendlich zu dem altbewährten Satz: »Ist nicht so schlimm, kann doch jedem mal passieren!«

Wir zucken beide zusammen, als ein entferntes Prusten erklingt – offensichtlich habe ich das Gespräch mit Pia also nicht beendet. Und ich kann selbst ein Lachen kaum unterdrücken. Denn Pias Theorie, dass Männer, die vorher so sehr auf die Kacke hauen, meist eine Nullnummer im Bett sind, hat sich wieder einmal bestätigt.

»Was war denn das?«, fragt Sven panisch.

»Ach, du … das sind doch nur … die Vögel im Garten«, behaupte ich und wedle mit der einen Hand in Richtung Fenster. Als er dorthin sieht, greife ich mit der anderen nach dem vermaledeiten Handy und drücke auf den *Auflegen*-Knopf.

»Es ist mir so peinlich!«, fängt Sven dann wieder an. »Sonst ist es echt *nie* so. Ich bin wirklich total gut im Bett!«

Mir fällt es gerade sehr schwer, das zu glauben.

Sven schaut mich an, als stünde er vor seiner eigenen Mutter und müsste sich dafür entschuldigen, dass er Kakao auf sein T-Shirt verschüttet hat.

»Schon okay«, beruhige ich ihn in echter Mama-Manier, während ich mir meinen Bademantel überziehe.

»Aber … Bin ich jetzt draußen, oder stellst du mich trotzdem ein?« Sven setzt sich mit einem Ruck kerzengerade hin. »Weißt du, ich würde so gerne für euch arbeiten. Ich kann in meinem normalen Alltag Frauen ohne Ende haben, und ich habe auch genug Geld. Ich fahre einen Porsche, ich spiele Golf, bin im Tennisclub, habe die geilste Wohnung, die du dir vorstellen kannst. Aber ich habe auch … Langeweile.«

»Langeweile?«, frage ich erstaunt. Normalerweise würde mich das Runterrattern seiner Besitztümer eher nerven, aber er sagt das gerade mit einem hilflosen Gesichtsausdruck, der im krassen Gegensatz zu seinem vorherigen Gockelverhalten steht. Ich bin wirklich kurz davor, ihm beruhigend über die Haare zu streicheln. »Musst du denn nichts für dein Geld tun?«

»Nicht wirklich. Mein Vater ist Inhaber einer sehr gutgehenden Baumarktkette.«

»Dein Vater, ach so. Und was machst *du?*«

Sven wird plötzlich ganz rot im Gesicht. »Ja, *nichts*. Ich treibe Sport und hänge so rum. Deshalb fand ich die Idee mit diesem Männertaxi so toll, und ich würde wirklich alles dafür geben, mitmachen zu dürfen! Vor allem, weil …« Er schaut aus dem Fenster und atmet tief durch.

»Hey Sven, was ist los?« Ich habe das Gefühl, als würde irgendwas nicht mit ihm stimmen. Ich streichele ihm sanft über seine rechte Schulter. »Nun sag schon, ich merke doch, dass du irgendwas hast.«

Er dreht sich wieder zu mir um, schluckt und beginnt dann mit einer Erzählung, mit der ich so nicht gerechnet hätte.

»Weißt du, ich habe es bisher in meinem Leben nicht sonderlich leicht gehabt. Ich bin zwar ein Kind reicher Eltern, und mir hat es nie an materiellen Dingen gefehlt. Doch statt mit Liebe wurde ich immer nur mit Süßigkeiten gefüttert.«

Ich schaue fragend an seinem doch sehr sportlichen Körper herab.

»Ich war als Kind sehr, sehr dick. Und ich wurde gehänselt,

während meiner kompletten Schulzeit. Es gab nie Mädchen, die sich für mich interessierten. Für sie war ich immer nur der dicke Sven. Kein Junge, kein Mann, sondern einfach nur Sven, der mit Schokolade gefüllt war. Außerdem hatte ich Pickel, und die anderen Kinder zogen mich damit auf. Einmal schrieben sie einen Spruch an die Tafel: *Heute exklusiv und nur bei uns: Sven Pickel und seine Mitesserband mit ihrem neusten Hit: Don't quetsch me out!* Was meinst du, wie die Klasse gegrölt hat, als ich in das Schulzimmer kam und den Spruch entdeckte? Aber ich zeigte ihnen nicht, wie sehr ich verletzt war. Im Gegenteil. Ich lachte einfach mit, um ihnen zu zeigen, dass sie mir nicht weh tun könnten. Doch innerlich habe ich Rotz und Wasser geheult.«

All das hätte ich nun wirklich nicht erwartet. Sven tut mir leid, aber dennoch erklärt das sein jetziges Verhalten nicht. »Und wie ging es weiter?«

»Irgendwann beschloss ich, abzunehmen. Meine Eltern suchten mir eine Ernährungsberaterin, und ich bekam einen eigenen Fitnesstrainer und nahm nach und nach ab. Aber so gut ich dann auch aussah, für die anderen bin ich immer der pickelige Sven geblieben. Und nach der Schule ist es nicht besser geworden. Also, ich hab schon Freunde, und ich kann mich auch nicht beschweren, was Frauen angeht, aber … aber die Richtige ist nie dabei, und das macht mich fertig.«

Betreten schaut er wieder aus dem Fenster, und ich umarme ihn von hinten. Jetzt ist wohl nicht der richtige Zeitpunkt, um ihm zu sagen, dass die Frauen, die sich für einen offensichtlich sensiblen Mann wie ihn begeistern, auf seine aufgesetzte »Ich-bin-so-toll«-Art ganz sicher nicht stehen werden. Herrje, hat ihm das denn wirklich noch nie jemand gesagt?

»Und warum möchtest du nun für das Männertaxi arbeiten?«

»Weil ich dann sicher sein kann, dass die Frauen, die sich mit mir treffen wollen, wirklich von mir begeistert sind und nicht nur von meinem Geld.«

»Meinst du, es würde dir helfen, dein Selbstbewusstsein dann auch nach innen hin aufzupolieren?«, frage ich und fühle mich fast wie ein Psychiater.

»Ich denke schon.« Er dreht seinen Kopf in meine Richtung. »Bitte, Isa, ich möchte das hier wirklich gerne ausprobieren, auch wenn mein kleiner Freund mich jetzt gerade im Stich gelassen hat. Vielleicht lag es einfach nur am Druck, den ich mir selber gemacht habe, weil ich den Job unbedingt haben will. Ich bin auch gerne bereit, den ersten Monat lang auf Probe zu arbeiten, ohne Geld, wie wäre das?«

Ich überlege einen kurzen Moment. Soll ich ihm einfach sagen, dass er nur auf seine blöden Sprüche verzichten sollte und dann möglicherweise ganz schnell das finden wird, was er sich wünscht? Aber ... nein, das wäre zu einfach. Das würde er wahrscheinlich nicht glauben.

Er hält mir hoffnungsvoll seine Hand hin – und ich schlage ein. »Herzlichen Glückwunsch, Sven. Du stehst ab sofort auf der Karte des Männertaxis.«

Er strahlt mich an – und lässt seine Finger spielerisch über meinen Rücken kreisen. »Das ist super! Soll ich vielleicht direkt noch mal ...«

»Nee, lass mal!« Ich springe auf. Noch mal eine Stunde Dauerstreicheln, und ich brauche Wund- und Heilsalbe intravenös. Und am Ende gibt es dann womöglich wieder keinen Sex, das ertrage ich nicht. »Wir holen das ein andermal nach. Jetzt habe ich noch einen dringenden Termin.«

Eine Stunde später liege ich auf meinem Sofa. Ich habe Sven vor die Tür gesetzt und dann bei Pia geklingelt, um ihr die Details zu berichten, die sie noch nicht kannte. Nun habe ich es mir vor dem Fernseher gemütlich gemacht. Während *Grey's Anatomy* läuft, gebe ich mich meinen Gedanken hin. Da meint man, man könne einen anderen Menschen einschätzen, und muss dann doch erkennen, dass alles anders ist. Sven kam mir vor wie der schillernde Pfau, der jede Frau haben und vor allem beglücken will, aber nun weiß ich, dass er ein sensibler und sehr unsicherer Mensch ist, der sich eigentlich seit seiner Kindheit überhaupt nicht weiterentwickelt hat. Optisch schon, aber früher hat er den anderen Kindern nicht gezeigt, dass er verletzt war, und auch heute noch spielt er Theater. Er täuscht Selbstbewusstsein vor, um bei Frauen zu punkten. Dabei mögen wir doch Männer, die zu ihrer Unsicherheit stehen, viel mehr als Machos, die auf die Kacke hauen.

So oder so: Diese Erfahrung macht mich gerade sehr neugierig auf das, was noch kommen mag – ganz egal, ob ich's beim nächsten Bewerbungsgespräch mit einem McDreamy, McSexy oder McLiebenswert zu tun bekomme. Sie sind alle unterschiedlich, und genau das ist es, was ich gerade so wahnsinnig spannend finde. Die Mischung macht's!

Kapitel 7

»Heute Abend wirst du dir den Familienpapi zur Brust nehmen«, weckt mich Pia in der Früh per Handy.

»Entschuldigung, habe ich irgendetwas verpasst? Seit wann führst du denn meine Abendgestaltung?«, will ich etwas bockig wissen. Immerhin war Harald doch der Mann, den Pia unbedingt ansehen wollte, nicht ich.

»Wollte ich ja, aber dann habe ich noch einen wichtigen Termin reinbekommen«, ignoriert sie meinen Vorwurf. »Also habe ich ihn angerufen und gesagt, dass er bei dir klingeln soll. Scheint vom Telefon her ein eher biederer Typ zu sein. Also zumindest nicht so locker wie dein Sunnyboy von gestern Abend.«

»Na ja, Hauptsache, er hat nicht das gleiche Problem wie der kleine Sven vom großen Sven«, kontere ich lachend. Eigentlich sollte es witzig klingen, aber für einen Moment fühle ich, dass ich nicht besser bin als Svens Schulkameraden, und spüre den Hauch eines schlechten Gewissens.

»Was hast du denn auf einmal für wichtige Termine?«

»Ich muss bei einer Braut und ihren, jetzt halt dich fest, sechs Brautjungfern die Nägel machen. Deswegen kann ich auch nicht am Telefon live dabei sein.«

»Na super! Und wenn das jetzt irgendein Lustmörder ist?«

»Ist er nicht, dafür lege ich meine Hand ins Feuer. Und davon abgesehen: Schrei, wenn irgendetwas ist. Das werde ich schon hören, wenn wir beide die Fenster offen lassen.«

Ich überlege kurz, ob ich das Treffen lieber absagen soll. Andererseits: Sven war nun wirklich keine Gefahr. Warum sollte es also ausgerechnet ein Familienvater sein?

Wir verabschieden uns. Mein Blick fällt auf die Rose, die Sven mir gestern Abend mitgebracht hat. Entschlossen gehe ich zu meinem Spiegel, nehme die vertrockneten Tom-Rosen ab und stelle dafür die Vase davor. »Neue Rosen für eine neue Ära«, flüstere ich zufrieden. Dann springe ich unter die Dusche, zische an meiner Lieblingsbäckerei vorbei, hole mir mein Schokobrötchen ab und betrete um zehn Uhr richtig gutgelaunt das *Snack & See*. Wolf erwartet mich an der Tür. Nach guter Laune schaut er nicht gerade aus. Wobei ... Ich weiß eigentlich gar nicht, wie er mit guter Laune aussieht.

»Isa! Schaust du bitte mal auf die Uhr?«, befiehlt er genervt.

Ich mache es. »Ja, und?« Was will der von mir?

»Es ist 10:03 Uhr! Dein Arbeitsbeginn ist 10:00 Uhr und keine Minute später!«

Ich halte ihm meine Uhr hin. »Meine Uhr scheint nachzugehen. Sorry.«

»Nix sorry!«

»Wolf, jetzt mach aber bitte mal halblang! Es sind *drei* Minuten! Drei! Hallo? Geht's noch?«

»Wenn du jeden Tag drei Minuten zu spät kommst, so sind das in der Woche schon fünfzehn Minuten, und das wiederum macht in einem Monat eine ganze Stunde. Umgerechnet in Euro sind das genau zehn, die ich dir monatlich zu viel bezahle!«

Der hat doch 'nen Knall! »Und was ist mit den Minuten, die ich oft länger bleibe? Wenn ich die Abendkasse machen will zum Beispiel und du nicht pünktlich zur Übergabe hier bist?«

»Ich bin dein Chef! Ich darf das!«

Was für ein widerlicher Kotzbrocken! Ich nehme meine Tasche, verschwinde grummelnd hinter die Theke und bediene den ersten Kunden.

»Heute Abend machen wa 'ne Sause, Kleene«, grinst mich ein Typ mit grüngefärbten Haaren, geschätzten fünfundachtzig Gesichtspiercings und tätowierten Oberarmen an. Ich lächle skeptisch zurück und warte darauf, dass er mir die Marke des Films gibt, den er bei seiner Sause ansehen will.

»Und bitte noch zwei Sixpack Alt, Kleene!« Ich hole das Bier aus dem Kühlschrank, stelle es auf die Theke und halte die Hand für die Marke auf.

»Und noch 'ne Pulle Wodka, bitte. Wenn schon, denn schon, wa, Kleene?«

Ich würde ihm gerne ein paar Takte über Alkoholkonsum im Allgemeinen und die Bezeichnung »Kleene« im Speziellen erzählen, aber der Kunde ist bekanntlich König. »Das wird doch sicher ein netter Abend«, sage ich stattdessen.

»Da kannste von ausgehn. Meine Kumpels kommen alle, weil ich denen so von dem Film hier vorjeschwärmt habe, wa!« Er lacht, und dabei sehe ich, dass er fünf Goldzähne im Mund hat. Das passt natürlich irgendwie zu dem Edelmetall in seinem Gesicht, aber das macht es auch nicht besser. Sprachlos bin ich dann allerdings, als er mir endlich die Marke der DVD gibt und ich den Film aus dem Schrank ziehe.

Es ist *Findet Nemo*.

Ist nicht sein Ernst, oder?

Oder … Mist … habe ich die Marken diesmal wirklich falsch einsortiert? Ich werde leicht panisch und werfe Wolf einen Blick zu, der gerade zwei kleine Jungs anmotzt, die versucht haben, sich ins Kuschelzimmer zu schleichen. Hoffentlich kriegt der das jetzt nicht mit!

»Sie … Sie wollen schon *Findet Nemo* ausleihen, oder?«, frage ich leise.

»Klaro!« Der Typ kaut auf seinem Kaugummi, als sei es das erste Nahrungsmittel, welches er nach einem Jahr Hungersnot in den Mund bekommen hätte. Beim Reden bilden sich Spuckefäden an seinen Lippen. »Weeste, *Bambi* ist mir zu Hardcore. Weil es da so viele Heulszenen gibt, verstehste, Püppi?«

»Äh … ja, klar!« Als ich kassieren will, ordert der Kunde, dessen Name laut unserem System Domenikus von Herrenberg ist, was weder zu seinem Aussehen noch zu seinem Filmgeschmack passt, eine Stange Marlboro. »Aber die Lights, bitte!«

»Die normalen sind Ihnen zu hart, was, Herr von Herrenberg?«

»Genau. Hey, kennst mich ja schon richtig gut, wa? Aber du kannst doch nu wirklich Dommi zu mir sagen wie alle anderen ooch!«

Wahnsinn, wie durchgeknallt manche Leute sind.

Nachmittags betritt Herr Möller den Laden. Den sehe ich wirklich dauernd hier. Ich frage mich, warum ein Mensch so dermaßen oft DVDs ausleiht. Hat der keinen Job?

»Hallo Frau … äh …«, er kneift die Augen etwas zusammen, um mein Namensschild lesen zu können. »Frau Schwärzenbach. Schöner Name übrigens! Und wenn ich mir das erlauben darf: Dieses Rot steht Ihnen ganz hervorragend.«

»Das sagt meine Typberaterin auch«, gebe ich strahlend zurück. Ich überlege gerade, ob ich ihm mal die Visitenkarte derselbigen geben soll, denn ein paar gute Ratschläge von Mademoiselle Cathrin könnte er gut gebrauchen. Es ist ja nicht schlimm, dass er relativ klein ist; solche Männer muss es eben auch geben. Für kleine Frauen. Okay, ich bin jetzt auch nicht gerade die Größte mit meinen 1,70 m, aber für mich fängt ein richtiger Mann eben erst bei 1,85 m an. Und Herr Möller kommt nicht mal annähernd an diese Isa-Marke heran. Er ist genau genommen kaum größer als ich.

Wie gesagt, für seine Größe kann er nichts, aber wieso trägt er eine so hässliche Brille? Zumal er doch recht schöne blaue Augen hat. Und eine neue Frisur könnte er sich auch mal zulegen. Er trägt sein Haar geschätzte 1,2 mm lang. Beziehungsweise: kurz. Das ist nicht viel. Eigentlich wird nur ein Haarflaum angedeutet. Bei manchen Männern sieht das sexy aus, aber bei Herrn Möller? Eher nicht. Und das T-Shirt mit dem Spruch *Früher war ich schizophren, heute sind wir zu zweit* erwähne ich mal lieber gar nicht.

Aber jedem Tierchen sein Pläsierchen. Und es wäre wirklich unhöflich, ihn zu Mademoiselle Cathrin zu schicken.

»Soll ich Ihnen mal die Telefonnummer meiner Modeberaterin geben?«

Oh Gott, das wollte ich doch eigentlich gar nicht sagen!

Herr Möller schaut mich verdutzt an. Er lässt den Blick einmal an sich hinunter- und wieder hinaufwandern. »Wieso? Stimmt irgendwas nicht?«, fragt er mit anscheinend ernstgemeintem Entsetzen.

»Ja, nein, also, ich meine …« Mensch, Isa, warum musst du dich eigentlich immer wieder selbst in solch prekäre Situationen manövrieren?

»Nein, nein, also so an sich stimmt schon alles, denn immerhin sind Sie ja nicht … öhm … nackt!« Ich grinse schief. Was habe ich gerade gesagt? *Nackt?* Denk nach, Isa, denk nach! »Aber Sie könnten sicher noch mehr aus Ihrem Typ machen! Irgendwas kitzeln diese sogenannten Berater ja doch immer aus einem raus. Und wenn es nur eine völlig unnötige Versicherung ist, haha!« Ich lache unsicher.

»Versicherungsberater sind aber schon etwas anderes als Modeberater, das wissen Sie, oder?« Herr Möller grinst und scheint sich über meine Unsicherheit zu amüsieren.

»Klar, das war jetzt auch nur so ein Vergleich. Wissen Sie, es geht mich natürlich gar nichts an, aber diese T-Shirts, die Sie immer tragen, die sind wohl eher nicht das, was eine Modeberaterin empfehlen würde.«

Wieder schaut er an sich hinab. »Warum werden sie dann verkauft?«, fragt er mich – und zwar so, als wüsste er es wirklich nicht.

»Na, als Gag! Für runde Geburtstage und so. Oder um jemanden zu ärgern. Aber doch nicht, damit man sie einfach so trägt! Stellen Sie sich mal vor, jemand würde nun wirklich denken, Sie seien schizophren.«

»Oh, so habe ich das noch nie gesehen. Ich fand die Farbe einfach so schön.«

Quietschgrün – schön?

»Aber sie passt nicht zu Ihrem Teint«, sage ich entschlossen. »Es macht Sie zu blass!«

»Wenn Sie meinen … Und sehen Sie sonst noch Beratungsbedarf bei mir?« Herr Möller blinzelt mich durch seine Brillengläser herausfordernd an.

Die richtige Antwort darauf ist natürlich: *Nein, natürlich nicht, entschuldigen Sie, das ist mir jetzt doch alles nur so rausgerutscht.* Der Kunde ist schließlich König.

»Die Haare würden Ihnen etwas länger besser stehen!« Ich lächle breit, um zu verhindern, dass ich mir doch noch auf die Zunge beiße. Bevor ich auch noch ins nächste sicher bereits bereitstehende Fettnäpfchen springen kann, sage ich schnell: »So, und für welchen Film haben Sie sich heute entschieden?«

Er reicht mir die Marke und zwinkert mir dabei zu. Wahrscheinlich, weil sich ein kleines Staubkorn in sein Auge verirrt hat. Zumindest schaut das Zwinkern nicht cool, sondern recht unbeholfen aus.

Ich suche den Film raus. *Wir Kinder von Bullerbü* aus dem aktuellen Retro-Schaufenster. Also ist er ein Familienpapi? Dann darf man ruhig unter 1,85 m groß sein, eine merkwürdige Brille tragen und kleidungstechnisch in den achtziger Jahren steckengeblieben sein.

Ich grinse in mich hinein, als ich ihm den Film gebe und er noch zwei Tafeln Kinderschokolade dazu kauft. Also wohl nicht ein Kind, sondern zwei, unter denen gerecht aufgeteilt werden muss. Manchmal glaube ich, dass ich meinen Beruf verfehlt habe. Vielleicht sollte ich wirklich Psychotherapeutin werden. Die analysieren die Patienten doch auch immer von vorne bis hinten. Und etwas anderes mache ich schließlich auch nicht, wenn ich sehe, was die Kunden hier im Laden kaufen. Ganz zu schweigen von meinen Erkenntnissen über Sven gestern ... auch wenn die zugegebenermaßen etwas spät kamen.

»Vielen Dank, Frau Schwärzenbach, bis zum nächsten Mal!« Herr Möller zwinkert mir noch einmal zu. Irgendwie ist er ja doch goldig. So auf seine ganz eigene Art.

Ich öffne die Kundendatei von Herrn Möller noch einmal, um nach seinem Vornamen zu sehen, weil mir auffällt, dass ich den gar nicht weiß, aber es ist keiner vermerkt. Am Kürzel des Bearbeiters sehe ich, dass Wolf den Datensatz selbst angelegt hat. So viel zum Thema, dass die Kartei ordentlich geführt werden muss. Das Datum, das unter *Sonstiges* eingegeben ist, dürfte der Geburtstag sein. Ich kopiere ihn schnell in das richtige Eingabefeld. Sieh mal an, Herr Möller ist tatsächlich zwei Jahre älter als ich. Wenn er das nächste Mal kommt, muss ich dran denken, seinen Vornamen nachzutragen – und ihm definitiv diese grässlichen T-Shirts ausreden. Sonst werden seine Kinder deswegen womöglich noch eines Tages auf dem Schulhof gehänselt.

Als es am Abend an meiner Tür klingelt, öffne ich gespannt – und erstarre. »George!«, entfährt es mir.

George Clooney, wie er leibt und lebt – diese dunklen Haare mit den grauen Schläfen! Diese unglaublichen Augen! Dieser Anzug, diese Krawatte … Hammer. Fehlt eigentlich nur noch der Kaffeeautomat, für den er im Fernsehen wirbt. George ist *hier!*

»Nein, Harald«, sagt mein Gegenüber etwas irritiert und schaut auf seine Uhr. »Bin ich zu früh? Erwarten Sie noch jemand anderen?«

Harald? Harald, der Familienpapi?

»Nein, nein, kommen Sie rein«, sage ich schnell, »Sie erinnern mich nur … an einen Ex-Freund.« Okay, das ist geflunkert, aber natürlich nur, weil Mr. Clooney einfach noch nie in Münster-Hiltrup vorbeigeschaut hat.

Harald ist ein ganz anderes Kaliber als Sven: Er streckt mir höflich die Hand entgegen und haucht mir, als ich sie schüttle, zwei freundliche Küsse auf die Wangen. Dann tritt er einen Schritt zurück und sieht mich erwartungsvoll an.

»Hier entlang, bitte …« Ich weise ihm den Weg in mein Büro.

»Das ist … Ihr Schlafzimmer?«, stellt er irritiert fest.

»Es ist mein Büro und mein Schlafzimmer«, stelle ich klar. »Und bitte: Wollen wir uns nicht duzen – und setzen?«

Harald lächelt freundlich, setzt sich – und checkt dabei mit einem schnellen Blick meinen Körper ab. Ich bin fast erleichtert darüber.

»Also, Harald, dann schieß mal los: Warum möchtest du beim Männertaxi mitarbeiten – und was sagt deine Frau dazu?«

»Meine Frau weiß nichts von diesem Job, und Diskretion ist mir wichtig, damit das auch so bleibt. Ich möchte einfach mal Neues ausprobieren, verstehst du? Ab und zu mit anderen Frauen ausgehen, mal ins Theater, mal ins Kino, so etwas in der Art.« Ich komme mir erneut vor wie die Therapeutin *herself* und sehe mich schon mit Klemmbrett und Bleistift neben ihm sitzen – diesmal aber nicht, um ihm unsere Männertaxi-Vorgehensweise zu erklären, sondern um mir Stichpunkte aufzuschreiben zu dem, was er da gerade erzählt: *Meine Frau hat mich hierhergeschickt, weil sie mich nicht liebt und hofft, dass ich auf diesem Weg eine neue Partnerin finde. Sie will, dass ich dich kennenlerne. Dich, Isa, nur dich.*

Das hat er doch gerade ungefähr so zum Ausdruck gebracht, oder?

Es fällt mir wirklich schwer, mich auf das zu konzentrieren, was Harald sagt. Er sieht einfach richtig umwerfend aus. Selbst seine Zähne sind wie gemalt. Wie kleine weiße Perlen. Sein Aftershave ist männlich, seine Hände perfekt gepflegt, seine Statur vielversprechend …

»Ich brauche eine kleine Abwechslung vom Alltag. Mein Job stresst mich sehr, und ich möchte einfach ein wenig mehr Vergnügen in meinem Leben.« Er lächelt, und ich habe das Gefühl, mein Körper würde sich schlagartig in warmen Vanillepudding verwandeln.

»Ganz schön warm hier, oder meine ich das nur?«, fragt er, während er seine Krawatte etwas lockert, den ersten

Hemdknopf öffnet und den Hemdkragen lüftet. Seine Finger fahren über den Knopf, als würden sie eine Frau streicheln. Seine Stimme ist zum Dahinschmelzen schön, seine grauen Schläfen unheimlich interessant, das Muttermal an seinem Hals behaart …

Muttermal?

Behaart?

Ich schaue genauer hin. Uhhhh. Keine gute Idee.

Harald erzählt derweil von seinem Beruf als Chemotechniker und beichtet mir, dass er nach dem Sex gerne über die Zusammensetzung von Molekularteilchen der südlichen Hemisphäre redet.

Nach dem Sex? Ich reiße mich zusammen. Wenn er das Thema schon anschneidet, sollte ich wohl auch zu einer etwas professionelleren Einstellung zu diesem Gespräch zurückfinden.

»Du würdest also auch Sex haben wollen mit den Frauen?«, frage ich nach und robbe ein wenig näher an ihn heran, um das Muttermal besser inspizieren zu können. Hätte ich doch bloß nicht nur die eine Nachttischlampe angeschaltet.

»Ich dachte, Sex würde auf jeden Fall zu diesem Job dazugehören.« Wie einfach das Arbeiten mit Männern doch ist.

»Ja, gehört er definitiv auch. Vorausgesetzt, die Frauen buchen die Männer extra scharf«, erwidere ich lachend. Er lacht auch und beugt sich ein wenig zu mir herüber. »Weißt du, ich bin schon sehr lange verheiratet und noch nie fremdgegangen, aber in letzter Zeit fehlt mir einfach was in unserer Beziehung!«

Ich kann die schwarzen Haare, die aus seinem Muttermal kriechen, nun quasi haargenau sehen. Es sind geschätzte acht Haare – und ja, sie erinnern mich an geschätzte acht Beine einer Riesenspinne.

»Ich liebe meine Frau, ehrlich! Aber mir fehlt das Salz in der Suppe, wenn du verstehst, was ich meine.«

Klar, Harald, ich verstehe dich. Nur leider muss ich mich gerade auf viel wichtigere Dinge konzentrieren.

Die Spinnenbeine scheinen sich zu bewegen, wenn er lacht. Vielleicht steckt da tatsächlich ein Krabbelvieh in dem Muttermal, das dort unbemerkt herangewachsen ist und sich nun auf seine Geburt vorbereitet. In meinem Bett! Oh Gott, nein, das geht nicht!

»Wie läuft denn das Bewerbungsgespräch nun weiter ab? Muss ich noch einen Wissenstest ablegen, um zu beweisen, dass ich für eure Klientinnen ein guter Gesprächspartner bin – oder willst du mich vielleicht auf meine anderen Qualitäten testen?« Harald scheint in Fahrt zu kommen. Ich auch. Aber leider fahren wir in die entgegengesetzte Richtung.

Das Spinneninferno scheint sich auszubreiten! Vielleicht ist es nicht eine Spinne mit acht Beinen, sondern es sind acht kleine Spinnen, von denen jeweils nur ein Bein aus dem Muttermal herausragt? Sollte das Muttermal dann hier gleich Senk- und Presswehen bekommen, habe ich die ganze Bescherung auf meinem Bett. Und Spinnen sind schnell! Sie werden auf die Bettdecke fallen und sich von dort aus in alle Himmelsrichtungen verteilen. Ich werde sie nie wieder finden. Besser gesagt, mein Staubsauger wird sie nie finden. Sie werden sich in meiner Wohnung vermehren und vermehren und vermehren, bis kein Platz mehr für mich selbst da ist und ich ausziehen muss!

Ich zwinge mich, nicht mehr auf das Muttermal zu starren, sondern in Haralds schöne George-Clooney-Augen zu schauen. *Konzentrier dich, Isa! Ein absoluter Hammermann hat dich gerade gefragt, ob du seine Qualitäten testen willst.*

Und das Einzige, an was ich deshalb jetzt denken sollte, ist …

… Arachnophobie!

Ich springe vom Bett hoch und rufe: »Nicht ich werde dich testen! Das macht meine Freundin Pia, die für so was zuständig ist! Ich rufe sie schnell an! Sie wohnt direkt über mir! Sie wird sicher Zeit haben, dich«, ich mache mit meinen beiden Zeigefingern imaginäre Anführungszeichen in die Luft, »dazwischenzuschieben! Warte hier! Ich sage dir gleich Bescheid.«

Dann ergreife ich die Flucht und lasse einen mit Fragezeichen und Spinnenbeinen übersäten George Harald Clooney auf meinem Bett zurück.

Ich stürme ins Wohnzimmer, schnappe mir den Telefonhörer und wähle Pias Nummer. Nach zweimaligem Freizeichen geht sie ran. »Isa, sorry, ich habe noch vier Hände vor mir, also …«

»Ich kann das nicht«, unterbreche ich sie flüsternd.

»Ach komm, sieht er so schlimm aus?«, fragt Isa überrascht. »Nein!« Ich könnte heulen. »Der Mann ist der Hammer, Pia! Der sieht wirklich aus wie George Clooney!«

»Wo ist dann das Problem?«

»Er … er hat da was. Am Hals.«

»Was denn? Einen Eiterpickel oder wie?«

»Ein … ein Muttermal.«

»Ein Muttermal? Und deswegen willst du George Clooney von der Bettkante schubsen?« So wie Pia das sagt, komme ich mir wirklich ein bisschen albern vor. Ich überlege kurz. Vielleicht sollte ich … aber dann meine ich fast, kleine Spinnenbeinchen über meinen Arm laufen zu spüren, inspiziere diesen sofort und muss mich schütteln. Nein, es geht nicht!

»Was mache ich denn jetzt?« Ich komme mir hilflos vor, wie ein Kleinkind, das man alleine vorm Kindergarten abgesetzt hat. Kurz kommt mir sogar Mama in den Sinn, aber den Gedanken verwerfe ich natürlich direkt wieder. »Der Mann ist perfekt, Pia, wenn wir den für das Männertaxi verpflichten, küssen uns hundert begeisterte Frauen die Füße.« *Wenn sie keine Spinnenphobie haben wie ich*, setze ich in Gedanken hinterher.

»Warte mal einen Moment.« Ich höre, wie Pia zu ihren Kundinnen etwas sagt von »Familiärem Notfall« und »Schrecklich leid« und »Ich komme morgen früh um acht zu Ihnen, versprochen«. Dann höre ich Schritte, eine sich schließende Tür und schließlich wieder Pia. »Okay, die Luft ist rein. Schick ihn hoch!«

»Pia, du glaubst nicht, wie dankbar ich dir bin.«

»Dankbar?« Sie lacht. »Mädchen, du schickst mir jetzt George Clooney!«

Ich sprinte ins Schlafzimmer. »So, Harald, alles wunderbar, Pia wird dich jetzt ... äh ... empfangen.« Ich zerre ihn regelrecht durch meinen Flur und schubse ihn aus der Tür. »Du gehst einfach ein Stockwerk höher«, rufe ich schrill.

»Okay. Also, Isa, es hat mich gefreut«, sagt Harald sehr irritiert, setzt sich aber brav in Bewegung. »Guten Tag.«

Guten Tag? Jetzt erst sehe ich Frau Mattheuser, die in ihrem Türrahmen steht und uns mit großen Augen beobachtet.

»Alles in ...«, fragt sie.

»Ja, Frau Nachbarin, alles wunderbar. Wenn Sie sich jetzt wieder um Ihren eigenen Kram kümmern könnten? Was ist nur so interessant an meinem Leben, dass Sie es derartig überwachen?« Ich funkle sie wütend an und schließe meine Tür erst, als ich höre, wie Harald bei Pia klingelt und sie ihm öffnet. Nicht, dass Frau Mattheuser ihm noch hinterherläuft. Als die Tür ins Schloss fällt, lasse ich mich vollkommen außer Atem an ihr niedersinken. Was für eine Aufregung! Und dann muss ich lachen. Das passiert doch gerade alles nicht wirklich, oder?

Zwei Stunden später sitze ich neben Pia auf meiner Couch und greife genüsslich in die Chipstüte, die sie mitgebracht hat.

»Wir haben uns erst mal sehr nett unterhalten«, berichtet Pia. »Er hat irgendwas von seinem Hobby erzählt – dass er gerne über Hemisphären oder so was redet. Auf jeden Fall irgendwas, was ich noch nie gehört habe.«

»Und wie ging es weiter?«, frage ich neugierig.

»Na, heiß natürlich! Isa, ich sag dir, der Mann ist das bare Gold für unser Männertaxi.« Pia grinst, als hätte sie mindestens zwei Bananen quer im Mund.

»Du hast … ihr habt?« Ich fasse es nicht. Und dann wieder doch. Denn genau das sollte ja auch passieren. Aber nun, da es passiert ist … »Ihr hattet also wirklich *Sex?*«

»Und was für welchen! Harald ist zärtlich, hingebungsvoll, lustvoll … hach … Ich weiß nicht, wann ich das letzte Mal eine solche Granate im Bett hatte! Und dann sieht er noch so gut aus! Dieser Körper, diese Muskeln, dieser Knackarsch, dieser McJoohoooyyy …« Pia blickt an die Decke, als würde Harald dort oben nackt samt einsatzbereitem McJoy an einem Haken baumeln, um sich jeden Moment abzuseilen und direkt wieder zur Sache zu kommen.

»Haken!«, platzt es aus mir heraus.

»Hä?«

»Wo ist der Haken?«, will ich wissen.

»Welcher Haken?«

»Na, ein Kerl kann doch nicht *so* toll sein, ohne dass er irgendeinen Haken hat?« Ich spiele nicht auf das Muttermal an, ehrlich nicht. Anscheinend war Pia so dermaßen beschäftigt, dass sie es nicht mal richtig wahrgenommen hat.

»Ach, du meinst das Muttermal? Das finde ich gar nicht so schlimm ... eher etwas anderes.«

»Was denn noch?«, frage ich erstaunt.

»Na«, druckst Pia ein bisschen herum, »es ist schon so ... also ... ich glaube, Harald ist so ein Mann, den ich mir wirklich zweimal ansehen würde, wenn ich ihn unter anderen Umständen getroffen hätte. Aber natürlich ist er tabu für mich, weil er verheiratet ist. Ganz davon abgesehen, dass ich ihm wirklich glaube, dass er seine Frau liebt.«

Na, da schau einer an – ausgerechnet Pia denkt also heimlich doch, dass sie sich wieder verlieben will?

»Na, ob die Liebe wirklich so groß ist«, gebe ich zu bedenken.

»Glaube ich schon.« Pia knibbelt an einem ihrer Nägel. »Er hat es mir gesagt. Und zwar direkt nach dem Sex!«

»Wie, was, wo?«

»Wir lagen halt noch so beieinander, er streichelte mein Gesicht und sagte dann: Ich möchte diesen Job haben, aber ich liebe meine Frau!«

Ich verschlucke mich an einem Chip und spüle schnell einen Schluck Mineralwasser hinterher. »Das hat er in *so* einer Situation nicht gesagt!« Ich kann es kaum glauben.

»Doch! Ehrlich! Ich habe ihn aber darauf aufmerksam gemacht, dass er das bei unseren Kundinnen bitte unterlassen soll!« Sie räuspert sich. »Ich bin schließlich eine professionelle Geschäftsfrau, ich habe immer nur den Erfolg des Unternehmens im Auge.«

Wir kringeln uns vor Lachen.

»Und weiter?«, will ich wissen.

»Dann habe ich ihm gesagt, dass er den Job hat und wir uns bei ihm melden werden.«

Pia und ich schlagen ein. Der zweite Mann ist engagiert!

Kapitel 8

Ich bin gerade dabei, einen ausgesprochen attraktiven Kunden zu bedienen, der sich tragischerweise *Brokeback Mountain* ausleiht, als Wolf zur Tür hereinstürmt. Oder besser gesagt: Er schleppt sich herein, einen riesigen Karton vor der Brust, den er ächzend auf den Boden fallen lässt.

»Ich hasse es! Warum passiert das ausgerechnet mir? Warum Herrgottundverdorrinochmal?«, tobt er. »Da versuche ich ein einziges Mal, meinen Angestellten einen Gefallen zu tun, und dann das!«

Ich habe keine Ahnung, was er meint, und kassiere erst einmal den Kunden ab. Dann wende ich mich mit zuckersüßem Lächeln meinem Arbeitgeber zu. »Kann ich dir irgendwie weiterhelfen, Wolf?«

»Was fragst du denn da noch so blöd? Komm lieber her und hilf mir!« Wolf blickt mich mit seinem Standard-Comic-Wut-Blick an und deutet auf den Karton. »Hilf mir gefälligst, den ins Büro zurückzuschieben. Und nachher kannst du ihn dann direkt mitnehmen, wenn du Feierabend hast. Wieso bin ich überhaupt auf die bescheuerte Idee gekommen, den Scheiß selber zu machen? *Ich* bin hier schließlich der Boss!«

Ich will mir schicksalsergeben den Karton schnappen – merke aber, dass er so schwer ist, dass ich ihn nicht einmal anheben kann. Hat er da Goldbarren drin, oder was? Vermutlich legt er die Gewinne, die er durch unsere harte Arbeit scheffelt, in Edelmetall an, vollkommen krisensicher.

Da könnte er mir ja wohl mal einen abgeben, so als Gewinnbeteiligung. Was könnte ich mir dafür alles kaufen ... zunächst einmal einen dieser megamodernen Plasmafernseher. So einen habe ich nämlich noch nicht. In meinem Wohnzimmer steht immer noch der alte Kasten, den ich mir für meine erste Wohnung gekauft habe. Damals war ich zweiundzwanzig! Und natürlich würde ich mir einen Jahresvorrat der neuen Kosmetikserie von *Dolce & Gabbana* kaufen, die mit den echten Goldpartikelchen. Und dann noch ein Wasserbett. Das soll nicht nur für den Rücken gut sein, sondern natürlich auch allerhand andere Aktivitäten beschwingen. Wie ist das jetzt eigentlich: Kann ich ein neues Bett von der Steuer absetzen? Es ist doch inzwischen durchaus ein Arbeitsmittel, oder? Und zu guter Letzt würde ich meinen Kleiderschrank entrümpeln und mir komplett neue, schicke Klamotten kaufen. Als Firmeninhaberin muss man schließlich immer aussehen wie aus dem Ei gepellt ...

»Was'n da drin?«, frage ich betont lässig, während ich den Karton mit Wolf zusammen nach hinten schiebe. Gold! Pures Gold! *Schenk mir einen Barren,* versuche ich, Wolf telepathisch zu beeinflussen, *komm schon, nur einen kleinen ...*

»Altpapier!«

»Altpapier?« Nee, oder?

»Ja, verdammt! Ich wollte es heute wegbringen und bin durch die ganze Stadt gefahren, aber jeder Scheiß-Container war bis oben hin voll! Ich hab es echt satt! Wofür zahlen wir eigentlich Steuern, wenn man nicht mal in der Lage ist, den Müll dahin zu bringen, wo er hingehört?«

Okay, da muss ich ihm recht geben. So was Ähnliches ist mir auch schon passiert. Nur hatte ich damals leider keine Angestellte, die ich mit diesem Job beauftragen konnte.

»Aber wo soll ich das Papier denn dann hinbringen, wenn du sagst, dass alle Container in der Stadt voll sind?«

»Isa, das ist mir scheißegal! Hörst du? SCHEISSEGAL! Und wenn du bis nach München dafür fahren musst!«

Der hat sie ja wohl nicht alle! Und das soll ich womöglich auch noch alles in meiner Freizeit machen, oder wie? Ich will gerade anfangen zu motzen, als Wolf mich anlächelt: »Du darfst dafür natürlich früher Feierabend machen!«

Wolf lächelt?

Er *lächelt!* Ich mache ein dickes rotes Kreuz in meinen imaginären Kalender. Das habe ich ja noch nie erlebt!

»Hey, danke, Chef, dann mach ich das natürlich!«, sage ich brav und artig, während ich mich umdrehe und wieder zurück zur Theke gehen will.

»Zehn Minuten«, höre ich Wolfs Stimme hinter mir und drehe mich wieder um.

»Wie, zehn Minuten?« Ich fass es nicht!

»Du darfst zehn Minuten eher gehen, keine Sekunde früher!«

Ich schnappe nach Luft und suche nach Worten.

»Du brauchst doch diesen Job, Isa, oder?« Und wieder lächelt er. In genau diesem Lächeln würde meine Faust sich jetzt so richtig gut machen. Stattdessen stecke ich sie in meine Hosentasche. Die Faust, meine ich. Es ist eine ausgesprochen schlaue Faust: »Arschloch«, denkt sie gerade. Und ich bin mir fast sicher, dass Wolf ihre Gedanken hören kann, als ich auf dem Absatz kehrtmache und zu meinem Arbeitsplatz zurückgehe. Was habe ich in meinem früheren Leben nur verbrochen, dass ich in diesem jetzt so bestraft werde?

Als ich zehn Minuten (und keine Sekunde früher!) vor meinem eigentlichen Feierabend den Pappkarton zu meinem Auto schiebe (natürlich hilft Wolf, der faule Sack, mir nicht!), fluche ich alle möglichen Schimpfworte vor mir her, die mir einfallen, und auch die, die mir eigentlich gerade nicht einfallen, weil sie französisch und italienisch sind. Sprachen, die ich irgendwann mal gelernt habe – und natürlich lernt man zuallererst die Schimpfwörter.

Ich klappere gefühlte sechshundert Papiercontainer ab. Bei manchen denke ich: »Hey, der ist leer«, doch bei genauerer Inspektion sehe ich, dass die Dinger bis zum Rand gefüllt sind. Vor anderen türmen sich bereits Kartons und Tüten. Ich bin wild entschlossen, einen Brief an die Stadt zu schreiben, um mich zu beschweren.

Gedankenversunken fahre ich weiter durch die Stadt. Im Radio trällert Silbermond gerade *»Du bist das Beste, was mir je passiert ist, es tut so gut, wie du mich lieeeehieeeebst«*, als mich eine SMS beim Mitsingen stört.

Du fehlst mir! Sascha

Na toll, das hat mir gerade noch gefehlt.

Nach sage und schreibe drei Stunden habe ich am anderen Ende von Münster endlich einen Papiercontainer gefunden, der nur halbvoll ist. Ich hieve den Karton aus dem Auto und beginne, die alten DVD-Zeitschriften und Stadtanzeiger an ihren Bestimmungsort zu befördern. Wolf nimmt das Recycling offensichtlich sehr ernst, denn auf einmal habe ich auch mehrere Eisbecher in der Hand.

»Eisbecher? Seit wann gehören die denn ins Altpapier?«, fluche ich, nachdem ich in einen gefasst habe, in dem noch ein schmonziger Klecks klebte. Angewidert säubere ich meine Hand an einer Stadtanzeigerseite, die natürlich direkt ihre Druckerschwärze abgibt. Grrrr! Das kann doch alles nicht wahr sein!

Wütend stopfe ich den ganzen Kram in den viel zu kleinen Schlitz, als ich stutze: Was ist das denn? Ich falte die zusammengeknüddelte Zeitung auseinander. Sie ist mit Edding vollgekritzelt worden. Ich streiche das Papier glatt und traue meinen Augen kaum.

Sie sucht ihn
für zärtliche Stunden zu zweit.

Fett eingekreist und mit einem großen Ausrufezeichen dahinter. Daneben:

Seitensprung Agentur Betthupferl:
Wir vermitteln hübsche Frauen
an Männer mit Geschmack.
Rufen Sie an!

Ebenso fett eingekreist. Ich durchforste die restlichen Tageszeitungen und Stadtanzeiger, die ich noch nicht entsorgt habe – und siehe da: In jeder Ausgabe finde ich solche Spuren. Das kann doch jetzt nicht wahr sein, oder? Bei uns arbeitet nämlich nur ein einziger Mann – Wolf!

Ist der nicht seit fünfzehn Jahren verheiratet? Zumindest hat er das mal erwähnt. Gesehen habe ich seine Frau noch nie. Wie heißt sie noch? Ich meine, Wolf hätte damals gesagt, sie würde Gaby heißen.

Müsste nicht eigentlich eher sie fremdgehen? Bei so einem Mann? Aber vielleicht hat Wolf verborgene Talente. Brrrr. Ich möchte mir gar nicht vorstellen, wie er im Bett so ist. *Dreh dich um, zack, zack! Und jetzt mach einen Handstand, aber dalli, dalli! Du bist doch angewiesen auf diese Ehe, oder? Und wehe, du kommst eine Sekunde später als ich!*

Ich grinse über das ganze Gesicht, während ich Zeitung für Zeitung inspiziere, immer wieder Eddingstiftspuren entdecke und sie nach und nach im Altpapier entsorge.

Im Flur treffe ich wie so oft Frau Mattheuser. Neu ist allerdings, dass sie gerade dabei ist, sich an meinem Briefkasten zu schaffen zu machen. Ich bin sprachlos. Jedenfalls fast.

»Sagen Sie mal, geht's noch, Frau Mattheuser?«, frage ich empört. Sie hat jetzt nicht wirklich in meinem Briefkasten nach Post geschaut, oder?

»Oh, Frau Schwärzenbach ... ja, also ... Ich dachte, ich hätte dort gerade eine Spinne gesehen und wollte sie wegmachen! Ich habe doch neulich gehört, wie Sie zu Ihrer Freundin gesagt haben, dass Sie keine Spinnen mögen, und ...« Sie schaut mich so unschuldig an, als könne sie kein Wässerchen trüben. Nee, ist klar. Else Kling aus der Lindenstraße ist ein Stiefmütterchen gegen meine Frau Mattheuser! Alte Leute sind irgendwie eigenartig.

»Na, da bin ich aber froh, dass Sie mich vielleicht vor einem Herztod bewahrt haben«, sage ich süffisant. »Und wenn Sie in meinem Briefkasten noch etwas finden, das Sie interessiert, lassen Sie es mich wissen.«

»Ich würde doch nie«, empört sich Frau Mattheuser, aber ich winke einfach ab und verschwinde dann in meiner Wohnung. Ich kicke meine Chucks in die Ecke, stelle meine Tasche auf den Küchenstuhl und lasse mir dann Wasser in die Wanne laufen. Das brauch ich jetzt. Ein heißes Bad und dazu eine heiße Milch mit Honig.

Wolf. Ich hätte ihm ja echt vieles zugetraut, aber das nun wirklich nicht. Wobei – auch Harald Neureuther ist verheiratet und wird demnächst für mein Männertaxi arbeiten. Vielleicht sind doch alle Männer gleich und nutzen jede

Chance, die sich ergibt, um ihrem McJoy Auslauf zu verschaffen?

Ich schüttle den Kopf. *Diese Kerle sind doch alle Windhunde!* Es wird wirklich Zeit, dass das Männertaxi den Betrieb aufnimmt, denn dann können Frauen es ihnen problemlos gleichtun. Alice Schwarzer wäre stolz auf mich. Hoffe ich.

»Ich bin den Rest des Tages nicht mehr zu erreichen!«, donnert Wolf, als er am nächsten Nachmittag an mir vorbei aus dem Laden rauscht. Meine Herren, was ist das denn? Ein neues Aftershave? Oder besser gesagt, überhaupt ein Aftershave? Ich kann mich nicht daran erinnern, Wolf jemals gut duftend erlebt zu haben. Okay, es ist jetzt auch nicht so, dass er sonst stinken würde, aber er riecht immer sehr ... neutral. Bis auf seinen Mundgeruch, der mir ab und zu mal »Guten Tag« sagt. Oder kommt der maskuline Duft bloß von Herrn Möller, den ich gerade entdecke, als ich mich wieder zur Theke rumdrehe.

»Hallo, Frau Schwärzenbach, ich möchte den Film wieder zurückgeben.« Er grinst bis zu seinen Ohren, während er mir die DVD hinhält. Ich mustere ihn von oben bis unten und stelle fest, dass er einen dunkelblauen Jogginganzug von Adidas trägt, dazu ein hellblaues T-Shirt, auf dem steht: *Bier formte diesen makellosen Körper.* Das geht ja mal wieder so gar nicht.

Ich schnuppere unauffällig in seine Richtung, aber ich kann weder Aftershave noch Schweißgeruch wahrnehmen. Also kam der leckere Duft tatsächlich von Wolf. Ob er jetzt wohl gerade zur Seite springt? Mit einer hübschen Frau? In einem hübschen Hotel mit einem hübschen Bett und einer hübschen Dusche?

Hübsch? Wolf? Seitensprung? *Never ever!* Dafür ist er doch viel zu sehr Holzkopp! *Mach die Beine weiter auseinander! Guck mich an! Zack, zack.* Nein, keine Frau der Welt würde sich für einen Seitensprung so ein Rauhbein aussuchen. Hoffe ich! Sonst müsste ich womöglich noch einen Mann wie meinen Chef für das Männertaxi engagieren, und ... nein, brrrr, den Gedanken will ich lieber nicht zu Ende verfolgen.

»Ist Ihnen nicht gut?« Herr Möller reißt mich aus meinen Gedanken.

»Doch, doch, alles okay.« Ich lächle ihn an und verdränge Wolf aus dem Phantasieteil meines Kopfes. »Nettes T-Shirt!«, sage ich keck, während ich auf die beiden Wörter starre, die im Zusammenhang mit Herrn Möller jetzt nicht wirklich harmonisch klingen: *makelloser Körper.* »Wahrscheinlich hat Ihnen wieder die Farbe besonders gut gefallen?« Ich spiele auf unser letztes Gespräch an.

»Nö, diesmal ist es eher die Gesamtaussage«, reagiert Herr Möller souverän und selbstbewusst. Ich muss grinsen.

»Und was für einen Film wollen Sie heute mitnehmen?«, frage ich freundlich. Dabei fällt mein Blick auf die Kundendaten, die ich bereits automatisch aufgerufen habe. Ganz schön vielseitig, der Kerl, denn von Kinderfilmen über Liebeskomödien bis hin zu Actionstreifen ist so gut wie alles dabei.

»Nein, heute ist mein Sporttag, da wird nicht faul auf der Couch gelegen. Ich gehe jetzt eine Runde joggen und komme lieber morgen wieder vorbei.«

Also versucht Herr Möller, seinem leichten Übergewicht ein Schnippchen zu schlagen? Unwillkürlich will ich den Bauch einziehen. Wobei: Eigentlich habe ich keinen Bauch. Ich stelle mir das immer so vor: Ich trage nicht etwa Fett vor mir her, sondern ein kleines Lager voller leckerer Sachen. Chips, Eiscreme, Pizza … und wenn mal schlechte Zeiten kommen, dann hat mein Körper eben schon vorgesorgt. Dem Hungertod würde ich so schnell sicher nicht erliegen.

Hört sich doch gut an, oder? Jedenfalls so lange, bis man wirklich versucht, den Bauch einzuziehen, und das nicht so leicht ist.

»Eigentlich hätte ich auch ein wenig Sport nötig«, flüstere ich Herrn Möller zu. »Aber ich mag es nicht, wenn man sich anstrengt und womöglich sogar schwitzt.«

Herr Möller schaut mich verschwörerisch an. »So ging es mir früher auch«, flüstert er zurück. »Bis ich gemerkt habe, dass ich mich nach dem Sport wie neugeboren fühle! Vielleicht können wir ja mal zusammen joggen gehen? Vorgestern habe ich Sie, glaube ich, am Kortumweg gesehen. Kann es sein, dass Sie dort wohnen?«

Ich blicke ihn erstaunt an. »Ja, das stimmt!«

»Dann wohnen wir gar nicht weit auseinander. Ich wohne direkt im Rolevinckweg. Es würde mir nichts ausmachen, Sie mal zum Sporteln abzuholen.«

Bilde ich es mir nur ein, oder zwinkert Herr Möller mir gerade zu? Da, schon wieder! Und jede halbwegs gescheite Frau weiß doch, dass ein Mann nicht *Joggen* meint, wenn er *Joggen* sagt.

»Öhm … nein, lieber nicht. Vielleicht irgendwann mal. Aber momentan habe ich gar keine Zeit. Ich bin sehr beschäftigt, wissen Sie?« Ich habe das Gefühl, er merkt mir meine Lüge an. Obwohl, so richtig gelogen ist es gar nicht, denn heute Morgen habe ich schließlich schon ein Bewerbungsgespräch mit Lars Piotrowski vereinbart, dem jungen, völlig unerfahrenen Spund, bei dem ich komischerweise immer an Madonnas *Like a Virgin* denken muss.

»Aufgeschoben ist nicht aufgehoben, Frau Schwärzenbach«, strahlt Herr Möller mich an. »Wenn es Sie nicht stört, werde ich einfach irgendwann noch mal nachfragen. Jetzt erst einmal einen schönen Tag für Sie.«

Ich blicke ihm hinterher und frage mich, ob er wohl wirklich verheiratet ist. Und ob er tatsächlich gerade versucht hat, mich nicht zu einer unschuldigen Joggingrunde, sondern auf ein Rendezvous einzuladen. *Männer!* Sie sind *alle* gleich. Wobei Herr Möller natürlich besser aussieht als Wolf. Und netter ist. So auf seine möllerige Art.

Kapitel 9

Als ich am Abend die Tür öffne, steht ein Blumenstrauß vor mir. Ein riesiger, bunter Blumenstrauß.

»'n Abend, ich bin der Lars!«

Bevor ich darüber nachdenken kann, ob Pflanzen vielleicht doch sprechen können, senkt sich die Blütenpracht, und ein attraktives Gesicht kommt zum Vorschein.

»Hallo Lars, ich bin Isa«, begrüße ich ihn freundlich.

»Und ich bin Pia!«, kräht es in meinem Ohr. Unauffällig rücke ich das Headset in meinem rechten Ohr zurecht, damit es nicht aus Versehen rausfällt. Pia sitzt in ihrer Wohnung – und nicht nur, dass sie sich hier ungefragt einmischt, sie isst auch noch Chips. Ich hasse es, dieses Geräusch zu hören, während ich mit jemandem telefoniere. »Lass das«, sage ich streng zu ihr.

»Äh … wie bitte?« Lars sieht mich erschrocken an.

»Lass das mit … den Blumen«, improvisiere ich. »Also, ich meine: Du hättest mir nichts mitbringen müssen. Und nun komm erst mal rein.«

Lars ist knappe 1,80 m groß und trägt sein dunkles Haar fast schulterlang; schöne weiche Locken umrahmen sein Gesicht. Hat ein wenig was von James Blunt. Und obwohl ich weiß, dass er deutlich jünger ist als ich, wirkt er gar nicht soooo jung. Nein, er ist eigentlich ein sehr hübscher Mann, von dem ich mir gar nicht vorstellen kann, dass er tatsächlich noch Jungfrau sein soll. Und dann hat er sich auch noch schick gemacht für mich … für *mich!* Ich merke, dass mir das durchaus schmeichelt. Also, wenn ich den in einem Club treffen würde, ich wäre nicht abgeneigt. Und da trifft es sich doch ausgezeichnet, dass er es eindeutig auch nicht ist, denn er schielt gerade ziemlich offensichtlich in mein Dekolleté. Dabei fällt mir auf, dass er sehr schön geschwungene Wimpern hat. Da wäre jede Frau neidisch drauf. Vielleicht könnte ich ihm die Wimpern zupfen und sie mir dann implantieren lassen …

»Soll ich meine Schuhe ausziehen?«, fragt er höflich.

»Ich gehe mal davon aus, dass er gleich was ganz anderes ausziehen wird«, flüstert Pia in meinem Ohr.

»Fühl dich wie zu Hause«, antworte ich schnell, nehme ihm die Blumen ab und verschwinde erst einmal in der Küche, um sie in eine Vase zu stellen. »Das Büro ist dahinten, geh doch schon mal durch.« Als ich außer Hörweite bin, füge ich streng hinzu: »Pass mal auf, liebe Freundin …«

»Ist schon gut«, höre ich durch meinen Knopf im Ohr, »ich bin schon still. Aber sag schon: Ist er süß?«

»Ja«, bestätige ich. »Ziemlich. Und wenn du mich fragst, der ist nicht halb so unschuldig, wie er tut, da bin ich mir sicher.«

Ich gehe ins Büro. »Bevor du fragst«, sage ich zu Lars, »ja, das ist mein Büro – und mein Schlafzimmer.« Inzwischen habe ich bereits einige Routine darin. »Komm, setz dich!« In aller Ruhe breite ich das Projekt Männertaxi vor Lars aus und erkläre ihm, was auf ihn zukommen würde, wenn er sich drauf einlässt. Ich merke, dass er dabei zunehmend nervös wird.

»Weißt du, diese ganze Sache ist total neu für mich«, sagt er schließlich.

Ach komm, Junge, wem willst du das erzählen, denke ich und verdrehe die Augen. Natürlich nur intern, so in Gedanken. *Ein kleines Sahneschnittchen wie du hat doch wahrscheinlich schon seiner ganzen Schauspielklasse das Herz gebrochen.*

»Ich bin, was Frauen angeht, wirklich noch sehr unerfahren. Ich hatte noch nie … also …« Er zupft an der Manschette seines absolut akkurat gebügelten Hemds herum. So gut kann kein Mensch schauspielern!

»Noch nie? Du bist also wirklich noch Jungfrau – mit vierundzwanzig?« Ich kann's kaum glauben.

Lars wird rot. Er wird wirklich *rot!* Wann habe ich das zum letzten Mal bei einem Mann gesehen? Außer bei Wolf natürlich, der ja ständig vor Wut einen Tomatenkopf bekommt.

Er räuspert sich. »Korrekt. Irgendwie habe ich manchmal fast das Gefühl, dass Frauen und ich nicht zusammenpassen.«

»Der ist schwul!«, trompetet Pia in mein Ohr.

»Du bist schwul?«, frage ich erstaunt. Das kann ja heiter werden.

Er sieht mich erschrocken an. »Nein, schwul bin ich nicht! Ich steh schon auf Frauen. Aber ich traue mich nie, auf sie zuzugehen, und wenn mich eine Frau anspricht, werde ich direkt total verlegen und bekomme kein Wort mehr raus. Also …«, er fährt sich durch die Locken, »ich habe schon mal auf einer Party rumgeknutscht und so … aber … na ja.«

»Aber mit mir redest du doch jetzt auch!«

»Na, du bist ja auch älter.«

Nee, oder? »Was hat denn das Alter damit zu tun?«, will ich wissen.

»Na, Frauen, die mir gefallen, sind nun mal eher in meinem Alter, und sobald mir eine richtig gut gefällt, geht bei mir eine Tür zu, die ich nicht mehr öffnen kann.«

»Aber du bist Schauspieler, hast du geschrieben! Dafür muss man doch auch sehr offen sein. Man steht auf einer Bühne, zeigt sich in den verschiedensten Lebenssituationen und muss sich so geben, wie das Theaterstück es verlangt, oder?«

»Ja schon, aber da spiele ich es halt nur. Sobald ich in eine solche Situation im echten Leben komme, mache ich dicht.«

Das nenne ich mal eine harte Nuss.

Ich höre Pia lachen. »Na, dann sieh mal zu, dass du den Kleinen eingeritten bekommst, denn ich glaube kaum, dass unsere Kundinnen ein Date mit einem Mann haben wollen, der den ganzen Abend verschüchtert vor ihnen am Restauranttisch sitzt.«

»Nun, Lars«, beginne ich. Wie fange ich das jetzt bloß an? Am besten ganz direkt. »Fassen wir mal zusammen: Du bist noch Jungfrau, du bringst also keine Erfahrung mit, die für unsere Kundinnen natürlich wichtig wäre, und du stehst mehr auf *Mädchen* in deinem Alter, die eher nicht zu unserer Klientel gehören. Warum …«, ich hebe eine Augenbraue, »warum sollte ich dich nun eigentlich nicht achtkantig rauswerfen?«

»Weil …« Er schaut mich groß an. Aber dann gibt er sich einen Ruck. Und auf einmal wirkt er nicht mehr so verschüchtert. »Weil ich Erfahrungen mit einer ausgesprochen attraktiven Frau sammeln will, die vielleicht kein Mädchen mehr ist, aber umso interessanter.« Dazu wirft er mir einen unverschämt herausfordernden Blick zu. »Und weil diese Frau weiß, dass es ihr gefallen wird.«

Ich bin baff! Damit hätte ich nun nicht gerechnet! Lars mag im normalen Leben kein besonderes Selbstbewusstsein haben, wenn es um Frauen geht, aber wenn er eine Rolle spielt – und ich gehe mal davon aus, dass er das gerade tut –, dann ist er richtig gut. Aber mal sehen, wie mutig er ist, wenn es aufs Ganze geht.

»Dann, mein lieber Lars«, beginne ich und werfe ihm einen lasziven Blick zu, »komm her und küss mich!« Seine Lippen sehen wunderbar weich aus – und genauso fühlen sie sich auch an, als er sich nun tatsächlich zu mir vorbeugt und ganz sanft beginnt, mich zu küssen! Ich komme mir ein bisschen vor wie Anne Bancroft, die als Mrs. Robinson in *Die Reifeprüfung* den damals noch blutjungen Dustin Hoffman verführt. Und irgendwie gefalle ich mir in dieser Rolle!

Unsere Zungen finden sich – und auf einmal wird aus den sanften Lippenspielen ein heißer Kuss. Ein *richtig* heißer! Ich hätte nicht gedacht, dass der Kuss eines so unerfahrenen jungen Bengels mich so dermaßen scharf machen würde. Aber das tut er! Definitiv! Irgendwie hat das was! *Here's to you, Mrs. Robinson.* Ich fühle mich großartig – und lasse unauffällig das Headset unter dem Kissen verschwinden, um wirklich ungestört mit Dustin … äh … Lars zu sein.

Vorsichtig öffne ich seine Krawatte, ziehe sie unter seinem Kragen hervor und lasse sie nachlässig neben dem Bett auf dem Boden fallen. Lars löst sich kurz von mir, um sein Jackett auszuziehen, und küsst mich dann wieder. Er wird jetzt richtig fordernd!

Ich fahre mit meiner Hand unter sein Hemd. Er trägt ein T-Shirt darunter, das ich aus seiner Hose ziehe. Meine Finger streicheln über seinen nackten, flachen Bauch. Lars halt kurz die Luft an. Ich höre auf, ihn zu küssen, schaue ihn an und sage: »Jetzt du!«

Ich hätte nicht gedacht, dass jemand, der keine Erfahrungen mit dem weiblichen Körper hat, so schnell lernt, mit ebendiesem auf diese Art und Weise umzugehen. Wahrscheinlich ist das doch der tiefe Urinstinkt, der in uns allen steckt. Lars zieht mir die Bluse aus und streichelt meine Brüste so genussvoll, dass ich mich fühle wie eine Göttin, die gerade verehrt wird. Mein Körper verwandelt sich in Lars' Wohlfühloase. *Your body is a wonderland.*

Er küsst mich wilder und hemmungsloser. Ich merke, wie mir warm wird, sehr warm. Es wird Zeit, dass ich meine Jeans ausziehe – und vor allem er diese Anzughose!

»Ich mache jetzt alles so, wie ich es in meinen Phantasien tausendfach getan habe«, raunt er mir ins Ohr.

Eine tolle Idee!

Ich ziehe ihn auf mich, meine Hände packen seinen kleinen, knackigen Po. Ich reibe mich an ihm und merke …

Aus dem Hausflur ertönt ein Hilfeschrei.

»Hiiiilfe! So hilf mir doch jemand! Hiiiiilfe!«

»Hörst du das?«, frage ich erschrocken. Warum fragt man das in so einer Situation eigentlich immer? Der andere ist doch nicht taub!

»Ja!« Hörtest bestanden. Lars ist plötzlich total aus dem Konzept und sieht aus, als würde er sich ertappt fühlen. »Und jetzt?«

»Hiiiilfe!«

»Ich muss nachschauen, was da los ist!« Ich schubse ihn von mir hinunter und stürze aus dem Zimmer. Gerade noch rechtzeitig fällt mir ein, dass ich mir etwas überziehen sollte, flitze zurück und schnappe mir meine Bluse. Lars liegt verdattert auf dem Bett. Das heißt: In seinem Gesicht zeichnet sich Erstaunen ab. Unterhalb seines Gürtels scheint er noch nicht von Erregung auf »Was ist denn jetzt los?« umgestellt zu haben – und was sich dort abzeichnet, sieht ausgesprochen einladend aus. »Rühr dich nicht von der Stelle! Bleib genau so … ähm … stehen!«, befehle ich grinsend und stürme los.

Als ich meine Wohnungstür aufreiße, finde ich Frau Mattheuser im Flur auf dem Boden liegend vor.

»Frau Schwärzenbach, bitte helfen Sie mir! Ich bin gefallen!« Sie liegt auf dem Boden wie eine umgedrehte Schildkröte und kann sich anscheinend nicht bewegen. Wie wild fuchtelt sie mit ihren Armen und Beinen in der Gegend rum. Frau Mattheuser, die Frau, die mich seit Jahren nervt – und der ich jetzt einfach nur helfen will. Alles, was ich bisher über sie gedacht habe, ist mit einem Mal weggewischt.

»Ach herrje, was ist denn hier passiert?« Ich steige über hingefallene Äpfel, Birnen, Bananen. »Können Sie aufstehen?« Vorsichtig helfe ich ihr wieder auf die Füße. Das ist nicht so leicht, wie es sich anhört, aber gemeinsam schaffen wir es.

Frau Mattheuser fährt sich mit der einen Hand durchs Gesicht, während sie sich mit der anderen an mir festhält. »Ja, es geht schon wieder«, behauptet sie, aber ich merke, dass sie sehr wacklig auf den Beinen steht.

Also muss ich eine Entscheidung treffen. In meinem Schlafzimmer liegt ein blutjunger, höchst erregter Kerl, mit dem ich mir ein paar *sehr* schöne Stunden machen könnte – und hier im Flur hängt eine alte Dame an meinem Arm, die anscheinend ihr ganzes Leben darauf ausgerichtet hat, mir hinterherzuspionieren. *Dümdümdümdüm dümdümdü.* Für einen Moment schleicht sich die Erkennungsmelodie von Jeopardy in mein Gehirn: *Wie wird Isabell Schwärzenbach sich wohl entscheiden?*

»Kommst du wieder?«, reißt Lars mich aus meinen Gedanken, der mit nacktem Oberkörper in meiner Tür steht. Frau Mattheuser schaut zunächst ihn an und dann mich. Sie wirkt verwirrt. Ja, das kann ich ihr gerade wirklich nicht verdenken.

»Pia!«

»Wer?« Er schaut mich erstaunt an.

»Ähm, also meine Freundin. Die wird sich jetzt um dich kümmern! Sie wohnt direkt über mir.« Ich deute Lars den Weg, während ich Frau Mattheuser mit sanftem Druck zu ihrer Wohnungstür hinüberschiebe. »Klingel einfach bei ihr, sag ihr, dass es einen Notfall mit der Nachbarin gibt und dass sie übernehmen soll!«

»Das ist jetzt nicht dein Ernst, oder?« Er schaut mich groß an.

»Du willst doch den Job«, zische ich ihm zu.

»Ja klar, aber …«

»Job – Pia! Und jetzt mach schon.« Ich schaue ihn streng an. Es ist wahrscheinlich genau der Blick, mit dem ich Jungs unter achtzehn Jahren den Eintritt in Wolfs Kuschelzimmer verwehre.

Und siehe da: Er funktioniert auch jetzt.

»Okay, ich hol nur schnell meine Sachen«, antwortet Lars. Er verschwindet in meiner Wohnung und kommt nach einer Minute angezogen wieder zurück.

»Viel Spaß!«, zwinkere ich ihm zu, während er die Treppe nach oben stiefelt. Inzwischen habe ich es geschafft, die wacklige Frau Mattheuser bis zu ihrer Tür zu bringen. »Haben Sie Ihren Schlüssel in der Tasche?«

Frau Mattheuser nickt und blickt mich immer noch verwundert an.

»Das war mein … Cousin. Hat sich den Nacken verknackst, und ich wollte ihn massieren, weil er doch morgen … morgen ein Vorstellungsgespräch hat, da muss er doch fit sein. Ich sollte außerdem noch mal seinen Text mit ihm durchgehen.« Die Antwort scheint sie zufriedenzustellen.

»Können Sie stehen?«, frage ich.

Frau Mattheuser nickt.

»Gut.« Ich lehne sie regelrecht gegen den Türrahmen, dann hole ich schnell ihre Tasche und krame den Schlüssel heraus.

»Danke. Ich wüsste wirklich nicht, was ich ohne Sie gemacht hätte«, bedankt sich die alte Dame.

»Nicht der Rede wert. Dafür sind Nachbarn doch da«, sage ich und merke, dass ich es auch wirklich so meine. Komisch, auf die Idee, Frau Mattheuser als eine nette Nachbarin zu sehen und nicht die alte Schreckschraube, bin ich lange nicht gekommen.

Hinter mir huscht Lars die Treppe hinauf zu Pia, und ich kann mir ein leichtes Grinsen nicht verkneifen. Dann schließe ich die Wohnungstür meiner Nachbarin auf – und habe das Gefühl, von einer Sekunde auf die andere in einer komplett anderen Welt gelandet zu sein.

Kapitel 10

In dem langen Flur, dessen Wände von mindestens tausendsiebenhundert Bilderrahmen bedeckt sind, fühle ich mich auf einmal ganz klein, so als würde ich im Kino in der ersten Reihe sitzen. Ich schaue mir die Fotos an und sehe gleichzeitig die Wohnung meiner bereits verstorbenen Großmutter vor meinem geistigen Auge. Die Atmosphäre ist dieser hier sehr ähnlich.

Es ist fast ein bisschen so, als würde ich auf eine Zeitreise gehen: Da gibt es sepiafarbene Aufnahmen, die vermutlich aus den Anfängen der Fotografie stammen, vergilbte Bilder, die aus den vierziger und fünfziger Jahren stammen, aber auch ausgeblichene Farbbilder aus den Siebzigern. Keins der Bilder scheint jünger zu sein als aus den Achtzigern. Hier und da entdecke ich neben den unbekannten, meist lächelnden Gesichtern eine Frau, die mir bekannt vorkommt – ja, das ist Frau Mattheuser. Aber viel jünger und … glücklicher.

»Ist das Ihre Familie?«, frage ich die alte Dame, die sich inzwischen auf einen Stuhl in der Küche gesetzt hat und mich von dort aus im Flur beobachten kann, während ich mit dem Finger auf ein großes Bild zeige.

»Ja, das sind meine Eltern und meine vier Geschwister. Aber auf einigen Fotos sehen Sie auch meine Freunde und Bekannte, die mich in all den Jahren begleitet haben.« Ich schaue Frau Mattheuser aufmerksam an, denn die Traurigkeit in ihrer Stimme ist nicht zu überhören. In diesem Moment frage ich mich, warum ich eigentlich noch nie Besuch bei Frau Mattheuser gesehen habe. Ich glaube, ich habe noch nie mitbekommen, dass Frau Mattheuser sich mit jemandem unterhalten hat, der nicht in unserem Hause wohnt. Ich habe auch noch nie Lachen oder etwas lautere Musik aus ihrer Wohnung gehört. Eigentlich habe ich meine Nachbarin immer nur wahrgenommen, wenn sie mich neugierig beobachtet hat. In mir regt sich das schlechte Gewissen. Ich erkenne gerade, dass ich überhaupt nichts von ihr weiß. Da wohnt man jahrelang direkt nebeneinander und kennt sich dennoch nicht!

»Haben Sie etwas Zeit?«, reißt Frau Mattheuser mich aus meinen Gedanken. »Ja, ich habe …« Ich zögere einen Moment. Hey, das ist immer noch die Nachbarin, von der ich mich beobachtet und verfolgt fühle. *Und es ist die Frau,* meldet sich das schlechte Gewissen zu Wort, *die du seit deinem Einzug ausnahmslos unfreundlich abgekanzelt hast.* Was wäre eigentlich passiert, wenn sie nicht im Flur umgefallen wäre, sondern in ihrer Wohnung? Womöglich hätte es tagelang niemand gemerkt. Oder vielleicht sogar noch länger nicht. Sie wäre vermutlich verdurstet, ganz langsam und elendig. Und dann wäre irgendwann ihr Briefkasten übergequollen und die Polizei gekommen, um die Wohnung aufzubrechen, und womöglich hätte man mich für dieses Dilemma beschuldigt, weil ich eine so rücksichtslose Nachbarin bin und …

»Ein wenig Zeit habe ich schon, ja«, sage ich, ohne noch lange darüber nachzudenken.

»Dann koche ich uns beiden jetzt erst mal einen schönen Tee, wenn Sie mögen!« Frau Mattheuser strahlt mich an.

»Oh ja, Tee ist klasse! Aber ich kann das auch gerne machen. Bleiben Sie ruhig noch ein wenig sitzen«, antworte ich und will in die Küche gehen. Frau Mattheuser steht auf – ein kleines bisschen wacklig noch – und weist mir recht energisch den Weg ins Wohnzimmer. »Papperlapapp, das schaffe ich schon. Machen Sie es sich einfach gemütlich! Mir geht es schon viel besser.«

Ich bin beruhigt und verscheuche den Beamten vom Bundeskriminalamt, den ich gerade kurz vor meinem inneren Auge auftauchen sah (»Sie haben sich also auch nicht um die nette ältere Nachbarin gekümmert, Frau Schwärzenbach?«), aus meiner Phantasieecke.

Ich setze mich auf die imposante beige-braune Couch – und bekomme meinen Mund fast nicht mehr zu, als ich das riesige Bücherregal an der gegenüberliegenden Wand entdecke. Meine Güte! Das ist eine richtige Bibliothek! Wie kann ein Mensch alleine so viele Bücher besitzen?

Ich habe das Gefühl, als würden die Buchrücken mich abschätzend mustern. So als wollten sie sagen: *»Schäm dich.«*

»Wieso«, entgegne ich ein bisschen trotzig, *»ich habe doch schon ganz viele Bücher gelesen.«*

»Drei, Isa. Es waren drei.«

Ich rechne schnell nach. *»Nein«*, begehre ich dann auf, *»es waren fünf!«*

»Es waren drei, Isa. Die beiden Bilderbücher, die du als Kind hattest, zählen nicht.«

Irgendwie bekomme ich gerade ein schlechtes Gewissen. Aber lesen war, ehrlich gesagt, noch nie so mein Ding. Vielleicht hat Frau Mattheuser die Bücher ja auch gar nicht alle gelesen. Genau! Sie hat sie bestimmt alle geschenkt bekommen, von ihrer Familie und ihren Freunden. Und weil sie jedes Mal Freude vorgetäuscht hat, wenn sie eins bekam, haben es sich ihre Freunde und Bekannte immer einfach gemacht und ihr jedes Mal ein Buch geschenkt. Und nur darum hat Frau Mattheuser sich diese riesigen Regale bauen lassen: um nicht blöd dazustehen, wenn der Besuch mal nachfragte, ob sie dieses oder jenes Buch schon gelesen hat. Genau! So muss es sein. Anders kann ich es mir gar nicht vorstellen.

»Die haben Sie nicht alle gelesen, oder?«, frage ich neugierig, als Frau Mattheuser ins Wohnzimmer kommt und zwei große Tassen Pfefferminztee auf den Tisch stellt.

»Natürlich habe ich sie alle gelesen, mein Kind.« Eigentlich hasse ich es, wenn man mich *mein Kind* nennt, aber in diese urige Wohnung voller Vergangenheiten und Erinnerungen passt es irgendwie.

»Alle? Aber das sind ja mehr als …« Ich versuche, diese Massen zu schätzen. »Also, das sind mindestens tausend Bücher!«

»Es sind genau zweitausendvierhundertfünfundachtzig.«

Das glaube ich jetzt nicht! Ich blicke von einer Wand zur anderen, vom Fußboden bis zur Decke. Ich sehe keine Tapete, nicht ein klitzekleines Fitzelchen. Nur Bücher.

»Das ist der Hammer!«

»Bücher sind mein Leben«, sagt Frau Mattheuser lächelnd, während sie an ihrem Tee nippt. »Das waren sie immer. Und nun sind sie das Einzige geblieben, was ich noch habe.«

Ich blicke sie fragend an.

»Ach, mein Kind, mein Mann ist vor zwanzig Jahren verstorben. Ich habe keine Familie mehr, keine Freunde oder Bekannte. Ich habe sie alle im Lauf der letzten Jahre verloren.« Sie schweigt einen Moment und sieht versonnen in den Flur hinüber, in dem all diese Bilder hängen, und dann zu ihrer Bibliothek. »Nun sind die Bücher meine Freunde.«

»Aber …« Hilfe, das ist so trostlos! Bücher als Freunde? Das kann ich mir nicht vorstellen. Ich brauche Leben,

Action, Männer, Sex … aber doch keine Bücher! Okay, mit dem Sex und den Männern fange ich bei Frau Mattheuser jetzt besser nicht an. »Aber Sie brauchen doch sicher mal jemanden zum Reden, oder?«

»Ach wissen Sie, mein Kind, man gewöhnt sich mit der Zeit daran, dass niemand mehr da ist, mit dem man reden kann. Und es ist nicht so, dass es viele junge Menschen gibt, die Lust darauf haben, mit einer alten Schachtel wie mir zu sprechen.« Sie sagt das ganz freundlich, aber ich fühle mich natürlich trotzdem ertappt. »Aber das kann doch nicht gut sein!«

»Oh doch! Sie können sich gar nicht vorstellen, was mir diese Bücher geben! Sie sind voller Leben, denn in ihnen steckt das Leben der Schriftsteller. Die Liebe zum geschriebenen Wort. Und so viele Geschichten!« Sie seufzt. »Aber natürlich haben Sie auch recht. Ich … Ich habe vermutlich wirklich irgendwann angefangen, meine Bücher nicht nur zu genießen, sondern mich auch in sie zu flüchten.« Die blassblauen Augen von Frau Mattheuser glänzen feucht. Nervös faltet sie ihre Hände auf ihrem Schoß und reibt ihre Finger aneinander.

»Haben Sie keine Kinder?«, frage ich schnell, weil ich Angst davor habe, dass sie anfängt zu weinen, wenn sie nicht weiterspricht. »Wir hatten einen Sohn, Albert. Er war mein Ein und Alles. Vor allem, nachdem mein Mann starb, war er mir eine große Stütze.«

»Wo ist der jetzt?« Ich spüre, dass mein Herz klopft, weil ich Angst vor der Antwort habe.

»Er starb vor acht Jahren.«

Ich schlucke.

»Er hatte Krebs«, sagt Frau Mattheuser mit belegter Stimme. »Leukämie. Es war ein langes Leiden und ein qualvoller Tod.«

Ich habe das Gefühl, als schnüre sich mir der Hals zu. Ich hole tief Luft. »Hatte Albert Kinder? War er verheiratet?«

»Ja, das war er. Mit Sue, einer Amerikanerin. Sie haben Zwillinge, Linda und Chris. Die beiden sind jetzt zwölf Jahre alt.« Sie zeigt auf das Foto, das auf ihrem Fernseher steht: ein Mädchen mit langen blonden Zöpfen und ein Junge mit einer Basecap auf dem Kopf.

»Aber dann haben Sie ja doch noch Familie«, sage ich erleichtert. »Wie oft sehen Sie die Zwillinge?«

»Gar nicht mehr. Nach dem Tod von Albert zog Sue mit den Kindern zurück nach Amerika zu ihren Eltern. Sue ruft ab und zu an, aber ich werde die drei wohl nie wiedersehen, denn außer mir gibt es hier in Deutschland nichts mehr, was sie hierhin ziehen würde. Linda und Chris sprechen nicht einmal mehr Deutsch. Ich habe einen Kurs gemacht, um Englisch zu lernen, aber …« Ihr versagt die Stimme.

Ist das traurig! Ich sehe Frau Mattheuser auf einmal mit ganz anderen Augen. Bisher war sie für mich eine viel zu neugierige Nachbarin, die alles überwachen wollte, was im Haus passiert. Aber in Wahrheit ist sie einfach nur einsam!

»Und wenn Sie die Bücher lesen, fühlen Sie sich nicht mehr so alleine?«, frage ich zaghaft.

Frau Mattheuser laufen Tränen über das Gesicht. Ich greife in meine Hosentasche und ziehe ein unbenutztes Taschentuch hervor, welches ich ihr reiche.

»Ja, die Bücher sind mein Leben. Begleitet haben sie mich immer schon, aber vor allem in den letzten acht Jahren sind sie … meine Zuflucht geworden. Ein Leben ohne Bücher könnte ich mir nicht mehr vorstellen. Für mich sind sie wie viele tausend kleine Seelen, die ich außerhalb meines Körpers trage, um meine eigene damit zu wärmen.«

Würde ich schöne Texte sammeln, so müsste ich mir diesen Satz jetzt sofort aufschreiben, weil er so wunderschön klingt! Ich greife nach Frau Mattheusers Hand und drücke sie. Ich spüre, wie mein Herz, von dem ich so oft denke, es sei seit Tom zu Stein geworden, sich in weichen Samt verwandelt. Die Geschichte meiner Nachbarin berührt mich so, dass ich sie einfach in den Arm nehmen möchte. *Hey Isa, denk einfach nicht drüber nach, sondern mach es,* sage ich mir selbst – und ziehe Frau Mattheuser in meine Arme. Ich halte sie einfach fest und atme ihren Geruch ein, diesen typischen Alte-Menschen-Duft, den man irgendwie gar nicht beschreiben kann. Es ist nicht so, dass er unangenehm wäre, aber schön ist er auch nicht. Wahrscheinlich gehört er einfach zum Alter.

Eine ganze Weile sitzen wir so da. Mein Herz ist erfüllt mit Mitleid; Frau Mattheuser tut mir so unsagbar leid! Ich kann mir absolut nicht vorstellen, so einsam und verlassen zu sein. Ich schätze mich in diesem Moment so glücklich: Ich habe Pia, eine Familie, ich habe einen Job, der mir trotz Wolf Spaß macht, und demnächst habe ich auch noch ein florierendes Männertaxi.

Aber dennoch verbindet etwas meine Nachbarin und mich: Wir haben beide keine Liebe. Besser gesagt: Frau Mattheuser hat immerhin die zu ihren Büchern. Und ich? Ich habe gar keine.

Aber ich will ja auch gar keine mehr, ruft eine kleine Stimme in mir bockig. *Ihre Geschichte ist doch das beste Beispiel dafür, dass Liebe weh tut. Also ist es besser, wenn man erst gar keine hat. Dann kann man im Nachhinein auch nichts vermissen.*

Oder?

Ich weiß gerade selber nicht, ob ich meinen eigenen Gedanken trauen kann. Ich weiß nur, dass all das hier mich sehr, sehr traurig macht.

Auf einmal weiß ich, was ich tun muss. Ich lasse Frau Mattheuser los und sage: »Wenn Sie möchten, kann ich Sie ja ab und zu mal besuchen kommen!« In Gedanken sehe ich mich schon mit Frau Mattheuser zu Weihnachten Plätzchen backen und zu Ostern Ostersträuße schmücken. Obwohl das noch vor ein paar Stunden eine absolute Horrorvorstellung gewesen wäre, habe ich jetzt das sichere Gefühl, dass es genau richtig ist, diesen Vorschlag zu machen. Und wer weiß: Eines Tages werde ich vielleicht sogar zusammen mit ihr ein Buch lesen! Ich nehme es mir zumindest gerade ganz fest vor.

Es gibt doch auch kurze Bücher, oder? So richtig kurze, meine ich.

»Würden Sie das wirklich tun?« Frau Mattheuser sieht mich an. In ihrem Blick liegt Hoffnung und Freude, aber auch Skepsis. »Ich will kein ... kein Mitleid.«

»Aber ich will Plätzchen!«, platzt es aus mir heraus. Als meine Nachbarin mich irritiert ansieht – sie kann ja nicht ahnen, dass ich uns gemeinsam bereits bei der Weihnachtsbäckerei gesehen habe –, füge ich schnell hinzu: »Warum denn nicht? Sie könnten meine Ersatz-Omi werden. Meine eigene ist leider vor ein paar Jahren verstorben, und ich vermisse sie sehr! Mit ihr habe ich zu Weihnachten immer Zimtsterne gebacken.«

»Ich würde ... ach, Kind, ich würde gerne Ihre Ersatz-Omi sein.« Frau Mattheuser lacht mich an, und ich spüre das Glück, welches aus ihrem Herzen strömt – raus aus ihrem, hinein in meins. Das fühlt sich so schön an, dass ich merke, wie mir Tränen in die Augen steigen.

»Aber dann duzen Sie mich jetzt bitte auch«, sage ich

schnell und schlucke die Rührung hinunter. »Ich bin die Isa.«

»Und du nennst mich bitte Charlotte!« Sie nimmt ihre Teetasse in die Hand und stößt an meine Tasse an.

Es gibt Momente im Leben, die kann man einfach nicht bezahlen. Und es gibt Momente im Leben, die würde man auch für kein Geld der Welt mehr hergeben. Charlotte und mich trennen mindestens dreißig Jahre, aber von nun an wird uns immer dieser eine, besondere Moment verbinden, den ich so schnell nicht wieder vergessen werde.

Kapitel 11

Als ich am nächsten Morgen in der Badewanne liege und über den gestrigen Tag nachdenke, stelle ich fest, dass er krasser nicht hätte sein können.

Nachdem ich die Wohnung von Charlotte (es ist für mich noch ganz komisch, sie so zu nennen) verließ, kam kurze Zeit später Pia zu mir runter und erzählte von ihrem Erlebnis mit Lars.

»Anfangs war er noch ein wenig unbeholfen, aber da er anscheinend sehr lernfähig ist, war er am Ende gar nicht mal so übel«, lachte sie. Auf jeden Fall hat Pia ihm eine Zusage fürs Männertaxi gegeben: »Ist dir aufgefallen, wie Lars von schüchtern auf selbstbewusst umschalten kann, als ob es dafür einen Knopf bei ihm gibt? Zugegeben, nervös ist er ein bisschen anstrengend, aber solange der cool bleibt, ist der für unsere Kundinnen doch echt ein Leckerchen. Und die Damen werden ihren Spaß daran haben, ihm zu zeigen, wo's im Bett langgeht.«

Dann denke ich wieder an das Leben von Charlotte und vergleiche das, was ich schon erlebt habe – mit dem, von dem ich mir vorstellen könnte, dass es noch passiert. Unsere Leben sind so unterschiedlich und haben dennoch vieles gemeinsam. Immer wieder schießt mir dabei ein Wort durch den Kopf, das zwar einerseits so leicht und zweisilbig ist, dennoch aber tiefe, schmerzhafte Wunden hinterlassen kann: Liebe.

Vielleicht sollte ich nachher zu Charlotte rübergehen und mir ein Buch von ihr ausleihen? Denn vielleicht ist das alles, auf was ich mich in den nächsten vierzig Jahren meines Lebens einstellen kann? Natürlich erinnert mich das unweigerlich wieder an Tom, und ich versuche erst gar nicht, meine aufkommenden Tränen hinunterzuschlucken.

Genau in diesem Moment klingelt das Telefon. Ich erschrecke mich und schubse den Hörer, den ich auf den Badewannenrand gelegt hatte, beinahe ins Wasser, als ich nach ihm greife.

»Wir müssen zusehen, dass wir die nächsten Männer so schnell wie möglich einladen und vor allem testen«, kräht mir Pia gutgelaunt ins Ohr. Sie ist gerade mit ihrem mobilen Fingernagelstudio unterwegs, während ich meinen freien Tag in der Wanne genieße. »Warum hast du es denn so eilig?«, frage ich.

»Och, was soll ich sagen – die Testaktionen mit Harald und Lars haben mir durchaus gefallen …«

»He, das Männertaxi soll doch nicht nur dazu dienen, deine Libido zu befriedigen!«, entgegne ich ein bisschen knurrig. Denn mir ist durchaus bewusst, dass Pia gerade mehr auf ihre Kosten kommt als ich. Die Nummer mit Sven war schließlich eine echte Nullnummer, Spinnenbein-Harald … uhhh, darüber möchte ich gar nicht nachdenken. Und bei Lars kam Charlotte dazwischen, bevor es wirklich interessant werden konnte. Aber das muss ich Pia ja nun nicht auf die Nase binden.

»Ach komm«, sagt sie, »du bist doch nur sauer, weil du bisher noch nicht viel von den Kerlen hattest, die sich vorgestellt haben.« Verdammt, sie kennt mich wirklich zu gut. »Aber weißt du, Isa, wir wollen das Männertaxi doch auch irgendwann an den Start bringen – und dafür fehlen uns noch ein paar Punkte auf der Speisekarte. Also, wie sieht es aus: *Who is next?*«

»Du hast ja recht.« Ich gehe im Geiste die E-Mails durch, die ich heute Morgen gecheckt hatte. »Dieser Straßenbauarbeiter hat mir seine Handynummer geschickt. Wie heißt der noch mal …« Ich überlege angestrengt. »Simon, oder? Den könnte ich für heute Abend bestellen.«

»Na, das klingt doch formidable, Madame! Ich bin heute Abend allerdings mit einer Kundin zum Essen verabredet, aber du wirst es schon alleine schaffen, oder?«

»Klar, bis jetzt ist ja auch nichts Schlimmes passiert. Wird schon schiefgehen!«

Nachdem ich mich für den Abend per SMS mit diesem Simon verabredet habe, verbringe ich den Tag damit, meine Wohnung gründlich zu putzen. Zwischendurch muss ich mich natürlich immer mal eine halbe Stunde auf meine Couch legen und mir eine Talkshow im Fernsehen anschauen – Hausputz ist nun mal sehr anstrengend! Und, ehrlich gesagt, so gar nicht meine Lieblingsbeschäftigung …

Als ich noch mal schnell zum Supermarkt fahre, bleibt mir für einen Moment das Herz stehen, denn ich entdecke Tom nebst Praktikantin Chantaaal auf dem Parkplatz. Als hätte mir ein Notarzt einen Defibrillator auf meinen Oberkörper gehalten, klopft mein Herz plötzlich schneller. Verdammt! Ich habe die Haare nur schnell zum Pferdeschwanz zusammengebunden und trage eine alte Jeans und ein T-Shirt. Und als ob das nicht schon reichen würde, bin ich gänzlich ungeschminkt. Isa unplugged sozusagen. Und das ist ganz sicher nicht das Outfit und Styling, mit dem man seinem Ex nonverbal entgegenschleudern kann: *Sieh nur, was du alles verloren hast.* Stattdessen sagt mein Aussehen gerade wohl eher: *Sei froh, dass du dein Glück anderswo gefunden hast.* Ahhhh!

So richtig verliebt sehen die beiden allerdings nicht gerade aus: Chantal zieht eine Schüppe, die ich selbst aus fünfzehn Kilometern Entfernung erkennen würde und mit der man mit Sicherheit einen Fünfhundert-Quadratmeter-Garten umgraben könnte. Wahrscheinlich hat Tom ihr nicht die Schuhe gekauft, die sie soooo gerne gehabt hätte! Oder ihr Friseur hat ihre Haare 1,5 mm zu viel abgeschnitten. Oder ihr Nagellack ist abgeblättert. Auf jeden Fall scheint sie sehr wütend zu sein, während Tom die Einkäufe in den Kofferraum packt. Und er? Er hat einen stoischen Gesichtsausdruck, der fast ein bisschen so aussieht, als würde er ihn häufiger aufsetzen. *Ha!* Das hat er nun davon. Recht geschieht es ihm!

Ich schleiche an den beiden vorbei, ziehe den Kragen meiner Jacke etwas höher und versuche, mich dahinter zu verstecken. Sehen müssen sie mich ja nicht gerade. Vor allem Tom nicht. Immerhin habe ich nach der Trennung die bereits erwähnten sieben Kilo zugenommen. Davon sind vier zwar wieder runter, aber gerade in diesem Moment fühlt es sich so an, als würden sie immer noch an mir haften. Phantomkilos sozusagen. Und die sind mir irgendwie sehr peinlich.

Mit gesenktem Kopf ziehe ich einen Einkaufswagen aus der Schlange. Nun trennen mich nur noch ein paar Meter vom Eingang des Supermarktes …

Nur noch drei …

Zwei …

Direkt neben dem Eingang hat jemand einen Hund angeleint. Der Arme! Er tut mir richtig leid. Das scheint er irgendwie zu spüren – er springt auf, will zu mir laufen, wird von der Leine daran gehindert … und kläfft mit einer Lautstärke los, als habe er einen Verstärker eingebaut.

Ich erstarre. Zumindest im Beinbereich. Mein Oberkörper

fährt herum, um zu sehen, ob Tom inzwischen in sein Auto eingestiegen ist, denn wenn er dieses infernale Gekläffe hört, wird er …

… zu uns herüberschauen. Und genau das macht er gerade.

Tom und ich schauen uns an, und einen Moment lang möchte ich in seinen Augen und seinen Armen versinken. Ist es nicht komisch, dass man wütend sein kann und sich dennoch nach der Nähe des Menschen sehnt, der einem so unsagbar weh getan hat? *Nein,* sage ich mir in Gedanken. *Das ist nicht komisch, das ist saublöd und bescheuert!*

Noch saublöder und noch bescheuerter ist allerdings, dass ich automatisch den Arm hochreiße und ihm zuwinke. Und da ich immer noch merkwürdig verknotet dastehe – denn, wie gesagt, meine Beine sind immer noch wie gelähmt –, bringt mich das fast aus dem Gleichgewicht. Aus dem Winken wird ein wildes Straucheln. Ahhh!

Tom nickt mir distanziert zu – und diese kalte, unpersönliche Geste trifft mich wie ein Faustschlag. Schnell schaue ich zur Seite und kümmere mich um den Einkaufswagen, während ich innerlich den Hund erschieße, der die Aufmerksamkeit von Tom auf mich gezogen hat. Chantal wettert im Hintergrund los, aber ich kann nur noch Bruchstücke hören wie »… dir gesagt … musst du das … Herrgott noch mal …«, als ich endlich im Laden verschwinden kann.

Wahrscheinlich sollte ich jetzt froh sein, frei und unabhängig zu sein und niemanden zu haben, der an mir rummäkeln kann.

Bin ich aber nicht.

Punkt 19 Uhr klingelt es, und Simon betritt wenig später meinen Flur. Hey, was für ein Mann! Insgeheim hatte ich ja vermutet, dass sich nur Männer fürs Männertaxi anmelden, die auf normalem Wege vielleicht keine Chance bei Frauen haben und so dann an Frauen rankommen möchten. Doch wieder einmal werde ich eines Besseren belehrt, denn vor mir steht ein Kerl, neben dem selbst der durchtrainierte Sven noch etwas schmächtig wirken würde. *Das* nenne ich Muskeln! Und auch das Gesicht ist nicht zu verachten.

»Simon, ich freue mich«, begrüße ich ihn und merke, wie so ziemlich alles, was in und an meinem Körper auf einen Mann reagieren kann, in den fünften Gang hochschaltet. Er hat ein sehr maskulines, kantiges Gesicht – und dazu volle, sinnliche Lippen. Er ist mindestens 1,82 m groß. Und habe ich die M-u-s-k-e-l-n erwähnt? Zum ersten Mal, seit ich für das Männertaxi Typen teste, überlege ich, ob ich nicht direkt zur Sache kommen soll. Gerne auch gleich hier und jetzt im Flur. *Wow!* »Schön, dass du pünktlich bist.«

»Ich sach mal so, ich bin immer pünktlich. Pünktlich wie die Maurer sozusagen. Auch wenn ich keiner bin. Bin ja nur Straßenbauarbeiter, jawoll ja.«

Äh … wie bitte? Irgendwie redet der komisch. Andererseits: Er ist ja auch nicht da, um eine Rede zu halten. »Na, dann komm mal mit in mein Büro«, sage ich kokett lachend, und er folgt mir auf dem Fuße.

»Ich sach mal so, dein Büro könnte glatt auch als Schlafzimmer durchgehen, woll?«, fragt er verwundert. Und wieder einmal erläutere ich, dass mein Schlafzimmer im Prinzip ja auch mein Arbeitszimmer ist, weil mein Laptop am Ende des Bettes steht. Den kleinen Vortrag kann ich mittlerweile schon im Schlaf. Während ich ihn abspule, gehe ich zu meiner kleinen Anlage und schalte sie ein; Rod Stewart besingt mit der bekannt heiseren Stimme *Baby Jane*.

»Na, aber sehr gemütlich eingerichtet, jawoll ja«, grinst Simon mich an, während er sich einmal im Kreis dreht und meine Schlafzimmereinrichtung inspiziert. Ich mustere ihn dabei unauffällig von oben bis unten. Seine Muskeln zeichnen sich unter dem langärmligen, enganliegenden hellblauen Shirt ab. Sein Knackpo sieht so aus, als könne man sich an ihm die Fingernägel abbrechen. Zudem hat er sehr fest aussehende Oberschenkel. Vielleicht trampelt er die Straßen, die er asphaltiert, danach direkt selbst glatt. Und streicht dann, wie ich nach einem Blick auf seine großen Hände feststelle, noch mal schnell drüber, um kleinere Unebenheiten wegzumachen.

Wir setzen uns aufs Bett, ich erkläre ihm unser Vorhaben und frage ihn, wozu er bereit wäre: »Wie weit würdest du gehen?« *Komm, Baby,* feuere ich ihn in Gedanken an, *sag, dass du alles tun würdest … und dann fang direkt damit an!*

»Ich sach mal so, ich habe keinerlei Hemmungen! Ich würde mit den Frauen wohl auch schon ins Theater gehen. Aber genauso auch in einen Club, woll? Und wenn es noch intimer werden soll, so bin ich da auch sehr offen.« Er zwinkert mir schelmisch grinsend zu. »Ich sach mal so, du weißt sicher, was ich meine, woll?«

Kommt es mir gerade nur so vor, oder sagt er ständig, dass er das *mal so* sagt? Sagt er es denn immer *so* oder auch mal anders? Und warum sagt er denn überhaupt, dass er es sagt? Ich höre doch sowieso, dass er es tut! Und dieses ständige *woll* kommt mir irgendwie auch eigenartig vor.

»Du würdest also auch mit den Frauen ins Bett gehen?«, frage ich sachlich nach.

»Hey, ich sach mal so: Bin ich ein richtiger Mann – oder bin ich ein richtiger Mann?« Wenn ich diesem Mann noch fünf Minuten länger zuhöre, dann ist meine ganze schöne Erregung dahin, sach ich jetzt mal so!

»Weißt du«, komme ich deswegen zur Sache, »meine Partnerin und ich, wir müssen die Männer, die bei uns mitarbeiten wollen, natürlich erst einmal … *testen.*« Ich lasse mir das Wort sahnig sanft auf der Zunge zergehen und werfe ihm einen auffordernden Blick zu, der eigentlich keine Fragen mehr offenlässt.

»Testen? Mit einem Fragebogen? Wie bei der Führerscheinprüfung, woll?« Irgendwie wirkt Simon auf einmal nervös und nestelt am Saum seines Shirts herum.

»Führerscheinprüfung? Wie kommst du denn jetzt auf so was?«

»Na, weil du testen sagst. Ich …« Er blickt nach unten und fummelt mit seinen Fingern nervös an einem Faden, der sich an der Naht seiner Jeans löst. »Also, ich sach mal so: Tests sind jetzt nicht so mein Ding.«

Wie kann ein Mann nur so schwer von Begriff sein? »Äh … ja. Also, Simon, da mach dir keine Sorgen. Uns kommt es vor allen Dingen auf deinen Körper an.« Ich sehe mich plötzlich in einem Obduktionsraum stehen, mit Mundschutz, blauem Kittel und einem Skalpell in der Hand.

Simon lacht erleichtert auf. »Das hatte ich auch gehofft – denn einen Körper, der den Damen gefällt, den hab ich ja wohl, sach ich mal so!«

Ich glaube, wenn er noch einmal *Ich sach mal so* sagt, hole ich wirklich ein Skalpell und versuche mich mal an experimenteller Hirnchirurgie, um sein Sprachzentrum ein bisschen auf Touren zu bringen. Dumm nur, dass ich kein Skalpell habe.

»Warum sollte eine Frau einen Mann auch sonst mieten, woll? Ich mein, sach ich jetzt mal so.«

Okay, kein Skalpell. Ich mach's einfach mit dem Brotmesser.

Simon lacht über beide Ohren. Macht er das extra? Hat er längst gemerkt, dass er einen ziemlichen Ich-sach-mal-so-jawoll-ja-Nervfaktor hat, und will mich jetzt verarschen? Sieh es ein, Isa, das wird nichts mehr mit dir und der Männertesterei: Die Kerle kriegen entweder keinen hoch oder sind Spinnenbrutstationen. Also schmeiße ich diese sprachliche Nullnummer am besten raus, bevor Charlotte wieder um Hilfe ruft.

Ich stehe auf. »Tja, also …« Wie bringe ich's ihm bei? *Sorry, mein Lieber, du bist zwar optisch eine Granate, aber du redest so dusselig daher, dass es abtörnender ist als eine eiskalte Dusche* vielleicht? Während ich noch darüber nachdenke, was ich nun sagen soll, steht Simon auf – und zieht mich plötzlich sanft, aber fest in seine Arme. Er schaut mich liebevoll an, streichelt meine Wange … und ich bekomme eine Gänsehaut, als er beginnt, mich zu küssen. Und wie! *Wow!* Seine großen Hände fühlen sich auf meiner Haut wunderbar an! Sie sind so zärtlich und fordernd zugleich. Da kann sogar etwas Hornhaut in den Handinnenflächen erotisch sein. Und unsere Lippen scheinen aufeinander zu passen wie Tetris-Steine.

Genüsslich ziehen wir uns gegenseitig aus – und was ich bei ihm freilege, übertrifft meine Erwartungen. Simon hat einen dieser Körper, die ich bisher immer nur auf Werbefotos gesehen habe und mir immer dachte, dass da sicher mit Photoshop nachgeholfen wurde. Der Wahnsinn! Für einen kurzen Augenblick macht mir der Gedanke an meine überschüssigen Kilos Sorge – aber dann nimmt Simon mir alle Ängste: »Wow!«, sagt er und kann seine Augen kaum von meinen Brüsten lösen. *Dafür könnte ich ihn küssen,* denke ich … und mache es sofort.

Während Limp Bizkit nun davon singen, was es hinter blauen Augen alles so zu sehen gibt, lasse ich mich lasziv aufs Bett gleiten und ziehe Simon auf mich. Er beginnt, meine Brüste zu liebkosen, und ich bin versucht, ihm ins Ohr zu flüstern: *Ich sach mal so, das machst du echt klasse, jawoll ja!* Stattdessen raune ich ihm zu: »Wie wäre es mit etwas Öl?«

Er hält inne. »Wie jetzt, Öl? Quietscht hier irgendetwas?« Er schaut sich um. »Also, ich sach mal so, wenn ich jetzt erst was ölen soll, dann geht das schon klar, aber …«

Das meint der jetzt nicht ernst, oder?

Doch, meint er.

Ich drücke ihm die Flasche mit dem duftenden Massageöl, die auf meinem Nachttisch griffbereit steht, in die Hand und drehe ihm demonstrativ meinen nackten Rücken zu. »Nicht fragen, Simon, machen!«

»Jawoll ja!« Er lässt das Öl in seine Handflächen laufen und verreibt es dann auf meinen Schultern. »Ich sach mal so, das riecht ja toll! Und es fühlt sich sicher super an auf deiner Haut!«

»Simon?«

»Ja?«

»Halt einfach die Klappe!«

Und das macht er dann auch. Anstatt zu reden, legt er sich so richtig ins Zeug. Genau so will ich es haben. Und all die anderen Frauen, von denen er später gemietet wird, sicher auch.

Nachdem Simon eine halbe Stunde lang jede Faser meines Körpers massiert hat, fühle ich mich super entspannt und gleichzeitig höchst erregt. Ich fühle mich fast schwerelos, als Simon mich auf den Rücken dreht, als wöge ich kaum mehr als ein paar Federn. Und schon küsst er mich wieder zärtlich. Nein, wortgewandt ist er nicht, und ich traue ihm spektakuläre Hochseilakrobatik eher zu als ein intelligentes Gespräch, aber, Mann, küsst der gut!

»Ich sach mal so, ich küss total gerne«, platzt es aus ihm heraus, als könne er meine Gedanken lesen. Schnell versiegle ich seine Lippen wieder mit meinen und angle ein Kondom aus meiner Nachttischschublade.

Simon mag nicht bis drei zählen können – aber er beherrscht eindeutig ein paar Stellungen mehr als die üblichen. Er hat sich schon nach den ersten zwanzig Minuten einen festen Platz in meiner Sexiest-Men-Highscore-Liste erobert, denn er macht seine Sache wirklich richtig, *richtig* gut. Und die Betonung muss man auf die »*ersten* zwanzig Minuten« legen … Ich komme wirklich voll auf meine Kosten und vergesse mehr als einmal alles um mich herum. Als dann auch er kommt, finde ich seine Eigenart schon wieder witzig – denn er stöhnt nicht nur laut (was ich sehr erregend finde, weil es sich so echt anhört und nicht so gekünstelt, wie es manche Männer gern mal machen, um sicherzugehen, dass die Frauen auch ja merken, wie sexy sie doch sind), sondern er unterstreicht seinen Orgasmus auch verbal, damit ich richtig verstehe, was da gerade in ihm vor sich geht: »Ich … *mmmm* … ich sach maaaahhha sooooo … *mmmmmm* … ich koooooommmmeeeeeeee.«

Würde ich nicht eh schon unter ihm liegen, müsste ich sicher genau in diesem Moment lachend umkippen. Und passend dazu trällert Ronan Keating aus meiner Stereoanlage: *»You say it best … when you say nothing at all!«*

Kapitel 12

Als ich am nächsten Tag Pia von Simon berichte, kann sie sich vor Lachen kaum noch halten. Und ich ebenso. Es muss eben auch Unikate geben – und Simon ist ganz sicher eines! *Sach ich mal so!* Wäre ja auch zu schön, um wahr zu sein, wenn es einen Mann gäbe, der auf der einen Seite supersexy ist und auf der anderen Seite vor Intelligenz nur so strotzt, woll?

Okay, Tom hatte beides: gutes Aussehen und einen hohen IQ. Nur leider war eben auch sein Fremdgeh-Gen zu stark ausgeprägt. »Irgendeinen Haken haben sie ja doch immer«, murmele ich, während ich mir den Rest meiner Deutschland-Pizza in den Mund schiebe.

Wir haben es uns bei Pia auf der Couch gemütlich gemacht, um unser Männertaxi-Brainstorming fortzusetzen. Wir müssen schließlich planen, wie es mit unserer Idee weitergeht.

»Fassen wir zusammen, was wir haben«, sage ich.

»Wir haben eine gute Idee«, beginnt Pia aufzuzählen, »und Sven, Harald, Lars und Simon. Es läuft ziemlich gut, würde ich sagen. Und dann noch die ganzen Männer, die sich noch beworben haben. Wenn das so weitergeht, müssen wir bald jeden Tag Sex haben. Was für eine schreckliche Vorstellung!« Sie lacht, und ich grinse mit. Ja, es haben sich tatsächlich noch eine Menge Männer gemeldet. Allerdings waren auch ziemlich viele dabei, die ich direkt in den Papierkorb befördert habe. Oder besser gesagt: deren E-Mails. Natürlich ist Aussehen immer Geschmackssache, aber ich gehe mal davon aus, dass wir keiner Frau eine Freude mit einem Mann machen, der aussieht, als würde er seit dreißig Jahren im Wald wohnen, so mit langen, zotteligen, ungepflegten Haaren und mit krummen bis gar keinen Zähnen im Mund.

Mit ein paar Männern, die dieser Vorauswahl standhalten konnten, habe ich heute über den Tag verteilt telefoniert. Es gab einige, die der deutschen Sprache nur sehr eingeschränkt mächtig waren – und ich spreche hier definitiv nicht von Ausländern! Einer war dabei, der mir auf die Frage, was er denn sonst so beruflich mache, antwortete: »Ich tu inner Tanke arbeiten. Aber nur an die Wochenende.« Sorry, Männer, aber das geht so gar nicht!

Andere fielen gleich mit der Tür ins Haus. Ich habe nun wirklich nichts gegen klare Ansagen, aber ein »Ach, du bist eine von den geilen Alten, die so'n Frauenficktreffen aufziehen, oder? Wann kann ich mal rauf auf dich?« ist dann doch nicht das, was wir suchen. Und gar nicht – ich wiederhole: *gar* nicht – ging auch ein gewisser Klaus, der mir seine Festnetznummer gab. Als ich ihn anrief, meldete sich eine Kinderstimme. »Was willst du denn von meinem Papa?«, wollte das offensichtlich noch ganz kleine Mädchen wissen.

»Äh, das sage ich ihm lieber selbst. Gibst du ihn mir mal.«

»Nö, der ist nicht da, der ist bei Mama im Krankenhaus.«

»Oh, das tut mir aber leid. Hoffentlich geht es ihr bald wieder besser.«

»Die Mama wird nicht wieder gesund«, sagt die Kinderstimme im Brustton der Überzeugung. »Mama ist bald bei den Engeln, sagt Papa.«

Da habe ich dann doch lieber aufgelegt.

Pia kramt ihren Laptop unter dem Tisch hervor und klappt ihn auf. »Also, ein paar Kandidaten müssen wir uns aber schon noch ansehen.« Ich logge mich mit meinen Zugangsdaten in meinen Mails ein – und siehe da, es sind schon wieder Männertaxi-Nachrichten eingetrudelt.

»Der geht gar nicht«, sortiert Pia gnadenlos aus, »der hier will seine Frau zu heißen Treffs mitbringen – ich fasse es nicht. Der hier ... nee, der schreibt, dass es auf die Größe nicht ankommt, das kann nur bedeuten, dass sein McJoy ganz sicher nichts für uns ist ... der sieht aus wie Frankenstein junior. Ach, das passt ja, hier haben wir Frankenstein senior ... aber guck mal, der hier, der schreibt ganz nett und sieht nicht schlecht aus.«

Ich werfe einen Blick auf den Bildschirm. »Vergiss es.«

»Wieso denn?«

»Hast du seine E-Mail-Adresse gesehen?«

Pia schaut nach und prustet vor Lachen los. »Schnellspritzer69? Wer denkt sich denn so einen Namen aus?«

Sie löscht die ganzen Blindgänger. Dann allerdings findet sie einen Bewerber, der ihr gefällt. »Der hier könnte doch wirklich lustig sein.«

Ich schaue mir das Bild an. Tatsächlich: Holger hat schöne Augen und eine witzige Frisur. Viel mehr kann man über ihn allerdings nicht sagen, denn das Bild zeigt sein Gesicht nur von der Nase aufwärts. Dafür sieht man über seinem Kopf einen gemalten Heiligenschein, auf dem zwei kleine Teufel tanzen. Ich muss grinsen.

»Guck mal«, sagt Pia, »er hat über sich geschrieben: *Ich bin nicht klein, aber mein Herz ist rein, also lass mich einer deiner Teufel sein.*« Sie lacht. »Den sollten wir uns auf jeden Fall ansehen.«

»Allerdings!«, stimme ich zu und schreibe Holger schnell eine Mail. Danach marschiere ich erst einmal in die Küche, um uns noch eine Flasche Wein zu holen. Als ich zurückkomme, hat sich Pia den Laptop geschnappt und sortiert gerade kräftig aus: »Zu schmierig … zu arrogant … kein Foto … der hier fragt, ob wir auf Rollenspiele stehen … der kann kein Deutsch … der hier hat gleich fünf Bilder geschickt, na, da hätte auch eins gereicht oder besser keins … so, und wen haben wir hier?«

Ich schenke uns nach und setze mich neben sie.

»Der hier schaut wieder sehr nett aus!« Sie zeigt auf eine Mail, in die ein Schwarzweißfoto kopiert ist, und grinst dabei, als würde der Typ bereits neben ihr im Bett liegen.

Ein Adonis mit nacktem, trainiertem Oberkörper strahlt perfekt gestylt in die Kamera. »Der ist nicht echt, oder?«, zweifle ich. »Das Foto ist sicher aus dem Internet geklaut!«

»Nun sei nicht immer gleich so pessimistisch. Lies doch mal die Mail.«

Hallo meine Damen!
Ich möchte mich zunächst bei euch vorstellen: Mein Name ist Phil Boermann, ich bin 39 Jahre alt, 1,86 m groß, habe eine sportliche Figur, verfüge über eine gewisse Portion Intelligenz und gehe zum Lachen nicht in den Keller. Ich rede gerne, höre aber genauso gerne zu. Ich mag es, Menschen zu beobachten und sie zu analysieren.

Er ist wie ich! Genauso mache ich es doch mit den Kunden im *Snack & See* auch immer. Und auch wenn er ausschaut, als würde er hauptberuflich bei den Chippendales arbeiten, muss ich gestehen, dass sich seine Mail recht intelligent anhört.

@ Als ich eure Anzeige gerade las, zögerte ich zunächst einen Moment. Ich fragte mich, ob ich mich tatsächlich als Callboy hergeben möchte. Aber dann dachte ich, hey, warum nicht. Ich lebe nur einmal auf dieser wunderschönen Erde, und warum sollte ich so was nicht einfach mal ausprobieren?

»Mein Reden, oder? Ein positiv denkender Mann!« Ich grinse Pia an. »Wer nicht wagt, der nicht gewinnt.«

@ Das Foto ist übrigens echt. Meine Schwester ist eine erfolgreiche Fotografin, und ich stehe ihr oft als Testobjekt für neue Projekte zur Verfügung. Ihr dürft mich also bedenkenlos zu einem Gespräch einladen – ich bin kein Fake und würde mich sehr darüber freuen. Mein Job als Marketingleiter einer großen Firma ist mir allein auf Dauer zu langweilig, und ich würde mich über eine Abwechslung in meinem privaten Bereich sehr freuen. Also meldet euch bei mir.
Liebe Grüße, Phil

Ich krieche fast in den Laptop hinein, als könnte ich so erschnuppern, was er für ein Aftershave trägt. »Der Mann ist der Hammer, oder?«

Pia hat sich inzwischen zurückgelehnt und feilt sich die Fingernägel.

»Sag ich doch!«, antwortet sie lachend. »Bestellst du ihn zu einem Gespräch? Und schick ihn diesmal direkt zu mir hoch – immerhin hattest du gestern deinen Spaß mit diesem Simon.«

Ich sage es ungern, aber das passt mir nun gerade gar nicht. »Nee, lass mal, den Typen will ich selbst testen!«

Sie sieht mich erstaunt an. »Wie jetzt? Hör mal, Isa, ich dachte, wir ziehen das hier zusammen durch.«

»Ja, schon, aber …« So ein Prachtexemplar kann ich mir nicht von Pia wegschnappen lassen. »Du hattest doch schon Harald und Lars.«

»Und du Simon und Sven. Es herrscht also Gleichstand.«

»Sven gilt nicht, der hatte ja nicht mal eine Erektion!«

Pia legt die Nagelfeile zur Seite und schaut mich an. »Sag mal, was soll das?«

Ich gehe lieber nicht auf die Frage ein, sondern schaue in die Autosignatur unter Phils Mail. Dort steht seine Handynummer. »Ich ruf ihn nachher an und lade ihn erst mal ein. Und dann schauen wir mal.«

»Wie meinst du das denn nun schon wieder«, will Pia wissen. »Die Guten ins Töpfchen, die Schlechten ins Kröpfchen – also die heißen Geschosse für dich und für mich der Rest, oder wie?«

»Das habe ich doch gar nicht gesagt«, verteidige ich mich. »Komm, lass uns den Typen jetzt erst mal vergessen. Außerdem – wer so gut aussieht, der hat wahrscheinlich eh eine Macke. Denk an Sven: optisch hui, nur im Bett dann pfui.«

Pia grinst mich breit an. »Okay, überredet – du darfst ihn behalten.«

Eigentlich sollte ich jetzt erleichtert sein – aber was, wenn sich dieser Phil tatsächlich als Schlappschwanz entpuppt? Nee, bitte nicht!

»Wir müssen aber auch noch darüber reden, wie wir unser Männertaxi überhaupt bekannt machen«, schneide ich ein anderes Thema an, um mich von dem unschönen Gedanken abzulenken.

»Wir hatten doch die Idee mit diesen Flyern«, erinnert mich Pia. »Da schreiben wir einfach die Namen und ein paar Eckdaten drauf, und dann verteilen wir sie.«

»Aber wie? Wir können ja schlecht durch die Straßen

laufen und die Dinger wie eine Postwurfsendung in die Briefkästen stecken. Ich möchte irgendwie nicht, dass die Flyer an jede x-beliebige Frau gehen. Sonst könnten wir ja eine stinknormale Anzeige in der Zeitung aufgeben und würden dann mit unserem Männertaxi zwischen all den Callboy-Agenturen stehen. Ich würde es besser finden, wenn wir ein … na, ein Geheimtipp wären, der von Freundin zu Freundin weitergereicht wird.«

»Das sehe ich auch so.« Pia nickt zustimmend. »Ich habe ein paar richtig nette Kundinnen, die dann und wann unter Liebeskummer leiden und die mir ihr Leid klagen, während ich ihre Fingernägel pimpe. Denen könnte ich doch einfach mal so einen Zettel zustecken.«

Das bringt mich auf eine Idee. »Ich könnte es so ähnlich machen. In den DVD-Verleih kommen doch immer wieder Frauen mit verheulten Augen, die sich Eis, Chips und Schokolade kaufen und Herzschmerzfilme ausleihen. Vielleicht kann da ein Flyer in der DVD-Hülle Wunder bewirken!«

»Super, dann wäre das ja geklärt.« Pia denkt nach. »Okay, vier Kerle haben wir schon. Dazu kommt dann vielleicht noch dein Phil …«

»Das ist nicht *mein* Phil!«, verteidige ich mich, obwohl ich eigentlich sagen möchte: Ja, genau das ist er!

»War doch nur Spaß. Wir haben also fünf Männer am Start. Da könnte aber schon noch jemand dazukommen, denn …«

»Sie haben Post«, meldet sich eine elektronische Stimme. Pia und ich schauen uns an und prusten los.

»Das nenne ich mal Timing!«, juchzt sie und zeigt auf den Laptop. »Los, lies vor!«

@ Sehr verehrte Dame,

»Aus welchem Jahrhundert kommt der denn?« Ich assoziiere mit dieser Anrede direkt einen Handkuss und sehe mich sofort im langen Kleid bei einem Empfang im Schloss von und zu …

> durch Zufall stieß ich auf der Lokalseite auf Ihre Anzeige, die mich aufgrund des erfrischenden Textes sofort angesprochen hat. Gerne möchte ich mich daher bei Ihnen bewerben. Ich bin kulturell sehr interessiert, gehe gerne ins Museum, ins Theater oder aber zu Veranstaltungen der Philatelisten.

»Phila… was?« Pia verzieht das Gesicht, als würde es sich bei dem Wort Philatelist um eine ansteckende Krankheit handeln. Sie schaut mich fragend an.

»Er sammelt Briefmarken!« Ich bin sichtlich erstaunt über Pias Unwissen.

»Hast du das gerade schnell gegoogelt?«, kichert sie.

»Pia! So was weiß man doch wohl!« Sie verarscht mich gerade, oder? Meine Allgemeinbildung ist auch nicht die beste, aber was Philatelie ist, sollte man schon wissen.

»Okay, dann sammelt er also Briefmarken«, sagt Pia. »Irgendwie hat ja jeder so seinen Tick. Bei uns sind es die Männer – und er steht anscheinend auf klebrige Zungenspiele.« Sie rollt anzüglich mit den Augen.

»Im weitesten Sinne, ja …« Ich lese weiter:

> Ich verfüge über Tagesfreizeit und nutze sie gern aktiv, indem ich mich weiterbilde, viel mit meinem Hund spazieren gehe oder ehrenamtliche Tätigkeiten in der Kirchengemeinde übernehme.

Ich kann mir ein Gähnen gerade noch verkneifen. Irgendwie hört der Typ sich langweilig an. Oder meine ich das nur? Pia sieht mir an, dass ich skeptisch bin. »Komm, lies weiter.«

Sie suchen Männer, die den Frauen etwas bieten können? Ich glaube, dass ich ein solcher Mann sein könnte. Ich liebe die Frauen, denn sie machen das Leben erst lebenswert. Was wäre ein Mann, würde er nicht von einer Frau bewundert werden? Und ist es nicht unsere Aufgabe als starkes Geschlecht, uns diese Aufmerksamkeit durch unsere Taten und Aufmerksamkeiten zu verdienen?
Ich möchte behaupten, ein Mann von Welt zu sein, der reifen Damen viele Wünsche erfüllen könnte. Aber überzeugen Sie sich selbst, und laden Sie mich zu einem Vorstellungsgespräch ein.
Bis dahin verbleibe ich
mit freundlichem Gruß,
Ihr Ernst von Topphoff-Erpenstein

»Sag mal, der ist schon ein bisschen gruselig, oder?«, frage ich Pia. Vor meinem geistigen Auge sehe ich mich schon geachtelt in einer Eistruhe liegen.

»Quatsch! Das ist so ein netter Mann von nebenan, der sich nur ein bisschen geschwollen ausdrückt – immerhin arbeitet er ehrenamtlich für die Kirche. Und schau dir mal den Nachnamen an: Er scheint adelig zu sein. Das finde ich schon schick …«

Ich schaue noch einmal in die Mail. »Er hat kein Foto mitgeschickt – und hier steht auch nicht, wie alt er ist«, nörgle ich.

»Dafür ist er offensichtlich ein kultivierter Mensch, der einiges auf dem Kasten hat und den kulturellen und intellektuellen Teil unseres Männertaxis übernehmen könnte. Es muss schließlich auch Männer geben, die mit unseren Frauen ins Theater gehen oder eben ins Museum.« Sie tadelt mich spielerisch mit erhobenem Zeigefinger. »Nicht alle Frauen wollen einen Mann, der nur fürs Bett geeignet ist, liebe Freundin!«

»Nicht?«

Wir kichern.

»Na gut, laden wir ihn ein.« Ich greife nach dem Telefon und wähle die von ihm angegebene Nummer. Nach zweimaligem Klingeln meldet sich ein Mann, der sich anhört, als wäre er mein Vater. Oder mein Religionslehrer aus der Schulzeit. Zwar sehr nett, aber auch ... etwas älter.

Ernst von Topphoff-Erpenstein merkt anscheinend, dass ich ein wenig zögere, als er mich nach einem Treffen fragt.

»Ich hoffe, Sie haben bei Ihrem Serviceangebot auch an die anspruchsvolle, etwas ältere Dame ab fünfzig aufwärts gedacht?«, erkundigt er sich. Und klingt dabei irgendwie ... amüsiert. Irgendwo habe ich mal gelesen, dass man am Telefon hören kann, ob der Gesprächspartner lacht oder einen ernsten Gesichtsausdruck hat, und jetzt weiß ich auch, wie das gemeint ist.

»Natürlich«, gebe ich betont nonchalant zurück. »Wir verstehen uns als Dienstleisterinnen für jede Altersklasse.«

»Ich freue mich darauf, Sie persönlich kennenzulernen«, sagt Ernst.

»Die Freude ist ganz meinerseits«, antworte ich ihm formvollendet. Das Treffen arrangiere ich diesmal allerdings nicht in meiner Wohnung, sondern im Café Libri; das scheint mir für einen Mann seines Alters angemessener zu sein.

Als ich später im Bett liege und das Handy noch in der Hand halte, mit welchem ich gerade einen Termin mit Phil für übermorgen gemacht habe, schließe ich meine Augen, sehe wieder sein atemberaubendes Foto vor mir und stelle mir vor, dass er das strahlend schöne Aushängeschild unserer Firma sein könnte, während Ernst neben ihm sitzt und seine Briefmarken in Ordnung bringt. Im Hintergrund macht Sven gerade ein paar Push-ups, der erfahrene Harald gibt dem schüchternen Lars ein paar Tipps zum richtigen Umgang mit Frauen, und Simon beugt sich stirnrunzelnd über ein Lexikon. Ich glaube, unterschiedlicher können Männer kaum sein. Aber Unterschiede sind doch genau das, was das Leben aufregend macht!

Kapitel 13

Als ich mir am nächsten Abend die Zähne putze, denke ich über all die Männer nach, die uns geschrieben haben – und auch heute kam wieder ein Schwung Bewerbungen von großen Männern, kleinen Männern, dicken Männern, schlanken Männern, schlauen Männern, dummen Männern, das ganze schier unerschöpfliche Repertoire halt.

Heute Abend hatte ich das Date mit Holger, dem lustigen Typen mit dem Heiligenschein. Wir haben gegen Nachmittag telefoniert, nachdem er sich auf meine E-Mail gemeldet hatte, und er war mir sofort sympathisch, denn er war wirklich witzig und spontan. Dummerweise verstand ich, als er vor meiner Tür stand, auch, warum er in seinem Spruch angedeutet hatte, dass er nicht klein sei. Und warum er kein Bild mitgeschickt hat, auf dem er ganz zu sehen ist. Denn Holger ist nicht klein – er ist groß. Und er ist vor allen Dingen … stattlich? Mächtig? Nee, nennen wir das Kind beim Namen: Der liebe Holger ist eine wandelnde Tonne. Ein bisschen wie zweimal Dirk Bach übereinander. Oder wie Samson aus der *Sesamstraße*. Ich habe grundsätzlich nichts gegen dicke Männer. Echt nicht! Aber um vor meiner Tür zu stehen, musste er die Treppe hinaufgehen, und er war davon so was von außer Atem, dass er einen hochroten Kopf hatte. Ich bat ihn dann ins Wohnzimmer, und er deutete mir an, dass er erst einmal etwas zu trinken brauchte. Und das meine ich genau so: Er *deutete* es an. Er konnte es mir nicht sagen, weil er zu sehr außer Puste war. Nachdem er dann ein Glas Wasser getrunken hatte, war er zumindest wieder in der Lage zu sagen: »Sorry, ich bin im Moment nicht so gut in Form, aber das macht hoffentlich nichts?«

»Ja, also Holger, ich meine …«

»Also, versteh mich nicht falsch – ich weiß, dass ich nicht der Traumtyp bin, und ich will auch nicht an irgendwelche Hungerhaken vermittelt werden.«

Gut, der Punkt ging an ihn. Aber trotzdem.

»Ich bin dir zu dick, oder?« Holger guckte mich traurig an.

Natürlich ist es gemein, dass ich am liebsten gesagt hätte: *Ja. Und die Kandidaten für das Männertaxi sollten zumindest eine normale Kondition haben.*

»Holger, du bist zu … dunkelhaarig.«

Er schaute mich erstaunt an. »Zu dunkelhaarig?«

Ich nicke. »Ja, tut mir leid. Wir haben schon eine ganze Menge attraktiver Brünetter wie dich in der Kartei«, behauptete ich, »auch einen … öh … stattlichen Kerl wie dich. Und wir suchen nun wirklich nur noch Männer mit blonden Haaren. Das ist so wie bei diesen Boygroup-Castings, weißt du? In den Bands gibt es auch immer einen großen, einen kleinen, einen blonden, einen dunkelhaarigen und einen ganz jungen Boy. Praktisch für jedes Girlie der richtige Typ.«

»Ja, aber … das hättest du doch direkt sagen können. Ich meine, du hast doch mein Foto gesehen.«

Der Punkt ging natürlich wieder an ihn.

»Ja, klar. Aber … das Bild war so witzig gemacht mit der Zeichnung, dass ich dich einfach kennenlernen wollte. Sei mir nicht böse, ja?« Ich lächelte ihn um Verständnis bittend an und war erleichtert, als sich die dunklen Wolken, die ich schon über seinem Kopf aufziehen sah, verflüchtigten.

»Das ist ja ein richtig nettes Kompliment«, sagte er.

»Und es kommt von Herzen!« Das tat es wirklich. »Wie wär's: Hast du Lust, noch einen Cappuccino mit mir zu trinken?«

Holger und ich verbrachten danach eine wirklich nette Stunde miteinander. Wir plauderten über Gott und die Welt, er brachte mich mehr als einmal zum Lachen, und als wir uns verabschiedeten, war ich kurz davor, ihn doch einzustellen – bis ich merkte, dass er sogar schon nach dem kurzen Weg vom Wohnzimmer zur Wohnungstür ins Schwitzen kam. Nee, das geht gar nicht. Leider.

Nach der halben Enttäuschung mit Holger habe ich durchaus Manschetten, was mein Treffen mit Phil am nächsten Abend angeht. Wer weiß, vielleicht hat der gar nicht sein Foto geschickt, sondern das eines Models? Als es an der Tür klingelt, wappne ich mich innerlich; ganz egal, ob nun ein Hungerhaken, ein Wonneproppen oder Mister Frankenstein persönlich vor mir stehen wird, ich werde souverän sein. Herrin der Lage. Die mit allen Wassern gewaschene, coole Chefin des Männertaxis.

»Hallo, ich bin Isa«, sage ich, als ich die Tür schwungvoll öffne … und zu einem nervösen Teenager werde: Mein Herz schaltet spontan auf Turbo und klopft mir bis zum Hals, als ich dieses verdammt scharfe Stück DNA vor mir sehe.

»Hallo Isa.«

Ich höre, wie er meinen Namen sagt, aber seine Stimme dringt wie von weit weg zu mir vor, so, als wäre ich ohnmächtig geworden und käme nun langsam wieder zu mir … Oder habe ich bereits das Zeitliche gesegnet, und am Ende des Tunnels steht der wahre Isa-Gott?

»Isa?« Er sieht mich fragend an. Wie gut er dabei aussieht.

Hätte ich gewusst, dass ich auf so einem Wege jemals einen Mann wie diesen kennenlernen würde, ich hätte das Männertaxi bereits vor zehn Jahren gegründet.

»Ich freue mich, dich kennenzulernen«, sagt Phil.

Vielleicht sollte ich mich ihm sofort an den Hals werfen?

Okay, wahrscheinlich sollte ich ihm erst einmal antworten.

»Ja, ich … ich bin Isa.«

Mein Gott! Fehlt nur noch mein Lieblingssatz aus dem Film *Dirty Dancing*, als Baby auf die Frage, was sie auf dem Tanzfest mache, zu Johnny sagt, sie hätte die Melonen getragen.

»Ich habe die Melonen …«

Mist! Meine Güte, was ist los mit mir? Mich haben große blaue Augen, ein markantes, frisch rasiertes Gesicht, eine dunkelbraune Strubbelfrisur, ein sportlicher Körper, ein irre männliches Aftershave und die knackigsten Jeans des Universums doch noch nie so dermaßen perplex gemacht. Warum fühlen sich meine Beine an wie Schokopudding mit viel zu viel Milch?

Reiß dich zusammen, Isa, rufe ich mich selbst zur Ordnung. *Das ist schließlich auch nur ein Mann.*

Aber zählt das, wenn der *»Auch-nur-ein-Mann«*-Mann aussieht wie Dr. Christian Troy aus meiner Lieblingsserie *Nip/Tuck?*

»Kann ich reinkommen?«, fragt Phil mit dem betörendsten Lächeln, das ich seit langem gesehen habe. »Oder sollen wir uns hier im Flur weiter unterhalten?« »Reinkommen, natürlich!«, sage ich mit einem hoffentlich genauso strahlenden Lächeln, das mir aber schwerfällt, weil mein Mund sich spontan in die knochentrockene Wüste Gobi verwandelt hat. »Eine großartige Idee, wirklich!« Auweia, wenn das so weitergeht, mache ich mich noch vollkommen zur Idiotin. Also trete ich schnell zur Seite und bitte ihn herein.

»Zieh dich doch aus! Äh, ich meine, leg bitte ab«, sage ich betont locker und stelle fest, dass es sich alles andere als locker anhört. Hat es nicht gerade auch irgendein Schmatzgeräusch gegeben? Meine Zunge scheint an meinem Gaumen zu kleben. Wasser! Ich brauche sofort ein Glas Wasser! Warum bekomme ich eigentlich immer gleich so einen trockenen Mund, wenn ich nervös bin?

Phil hebt seine linke Augenbraue. »Ich habe meine Jacke im Auto gelassen.«

Jetzt wo er es sagt, fällt es mir auch auf.

Mein Gott, Isa, nun stell dich doch nicht so blöd an! Wenn du so weitermachst, läuft dieser Kracher gleich weg, weil er dich für eine Psychopathin hält.

»Ach ja, natürlich. Dann komm mal mit in mein Büro.« Ich lache und merke, dass es mir schwerfällt; als wäre mein Gesicht aus Stein gemeißelt. Ich gehe vor Phil durch den Flur Richtung Schlafzimmer – und stolpere! Lag der Teppich immer schon hier? Nur mit Müh und Not kann ich mich noch fangen. Um ein Haar wäre ich vor Phil auf die Knie gegangen.

Oh. Mein. Gott.

Wie peinlich!

»So, das ist mein Büro. Also eigentlich ist es ein Schlafzimmer, aber ich habe meinen Internetanschluss in diesem Raum, und deshalb steht mein Laptop hier. Siehst du, da vorne, am Fußende meines Bettes. Ich habe gestern übrigens die Betten frisch bezogen, ich hoffe, du stehst auf Rosen? Ich finde sie so unheimlich romantisch … Also nicht nur auf Bettwäsche, sondern auch in echt, aber da piksen sie manchmal ganz fürchterlich. Ich musste mal ins Krankenhaus, als mir jemand einen ganzen Strauß roter Rosen geschenkt hat und mir die neun Trillionen Dornen die Handflächen aufschlitzten.« Mein Gott, was rede ich denn da überhaupt? Und dazu grinse ich auch noch, als würde ich Geld dafür bekommen! Aber irgendwie bin ich auf Autopilot und kann einfach nicht aufhören. »Es sah aus wie nach einem Massaker und ich befürchtete schon, dass man mir die Hände amputieren müsste, aber dann wurden zum Glück nur die Dornen aus der Wunde entfernt und ich bekam dicke Verbände, die ich dann zwei Wochen tragen musste, und da konnte ich quasi so gut wie gar nichts selber machen. Meine Eltern mussten mich sogar füttern, weil ich ja weder ein Messer noch eine Gabel halten konnte und alle haben mich immer geärgert und am liebsten hätte ich ihnen dann den ausgestreckten Mittelfinger gezeigt, aber das ging ja nicht, und …« Und dann bekomme ich keine Luft mehr. Ich fühle mich wie nach einem Hundert-Kilometer-Marathon. Total außer Atem und mit rasendem Herzen schaue ich Phil an.

»Redest du immer so viel?« Er schaut lieb aus, wenn er so besorgt lächelt. So ein Mann, dem man direkt sagen würde: *Nimm mich doch bitte mal kurz in den Arm und lass mich die Geborgenheit bei dir spüren.*

»Nein, normalerweise nicht«, antworte ich, weil mir nichts Originelleres einfällt. Ich kann ihm ja schlecht sagen, dass ich eigentlich nur dann so viel rede, wenn ich nervös bin. Das würde er dann folgerichtig auf sich beziehen, und man sollte einem Mann nie zeigen, dass er einen nervös macht. Ein absolutes No-Go.

Phil schaut sich im Zimmer um und nimmt dann auf dem Bett Platz. »Ein Arbeitszimmer, das eigentlich ein Schlafzimmer ist, und ein Männertaxi – du hast wirklich außergewöhnliche Ideen«, stellt er fest. Eigentlich müsste ich ihm jetzt wie üblich das Geschäftsmodell erklären, aber mir schwirren so viele Gedanken im Kopf umher, dass ich nicht einen einzigen klaren fassen kann. Ich bin froh, dass ich mich nicht im Spiegel sehen kann, denn mein Grinsen muss gerade so schrecklich ausschauen wie bei einem Bankangestellten, der verzweifelt versucht, sich nicht anmerken zu lassen, dass der Kunde vor ihm nie und nimmer einen Kredit bekommt. Oder wie Angelina Jolie auf einem dieser *So-schrecklich-sieht-sie-ungeschminkt-aus*-Bilder in manchen Klatschzeitschriften.

»Möchtest du was trinken?«, frage ich deshalb völlig aus dem Kontext gegriffen.

»Gerne! Vielleicht ein Wasser?«

Wasser? Gute Idee! Ich könnte mich gerade unter einen Hahn hängen und die kompletten Wasservorräte von Münster-Hiltrup trinken. Meine Zunge klebt so dermaßen am Gaumen fest, dass ich sie bei jedem Wort losreißen muss wie ein Gefangener, der mit einem Seil an der Kerkerwand festgebunden ist.

Ich drehe mich zur Kommode um und schütte mit leicht zitternden Händen Mineralwasser in zwei Gläser, leere meins auf ex (zum Glück ist es kohlensäurefrei!) und fülle es noch einmal. Dann stelle ich noch schnell die Stereoanlage an, aus der uns Whitney Houston ihr *I will always love you* entgegendonnert. Und wie ich da so stehe, wird mir bewusst, dass Phil genau hinter mir sitzt. Ich fühle seine Blicke in meinem Rücken und vor allem … an meinem Po. Und auf einmal schäme ich mich. Normalerweise stehe ich dazu, dass ich keine dünne Hippe bin, aber genau in diesem Moment hasse ich mich dafür. Ein Mann wie Phil mag doch sicher nur superschlanke Hühner wie Heidi Klum oder Claudia Schiffer. Aber doch keine Frau wie mich.

Ich spüre, dass mein ganzer Körper sich total versteift, was erstaunlich ist, da ich zeitgleich auch noch anfange zu zittern. Es fühlt sich fast so an, als stünde ein Zahnarzttermin bevor. In diesen Fällen würde ich jetzt zu meinen Bachblütentropfen greifen, vier davon auf die Zunge, und ich wäre die Ruhe selbst. Aber die Tropfen befinden sich in meiner Handtasche, und diese steht in meiner Küche. Also gefühlte vierhunderttausend Kilometer weg von mir. In einer anderen Welt, womöglich in einem anderen Universum.

Ich höre, wie Phil sich räuspert, und sage, ohne mich umzudrehen: »Einen Moment noch, das Wasser kommt sofort!«

»Ja klar, alles okay, lass dir Zeit. Ich bewundere so lange diese außergewöhnliche Form der Natur!«

Außergewöhnliche Form der Natur hallt es in meinen Ohren, als würde man in einem Alpental das Echo ausprobieren. Mist! Er meint *mich!* Ich wünschte, die Erde würde sich unter mir einen XXL-Spalt weit öffnen und mich verschlingen.

»So etwas habe ich noch nie gesehen«, ertönt es hinter mir, »solche Rundungen.«

Ich glaube, ich bleibe einfach für immer hier stehen. Auf meinen Grabstein wird dann der Satz eingemeißelt werden: »Sie stand eine Woche starr auf der Stelle, bevor sie qualvoll verhungerte.« Wahrscheinlich wird man meinen Körper aufrecht begraben müssen, so verkrampft, wie ich gerade bin.

»Die Natur macht manchmal wirklich die wildesten Sachen.« Phil lacht.

Er lacht über mich. Er lacht mich aus! Es bricht mir fast das Herz. Warum habe ich nur diese blöden sieben Kilos zugenommen nach der Trennung von Tom? Warum kann ich kein Supermodel sein oder wenigstens eine normalfigurige Frau wie Pia? Warum habe ich das Mineralwasser nicht vorher auf den Nachttisch gestellt, dann müsste ich jetzt nicht an dieser beschissenen Kommode stehen und dem schönsten Mann der Welt den schlimmsten Hintern des Universums präsentieren!

»Kann ich dir eigentlich irgendwie helfen mit dem Wasser?«, fragt Phil hinter mir.

»Ich komme sofort«, antworte ich schnell und wie abgelesen. So wie ich gerade rede, könnte ich glatt in einer Daily Soap mitspielen.

»Kannst du mir erklären, wie so etwas zustande kommt? Ich meine: oben so schmal und unten dann kugelrund?«

Jetzt reicht es! Dr. Christian Troy hin oder her, blaue Augen oder nicht, Astralkörper in meinem Bett oder sonst wo: Beleidigen lasse ich mich nicht! Auch wenn ich ihm natürlich problemlos an den Kopf werfen könnte, dass man eine solch schreckliche Figur davon bekommt, wenn man Liebeskummer hat und sich wegen eines doofen Typen nur noch von Eis und Schokolade ernährt.

Ich lasse die Gläser auf der Kommode stehen, unterdrücke ein kleines Rülpserchen, das sich trotz Kohlensäuremangel einen Weg nach draußen zu bahnen scheint, und drehe mich abrupt um. »Es tut mir weh, was du sagst!«

Phil wendet seinen Kopf zu mir, was bedeutet, dass er vorher nicht zu mir geschaut hat. Er blickt mich fragend an und zeigt zu meiner Fensterbank hinüber. »Ähm, es tut dir weh, wenn ich über das da rede?«

»Du redest über … über *Otto?*«

»Otto?« Phil schaut mich verdutzt an.

Und dann muss ich lachen. Er hat die ganze Zeit tatsächlich gar nicht über mich geredet, sondern über den Kaktus, den ich als Kind von meinem Opa geschenkt bekommen habe. Und der hat tatsächlich im Lauf der Jahre die wohl komischste Figur angenommen, die ein Kaktus überhaupt haben kann: Er ist unten rund und stachlig, aber dann ist nach oben ein langer Pinöppel gewachsen, an dem sich hin und wieder eine Blüte zeigt. Otto schaut tatsächlich ein bisschen aus wie eine mutierte stachlige Birne. Und ich dachte, dass Phil ... »Äh, ja, klar – also, weißt du, Kakteen, das sind ja nicht nur irgendwelche Pflanzen, die haben Gefühle und sehen sich fast als so etwas wie ... äh ... Familienmitglieder«, versuche ich, die Situation zu überspielen, nehme die beiden Gläser und setze mich neben Phil. »Darüber gibt es wissenschaftliche Studien. Ist doch eigentlich allgemein bekannt. Oder?«

Er sieht mich verblüfft an. »Echt? Also, das wusste ich wirklich nicht.«

Ich merke, wie ich wieder Oberwasser bekomme, und tätschle ihm beruhigend den muskulösen Oberschenkel. »Macht doch nichts. Wir haben alle unsere Spezialgebiete, oder? Und jetzt erst mal: Prost!«

Wir stoßen mit unseren Gläsern an, und auch wenn ich meins erneut sofort auf ex leere, bin ich doch wieder Herrin meiner Sinne und möglicherweise auch der Lage. Also beginne ich, ihm die Pläne für das Männertaxi zu erklären, die er toll findet, und hake die einzelnen Punkte auf meiner Checkliste ab.

Am Ende baue ich noch die Frage nach seinem Beziehungsstatus ein; eigentlich ist die für den Job ja egal, aber es interessiert mich natürlich. So rein privat.

»Ich bin Single«, sagt Phil.

Single? So ein Mann?

»Seit fast einem Jahr«, ergänzt er.

Seit fast einem Jahr? Das kann nicht wahr sein. Der lügt doch!

»Nee, oder?« Ich schaue ihn an und wünschte, ich hätte einen Lügendetektor neben dem Bett stehen, an den ich Phil sofort anschließen könnte. So ein Gerät wäre generell nicht schlecht in der Kennenlernphase – und allen weiteren Phasen, die man mit Männern durchlebt. Ich sollte mich mal mit Harald darüber unterhalten. Vielleicht hat er das nötige Fachwissen, um mir so etwas bauen zu können?

»Doch. Ich war acht Jahre lang mit meiner Freundin zusammen, aber dann wechselte sie ihren Job … und gleichzeitig auch ihren Freund.« Er seufzt. »Sie hat sich in ihren neuen Chef verliebt. Zuerst hat sie dauernd Überstunden gemacht, dann waren es plötzlich Wochenendseminare, und schließlich – Achtung, jetzt kommt ein Klischee – kam ich eines Abends nach Hause und habe einen Zettel auf dem Küchentisch gefunden, dass sie ausgezogen sei und dass es das nun wäre mit uns beiden.« Betreten blickt er auf das Rosenmuster meiner Bettdecke. »Ich habe lange gebraucht, um darüber hinwegzukommen. Ich meine, kannst du dir so etwas vorstellen? Wir waren fast acht Jahre zusammen!«

»Wahnsinn«, sage ich tonlos. Ich hätte nie gedacht, dass es auch Männer gibt, die so etwas erleben. Aber seinem traurigen Blick sieht man an, dass er nicht weniger gelitten hat als ich damals wegen Tom. »Es tut mir sehr leid für dich.«

»Das ist nett von dir. Aber es geht mir mittlerweile wirklich wieder gut, und es hat auch Vorteile, Single zu sein, oder?« Er lacht, und ich merke, wie der Anblick seiner Lippen mich geradezu hypnotisiert. Ich möchte ihn küssen, jetzt, *sofort!* Alles andere um mich herum scheint auf einmal unwichtig zu sein.

»Deswegen gefällt mir die Idee mit dem Männertaxi auch

so gut – ich kann mich mit Frauen treffen, die einfach nur ihren Spaß haben wollen, ohne Verpflichtungen.« Er sieht mir direkt in die Augen und hebt dabei ganz leicht die linke Augenbraue. »Und, Isa, gibt es noch Fragen – oder bin ich eingestellt?«

In meinem Bauch tanzen auf einmal hundert Schmetterlinge – und auch eine Etage tiefer reagiert mein Körper. Denn die zwei Gläser Mineralwasser machen sich in meiner Blase zum Abflug bereit und checken schon mal in den Harnleiter ein. Och nee, nicht jetzt, bitte! »Ich muss mal schnell aufs Klo!«, sage ich hektisch und nutze den Toilettengang, um einen prüfenden Blick in den Spiegel zu werfen, denn das gibt mir Sicherheit. Für das, was ich Phil gleich sagen werde, brauche ich höchste Konzentration, und die habe ich nur, wenn ich mich sicher auf meinem Gebiet fühle.

Wieder neben ihm sitzend, atme ich tief ein. »Ich teste die Männer, bevor wir sie in die Kartei aufnehmen.« Ich bin selber erstaunt, wie locker mir der Satz über die Lippen geht.

»Das ist mir klar, wer kauft schon gern die Katze im Sack?« Und wieder schenkt er mir dieses geschmeidige Lachen. Ich bin sicher, seine Lippen sind die schönsten, die ich je in meinem Leben gesehen habe. Ich möchte sie fotografieren oder in Öl malen lassen. Von der Decke fallen sanft rote Rosenblätter auf uns hernieder, am Fußende tauchen goldene Engel auf, die auf ihren Harfen spielen, während im Hintergrund Nielsson steht und singt: *»I caaaaaan't liiiive, if living is without youuuuuu.«*

Isa?

Erde an Isa!

Das sind doch wohl hoffentlich gerade nicht wirklich meine Gedanken, oder?

Doch, das sind sie. Kitschig, rosig, wunderbar. Ich fühle

mich so … so federleicht. Wie eine Elfe: wunderschön geformt und lieblich anzuschauen.

Apropos: Phil schaut mich an, und ich schließe meinen Mund wieder, der sich irgendwie ganz automatisch ein wenig geöffnet hat.

»Du hast wunderschöne Augen«, sagt er. Och nee. Die Engel verspielen sich einmal kräftig auf ihren Harfen, denn ich fahre so gar nicht auf diesen ältesten aller Anmachsprüche ab.

»Normalerweise sage ich einer Frau so etwas nicht, weil der Spruch schon so abgegriffen ist. Aber in deinem Fall stimmt es einfach.«

Nee, oder? Phil ist *wirklich* ein Traummann! Herrje, ist er womöglich gar nicht echt, sondern wirklich nur ein Traum? Ich mustere ihn genauer. Er hat nicht den kleinsten Mitesser oder auch nur einen einzigen vergessenen Bartstoppel. Wen kneife ich denn jetzt am besten – ihn, um herauszufinden, ob er tatsächlich vor mir sitzt, oder mich, damit ich aufwache …

»Ich würde dich jetzt sehr gerne küssen, Isa – darf ich?« Dabei streicht er mir ganz zart mit der rechten Hand über die Wange und liefert dadurch endgültig den Beweis, dass er tatsächlich hier ist – und trotzdem ein Traum.

»Das hat mich nun wirklich noch nie jemand gefragt!«, hauche ich.

»Ich wollte dich nicht einfach überrumpeln.« Phil zwinkert mir zu – und dann zieht er mich zu sich hinüber und küsst mich. Einfach so, als wäre es die normalste Sache der Welt.

Die Engel spielen noch einen freudigen Schlussakkord und ziehen sich dann dezent zurück. Nielsson reicht das Mikro weiter an Bon Jovi, und die Rosenblätter fallen wie kleine Schneeflocken auf mein *Bed of roses.* »Wie gut, dass ich vergessen habe, Pia anzurufen und das Headset einzustöpseln«, ist mein letzter Gedanke in der realen Welt, bis ich in die von mir gerade eben entdeckte neue Welt tauche. Wer braucht schon Kolumbus und Amerika? Ich hab jetzt Phil. Und dieser Moment hier gehört nur ihm und mir.

Er küsst wie ein junger Gott, auch wenn ich ja eigentlich gar nicht weiß, wie ein junger Gott küsst. Aber so muss es sich anfühlen. Noch dazu beginnt er nun, mich zärtlich zu streicheln. Wie lange ist es her, dass mich ein Mann *so* berührt hat? Es ist fast, als wäre ich in einem der Liebesfilme gelandet, die ich so gerne sehe, denn Phil gibt mir das Gefühl, Angelina Jolie, Kate Winslet und Penelope Cruz in Personalunion zu sein – ich, Isa aus Münster-Hiltrup! Meine Lippen brennen förmlich, als Phil sie mit seiner Zunge liebkost. Als er mit seiner Zunge an meinem Hals hinunterwandert, ist der Moment gekommen, in welchem er mir jeden Vertrag unter die Nase halten könnte – ich würde *alles* unterschreiben, vom Jahresabo in einem Sportstudio bis zum Mitgliedsvertrag in einem Buchklub.

Phil fängt langsam an, mich auszuziehen. Ich bekomme eine wohlige Gänsehaut. Das verbraucht übrigens Kalorien, weil der Körper dafür Energie braucht und die lästigen Pfunde einfach so dahinschmelzen. Habe ich mal irgendwo gelesen. Wenn dem so ist, bin ich bald mindestens fünf Kilo los! Trotzdem bin ich froh, dass meine Nachttischlampe die einzige Lichtquelle ist und Phil meine Cellu nicht auf den ersten Blick sehen wird. Wobei meine Oberschenkel im Liegen natürlich breiter wirken als im Stehen …

»Ich mag Frauen, bei denen man nicht nur Knochen spürt.« Hat Phil das jetzt gerade wirklich gesagt, oder spielt einfach nur wieder meine Phantasie verrückt? Ich öffne meine Augen und blicke direkt in seine. Er lächelt, während er seine Hände über meine Brüste, meine Hüften und meinen Bauch spielen lässt. »Du bist so wunderbar warm und weich.«

»Und du bist noch viel zu angezogen«, sage ich und beginne, das zu ändern. Während wir unsere Körper erkunden wie zwei Forscher, die eine exotische, wunderschöne Insel entdeckt haben, singt Elvis Presley *»Love me tender, love me true«* – und genau so fühlt es sich auch an. Noch nie habe ich einen Mann kennengelernt, der sich so gut mit der weiblichen Anatomie auskennt und so viel Vergnügen daran hat, ohne zuerst an sich zu denken. Phil macht all das, was mir gefällt, ohne mich vorher danach fragen zu müssen; es ist fast so, als habe er meinen Körper schon monatelang studiert. Er liebkost immer genau die Punkte, die sich gerade wünschen, von ihm berührt zu werden. Wahnsinn! Ich vergesse die Zeit und alles um mich herum. Ich bin absolut relaxed und fühle mich so, wie Xavier Naidoo es gerade besingt: wie *Nicht von dieser Welt*. Ich wünsche mir, dass dieser Moment nie aufhört, und als Phils und mein Körper endlich zu einem werden, sind auch die Engel wieder da, die unsere Bewegungen mit ihren Harfenklängen untermalen. Anstatt der Rosenblätter fallen jetzt kleine glitzernde Sternchen von der Zimmerdecke. Ich sehe sie sogar mit geschlossenen Augen, und als Phil mir ins Ohr flüstert, dass er kommt, weiß ich, dass auch er sie funkeln sieht.

Erschöpft, aber völlig entspannt liegen wir kurz danach nebeneinander und schauen uns an.

»Es war wundervoll«, sagt Phil. Ich stimme ihm nickend, aber schweigend zu. Dieser Mann ist etwas ganz Besonderes. Einer, den sich jede Frau wünschen würde: gutaussehend, charmant, intelligent, sexy. Er ist einer von der Sorte, auf die man immer wartet ... und nun hat er mich gefunden. Einfach so.

Seine blauen Augen strahlen wie die von Terence Hill. Und *die* fand ich schon als Kind so klasse. »Ich hoffe ...«, beginnt er lächelnd.

»... dass wir das für den Rest unseres Lebens tun werden«, vervollständige ich seinen Satz in Gedanken und strahle ihn an. »... ich habe den Einstellungstest bestanden.«

Einstellungstest? Ich reiße meine Augen auf, als hätte mein Schönheitschirurg Dr. Christian Troy gerade eben sein Skalpell in meinen Po gerammt, um diesen zu liften. Nur leider hat er wohl die örtliche Betäubung vergessen!

Shit! Das Männertaxi! Wie konnte ich das nur vergessen? Ich habe es in den letzten Stunden total aus meinen Gedanken verbannt.

»Ich kann mir zwar nicht vorstellen, dass deine Kundinnen so wunderbar sind wie du«, sagt er und streichelt zärtlich meine Brüste, »aber ich freue mich darauf, es herauszufinden.«

»Ach so, ja, natürlich, klar, also ...« *Cool down,* Isa, denk nach!

Hey, Isa, das ist doch super, sagt der kleine rote Teufel, der spontan auf meiner rechten Schulter auftaucht. *Phil wird das Aushängeschild deiner Firma sein. Der Typ ist der Hammer! Was willst du mehr?*

Mit einem leisen *Plopp* erscheint auf meiner linken Schulter ein kleiner Engel, der seine Harfe absetzt. *Papperlapapp! Du siehst doch, wie sehr die beiden sich mögen. Das hier hat nichts mit dem Männertaxi zu tun – das ist der Beginn von etwas ganz anderem!*

Der Teufel schüttelt unwirsch den Kopf. *Der Kerl wird*

dich reich machen, Isa. Setz ihn auf die Karte und bestell dir schon mal einen Porsche!

Der Engel leuchtet gülden. *Und was ist mit der Liebe? Denk doch mal daran!*

Liebe? Die will ich doch gar nicht!

Mit einem erneuten *Plopp* verschwindet der Engel, worauf der Teufel triumphierend die rechte Faust in die Luft stemmt.

Aber teilen kann ich diesen tollen Kerl auch nicht mit irgendwelchen dahergelaufenen liebeskummergeplagten Frauen. Sollen die sich doch selber so einen Traummann suchen.

Mit einem mürrischen *Pöh!* verschwindet der Teufel. Und lässt mich mit der Entscheidung, was ich jetzt tun soll, allein zurück. Zum Glück habe ich dank Holger ja schon ein bisschen Erfahrung damit, was nun zu tun ist.

»Hatte ich das nicht gerade schon erwähnt?«, sage ich deswegen. »Wir stellen derzeit keine neuen Männer mehr ein, denn es haben sich bereits so viele beworben, dass wir erst einmal genug haben. Aber du stehst natürlich ganz oben auf der … äh … Nachrückliste.«

»Du stellst keine Männer mehr ein?« Phil ist sichtlich erstaunt. »Aber warum hattest du mich dann zu einem Gespräch eingeladen?« Er schüttelt den Kopf, aber dass er nicht wirklich sauer ist, merke ich daran, dass er mit seinem Zeigefinger verspielt die Kontur meines Unterarms nachzeichnet.

»Ach, weißt du, das ist … unternehmerische Weitsicht. Ich muss natürlich davon ausgehen, dass der ein oder andere Mann nach einer gewissen Zeit eben nicht mehr … öhm … seinen Mann stehen wird. Deswegen brauchen wir eine Reservebank«, lüge ich ihn schamlos an. »Als gute Geschäftsfrau muss ich auf so etwas vorbereitet sein. Versprochen:

Sobald ein anderer Mann ausfällt, kommst du dran – das kann nur eben etwas dauern.«

»Das ist jetzt aber total schade.« Dann runzelt er die Stirn. »Habe ich den Test vielleicht nicht bestanden? Habe ich irgendwas falsch gemacht?«

»Nein, nein, du warst vollkommen okay, wirklich! Aber natürlich verstehe ich, dass du jetzt enttäuscht bist. Also, wie wäre es«, ich grinse ihn herausfordernd an, »hast du Lust, gelegentlich vorbeizukommen, um im Training zu bleiben?« Oh, was bin ich doch für ein gewieftes Luder!

Phil grinst mich an. »Das können wir natürlich gerne so machen.«

Ha! Besser geht es doch nicht! Ich werde Phil ab sofort jede Woche einmal antanzen lassen. Mindestens! Ich strahle ihn so begeistert an, dass es erstaunlich ist, dass er keine Sonnenbrille aufsetzen muss. Hinter seinem Rücken taucht der kleine Engel auf und stimmt vergnügt ein Harfensolo an.

»Aber nur zur Sicherheit – es geht wirklich nur um Sex, richtig?«, fragt Phil. »Du hast jetzt nicht vor, dass wir uns regelmäßig sehen und dann womöglich ineinander verlieben?«

»Verlieben? Ha! Was'n das?«, sage ich schnell und betont lässig. Das Teufelchen erscheint und haut dem Engel kräftig mit seinem Dreizack auf den Kopf. »Nee, du, da mach dir mal keine Sorgen.« Ich finde, ich klinge sehr überzeugend. Auch wenn es sich alles andere als richtig anfühlt. Okay, ich habe es mit Sascha auch nicht anders gemacht wie Phil jetzt mit mir, aber … aber … Ich weiß auch nicht. Und gleichzeitig ärgere ich mich über mich selbst. *Wo bleiben deine guten Vorsätze, Isa?* »Regelmäßige Treffen. Garantierter Spaß. Keine Verpflichtungen«, sage ich mit entschlossener Stimme.

»Okay, abgemacht!« Wir grinsen uns beide an – und läuten dann eine weitere Runde ein.

Zwei Stunden später liege ich komplett ausgepowert, aber glücklich im Bett. Phil hat sich verabschiedet – wohlgemerkt nach dem gemeinsamen Duschen, was eine ausgesprochen erfreuliche Erfahrung war –, aber bevor ich mich jetzt in der wohligen Erinnerung verliere, gibt es noch etwas, das ich tun muss: Ich schicke Pia eine SMS.

Dieser Phil war die absolute Nullnummer! Er ist strohdumm und der totale Langweiler im Bett. GRAUENHAFT! Und er hatte den Rücken voller Pickel. Ich bin froh, dass er wieder weg ist. Der erste Testmann, den wir definitiv nicht einstellen werden. Schlaf schön! Isa

Ein paar Minuten später bekomme ich eine SMS von Pia:

Schade, der Typ sah auf dem Foto doch toll aus. Aber okay, wir haben ja noch genug andere Männer zur Auswahl. Schlaf du auch schön, meine Süße!

Ich grinse in mich hinein. Ich liebe Pia wie eine Schwester, wirklich, aber alles muss ich nun wirklich nicht mit ihr teilen. Und schon gar nicht Phil! Wann werde ich ihn wohl das nächste Mal sehen? Wie wird das mit uns weitergehen? Wer weiß, vielleicht verliebt er sich doch irgendwann in mich. Wenigstens so ein kleines, klitzekleines bisschen. Hat Sascha ja auch getan.

Also, nicht dass ich es jetzt darauf anlegen würde.

Ich doch nicht.

Kapitel 14

Gutgelaunt gehe ich am nächsten Morgen zur Arbeit. Nach diesem so wunderschönen Abend mit Phil kann mich nichts mehr erschüttern. Auch nicht Wolf, der frisch rasiert und lachend hinter der Theke steht.

Moment mal. Wo ist der Fehler in diesem Satz – beziehungsweise in dem Bild, das sich mir gerade bietet? Irgendwas läuft hier falsch. Den Namen Wolf mit den Begriffen *frisch rasiert* und *lachend* zu verbinden, kommt mir vor, als würde man Kakaopulver mit Cola anrühren: Es ist nicht unmöglich, aber es passt einfach nicht.

Ich kneife die Augen zusammen, zähle bis drei und mache sie dann wieder auf.

Wolf steht immer noch ohne seinen düsteren Bart, dafür aber mit blendender Laune da und telefoniert mit seinem Handy. »Okay, ich fahre gleich los! Und ich freu mich!«, strahlt er, beendet das Gespräch mit einem Geräusch, das sich tatsächlich wie ein glucksendes Lachen anhört – und entdeckt mich. Einen Moment lang sehen wir uns beide verdattert an. »Isa! Kommst du auch endlich?«, knurrt er dann in bester Wolf-Manier. »Ich muss sofort weg. Du wirst dich zwei, drei Stunden allein um den Laden kümmern müssen! Mach das Retrofenster neu und räum die Marken zurück in die Hülle! Aber zack, zack und dalli, dalli!« Er stopft das Handy in die Tasche und würdigt mich keines weiteren Blickes, während er an mir vorbeirauscht und einen Aftershave-Kondensstreifen hinter sich herzieht. Ich frage mich, was in ihn gefahren ist, und schüttle mit dem Kopf, als ich neben mir das Schneuzen einer Kundin höre. Das scheint heute ein Tag für heftige Gefühlsausbrüche jeglicher Art zu sein: Neben der Theke steht ein verweintes Häufchen Elend mit einem benutzten Papiertaschentuch in der Hand und verlaufener Mascara unter den Augen. »Einen Augenblick, ich bin gleich bei Ihnen«, verspreche ich, feuere meine Jacke auf die Garderobe im Büro und eile dann hinter die Theke.

»Ich hätte gerne diesen hier.« Sie schiebt mir eine Marke rüber; anhand der Nummer 1387 erkenne ich auf den ersten Blick, dass sie sich für *Titanic* entschieden hat. Alles klar. Frau Dr. Dr. psych. Isabell Schwärzenbach diagnostiziert: Liebeskummer.

»Und eine Packung Häagen-Dasz-Schoko, bitte«, weint sie mir förmlich ins Gesicht. Ich korrigiere: Liebeskummer im Höchststadium. Ich schaue sie mitleidig an. Was wohl passieren würde, wenn ich ihr jetzt den Männertaxiflyer zustecken würde? Wahrscheinlich würde sie ihn, ohne nachzudenken, als Taschentuch benutzen. Oder ihn mir entsetzt zurückgeben – sie ist ganz offensichtlich noch in der *»Ich vermisse ihn so, und ich kann einfach nicht begreifen, warum er mir das angetan hat«*-Phase. In der hat man kein Interesse an irgendeinem neuen Mann. Zumindest ist das bei den meisten Frauen so. Aber natürlich gibt es ganz verschiedene Arten, mit Liebeskummer umzugehen, das beobachte ich hier im DVD-Verleih regelmäßig.

Zum einen wäre da die klassische Weinerin, auch Heulboje genannt, die *Titanic* und andere Filme braucht, in denen leidenschaftlich gelitten oder gestorben wird, um sich noch ein wenig weiter runterzuziehen. Die Heulboje muss sich erst einmal alle Tränen aus dem Körper weinen, bevor es ihr bessergehen kann. Sie ist der Grund dafür, dass es viele

Schokoladensorten inzwischen als Jumbotafeln gibt und wir auch Weinbrandbohnen im Sortiment haben. Und natürlich Eis. Jede Menge Eis.

Dann gibt es die Kontrollierte, für die Weinen nicht in Frage kommt, zumindest nicht in der Öffentlichkeit. Sie trauert auch, aber sie geht damit eher um wie mit den anderen Problemen, die im Büro oder im Haushalt auf sie lauern. Sie kommt nach einem stressigen Arbeitstag oder wenn sie die lieben Kleinen gerade zum Ballettunterricht gebracht hat, schnell ins *Snack & See*, um sich zielgenau eine Komödie auszuleihen – immer eine Komödie, denn das Leben geht schließlich weiter, und Lachen ist die beste Medizin. Dazu eine Tüte Fruchtgummis, die fettfreien, versteht sich. Für die Kontrollierte ist die Beziehung zu Ende, nicht ihr Leben.

Und dann gibt es noch die sensible Träumerin, die nicht zu extremen Gefühlsausbrüchen wie die klassische Weinerin oder zu gar keinen ersichtlichen Reaktionen wie die kontrollierte Karrierefrau neigt. Dafür leidet die sensible Träumerin deutlich länger. Man erkennt sie unter anderem daran, dass sie sich vor dem Wochenende (vor dem sie *immer* die meiste Angst hat) mehrere Liebesfilme mit besonders schönen Hauptdarstellern ausleiht, um sich in eine andere, schönere, liebevollere und nicht ganz so einsame Welt zu träumen.

Natürlich gibt es auch Frauen wie mich, die sich nicht hundertprozentig in eine dieser Kategorien einordnen lässt. Ich denke mal, ich bin eine sensible Träumerin mit Tendenz zur Heulboje. Dabei wünschte ich mir, etwas mehr wie die Kontrollierte zu sein. Andererseits: fettfreie Fruchtgummis … nee, das geht gar nicht.

Aber alle, wirklich alle trauernden Frauen haben eines gemeinsam: Sie wünschen sich in der Tiefe ihres Herzens einen

Mann an ihrer Seite. Für dies, das und jenes. Und zumindest für den Bereich »jenes« gilt demnächst, frei nach Frau Pooth: *Hier werden Sie geholfen!*

Als ich eine Stunde später mit der Neugestaltung des Retrofensters fertig bin – und mir gerade einen Cappuccino gemacht habe, meldet sich mein Handy mit einem Piepsen.

> Du triffst dich doch heute mit diesem Ernst, oder? Ich habe nun doch keinen anderen Termin und komme mit. Bin dann um 19 Uhr im Libri. Kuss! Pia

Okay, da habe ich nichts gegen, denn noch bin ich nicht sicher, wie ich diesen Ernst einschätzen soll. Seine Mail fand ich nett, aber er hat kein Foto mitgeschickt; stattdessen hat er als Erkennungszeichen für das Treffen vorgeschlagen, dass er die *Frankfurter Allgemeine* auf den Tisch legt. Und das ist mir irgendwie suspekt. Nach einem passionierten Frauenmörder hört sich das zwar nicht gerade an, aber so einen habe ich ja zum Glück auch noch nicht getroffen. Ein leichter Schauer rieselt mir über die Schultern, während sich das dekorierte Schaufenster der Buchhandlung nebenan vor mein inneres Auge schiebt. Dort wird aktuell der sogenannte *Thriller-Monat* gefeiert. Ich hatte es mir neulich angeschaut und überlegt, ob ich Charlotte eines der Bücher kaufen sollte. Was würde ein Killer wohl auf den Tisch legen: Lederhandschuhe? Handschellen? Einen Thriller von diesem Sebastian Fitzek? Oder gar …

»Frau Schwärzenbach!«

Ich zucke zusammen, stoße einen kleinen Quieker aus, und – ja, es ist mir peinlich, aber ich gebe es zu – ich mache einen kleinen Hopser von der Theke weg. Ich habe mich so in meinen morbiden Gedanken verloren, dass ich gar nicht gemerkt habe, dass jemand neben mir aufgetaucht ist.

»Herr Möller!«, sage ich streng. »Hat Ihnen nie jemand beigebracht, dass es sich nicht gehört, eine Dame so zu erschrecken?«

Herr Möller steht vor mir und strahlt mich mit seinen lustig funkelnden blauen Augen an. »Tut mir leid, wenn ich Sie aus Ihren Tagträumen gerissen habe. Schön, dass Sie heute da sind. Ich habe Sie fast ein bisschen vermisst, als Sie gestern nicht hier waren.«

Am liebsten würde ich ihm vor den Bug knallen, er solle lieber mal seine Frau vermissen, die er bei seinem DVD-Konsum wahrscheinlich ziemlich vernachlässigt. Andererseits wäre das doch irgendwie unhöflich. »Ich habe mir mal eine kleine Auszeit gegönnt. Braucht man ab und zu, wenn man so im Stress ist wie ich – Sie wissen schon: all die anstrengenden Kunden hier …« Okay, so richtig freundlich war das jetzt auch nicht, denn mein süffisanter Gesichtsausdruck lässt keinen Zweifel daran, wer zu den *anstrengenden Kunden* gehört.

»Oh, das kann ich mir vorstellen. Was machen Sie denn eigentlich in Ihrer Freizeit?«, hakt er nach. »Eine *Dame* wie Sie hat doch sicher ganz außergewöhnliche Hobbys?« Bei der Erwähnung der Dame macht er nun ein süffisantes Gesicht.

»Aber natürlich, Herr Möller. Ich beschäftige mich seit einiger Zeit intensiv mit M-« Hups! Da wäre mir doch nun beinahe rausgerutscht: *mit Männern, die ich zunächst selbst vernasche, damit ich sie dann, wenn sie gut im Bett sind, an andere Damen vermittle, kostenpflichtig, versteht sich.* Das kann ich so natürlich schlecht sagen. »Öh …«

Herr Möller zieht erwartungsvoll die Augenbrauen hoch. »Mit Mmmmmm?«

»… mit meinem neuen Hobby, der …« Na toll, Isa. Mal wieder schön in die Bredouille geritten! Was sag ich denn jetzt? Zum Glück fällt mir das heutige Date ein. Ja, genau! Also setze ich einen herablassenden Ausdruck auf, der sehr genau zeigt, dass er mir nicht das Wasser reichen kann, und sage: »Ich beschäftige mich intensiv mit der Philotolie.«

Mist! *Philatelie,* nicht *Philotolie*. Wenn Pia das jetzt hören könnte, sie würde sich auf dem Boden kugeln vor Lachen. Aber wahrscheinlich bemerkt Herr Möller meinen kleinen Aussprachefehler nicht. Oder das Wort sagt ihm nichts, so wie Pia.

»Was ist das denn? Ich habe noch nie davon gehört, aber es klingt interessant.« Ha! Ich wusste es!

»Nun, es ist natürlich ein Zeitvertreib, an dem nicht jeder Gefallen findet. Aber man lernt so viele gescheite Leute dadurch kennen.«

»Und was macht man dann mit denen?«

»Man tauscht sich aus – und Marken natürlich.«

»Marken?« Herr Möller runzelt die Stirn.

»Ja, Briefmarken.«

»Sie sammeln … Briefmarken?« »Klar, warum nicht? Wissen Sie, Herr Möller, Schach ist bekannt als das Spiel der Könige, aber Phila- … öh … Philotolie, das ist der Zeitvertreib der Kaiser«, setze ich noch einen obendrauf.

»Und Sie sind sich sicher, dass Sie nicht zufällig *Philatelie* meinen, oder?«

Mist!

»Da verwechseln Sie jetzt aber was!«, bemerke ich ein wenig schnippisch und wische ein paar imaginäre Staubkörnchen von der Theke. Unser Herr Möller ist also ein kleiner Klugscheißer. Kommt gar nicht in Frage, dass ich mir jetzt eine Blöße gebe.

»Ach, dann kennen Sie sich wohl doch nicht so gut aus. Natürlich ist *Philatelie* die Begeisterung für Briefmarken, aber wissen Sie, das ist eher etwas für konservative Typen wie … Sie. Wir Philotologen, wir …« Ja, was ist mit uns Philotologen? Irgendwie manövrier ich mich gerade immer tiefer in diese Misere. »Also, wir Philotologen sind eine recht elitäre Bewegung. Wir sammeln natürlich auch Briefmarken, aber … wir sammeln nur Briefmarken, auf denen«, ich schaue eine Dame an, die den Laden betritt, und nicke ihr grüßend zu, »Frauen abgebildet sind. Und das international, versteht sich.«

Nun schaut Herr Möller mich verdutzt an. *Ha!* Genau so soll es sein!

»Machen Sie sich nichts daraus, dass Sie noch nicht davon gehört haben, wir sind ja hier unter uns, da lassen wir mal fünfe gerade sein. Wissen Sie, ich habe gerade letzte Woche eine ganz besonders schöne Marke aus Usbekistan bekommen, eine richtig tolle Frau in einer, öh … usbekistanischen Tracht.« Ich sehe Herrn Möller herausfordernd an. »Philotolie ist die Emanzipation des Briefmarkensammelns, verstehen Sie?« Ich bin richtig stolz auf mich und frage mich kurz, warum eigentlich niemand anfängt, Applaus für mich zu klatschen.

»Und wie ich verstehe«, grinst Herr Möller mich an. Hmmm. Ist er mir nun auf den Leim gegangen, oder verarscht der mich? »Und, Frau Schwärzenbach, bedeutet das auch, dass Sie all diesen interessanten Menschen, denen Sie begegnen, nur zu gerne Ihre Briefmarkensammlung zeigen?«

»Also ich … ja … nein …« Ich bin baff. Einerseits ärgere ich mich, weil ich ihm nicht sofort einen Spruch zurückfeuern kann, andererseits gefällt es mir aber auch, dass er so schlagfertig ist. Außerdem fällt mir auf, dass er heute endlich mal keins seiner beschrifteten T-Shirts trägt. »Na, waren Sie endlich mal bei einer Typberaterin?«, grinse ich ihn an, um das Thema zu wechseln.

»Natürlich nicht. Aber irgendwie hatte ich so das Gefühl, dass Sie heute für die Sprüche zuständig sein würden. Schönen Tag noch!« Er deutet tatsächlich so etwas wie eine Verbeugung an – und geht.

»Wie jetzt? Sie wollen gar keinen Film ausleihen?«, frage ich ihm hinterher.

Er dreht sich noch einmal um, grinst breit und sagt: »Nö.«

Ich schaue ihm einigermaßen verdattert hinterher, aber dann muss ich fast lachen, während ich den Kopf schüttle. Das ist *wirklich* ein schräger Vogel!

Um 19 Uhr betreten Pia und ich das *Libri*, ein sehr gemütliches Café. Die vielen kleinen Tischchen mit den brennenden Kerzen sind fast alle besetzt, und zwar mit Menschen aller Altersgruppen, was mir sofort auffällt; hier sollte ich Charlotte mal hinschicken. Ich glaube, dass meiner einsamen Nachbarin diese entspannte Stimmung und auch die gemütliche Einrichtung gefallen würden: An den Wänden hängen alte Blechschilder, von der Decke baumeln Kannen und Töpfe aus Kupfer. Und noch dazu gibt es ein altes, rustikales Buchregal voller Romane und Zeitschriften, aus dem sich ein Teil der Gäste wohl bedient hat, während die anderen mit ihren Freunden reden und lachen. Eine sehr anheimelnde Atmosphäre.

»Meinst du, es ist der Typ da vorne?«, fragt Pia und deutet auf einen Mann, den man eigentlich nur als »alten Knacker« bezeichnen kann. Oder als Hutzelmännchen, wie meine

Mutter sagen würde. Er trägt das typische Rentner-Beige und hat wässrige Augen, mit denen er vor sich hinstarrt und irgendwie senil aussieht. Nee, oder? Aber direkt vor ihm liegt eine Zeitung auf dem Tisch.

»Das ist das Erkennungszeichen. Wieso bewirbt sich denn so ein Opi um einen Job bei einem Männertaxi!« Pia schüttelt ungläubig den Kopf. »Das ist ja aktive Sterbehilfe!«

»Und irgendwie ... unappetitlich.« Ich möchte mir diesen Mann wirklich nicht beim Sex vorstellen, den er mit Sicherheit eh nicht mehr ausüben könnte. »Was machen wir denn jetzt?«

»Also, wir müssen schon hingehen, allein aus Höflichkeit.«

Ich nicke. »Okay, dann mal los.« Wir bahnen uns einen Weg durch das Lokal auf den alten Mann zu – und bleiben gerade noch rechtzeitig stehen, als aus Richtung der Toiletten eine alte Frau auftaucht und an den Tisch tritt.

»Komm, Heinrich«, sagt sie zu ihm – und zu meiner Überraschung wandelt sich der Gesichtsausdruck des Mannes. Er lächelt die Frau an, nickt und erhebt sich dann schwerfällig. Fasziniert beobachte ich, wie er ihr etwas mühsam, aber galant in den Mantel hilft und dann seinen eigenen anzieht. Mit den Knöpfen scheint er Probleme zu haben.

»Komm, lass mich mal«, sagt die Frau, hilft ihm und drückt ihm dann einen sanften Kuss auf die Wange. »Wenn ich nicht auf dich aufpasse ...«

Hand in Hand verlassen die beiden das Café. Und trotz der vielen Falten, der altmodischen Kleidung und der wässrigen Augen wirken die beiden so glücklich und zufrieden, dass ich einen Kloß im Hals bekomme. Werde ich in dem Alter auch jemanden haben, der mir den Mantel zuknöpft, wenn ich es nicht mehr selbst kann?

»Entschuldigen Sie bitte – sind wir vielleicht verabredet?«

Ich schaue zur Seite und entdecke einen älteren Mann, der sich hinter einem anderen Tisch erhoben hat – und vor ihm liegt, wie ich nun sehe, eine *Frankfurter Allgemeine*. Kein Vergleich zu dem Opi, den ich zuerst gesehen habe. Auch er ist alt, hat graue Haare, aber er ist ein ganz anderer Typ Mann. *Ein richtig feiner Herr,* denke ich. Er trägt eine Brille und einen wohl nicht mehr ganz neuen, aber schönen dunklen Anzug; eine goldene Uhr blitzt an seinem linken Handgelenk. »Gestatten Sie, dass ich mich vorstelle: Ernst von Topphoff-Erpenstein. Und Sie müssen Isa sein?«

Ich gehe auf ihn zu und strecke ihm die Hand entgegen, die er aber nicht schüttelt, sondern einen altmodischen Handkuss andeutet. Mein erster Gedanke ist: *Auweia, hoffentlich ist hier im Café gerade niemand, der mich kennt. Wie peinlich!* Aber als Ernst mich freundlich anlächelt, lächle ich zurück, denn eigentlich ist so ein Handkuss ja eine formvollendete Geste, die durchaus einiges für sich hat.

»Kommen Sie, setzen Sie sich«, bittet Ernst mich und sieht dann Pia hinter mir. Ich stelle die beiden vor; auch meine Freundin bekommt einen Handkuss, und wir nehmen Platz.

»Ich hatte schon befürchtet, dass ich Ihnen zu alt bin und Sie unsere Verabredung nicht einhalten würden«, beginnt Ernst das Gespräch. Ist er das denn vielleicht auch? Ich sehe ihn mir genauer an. Er hat ein Gebiss, von dem ich spontan nicht sagen könnte, ob es in erstaunlich gutem Zustand ist oder ob sein Zahnarzt bei der Prothese ganze Arbeit geleistet hat. Seine Kosmetikerin jedenfalls nicht, denn Ernsts Augenbrauen überschatten riesig und buschig seine dunklen Augen. Andererseits wirken auch sie nicht ungepflegt. Er erinnert mich an eine Mischung aus meinem eigenen Opa und einem dieser typischen Landadligen aus einem englischen Film;

würde Ernst jetzt ein Gewehr herausziehen, um noch schnell auf die Entenjagd zu gehen, es würde mich nicht wundern.

Pia nimmt mir die Antwort ab, indem sie sich mit Ernst solidarisch stimmt: »Ach was, warum denn zu alt? Es gibt so viele Frauen, die auf ältere Herren stehen. Männer und Frauen finden sich doch eigentlich in jedem Alter interessant, oder nicht?« Sie wirft ihm einen verschwörerischen Blick zu.

Flirtet Pia gerade mit ihm? Ich fasse es ja nicht. Dafür ist Ernst dann doch wirklich ein paar Jahre zu alt. Ich korrigiere: Jahrzehnte!

»Das beruhigt mich. Wissen Sie, ich bin schon seit ein paar Jahren Pensionär. Ich habe ein sehr ausgefülltes Leben, unternehme sehr viel und habe auch jede Menge Spaß an allen Aspekten des Lebens. Aber manchmal fehlt mir doch eine Frau, mit der ich all das teilen kann. Deswegen habe ich mich auch schon einmal bei einer Singlebörse angemeldet.«

Ich muss an das Paar von vorhin denken und auch an Charlotte. Ob es wohl schwer ist, im Alter jemanden kennenzulernen?

»Dort fühlte ich mich aber nicht sehr gut aufgehoben. Es gab eigentlich keine Damen in meinem Alter, und bei den wenigen jüngeren Frauen, die mir geschrieben haben, hatte ich das Gefühl, dass ihr Interesse eher meinem Geld und nicht meiner Gesellschaft galt.«

Hallo, Erde an Isa? Natürlich ist es schwer. Es ist ja schon kein Kinderspiel, in meinem Alter einen Menschen zu finden, der mir nicht das Herz bricht. Aber das behalte ich jetzt lieber für mich.

Pia räuspert sich. »Und deswegen möchten Sie sich nun bei uns bewerben, weil Sie hoffen, dadurch Frauen zu finden, die ...« Sie spricht es nicht aus, aber ich ahne, was sie denkt: *zwar jung sind, aber auf ältere Männer stehen und kein Geld dafür verlangen.*

»Wissen Sie, Pia, ich bin fünfundsiebzig, und ich suche keine Tochter oder gar Enkelin. Ich möchte von Damen in meinem Alter als interessanter und reizvoller Kontakt wahrgenommen werden ... und nicht als Martinsgans, die man ausnehmen kann, oder als potentieller Pflegefall. Aber nun, meine Lieben, erlauben Sie ...« Er winkt den Kellner heran, damit wir zwei Cappuccino bestellen können, und lächelt uns freundlich zu, während er Pia ein Kompliment für ihre Bluse macht. Flirtet er jetzt mit ihr? Nein, irgendwie denke ich eher, dass er ... ich suche nach dem passenden Wort ... galant ist. Genau: galant. Ich glaube, dieses Wort habe ich noch nie im Zusammenhang mit einem Mann benutzt, aber zu Ernst passt es. Und es gefällt mir ausgesprochen gut.

»Was würden Sie mit den Frauen unternehmen wollen, wenn wir Sie engagieren?«, wende ich mich dann meinem Fragenkatalog zu, auch wenn ich diesen natürlich etwas abändern werde.

»Ich liebe das Theater, Museen, kulturelle Veranstaltungen. Aber natürlich soll im Vordergrund stehen, was die Damen sich wünschen. Ich sehe das als Herausforderung, der ich mich stellen möchte. Ich habe Frauen immer gerne verwöhnt, und es ist leider einige Jahre her, dass ich das letzte Mal Gelegenheit dazu hatte.«

Beim Stichwort *verwöhnen* wird mir dann doch ein bisschen blümerant. Ernst ist ein wirklich sympathischer älterer Herr, aber ich kann mir nicht vorstellen, dass er noch über Sex nachdenkt. Mit fünfundsiebzig? Geht das dann überhaupt noch? Und wie mag das aussehen? *Isa,* ermahne ich mich, *schalte sofort diese Phantasieecke deines Gehirns ab*! Ernst wird das anders gemeint haben, ganz sicher.

Aber selbst wenn nicht, meldet sich eine kleine Stimme neben meinem Ohr, von der ich nicht sagen kann, ob es sich um ein Engelchen oder Teufelchen handelt, *warum soll er keinen Sex mehr haben? Warum muss das irgendwann aufhören? Möchtest* du *irgendwann darauf verzichten, weil andere meinen, dass es sich in deinem Alter nicht mehr gehört?* »Sie sind also nicht verheiratet?«, frage ich schnell. Ich möchte mehr über seine Lebensumstände erfahren.

»Nicht mehr. Meine erste Ehe ging ich bereits mit fünfundzwanzig Jahren ein. Damals war es nicht üblich, eine Freundin zu haben und mit ihr in wilder Ehe zusammenzuleben, wie man es heute tut.« Er grinst und schaut fast frech aus, als wünschte er sich, in der heutigen Zeit noch einmal jung zu sein. »Also heirateten Gerlinde und ich. Natürlich wünschten wir uns auch Kinder, aber irgendwie schien der liebe Gott uns einen Strich durch die Rechnung machen zu wollen, denn zunächst klappte es einige Jahre gar nicht, und dann erlebte meine Frau zwei Fehlgeburten.« Er macht eine kurze Pause, während er einen Schluck Cappuccino aus seiner Tasse nimmt. Mir scheint, als würde es ihm nicht gerade leichtfallen, über seine Vergangenheit zu reden.

»Nach diesen harten Schicksalsschlägen verabschiedeten wir uns von unserem Kinderwunsch und steckten unsere ganze Energie in unsere Berufe. Als Gerlinde dann plötzlich mit vierzig erneut schwanger wurde, war die Freude zunächst groß. Sie brachte ein gesundes Kind zur Welt, und für mich war das die Krönung unserer Ehe. Doch Gerlinde sah das leider anders. Sie fühlte sich auf einmal zu alt für ihre Mutterrolle, steigerte sich in eine ziemliche Midlifecrisis und zog eines Tages von heute auf morgen aus, weil sie einen anderen Mann kennenlernte. Sie ließ mich tatsächlich mit unserem Kind allein zurück!« Er schluckt schwer; die Erinnerung scheint ihn immer noch sehr mitzunehmen. »Später lebte sie in Amerika, aber wir hatten keinen Kontakt mehr zu ihr. Sie können sich vorstellen, wie schwer es für mich war, unser Kind alleine großzuziehen. Früher gab es noch keine Kindertagesstätten oder ähnliche Institutionen, aber ich glaube, ich habe alles ganz gut managen können. Ein paar Jahre später erfuhr ich, dass Gerlinde an einem Herzinfarkt gestorben war.«

O mein Gott, wie schrecklich musste das für ihn gewesen sein. Männer, die ihre Kinder alleine aufziehen müssen, sind doch meist so … so … hilflos.

»Ich war dann einige Zeit allein, bis ich eines Tages Henriette kennenlernte.« Sein etwas nachdenklicher Blick mit einer guten Portion Traurigkeit weicht auf einmal einem versonnenen Lächeln, und in seinen Augen entdecke ich diesen bestimmten Glanz, den ich bei mir selber schon lange nicht mehr gesehen habe. Meine Gedanken schweifen für einen Moment zu Tom. Ob er mich auch mit einem Kind hätte sitzenlassen?

»Sie müssen wissen, Henriette war meine ganz große Liebe. Nein, das stimmt so nicht: Sie *ist* es immer noch, auch wenn sie vor einigen Jahren ebenfalls verstorben ist. Das hat mir wirklich das Herz gebrochen, und deswegen habe ich lange Zeit nicht geglaubt, dass ich mich noch einmal binden möchte. Sie sind noch so jung, Sie werden das vielleicht nicht verstehen, aber …« Er schluckt schwer.

Oh doch, wie gut ich ihn doch verstehen kann! Ich bin allerdings sehr überrascht, dass diese Problematik anscheinend vor keiner Altersstufe haltmacht. Es wird tatsächlich nicht besser, wenn man älter wird. Der Verlust einer Liebe scheint in jedem Alter weh zu tun. Wirklich tröstlich ist dieser Gedanke nicht gerade.

»Ernst, wir verstehen Sie«, sagt Pia und legt ihre Hand auf seine. Sie schaut gerade sehr betroffen aus, und ich bin froh, dass sie versucht, die Unterhaltung in eine andere Richtung zu bringen. »Aber nun erzählen Sie uns doch bitte noch ein bisschen über Ihre Interessen.«

Während Ernst uns von den letzten Theaterinszenierungen berichtet, die er gesehen hat, und von einer Ausstellung über flämische Malerei des 17. Jahrhunderts, für die ich mich bisher nicht die Bohne interessiert habe, die ich nun aber spontan besuchen möchte, schlürfen Pia und ich unsere Cappuccinos und werfen uns über den Tassenrand begeisterte Blicke zu, als hätten wir unverhofft ein Paar grandiose Schuhe gefunden, obwohl wir eigentlich wegen etwas ganz anderem in die Stadt gegangen sind.

Ernst erzählt aus seinem Leben, von seinem Beruf als Lehrer und von den Streichen, die seine Schüler ihm gespielt haben. Nie hat er sie ernsthaft bestraft, doch immer hat er ihnen eine kleine Lehre erteilt. Ich glaube, einen solchen Lehrer hätte ich auch gerne gehabt. Ernst redet aber nicht nur von sich – er fragt uns nach unserer Meinung zu verschiedenen Themen, er zeigt, dass er wirklich daran interessiert ist, was wir denken, und er kommentiert das, was wir von uns geben, mit so schlauen Kommentaren, dass ich mir einige davon sofort aufschreiben möchte. Ich lächle Ernst an, und auf einmal erinnert er mich an Heinz Rühmann, dessen Filme ich als Kind so sehr geliebt habe. Okay, ich möchte mir immer noch nicht vorstellen, dass ihn Frauen bei uns für ein heißes Date buchen – aber als anspruchsvoller Gesprächspartner, mit dem man einen tollen Abend verbringen kann oder der einen zu Ausstellungen oder ins Konzert begleitet, ist er mit Sicherheit unschlagbar und allen anderen Männern, die wir bisher gecastet haben, um Lichtjahre voraus.

Pia scheint das ähnlich zu sehen, denn nach einer Stunde stellt sie die Frage: »Ernst, Sie sind großartig – wann können Sie anfangen?«

Er strahlt über beide Ohren, als könne er sein Glück gar nicht fassen. »Sie werden mich also vermitteln? Das ist phantastisch!«

Er schüttelt uns begeistert die Hand und fragt dann, ob er zur Feier des Tages drei Gläser Champagner für uns bestellen darf. Als er sich zum Kellner umdreht, klatschen Pia und ich schnell unsere Hände zusammen. Wir haben den fünften Mann gefunden – nun kann das Abenteuer Männertaxi richtig losgehen!

Kapitel 15

Aufgeregt und voller Tatendrang sitzen Pia und ich am nächsten Abend an meinem Wohnzimmertisch. Überall verstreut liegen Filz- und Bleistifte in den verschiedensten Farben, zusammengeknüddelte Papierseiten, Radiergummis, erste Entwürfe und, und, und: Wir sind dabei, den Flyer für unser Männertaxi zu kreieren.

»Hör mal, wie klingt das?« Pia räuspert sich, setzt sich gerade hin und liest vor, was sie eben auf ihren Zettel geschrieben hat. *»Sie sind eine einsame Frau und suchen einen Mann für die gewissen Stunden des Lebens? Dann scheuen Sie sich nicht, und suchen Sie sich einfach aus, was Ihnen gefällt!«*

»Mmmm … das hört sich irgendwie zu kalt an. So als würde man sich sein Menü in einer Krankenhausküche aussuchen, findest du nicht?«

Pia zuckt mit den Schultern. »Oder so: *Sie möchten Ihre Abende nicht alleine zu Hause verbringen? Dann melden Sie sich bei uns! Wir haben garantiert den richtigen Mann für jede Gelegenheit!«*

»Ist nicht übel … aber hör mal, was ich mir gerade überlegt habe«, antworte ich. *»Mieten Sie sich den Mann Ihrer Träume für ein paar schöne Stunden. Verbringen Sie Ihre Freizeit mit ihm im Café, Restaurant, Theater, Kino, oder wo immer Sie möchten.«*

»Das klingt gut!« Pia ist begeistert. »Aber irgendwie müssen wir noch einbringen, dass sie ihn ja auch für 'ne ganze Nacht mieten können. Nur sollte es nicht zu aufdringlich und vor allem nicht zu offensichtlich sein.« Ich nicke nachdenklich, während ich an meinem Kuli kaue. »Wie wäre es damit: *Auf Wunsch auch Overnight-Stays gegen Preisaufschlag.*«

»Ja, das ist klasse! Das nehmen wir!«

Ich schreibe den Satz schnell auf, damit wir ihn nicht vergessen. Dabei fällt mir etwas anderes ein. »Aber apropos Preis: Darüber haben wir uns noch gar keine Gedanken gemacht.«

»Stimmt«, sagt Pia. »Ich glaube nicht, dass wir für jeden Mann den gleichen Preis verlangen können.«

Ich nicke. »Sven sieht zwar klasse aus, aber wenn er weiterhin die Nullnummer im Bett bleibt, werden wir wohl kaum so viel für ihn verlangen können wie für Harald, bei dem eigentlich alles top ist!« *Bis auf die Spinnenbeine,* füge ich in Gedanken hinzu.

»Außerdem soll unser Service ja alle Frauen ansprechen, ganz egal, was sie nun verdienen – eine berufstätige Frau hat nun mal mehr Geld als eine Studentin, der gerade das Herz gebrochen wurde«, überlegt Pia. »Ich habe mal von einem Restaurant gehört, in dem keine festen Preise auf der Karte stehen«, erinnere ich mich. »Jeder Gast zahlt dort das, was ihm das Getränk oder das Gericht wert ist. Nicht selten wird dann sogar mehr gezahlt, als eigentlich nötig wäre.« Während ich noch überlege, um was für ein Restaurant es sich handelte, ist Pia schon begeistert von der Idee: »Das ist toll, Isa! Wir lassen die Frauen den Preis bestimmen. Das passt doch auch – sie suchen sich den Mann aus und entscheiden selbst, was ihnen das alles wert ist. Und ich glaube kaum, dass sich eine trauen würde, für einen ganzen Abend nur zehn Euro zu geben.«

»Und selbst wenn: Vielleicht zahlt die nächste Kundin dann zweihundert Euro. Wahrscheinlich muss man das als – wie heißt so was noch mal … als Mischkalkulation sehen. Außerdem spornt das die Männer sicher noch zusätzlich an.«

Dingdong!

Piep, piep!

Es klingelt an der Tür, und gleichzeitig bekomme ich eine SMS. Wahrscheinlich steht der Pizzabote mit unseren beiden Quattro Stagioni vor der Tür, die wir bestellt haben – allerdings mit der Bitte, dass sie diesmal nicht von Paolo gebracht werden, denn auf eine Fortsetzung seiner Annäherungsversuche haben Pia und ich keine Lust. Auf dem Weg in den Flur schnappe ich mir mein Handy und sehe, dass ich eine SMS von Sascha bekommen habe.

Denkst du eigentlich ab und zu an mich, oder hast du mich schon komplett vergessen? Bin ich für dich nur ein altes Spielzeug, das du irgendwann gekauft hast und nun einfach wegwirfst?

Grrr … Gibt der denn nie auf? Ich drücke auf den Haustüröffner und drehe mich noch einmal in Richtung Wohnzimmer. »Hol bitte schon mal die Pizzateller aus dem Schrank«, rufe ich Pia zu. Dann greife ich nach meinem Geldbeutel, den ich vorsorglich auf das kleine Regal im Flur gelegt habe, öffne die Tür – und bekomme einen Schreck.

»Oh, là, là, Isa, schön, dich wiederzusehen!« Paolo grinst mich an, als würde es kein Morgen geben. Wo ist der alte Pizzafahrer? Warum hat Luigi dieses Ekelpaket geschickt?

»Als ich gehört habe, dass ihr beiden Zuckerschnecken wieder mal Appetit auf etwas Italienisches habt, musste ich die Fuhre einfach mit meinem Kollegen tauschen«, säuselt Paolo und versucht, sich an mir vorbei in den Flur zu drängen. »Komm, lass mich rein.«

»Nein, heute nicht«, sage ich entschieden und vielleicht etwas lauter als nötig, aber manchmal verstehen Männer ja sonst nicht, was Sache ist.

»Ach komm, Puppe, eure Tage habt ihr doch nicht mehr, also ziert euch nicht so – oder meint ihr, ich bring's nicht bei unserem Dreier?«

Ich kann nicht fassen, dass er wirklich wieder damit anfängt. »Paolo, es reicht!« Er versucht trotzdem, an mir vorbeizukommen. Langsam wird die Situation unangenehm. Pia taucht hinter mir auf: »Alles okay, Isa?« Dann sieht sie Paolo und seinen Fuß, den er so gegen die Türkante stemmt, dass ich sie nicht schließen kann, und ruft: »Was wird das denn, wenn's fertig ist?«

»Paolo, wir haben Hunger und möchten einfach nur unsere Pizzen essen«, versuche ich es noch einmal. »Wenn du jetzt bitte so lieb wärst und wieder ...«

Auf einmal sieht Paolo nicht mehr so aalglatt aus wie sonst. Er macht jetzt einen richtig wütenden Eindruck. »Du lässt mich jetzt schön rein, Mädchen«, sagt er und sieht mich hart an, »und dann reden wir, und dann werden wir ja sehen, ob ihr wirklich wollt, dass ich wieder ...«

Weiter kommt er nicht, denn auf einmal kracht ein Besenstiel auf seine Schulter. Paolo ist genauso verdutzt wie ich und lässt die beiden Pizzakartons fallen. Als er sich umdreht, sehe ich, dass Charlotte hinter ihm steht. Sie ist mit einem Besen bewaffnet, mit dem sie ihn nun regelrecht aus dem Hausflur fegt: »Sie haben doch gehört, dass Isa Sie nicht in ihrer Wohnung haben will, also weg mit Ihnen.«

»Was fällt Ihnen ein«, will Paolo sie anbrausen, »ich bekomme noch das Geld für die Pizzen!« Aber damit ist er bei meiner Nachbarin an der falschen Adresse. Sie stupst den struppigen Besenkopf energisch in seinen Bauch und ruft mit einer Energie, die ich ihr gar nicht zugetraut hätte: »Was Sie brauchen, ist eine Abreibung, junger Mann, und die bekommen Sie, wenn Sie nicht sofort verschwinden. Ich rufe die Polizei!«

Ich weiß nicht, ob er es wirklich mit der Angst zu tun bekommt oder einfach nur so verblüfft ist, dass er von einer Oma angegriffen wird, aber Paolo dreht sich tatsächlich um und verlässt, leise vor sich hin fluchend, das Treppenhaus. Charlotte grinst und stemmt die Hände in die Hüften. »So, den bist du los. Bei dir alles okay?« Sie schaut an mir vorbei. »Und bei Ihnen, Fräulein Pia?«

»Alles okay!«, ruft Pia. »Sie sind ja der Hammer!«

»Ich muss schon sagen, Charlotte, alle Achtung!« Ich grinse sie dankbar an. Sie macht eine wegwerfende Handbewegung.

»Mit so einem Hallodri werden Frauen wie wir doch spielend fertig, wenn wir zusammenhalten.« Sie schaut noch einmal in Richtung Haustür, aber durch die Milchglasscheibe dort sieht man, dass Paolo sich wohl wirklich verzogen hat. Dann geht sie in ihre Wohnung zurück. »Aber eins muss man ihm lassen«, sie dreht sich noch einmal zu mir um. »Für einen Rüpel hat er doch eine sehr ansehnliche Kehrseite!«

»Charlotte, schäm dich!«, rüge ich sie, muss aber lachen.

Sie wirft mir einen koketten Blick zu. »Ich mag alt sein, mein Mädchen, aber scheintot bin ich noch lange nicht!«

Pia, die sich inzwischen nach den heruntergefallenen Pizzakartons gebückt hat, bricht in schallendes Gelächter aus, während wir die Türen schließen.

Meine Nachbarin überrascht mich immer wieder! Es tut mir richtig leid, wie eklig ich lange zu ihr war. Ich werde sie demnächst einfach mal wieder auf einen Tee besuchen.

Während die Pizzen wenig später unsere Magengegend von innen inspizieren, machen wir uns wieder an die Arbeit. Vorher will Pia wissen, von wem die SMS kam.

»Von Sascha«, seufze ich. »Er gibt einfach nicht auf. *Bin ich für dich nur ein altes Spielzeug, das du irgendwann gekauft hast und nun einfach wegwirfst?*«, lese ich vor.

»Auweia. Der hat sie doch nicht mehr alle. Und wer würde sich schon so eine Nervensäge kaufen?« Sie lacht.

»Hmmm … Meinst du, wir sollten das im Flyertext noch mal ändern? Ich meine, wir sprechen davon, dass man die Männer mietet – das klingt ja fast so, als wären sie Ferienwohnungen oder Leihautos, oder?«

Pia legt die Stirn in Falten. »So habe ich das noch gar nicht gesehen. Aber du hast recht. Irgendwie klingt es auch ein bisschen billig … und das soll das Männertaxi ja nicht sein.«

»Natürlich!« Ich schlage mir mit der flachen Hand vor die Stirn. »Bei einem Pizzataxi mietet man sich die Leckereien ja auch nicht, und das war doch die Grundidee. Was hältst du also davon«, schlage ich vor: *»Bestellen Sie sich den Mann Ihrer Träume für ein paar schöne Stunden!«*

»Das ist super!«, freut sich Pia. »Aber wenn wir schon mal dabei sind: Sollen wir eigentlich ihre richtigen Namen draufschreiben?« Sie geht in die Küche und holt den Flyer unseres Lieblingspizzataxis. »Oder geben wir ihnen Decknamen, so als Pendant zur Pizza Margherita? Und dazu ein Foto, damit die Frauen direkt sehen, was sie erwartet – so wie hier?« Sie zeigt auf eine Salamipizza.

»Nee, wir sollten das Ganze doch diskret abwickeln. Es könnte für unsere Männer peinlich werden, wenn jemand den Flyer in die Hand bekommt, den er gar nichts angeht. Zum Beispiel die Frau von Harald«, werfe ich ein und überlege einen Moment.

»Ich denke, wir sollten einfach ein paar Sätze über die Männer schreiben und ihnen dann Nummern geben. Dann können die Frauen sich zum Beispiel auch von der Arbeit aus einen Mann für den Abend bestellen, ohne dass es den Kollegen auffällt!«

Pia lacht. »Wie klasse ist das denn, bitte schön? *Ich hätte gern einmal die Nummer* 4, *mit allem Drum und Dran. Sie wissen schon, extra scharf!*«, ahmt sie eine imaginäre Bestellerin nach. »Aber warte mal, sollen die Frauen eigentlich telefonisch bestellen oder per E-Mail?«

Gute Frage. »Ich habe noch eine Zweitnummer meines Telefonanbieters«, sage ich. »Die könnte ich freischalten und unter der Nummer einen Anrufbeantworter laufen lassen, wenn ich nicht da bin. Und eine E-Mail-Adresse haben wir ja eh schon. Also lassen wir einfach beides zu.«

»Sehr schön. Multimedial! Das gefällt mir.« Pia kritzelt auf der Vorlage rum. »Was ist mit einer Homepage im Internet?«

»Ich habe ein wenig Webspace über meinen Provider, den ich nicht nutze. Da können wir den Flyer einstellen mit der Option, direkt von dort aus eine Bestellung aufzugeben.«

»Prima! Also haben wir eine Telefonnummer, eine E-Mail-Adresse, eine Homepage und willige Männer! Fehlen nur noch die Frauen!« Pia hält mir ihre Hand hin, und ich schlage ein.

»Tschaka! Wir schaffen das!«

Drei Stunden später sitzen wir breit grinsend vor unserem ersten selbsterdachten, selbsterstellten und selbstausgedruckten Flyer und freuen uns. Besser gesagt, wir sitzen vor zehn Exemplaren, denn man muss ja nicht gleich übertreiben. Außerdem hatte ich nur noch zehn Blatt gelbes Papier im Haus, und ein Männertaxi muss doch direkt das gleiche Gelb als Signalfarbe haben wie das Logo eines ganz normalen »Nun bringen Sie mich mal von A nach B«-Taxis, oder?

Männertaxi

Bestellen Sie sich den Mann Ihrer Träume für ein paar schöne Stunden. Verbringen Sie Ihre Freizeit mit ihm im Café, Restaurant, Kino, oder wo immer Sie möchten. Lassen Sie sich verwöhnen, ganz nach Ihren Wünschen. *Sie* suchen aus. *Sie* legen die Spielregeln fest. Und *Sie* bestimmen den Preis, den er Ihnen wert ist – auch für einen extra scharfen Overnight-Stay.

Männertaxi: SIE haben den Spaß – ER macht keine Probleme.

Wählen Sie den Begleiter, den Sie sich wünschen:

Nr. 1: der coole Sunnyboy
Sie mögen sportliche Männer – er (32 Jahre, 1,97 m groß, durchtrainiert, blond) spielt gerne Tennis und Squash, liebt es aber vor allem, Sie mit seinem maskulinen Charme zu verwöhnen. Träumen Sie nicht länger von Männern mit perfekten Körpern – treffen Sie ihn.

Nr. 2: der interessante Begleiter
Sie mögen Männer wie George Clooney – er (42 Jahre, 1,86 m groß, dunkelhaarig mit grauen Schläfen) begleitet Sie zu kulturellen Veranstaltungen jeder Art, ist vielseitig gebildet und hat nur Augen für Sie. Ein Mann, der sicher ist auf jedem Parkett – und Ihnen doch selbstbewusst die Führung überlässt.

Nr. 3: der Mann, der's kann

Sie mögen Männer, die noch richtige Kerle sind – er (36 Jahre, 1,82 m groß, sehr muskulös, dunkelhaarig) wird Ihnen das Gefühl schenken, die begehrenswerteste Frau der Welt zu sein. Sie wollen nicht lange um den heißen Brei reden? Er liest Ihnen Ihre Wünsche von den Augen ab.

Nr. 4: die süße Versuchung

Sie mögen junge Männer – er (24 Jahre, 1,79 m groß, lockige dunkle Haare, Typ James Blunt) ist Schauspielschüler und studiert die Frauen, um die Rolle des perfekten Liebhabers übernehmen zu können. Lassen Sie sich von seinem jungenhaften Charme verzaubern – und erleben Sie einen Abend voller jugendlichem Überschwang.

Nr. 5: der Charmeur der alten Schule

Sie suchen nicht den Nervenkitzel, sondern den intelligenten Begleiter – er (75 Jahre, 1,82 m groß, graue Haare) weiß, wie er eine Dame galant und formvollendet dazu bringt, sich wie Grace Kelly zu fühlen. Ein Mann, der Frauen in den besten Jahren zu schätzen weiß (keine Overnight-Stays).

Zögern Sie nicht – leben Sie Ihren Traum. Wir vermitteln Sie direkt, diskret und zuverlässig – telefonisch, per Mail, über das Internet:
01347/13 141 516
isa@maennertaxi.de
www.maennertaxi.de

Kapitel 16

Mit fünf noch fast warmen Flyern verabschiedet sich Pia und geht nach oben in ihre Wohnung, während ich mir mein Handy schnappe und Sascha eine SMS schicke. Es kann doch nicht so schwer sein, klare Verhältnisse zu schaffen, oder?

Du bist ein wirklich lieber Kerl, Sascha, und unsere Trennung hat auch gar nichts mit dir zu tun.

Ich zögere kurz, aber dann tippe ich seufzend den wahrscheinlich dümmsten *»Nun nimm es doch nicht so schwer«*-Spruch aller Zeiten – aber vielleicht hilft er ja.

Es liegt nicht an dir – es liegt nur an mir, und du hast etwas viel Besseres als mich verdient, glaub mir. Such dir eine hübsche, nette Frau, die überglücklich sein wird, ein Leben an deiner Seite zu führen.

Auweia, ich höre mich fast an wie ein Mann, oder? Sind das nicht genau die Plattitüden, mit denen die Kerle uns abservieren, weil sie denken, dass es uns das Unerträgliche schonend beibringt? Egal, ich kann jetzt keine Rücksicht auf solche Feinheiten nehmen.

Ich werde dir nie geben können, was du dir wünschst. Und darum ist es besser, wenn wir einfach Freun…

Nein. Den *»Lass uns gute Freunde bleiben«*-Satz habe ich immer schon gehasst. Das geht dann doch zu weit. Also lösche ich diese leere Versprechung, an die sich sowieso nie jemand hält, und tippe stattdessen:

> Und darum bitte ich dich, mir keine SMS mehr zu schicken. Du verletzt dich damit nur selbst. Das möchte ich nicht – aber ich will auf jeden Fall meine Ruhe vor dir haben.

Ich schicke die SMS ab … und fühle mich nicht so erleichtert, wie mir das lieb wäre. Mann, wieso muss Sascha nur so nerven? Ich will ihm keine verlogenen oder fiesen SMS schreiben. Ich wünsche mir wirklich, dass er schnell eine andere Frau findet. Er ist ja kein schlechter Mensch. Er ist einfach nur zum falschen Zeitpunkt in mein Leben getreten. Und mit den falschen Ansprüchen.

Etwas rastlos laufe ich vom Wohnzimmer in die Küche, einmal durch den Flur, mache im Badezimmer das Fenster auf und direkt wieder zu, sehe im Schlafzimmer nach dem Rechten und kehre schließlich in die Küche zurück. Blöde Situation mit Sascha, wirklich.

Ich öffne den Kühlschrank, um im Tiefkühlfach nachzuschauen, ob ich noch Eis dahabe. Das hilft immer, wenn ich so knötterig bin wie jetzt gerade. Aber bevor ich den Becher herausholen kann, fällt mir auf, wie bekloppt das gerade ist: Ich esse zu viel Eis, wenn ich Liebeskummer wegen eines Mannes habe, der mich nicht will – und jetzt auch noch, wenn ich meinerseits einen Mann abschieße? Nee, Isa, so blöd kann man nicht sein, ehrlich nicht. Energisch schließe ich die Kühlschranktür und gehe ins Wohnzimmer zurück. Dort fällt mein Blick auf unsere Männertaxiflyer – und ich lache laut los. Natürlich. Wieso bin ich eigentlich nicht sofort auf die Idee gekommen?

Wenn du LUST hast, dann komm.

Ich blättere im Adressbuch bis zum Buchstaben *P* und schicke die Nachricht an Phil. Man sagt doch immer, dass Männer klare Ansagen brauchen. Und wenn *das* keine ist, was dann?

Ein paar Minuten später bekomme ich eine SMS.

Hab ich den Job jetzt doch? Phil

Hmmm ... Hätte er jetzt nicht schreiben können, dass er sich freut, von mir zu hören? Aber okay, das wäre gegen die Vereinbarung, ich geb's ja zu. Nur ... was jetzt? Wahrscheinlich belasse ich es einfach dabei.

Andererseits – warum eigentlich? Ich bin die Chefin des Männertaxis. Ich bin Isa, die sich nimmt, was sie will. Und damit fange ich jetzt sofort an!

Nein, sorry. Aber ich habe gerade Zeit. Und ich habe Lust auf dich. Und was hast du?

Ich habe ein kribbeliges Gefühl, als ich die SMS losschicke. Huuuuaaaaah, was traue ich mich denn da? Aber es fühlt sich einfach zu gut an, so direkt zu sein.

Ich hab schon die Schuhe angezogen. Bis gleich. Bin aber nicht in Plauderlaune.

Eine halbe Stunde später klingelt er an meiner Tür. Ich hätte nicht gedacht, dass es so dermaßen einfach sein würde, sich einen Mann nach Hause zu bestellen.

Ich schnappe mir mein Handy, bevor ich die Tür öffne, und tue so, als würde ich telefonieren: »Ach, jetzt doch?« Ich deute Phil an, dass es einen Moment dauern wird. »Natürlich schicken wir Ihnen morgen gerne wieder unsere Nummer 3. Wieder um halb sieben? Nein, ich kann Ihnen keinen Vielbucherrabatt einräumen.« Ich verdrehe die Augen, als sei ich leicht genervt vom Telefonat. Warum ich das gerade mache? Nun, zum einen, weil ich Phil beeindrucken will – er soll sehen, wie gut das Männertaxi läuft, und vor allem, wie cool ich das alles manage. Und zum anderen, weil ich doch etwas nervös bin, dass dieser Traum von einem Mann schon wieder vor mir steht und so was von gut aussieht ... wobei, er sieht auch etwas genervt aus. Vielleicht sollte ich meine kleine Schauspieleinlage besser vorzeitig beenden.

»Ja, dann machen wir das so! Ich wünsche Ihnen noch einen schönen Abend.« Während ich auflege, seufze ich laut und schaue Phil an. »Mann, Mann, Mann ... ich sage dir, dieses Männertaxi nimmt mich ganz schön in Anspruch.«

»Aha«, sagt Phil. »Na ja, jetzt hast du ja hoffentlich Feierabend.« Er streckt die Hände nach mir aus und zieht mich an sich.

»Ja, klar, natürlich. Aber weißt du, es ist schon ziemlich anstrengend, was da den ganzen Tag so auf mich einprasselt, und ...«

Weiter komme ich nicht, denn er legt mir sanft, aber bestimmend einen Finger auf die Lippen.

»Sorry, Isa. Ich hab auch einen harten Tag hinter mir. Und ich bin echt nicht in Plauderlaune. Okay? Ich hoffe, du kannst mit meiner Offenheit leben. Aber du und ich, wir wollen doch das Gleiche: viel Spaß, keine Verpflichtung. Richtig?«

Ich lache, obwohl es gar nicht witzig ist, aber ich versuche so, das Klopfen meines Herzens zu überspielen. »Absolut richtig«, sage ich, während ich mich gleichzeitig frage, ob es nicht doch schön wäre, wenn wir uns erst einmal ein bisschen …

Und dann denke ich plötzlich gar nichts mehr. Denn Phil beginnt, mich zu küssen. Dabei drückt er mich gegen die Flurwand, presst sich eng an mich, so dass ich seinen Körper überall spüren kann, und schafft es irgendwie, mich in kürzester Zeit auszuziehen. Ohne damit aufzuhören, mit meinen Brüsten zu spielen – und ich fühle mich tatsächlich wie ein Instrument, auf dem er spielt! –, sinkt er auf die Knie und vergräbt sein Gesicht in meinem Schritt. Seinen Mund, um genauer zu sein. Seine Zun… seine Zung… seine Zuhuhuuuuungooooahh …

Ich stehe eigentlich nicht auf Sex an ungewöhnlichen Orten. Wobei: Zählt ein Wohnungsflur eigentlich zu den ungewöhnlichen Orten? Aber einmal ist immer das erste Mal. Das zweite Mal an diesem Abend verlagere ich dann aber doch lieber in mein Schlafzimmer.

»Ich bin froh, dass du mir heute diese SMS geschickt hast.« Phils weiße Zähne blitzen im Kerzenlicht auf, und ich kann nicht anders, als ihn sofort wieder zu küssen. Erschöpft sinke ich dann auf den Rücken und sehe ihm zu, wie er aufsteht und in den Flur geht, um seine Sachen anzuziehen. Dieser Mann ist von hinten genauso unwiderstehlich wie von vorne!

»So, ich bin dann mal weg.« Er kommt noch einmal zu mir ans Bett, gibt mir noch einen letzten Kuss und verschwindet dann so wortlos, wie wir die letzten zwei Stunden verbracht haben.

Ich drücke meine Nase ins Kissen und atme den Duft seines Aftershaves ein, das ich so göttlich finde, dass ich versucht bin, es mit der Zunge abzulecken. Also, nun reicht es aber, Isa! Aber Phil ist wirklich klasse. Ein echter Traumkerl zum Verli-

Zum Ver*naschen*.

Zu was denn sonst.

Kapitel 17

Als ich mich am nächsten Morgen auf den Weg ins *Snack & See* mache, checke ich noch einmal schnell, ob ich die fünf Flyer auch wirklich in die Tasche gesteckt habe. Ja, sicher und wohlbehütet warten sie dort darauf, befreit zu werden; sie möchten in die Hände von liebeskummergeplagten Frauen geraten, denen sie viel Freude bereiten werden. Ich lächle. Nein, ich strahle. Und das wohl so stark, dass Wolf mich in Ruhe lässt; wahrscheinlich hat er Angst, sich in meiner Nähe einen Sonnenbrand zuzuziehen.

Schwungvoll laufe ich durch den DVD-Verleih, ordne hier ein paar Filmhüllen, staube dort etwas ab, empfehle zwei Freundinnen eine witzige Komödie und weise einem älteren Herrn so gutgelaunt den Weg ins Kuschelzimmer, dass er mich mit offenem Mund anstarrt. Was kein schöner Anblick ist. Aber der kann meine gute Laune auch nicht verderben.

Ich bin gerade dabei, eine hinuntergefallene Marke aufzuheben, als jemand auf die andere Seite der Theke tritt und sagt: »Guten Mor-*böööörks.*«

Was war das denn, bitte schön?

Ich richte mich auf und schaue direkt in ein mir inzwischen wohlbekanntes Gesicht. Ähm … sagte ich Gesicht? *Glühbirne* wäre hier wohl passender: Er steht vor mir und leuchtet wie eine Osram mit 100 Watt zu den Zeiten, als Stromsparen und Umweltschutzbewusstsein noch unwichtig waren.

»Herr Möller! Sie haben jetzt gerade nicht wirklich …«

»O mein Gott, ist mir das jetzt peinlich!«, stottert er.

Doch! Er hat!

Herr Möller schaut betreten auf den Boden, und ich versuche noch, ein Lachen zu unterdrücken, schaffe es aber nicht. »Sie haben gerade *Guten Morgen* ge-« Ich krieg das Wort vor Lachen nicht heraus. Herrn Möllers puterrotes Gesicht verrät, dass er nicht weiß, ob er mitlachen oder doch lieber in Tränen ausbrechen soll.

»Es tut mir leid, Frau Schwärzenbach, aber das ist mir echt noch nie passiert!«

Ich muss mich darauf konzentrieren, dass meine Blase jetzt nicht schwachmacht! Herr Möller! Der merkwürdige Mann mit den geschmacklosen T-Shirts, der nach meiner messerscharfen Analyse wahrscheinlich seit hundertfünfzig Jahren verheiratet ist, eine DVD-süchtige Kompanie Kinder hat und mir ärgerlicherweise verbal immer einen Schritt voraus ist, hat doch tatsächlich ein *Guten Morgen* gerülpst!

»Ich war Joggen.« Er sucht sichtlich nach Worten.

»Joggen, aha.« »Und dann hatte ich gerade so einen wahnsinnigen Durst, dass ich eine halbe Flasche Wasser auf ex getrunken habe, und …«

Einerseits genieße ich es, dass ich bei diesem Treffen gerade eindeutig die Oberhand habe. Aber irgendwie ist es auch total süß, wie Herr Möller da so bedröppelt steht und nach Worten sucht.

»Hey, kann doch jedem mal passieren«, sage ich. Dabei muss ich automatisch an das Erlebnis mit Nullnummer Sven denken und lache erneut laut los. »Außerdem ist es doch schön zu wissen, dass hinter Ihrer scheintoten alten Brille«, ich grinse ihn herausfordernd an, »doch noch so etwas wie ein Mann aus Fleisch und Blut steckt.«

Herrn Möllers Kopf hat inzwischen wieder eine normale Farbe angenommen. Er räuspert sich. »Na ja, eigentlich war es Absicht.«

Hä?

Herr Möller grinst mich an.

»Wie jetzt?«

»Ich wollte Sie einfach mal so richtig herzhaft lachen sehen!«

Ist jetzt nicht sein Ernst, oder?

»Sie haben ein so schönes Lachen, Frau Schwärzenbach, und ich wollte einfach mal sehen, wie Sie ausschauen, wenn Sie es so richtig herzhaft tun.«

»Sie rülpsen fremde Frauen an, um zu sehen, wie sie sich totlachen?« Wenn ich nach Hause komme, muss ich unbedingt googeln, ob das vielleicht ein Psychosemerkmal oder so was ist. »Was haben Sie sich denn für das nächste Mal überlegt – springen Sie dann vielleicht durch einen brennenden Reifen?«

»Wenn Sie das zum Lachen bringt, Frau Schwärzenbach, dann besorgen Sie sich doch schon mal ein paar Streichhölzer. Sie haben hier doch sonst nicht viel zu lachen«, merkt Herr Möller an, während er mit dem Kopf in Richtung von Wolfs Büro nickt. Okay, da hat er allerdings recht. »Und da dachte ich, ich lockere das Ganze hier mal ein wenig auf.«

Eins muss man ihm lassen: Der Mann ist wirklich schlagfertig. Das gefällt mir richtig gut. Ich bin versucht, noch einen Kommentar abzuschießen … aber dann rufe ich mich selbst zur Ordnung. Erstens bin ich hier nicht angestellt, um mit der Kundschaft zu flirten, und zweitens, und das wird mir jetzt erst bewusst, ist das immerhin Herr Möller. Mit dem flirte ich nicht. Niemals nie! Wieso sollte ich? Er gehört definitiv nicht zu den Phils dieser Welt und somit auch nicht annähernd in mein Beuteschema.

»Möchten Sie heute wieder keinen Film mitnehmen?«, versuche ich, das Gespräch wieder auf eine normale Ebene zu bringen.

»Nein, vielleicht heute Nachmittag. Aber ich kam gerade hier vorbei, und als ich sah, dass Sie Dienst haben, da wollte ich nur mal schnell …«

»Guten Mor-*böööörks* sagen?«

Wir lachen beide, was das Zeug hält, und ich grinse auch noch, als Herr Möller längst fort ist. Ich mag Männer, die mich zum Lachen bringen können. Müssen die nur entweder so kugelrund sein wie Holger oder so klein wie Herr Möller? Steckt da womöglich ein kosmischer Plan dahinter? Aber egal: Der unerwartete Lachflash hat meine gute Laune noch einmal gesteigert. Ich habe einen dieser besonderen Glücksmomente, die einem das Leben auf einmal wunderbar federleicht machen, und den will ich einfach nur genießen.

Aber so ein Moment würde nicht *Moment* heißen, wenn er nicht kurz wäre. Mein kleines Glück vergeht genau in dem Augenblick, als Wolf aus dem Büro gestürmt kommt.

Wow, er rasiert sich anscheinend jetzt nicht nur jeden Tag, sondern er trägt sein Haar neuerdings sogar kurzgeschnitten. Sieht richtig gepflegt aus. Ist es vielleicht gar nicht Wolf, sondern nur ein Mann, der ihm einfach verdammt ähnlich sieht? Vielleicht ein verschollener Zwillingsbruder, der unverhofft wieder aufgetaucht ist?

»Was ist denn hier los? Randaliert hier irgendwer?«

Oh, das ist doch Wolf.

»Ich habe gelacht!« Da mein Chef dieses Geräusch ja nicht zu kennen scheint, helfe ich ihm ein wenig auf die Sprünge.

»Gelacht? Ich glaube, ich muss hier mal ein wenig was am Arbeitsklima verändern, was?«

Wenn er das jetzt nicht so ernst gesagt hätte, müsste man glauben, er würde mich veräppeln. Aber ich kenne Wolf inzwischen lange genug, um zu wissen, dass er es verdammt ernst meint.

»Wenn jemand wie du lacht, dann kann das nur heißen, dass seine Arbeitsmoral schwindet. Wer konzentriert arbeitet, der lacht nicht. Ist das klar?« Er donnert einen Karton auf die Theke. »Und jetzt ab ins Kuschelzimmer, eine Runde Ficki-Ficki, aber zack, zack!«

Der Kundin, die sich gerade eben an die Theke gestellt hat, fällt die Kinnlade runter. Okay, wenn man Wolf und seine Eigenarten nicht kennt, dann könnte man jetzt auf krumme Gedanken kommen. Ich deute auf den Karton, an dessen Adressaufkleber ich erkenne, was sich darin befindet. »Mein freundlicher Chef hat mich in aller Form dazu ermuntert, die neue Lieferung von … *Erwachsenenunterhaltung* in unseren nicht jugendfreien Raum einzuordnen. Also alles ganz harmlos.«

»Was denn auch sonst!«, knarzt Wolf mich an, schenkt der Kundin dann ein Lächeln, das wahrscheinlich professionell freundlich aussehen soll, in manchen Ländern aber vermutlich den Tatbestand der Körperverletzung erfüllt, und verlässt dann zu meiner Überraschung den Laden. »Ich bin für heute weg. Die Kasse machst du.«

Jetzt? Ich sehe erstaunt auf die Uhr. Es ist immer noch Vormittag! Andererseits: So habe ich wenigstens meine Ruhe.

»Sie müssen meinen Boss entschuldigen«, wende ich mich an die Kundin. »Er … er ist nicht immer so.« Stimmt zwar nicht, aber was soll's.

»Er ist wahrscheinlich schlimmer«, sagt sie mit düsterem

Gesichtsausdruck. »*Männer!* Das sind doch alles …« Sie unterbricht sich, atmet einmal tief durch, so als könnte sie so den aufgestauten Ärger wegdrücken, und schiebt mir dann energisch eine Filmmarke über den Tisch. »Den hier, bitte. Und haben Sie diese Fruchtgummis ohne Fett?«

Eine typische Kontrollierte, sagt mein psychologischer Sachverstand, zumal ich mit geschultem Blick die dunklen Augenringe unter ihrem perfekten Make-up entdecke. Mein Eindruck bestätigt sich, als ich den Film herausgesucht habe: *Shopaholic.* Natürlich. Ich weiß, was sie vorhat: Sie will sich durch Rebecca Bloomwoods Kaufrausch für zwei Stunden von ihren eigenen Problemen ablenken lassen, dann wird sie ihren Kleiderschrank ausräumen und in die Stadt gehen, um sich neue Klamotten zu kaufen. Neue Klamotten = neues Leben. Dazu vielleicht noch ein Friseurtermin, und ihre unheile Welt wird wieder ein wenig ins rechte Licht gerückt. Denkt sie zumindest. Auf einmal bin ich ganz aufgeregt: Das ist er nun, der Moment der Wahrheit! Jetzt ist der Zeitpunkt gekommen, das Männertaxi zu testen. Ich greife schnell in meine Tasche und schiebe unauffällig den Flyer in die DVD-Hülle. In einem Kinofilm würde jetzt spannungserzeugende Musik hinterlegt werden. Dann kassiere ich ganz normal ab, kann mir aber nicht verkneifen, freundlich zu sagen: »Nur weil Sie gerade so eine Andeutung gemacht haben: Nicht alle Männer sind … na, Sie wissen schon.«

Sie sieht mich erstaunt an, und für einen kurzen Moment scheint ihre kontrollierte Fassade zu bröckeln.

»Ach, schön wär's. Aber den richtigen Mann müssen wir Frauen uns wahrscheinlich backen.«

»Nö«, grinse ich sie an. »Da gibt es ganz andere Möglichkeiten.«

Als ich abends die Tür des *Snack & See* absperre, habe ich

noch zwei weitere Flyer unauffällig an die Frau gebracht: an eine Heulboje, die ich seit Monaten beobachte, und noch eine andere Kundin, die zwar nicht trauerte, aber sich aus dem Kuschelzimmer aus dem schwulen Regal eine DVD ausgeliehen hat, auf der knackige Kerle sich im Alleingang vor malerischer Kulisse selbst befriedigen. Den wird sie wohl kaum mit einem Freund schauen – aber möglicherweise möchte sie ja einmal live bei so etwas zusehen …

Ich bin gespannt, ob sich eine der Frauen bei mir melden wird. Vielleicht ja auch alle drei? So oder so bin ich beschwingt und zuversichtlich, dass das Männertaxi bald ans Laufen kommen wird!

Als ich nach Hause komme, treffe ich Charlotte im Hausflur. »Hey, das ist ja schön, dich zu sehen!«, rufe ich ihr entgegen.

»Na, du hast ja heute gute Laune – und du strahlst wie ein Honigkuchenpferd«, freut sich meine Nachbarin. Ich umarme sie zur Begrüßung. Dabei fällt mir meine Handtasche runter, und der komplette Inhalt – und das ist nicht gerade wenig! – ergießt sich auf den Boden. Genau in dem Moment beginnt auch noch mein Handy zu klingeln.

»Na, wenn's kommt, dann kommt's aber auch immer dicke«, lacht Charlotte, bückt sich, reicht mir das Telefon und beginnt dann, meinen Geldbeutel, Schminksachen, Taschentücher, eine Haarbürste und all das andere Zeug, das ich immer mit mir herumschleppe, aufzusammeln. »Du schau erst mal nach, wer da so dringend etwas von dir will.«

»Lass doch, das kann ich schon se-« Weiter komme ich nicht. Wie gelähmt starre ich auf die drei Buchstaben, die sich vom Handydisplay direkt in meine Iris einzubrennen versuchen.

TOM

Nur einen kleinen Millimeter entfernt von meinem Daumen ist die kleine Taste mit dem niedlichen grünen Hörer darauf. Ich brauchte die Taste nur zu betätigen, und schon würde ich die Stimme hören, von der ich mir so oft gewünscht hatte, sie würde etwas sagen wie *I just called to say I love you.*

Charlotte tippt mir zaghaft auf die Schulter und drückt mir meine Tasche in die Hand. Die Gute hat alles aufgehoben und nickt mir freundlich zu. Ich nicke zurück, aber ich schaffe es nicht, zu lächeln.

Ich denke an all den Schmerz, den Tom mir zugefügt hat, und drücke kurzerhand die Taste mit dem roten Hörer. Er soll verschwinden. Aus meinem Handy, aus meinem Leben, aus diesem Universum.

»Probleme?« Charlotte sieht mich eindringlich an. »Kind, du bist ganz blass geworden.«

»Entschuldige, Charlotte. Das war mein Ex-Freund. Und er ist der allerletzte Mann, den ich jetzt sprechen möchte!«

Sie streichelt mir mit einer Hand über den Arm. »Das verstehe ich.«

»Eigentlich … eigentlich würde ich schon gerne mit ihm sprechen«, gebe ich mit belegter Stimme zu. »Aber es tut so weh, was er mir angetan hat! Ich kann doch das Gespräch nicht einfach so entgegennehmen und mit ihm Smalltalk machen, als wäre nichts geschehen. Warum ruft er überhaupt an? Und warum tut es, verdammt noch mal, immer noch so weh?« Zur Unterstreichung meines Gefühlschaos stampfe ich mit dem Fuß auf den Boden. Für einen Moment komme ich mir vor wie ein Teenager beim ersten Liebeskummer.

»Ach Kind, glaub mir: Es tut jedem weh, wenn man an eine vergangene Liebe erinnert wird. Ich kenne das Gefühl, wenn man meint, dass das Herz rausgerissen wird bei dem Gedanken an den Menschen, den man verloren hat.«

Ich sehe in Charlottes traurige Augen und erkenne, dass sie schon schlimmere Dinge in ihrem Leben erlebt hat als ich, und öfter noch dazu. Ich schlucke und kämpfe mit den Tränen, von denen ich nicht weiß, ob sie wegen mir oder wegen ihr in meinen Augen brennen.

»Geht es jemals vorbei?«, frage ich.

»Oh ja, mein Kind. Das wird es. Und weißt du was? Sei froh, dass du diese Gedanken und Gefühle überhaupt noch haben kannst. Denn sie zeigen dir doch, dass du lebst. Dass du ein Mensch bist, der Gefühle zulassen kann!«

Ich seufze. Wahrscheinlich hat sie recht. Auch wenn es gerade verdammt weh tut, zu spüren, dass man noch lebt.

»Viel schlimmer ist es, wenn du irgendwann merkst, dass du dich kaum noch an deine letzte Liebe erinnern kannst. Denn all die Erinnerungen, die du in dir hast, sind es doch, die dich ausmachen. Du steckst so voll von ihnen, und jede schlechte Lebensphase wird dich letztendlich auch wieder in eine gute bringen, die du sonst vielleicht nicht erlebt hättest.«

Sie hat recht. Hätte Tom mich nicht betrogen und sich dann von mir getrennt, hätte ich Sascha nie kennengelernt. Und hätte der sich nicht in mich verliebt, wäre ich nie auf die Idee für mein Männertaxi gekommen. Und würde es das Männertaxi nicht geben, wäre nie das Fundament eines Weltimperiums gegossen worden … ähm. Okay. Der Gedanke geht nun wahrscheinlich wirklich zu weit.

»Ich verstehe, was du meinst«, erwidere ich. »Aber schöner wäre es, wenn es nicht erst weh tun müsste, bevor wieder etwas Schönes passiert.«

»Nein, Isa, das sehe ich anders. Wenn wir nie Leid erfahren

würden, könnten wir auch die schönen Tage im Leben nicht genießen. Wir wüssten sie nicht zu schätzen. Etwas Gutes braucht immer auch etwas Schlechtes, damit man den Unterschied erkennt.«

»Steht das alles in deinen Büchern?« Ich überlege für einen Moment, ob ich nicht doch auch mal mit dem Lesen beginnen sollte.

»Nein, mein Kind. Das ist die Geschichte des Lebens, die jeder Mensch für sich selbst schreiben muss.« Sie zeigt auf die Stelle ihrer Brust, unter der ihr Herz schlägt. »Hier, hier musst du fühlen, dass du lebst. Mit aller Freude, aber auch allem Schmerz. Sonst ist das Leben irgendwann sinnlos.«

Ich nehme Charlotte in die Arme und drücke sie, so fest ich kann. Sie ist so ein wunderbarer Mensch, und ich könnte mich dafür ohrfeigen, dass ich so viele Jahre schon neben ihr wohne und so wenig von ihr weiß.

»Und jetzt, Isa, jetzt verrate ich dir, was man noch dringender braucht außer all diesen schönen und schrecklichen Gefühlen.«

Ich schaue sie erwartungsfroh an und freue mich auf eine weitere Lebensweisheit.

»Eine schöne Tasse Tee!« Charlotte lacht. »Komm doch noch auf ein halbes Stündchen zu mir, ich habe einen Hefezopf gebacken, und der ist sowieso viel zu viel für mich allein.«

Als wir uns nicht nach einer halben, sondern nach sehr schönen anderthalb Stunden zum Abschied umarmen, fühle ich mich schon ein ganzes Stück besser, und als ich später in der Badewanne liege, frage ich mich ganz ohne Herzschmerz, was Tom wohl von mir wollte. Bei dem Gedanken, dass er vielleicht nur fragen wollte, ob er noch die graugestreifte

Krawatte in meinem Schrank hängen hat, denn die würde er gerade suchen, weil er morgen seine Chantal ehelichen will, tauche ich ins Badewasser ab und schreie einmal wütend los. Dummerweise schlucke ich dabei etwas Badewasser, so dass ich prustend wieder auftauche und einen ordentlichen Schwall Schaum über den Wannenrand schwappen lasse. Das ist so bescheuert, dass ich sofort über mich selbst lachen muss. »Dann soll er sie eben heiraten«, murmle ich. »Und dann soll er bitte sofort sieben Schreibälger von seiner Schreckschraube bekommen und sich noch lange zu mir zurücksehnen, der Scheißkerl.« Ich wünsche, ich könnte ihm das jetzt sofort ins Gesicht sagen. Und zum Glück tut der Gedanke daran nicht weh.

Ich lasse den Tag Revue passieren: meine gute Laune, das aufregende Gefühl, als ich die Flyer verteilt habe, die schöne Zeit mit Charlotte. Sogar der kleine Herr Möller mit seinem Riesenrülpser schleicht sich in meine Erinnerung und lässt mich glucksen, als ich aus dem Badewasser steige. Das Leben kann so wunderbar sein, wenn man es sich selbst schön macht. Und weil die traurigen Momente dazugehören müssen, damit man die glücklichen zu schätzen weiß, werde ich sie ab sofort als Hilfestellung für eine glückliche Zukunft sehen. Ich glaube, Charlotte hat wirklich recht mit dem, was sie sagte: Die Geschichte seines Lebens schreibt man am Ende selbst. Ich stehe vor dem Spiegel und schaue mich an, so wie vor einiger Zeit, als ich versucht habe, mir einzureden, dass ich schön und begehrenswert bin. Damals hat mich das, was ich gesehen habe, traurig gemacht. Und jetzt? Jetzt sehe ich eine Frau, die das Leben bei den Hörnern packt. Die keine wilde Sexbombe ist, sondern eine ganz normale Frau, die stolz auf sich ist und auf das, was sie gerade alles schafft.

»Und die von nun an eine verdammt gute Lebensgeschichte für sich schreiben wird«, flüstere ich, während ich mein Gesicht mit einer doppelten Portion Anti-Aging-Creme verwöhne.

Kapitel 18

Zwei Tage später liege ich am späten Nachmittag mit einer riesigen Tasse Cappuccino auf meinem Bett vor dem Telefon und starre es an. Direkt daneben erstrahlt mein E-Mail-Eingang auf dem Laptop in neuem Glanz, weil ich als Hintergrund das strahlende Gelb des Männertaxiflyers eingestellt habe.

Ich warte.

Ich müsste die Fenster mal wieder putzen …

Ich warte immer noch.

Ist das etwa ein Spinnennetz dahinten in der Ecke? Nee, sah nur so aus, nur eine Fluse.

Ich warte, warte, dummdidummdidumm …

Wie viel ist eigentlich eintausendachthundertsechs durch einhundertneunundzwanzig?

Selbst als ich das im Kopf ausgerechnet habe – und ich bin wirklich nicht besonders gut, was das angeht –, hat sich immer noch keine begeisterte Kundin bei mir gemeldet. Genauso wie gestern und vorgestern. Bisher ist weder eine Mail reingekommen noch ein Anruf. Es gab zwar ein paar Anrufe, die mit unterdrückter Rufnummer angezeigt wurden, aber leider hat niemand auf den Anrufbeantworter gesprochen. Wahrscheinlich hat die Frauen im letzten Moment doch noch der Mut verlassen.

Je länger ich Telefon und Laptop anstarre, umso mehr bin ich überzeugt, dass sie sich lustig über mich machen. Von wegen unbeseelte Schaltkreise, Bits und Bytes – die Dinger haben es faustdick hinter den Ohren. Und das, obwohl sie streng genommen gar keine haben. Wahrscheinlich planen sie die Weltherrschaft, sieht man doch immer wieder in Science-Fiction-Filmen: Die Maschinen planen, die Menschheit zu unterjochen, und diese beiden Höllengeräte sind die Vorhut und untersuchen gerade, wie sie mich in den Wahnsinn treiben können.

Ja, ich weiß, ich spinne. Aber wenn man Gegenstände lange genug anschaut, fängt man eben an, alles Mögliche in sie hineinzuinterpretieren. Jetzt zum Beispiel könnte ich gerade schwören, dass das Telefon sich bewegt. Ob es weglaufen will?

Nein, es vibriert!

Und jetzt klingelt es auch! Ich bekomme einen Anruf – Rufnummer unbekannt.

Uuuuaaaaaah! Es geht los!

Ich setze mich aufrecht hin, räuspere mich und melde mich mit dem Satz, den ich schon seit Tagen immer und immer wieder geprobt habe: »Männertaxi, Isabell Schwärzenbach am Apparat, was kann ich für Sie tun?« … und ernte ein Lachen.

»Hallo?«, frage ich. Traut sich die Dame vielleicht nicht? »Hallo? Wer ist denn da?« Ich schaue noch mal aufs Display, ob das Gespräch abgebrochen wurde, aber Fehlanzeige.

»Hier ist Pia!«, juchzt es mir entgegen.

»Pia? Was soll das denn jetzt?«

»Ich wollte testen, ob ich überhaupt noch durchkomme oder ob dir die Weiber schon die Bude einrennen.«

»Na, wenn's doch mal so wäre …« Irgendwie fühle ich mich gerade ein wenig von ihr veräppelt. »Aber ich habe auch erst vier Flyer verteilt, drei direkt am ersten Tag und dann gestern noch mal einen.«

»Ich habe gerade den letzten in der Handtasche einer meiner Kundinnen deponiert, die dringend mal wieder etwas männliche Aufmerksamkeit gebrauchen kann«, verkündet meine beste Freundin. »Hast du schon neues gelbes Papier gekauft? Ich brauche Nachschub.«

»Ja, habe ich.« Ein bisschen stört es mich allerdings, dass sie wie selbstverständlich davon ausgeht, dass ich das alles organisiere – sie könnte ja auch mal etwas tun, oder? »Ich habe auch schon einen Stapel ausgedruckt. Komm nachher einfach vorbei, dann kannst du dir ein paar mitnehmen. Und jetzt lass uns auflegen, ich will nicht, dass doch noch eine Kundin anruft und dann besetzt ist.«

»Wieso, das wäre doch super. Wenn besetzt ist, dann wirkt das doch so, als würde das Männertaxi schon richtig gut laufen, oder?« Pia lacht in den Hörer, und ich muss ihr recht geben. Wenn man nicht direkt durchkommt, wird die Begehrlichkeit sicher noch gesteigert. Bei mir wirkt das zumindest beim Schuhkauf immer: Stehen die schicken Treterchen einfach nur so rum, sind sie vielleicht schön anzusehen, aber sobald ein paar andere Frauen sie sich ansehen, möchte ich wie eine Löwin um ihre Jungen kämpfen und die Schuhe an mich reißen. Das hat irgendetwas mit dem Jagdinstinkt unserer Vorfahren zu tun, habe ich mal in irgendeiner Zeitschrift gelesen.

»Lass uns trotzdem lieber aufhören, Pia. Ich halte dich auf dem Laufenden.«

»Okay, dann wünsche ich dir mal viel Erfolg! Ich bin so gespannt, wie's weitergeht!«

»Ich auch, Pia, ich auch.«

Ich beende das Gespräch und beginne sofort wieder damit, das Telefon anzustarren. Zwischendurch klicke ich immer wieder den *Aktualisieren* Button meines E-Mail-Posteingangs und beschäftige mich einige Minuten ernsthaft mit der Frage, ob sich eine programmierte Schaltfläche wohl genauso abnutzt wie ein real existierender Knopf, wenn man allzu oft draufklickt.

Das reicht! Ich drehe hier noch durch.

Ich beschließe, erst einmal duschen zu gehen. Und zwar so richtig schön ausführlich mit leiser Musik aus dem kleinen Kofferradio, meinem Lieblingsduschgel, einer Haarpackung … herrlich! Und als ich gerade dabei bin, mir den Schaum aus den Haaren zu waschen, höre ich, dass das Telefon klingelt. *Mist!* Hektisch schiebe ich den Duschvorhang zur Seite, blicke um mich und stelle fest, dass ich es blöderweise nicht mitgenommen habe. Da hilft nur eins: Ich springe nackt und nass, wie ich bin, aus der Wanne, lande aber nicht auf dem kleinen Teppich, sondern auf den Fliesen und glitsche zur Seite weg. *Ahhhh!* Ich greife in Panik um mich, bekomme allerdings nur den Duschvorhang in die Hände, der aber aufgrund meines Federgewichts natürlich keinen Schaden nimmt … von wegen! Scheppernd kommt der Vorhang mitsamt der Stange von der Decke und erschlägt mich fast, während ich unsanft auf dem Allerwertesten lande. *Aua!* Aber dafür habe ich jetzt keine Zeit.

So schnell es irgendwie geht, wurschtele ich mich aus dem Duschvorhang, stürme in den Flur und knalle ungebremst gegen die Garderobe, an der zum Glück ein paar Jacken hängen, die mich zumindest so weit abfedern, dass ich mir nicht weh tue. Wieselflink presche ich um die Ecke, mache einen Hechtsprung aufs Bett, greife nach dem Telefon und …

… sehe auf dem Display: *Ein Anruf in Abwesenheit. Unbekannte Nummer.*

»Ahhhhhhhhh!« Ich werfe mich wütend auf den Rücken

und strample mit Armen und Beinen, als wäre ich ein Kleinkind auf dem Höhepunkt der Trotzphase. Dass ich dabei die Reste meiner Haarpackung in mein Kopfkissen schmiere, nun, das macht den Kohl jetzt auch nicht mehr fett.

»So«, sage ich dann zu mir selbst, »nun beruhigen wir uns mal wieder … die blöden Momente im Leben sind nur dafür da, die schönen noch besser zu machen …«

Im Moment halte ich das gerade allerdings für absoluten Quatsch.

Ich kehre ins Bad zurück und schaffe es tatsächlich, die Duschvorhangstange wieder zwischen die Badezimmerwände zu klemmen. Dann dusche ich mich ab, werfe mich in meinen Bademantel, knote mir einen Turban um die nassen Haare und wische dann schnell meine nassen Fußtapsen vom Boden. Als ich wieder ins Schlafzimmer zurückkehre, schnappe ich mir das Handy und drücke energisch auf den Ausschaltknopf. Sonst werde ich heute noch wahnsinnig. Als ich auch den Laptop herunterfahren will, sehe ich zum Glück gerade noch, dass ich eine E-Mail bekommen habe.

Ich habe eine E-Mail bekommen! Auf den Männertaxi-Account! Absender ist eine Dame, die sich *Hexe* 35 nennt.

Hallo Isa,
telefonisch konnte ich Sie leider nicht erreichen. Ich möchte gerne den Herrn mit der Nr. 3 bestellen. Wenn es geht, noch für heute Abend, 19 Uhr. Rufen Sie mich bitte unter meiner Handynummer zurück, welche Sie unten in meiner Signatur finden.
Mit bestem Dank und freundlichem Gruß
Hexe35

Ich springe auf und tanze auf dem Bett: Ich habe einen Auftrag! Meinen allerersten Männertaxi-Auftrag! Juchuuuuh!

Ausgelassen tanze ich zu den Bee Gees, die gerade im Radio *Staying alive* zum Besten geben. Fast komme ich mir vor wie Tom Hanks in dem Film *Cast Away*, als er freudestrahlend über die Insel hüpft, weil er ein Feuer gemacht hat; genauso steppe ich gerade auf meinem Bett.

Und wen will die Hexe haben? Die Nummer 3, also Simon.

»Ich sach mal sohoooo«, gröle ich begeistert, »ich habe einen Auftrag bekommen, woll?« Hach, das Leben ist so herrlich! Ich sehe schon Millionen und Abermillionen Frauen, die Schlange stehen, um meine Männer mieten zu können. Ich werde zu den bekanntesten Geschäftsfrauen Deutschlands gehören und Dauergast in der Talkshow von Anne Will werden, um der Nation jeden Sonntagabend zu erklären, wie man den Wirtschaftsknick im Handumdrehen ausbeult. Reich werde ich natürlich auch, ich werde mir alle Kleider, Schuhe, Anti-Aging-Cremes und jeden Schmuck dieser Welt kaufen, aber ich werde natürlich nie vergessen, dass man auch für andere da sein muss, und in der Dezember-Gala von RTL stolz verkünden, dass ich fünf Millionen Euro für einen guten Zweck spende. Und weil man sich ja sonst nichts gönnt (na ja, ich mir natürlich schon, aber wir wollen nicht so kleinlich sein), werde ich Phil als meinen persönlichen Assistenten einstellen. Und er wird immer griffbereit neben mir stehen. Wann immer ich will. *Jaaaaaaaaaaa!*

Ich bin glücklich, lasse mich völlig außer Atem rücklings aufs Bett plumpsen und schließe für einen Moment die Augen, um zur Ruhe zu kommen. Es ist herrlich, eine so tolle Idee zu haben und diese dann sogar noch in die Tat umsetzen zu können. Um 19 Uhr heute Abend wird mein Traum vom eigenen Glück endlich in Erfüllung gehen.

Heute Abend, 19 Uhr …

Heute?

Wie von der Tarantel gestochen reiße ich die Augen auf und starre auf den Wecker neben mir. Es ist genau 17:56 Uhr! Ich habe nur noch knapp eine Stunde Zeit, um Simon zu erreichen und loszuschicken. Außerdem muss ich die Hexe noch anrufen und ihr den Treffpunkt nennen. Und wenn das nicht ein bisschen pronto geht, nimmt sie sich womöglich etwas anderes für den Abend vor. O mein Gott!

Ich schnappe mir das Telefon, schalte es wieder ein und wähle Simons Nummer. Besetzt. Ist jetzt nicht wahr, oder? Ich lege auf und wähle erneut. Immer noch besetzt. Das ist nicht sein Ernst, oder? Der Kerl muss doch darauf warten, dass ich ihn anrufe und ihm einen Job vermittle! Da kann er doch nicht einfach in aller Seelenruhe telefonieren.

Ich ziehe mir schnell eine Jeans und ein T-Shirt über, denn natürlich muss ich mich ebenfalls auf den Weg machen; schließlich muss ich mir, wenn auch aus der Ferne, bei den ersten Dates meiner Männer ein Bild davon machen, ob sie sich auch richtig verhalten. Besonders der alles andere als sprachgewandte Simon! Wenn ich ihn überhaupt rechtzeitig ans Telefon bekomme …

Beim fünften Versuch geht er direkt nach dem ersten Klingeln dran.

»Simon, endlich! Ich bin's, Isa.«

»Isa, schön, dass du anrufst, sach ich mal so.«

Ich verdrehe die Augen, aber selbst sein Standardspruch kann mich jetzt nicht mehr umhauen. »Ich habe einen Job für dich! Kannst du um sieben im *Café Libri* sein?«

»Heute um sieben Uhr … am Abend, meinst du?«

Vor meinem geistigen Auge sehe ich, wie Simon auf seine Uhr schaut und sich ausrechnet, wie lange er noch Zeit hat. Oder besser: wie schnell er sein muss!

»Warte mal …«

Au Mann, der macht es jetzt aber spannend! »Simon, wir haben leider nicht mehr viel Zeit. Also, schaffst du es, oder schaffst du es nicht?« Die erste selbstverdiente Million Euro macht sich vor meinem geistigen Auge gerade selbständig und verpufft.

»Ich glaub schon, woll!«

»Du *glaubst* schon? Ich muss mich auf dich verlassen können, Simon! Also, 19 Uhr, *Café Libri* – und tu mir bitte den Gefallen und kauf dir vorher den Stadtanzeiger. Den legst du dann vor dir auf den Tisch.«

»Also, Isa, ich sach mal so, ich stehe mehr auf Autozeitschriften, Zeitungen lese ich jetzt nicht so, und …«

»Das ist jetzt vollkommen egal, Simon!«, unterbreche ich ihn. »Tu einfach, was ich dir sage! Und wundere dich bitte nicht, wenn du mich ebenfalls im *Libri* siehst. Bei den ersten Dates bin ich immer live dabei, um zu sehen, wie ihr euren Job macht. Aber tu bitte so, als würdest du mich nicht kennen, okay?«

»Es wird mir schwerfallen, eine so hübsche Frau wie dich zu ignorieren, sach ich mal so.« Ich höre an seinem Tonfall, dass Simon lächelt. Hallo? Der flirtet mich doch jetzt wohl nicht gerade an, oder? Das soll er sich lieber für Hexe 35 aufsparen!

»Ja, Simon, sehr lieb von dir. Also: 19 Uhr, Café *Libri*, Stadtanzeiger. Die Dame wird auf dich zukommen.« »Und wie heißt sie?«

Die Frage ist natürlich nicht ganz unberechtigt. »Tja, also … *Hexe* 35.«

»Komischer Name, aber ich sach mal so: Namen sind ja Schall und Rauch, woll? Ich springe jetzt schnell unter die Dusche und bin dann um 19 Uhr pünktlich da. Kannst dich auf mich verlassen, Isa.«

»Danke, Simon. Und: Toi, toi, toi.«

Okay, das wäre erledigt. Ich atme einmal tief ein, dann rufe ich das Hexlein an, um den Wunschtermin zu bestätigen. Ehrlich gesagt, bin ich verdammt aufgeregt, aber ich lasse es mir nicht anmerken und sage ihr sehr selbstbewusst, und als hätte ich so einen Termin schon tausendmal vorher bestätigt, dass ich mich freue, ihr den gewünschten Mann für heute Abend vermitteln zu können.

»Unser Herr mit der Nummer drei wird den Stadtanzeiger auf den Tisch legen, damit Sie ihn problemlos erkennen können. Das dürfte aber sowieso kein Problem sein – er ist wirklich ein Bild von einem Mann.«

»Ich freue mich sehr«, antwortet die Hexe mit rauchiger Stimme.

Und ich erst! Ich bin megagespannt, was nun auf mich zukommen wird.

Um 18:45 Uhr sitze ich an einem der hinteren Tische des Cafés; von hier aus kann ich den ganzen Raum gut überwachen. Simon hält Wort. Bereits um 18:55 Uhr betritt er den Raum, erblickt mich direkt, nickt mir aber nur ganz dezent zu und lässt sich dann an einem der freien Nebentische nieder. Den Stadtanzeiger legt er brav vor sich auf den Tisch. Gut schaut er aus. Also: Simon, nicht der Stadtanzeiger. Seine Muskeln zeichnen sich unter dem hellen T-Shirt wohlgeformt ab, seine dunklen Haare sind durchgewuschelt und mit Gel in lässige Form gebracht. Er bestellt sich ein Pils bei der Kellnerin. Wie, er will jetzt Bier trinken? Und dann haucht der meiner ersten Kundin gleich seinen Alkoholatem entgegen? Das geht gar nicht. Ich improvisiere einen Hustenanfall, und als er (und, nebenbei bemerkt, auch etliche andere Gäste, aber darauf kann ich keine Rücksicht nehmen) in meine Richtung schaut, schüttle ich energisch den Kopf. Zum Glück versteht er das richtig, und ich höre, dass er seine Bestellung zurücknimmt und eine Cola bestellt. Gut so.

Ich halte mich derweil krampfhaft an einem Kamillentee fest, denn ich bin super aufgeregt und brauche etwas Beruhigendes. Mein erstes Männertaxi-Date! Ich bin so gespannt drauf, wie es laufen wird. Simon hingegen wirkt vollkommen gelassen. Beneidenswert.

Um 19:02 Uhr – ich weiß das deshalb so genau, weil direkt über der Eingangstür eine riesige alte Bahnhofsuhr hängt – betritt eine Dame das Café. Wobei der Begriff *Dame* einen falschen Eindruck vermittelt. *Vollweib* würde es eher treffen.

Hexe 35 hat wilde rote Locken, was perfekt zu ihrem Nickname passt, trägt ein schwarzes, enges Kleid und eine fette Goldkette um den Hals. An ihren Fingern trägt sie ein Vermögen in Ringen, und ihr Parfüm rieche ich selbst hier an meinem Tisch. *Drama, Baby, Drama* würde Bruce Darnell jetzt sagen. Aber: wow! Sie sieht klasse aus, wie einem Hollywoodfilm entsprungen. Woher hat die bloß unseren Flyer? Sie ist definitiv keine meiner Kundinnen, und ohne Pia zu nahe treten zu wollen – die Dame sieht nicht so aus, als würde sie sich die Nägel jemals außerhalb eines sündhaft teuren Beauty-Spas machen lassen. Das kann nur eins bedeuten: Das Männertaxi wird bereits per Mundpropaganda weiterempfohlen, genau so, wie wir uns das vorgestellt haben!

Ein Blick in Richtung Simon verrät mir, dass er nun auch

nicht mehr ganz so ruhig ist wie gerade noch – ganz im Gegenteil, er scheint kurz davor zu stehen, an einer Schnappatmung zu sterben. Ich sach mal so: Simon, du hättest sicher nie gedacht, mal mit so einer Frau ein Date zu haben, woll?

Er reißt den Stadtanzeiger in die Luft. Die Dame geht lächelnd auf Simon zu, der sichtlich nervös aufsteht und die rechte Hand an seiner Jeans abwischt, bevor er sie ihr entgegenstreckt. »Sind Sie die … äh … Hexe?«, höre ich ihn fragen und ziehe zischend etwas Luft zwischen meinen Zähnen hindurch. Autsch! Fürs nächste Mal muss ich unbedingt daran denken: immer nach einem Namen fragen, und wenn es schon nicht der richtige sein soll, dann doch zumindest einer, den man in einer solchen Situation problemlos nennen kann.

Die Rothaarige lacht. »Dann musst du die Nummer 3 sein!«

»Das bin ich, jawoll ja!« Simon lacht etwas nervös, aber immerhin ist er geistesgegenwärtig genug, ihr den Stuhl zurechtzurücken, auf dem sie sich auch prompt niederlässt. »Sind Sie öfter hier?« »Dieses doofe Siezen haben wir doch nicht nötig, oder? Nenn mich Julia. Und du bist?«

»Simon! Ich bin Simon!«

Sie mustert ihn unverhohlen und fährt sich dabei sogar lasziv mit einem Zeigefinger über die Lippe. Junge, geht die aber ran! In Simons Haut möchte ich gerade nicht stecken.

»Du gefällst mir ausgesprochen gut«, gurrt sie ihn an – und lässt den Finger nun tatsächlich kurz, aber eindeutig lüstern, zwischen ihren Lippen verschwinden.

»Hast du … Hast du dich verletzt? Ich habe …«, er kramt in seiner Hosentasche, »ich habe immer ein Pflaster dabei!« Er lacht, und seine strahlend weißen Zähne scheinen mich fast zu blenden, als er unserem Hexchen doch tatsächlich ein

Pflaster unter die Nase hält. Ich weiß nicht, ob ich vor Scham im Boden versinken oder loslachen soll.

Hexchen schaut ihn nun tatsächlich erst einmal sehr irritiert an, aber dann fängt sie schallend an zu lachen. »Du bist ja klasse! Ein Pflaster? Wie witzig ist das denn!«

Simon schaut ein wenig verdutzt aus der Wäsche, findet es dann aber selbst ganz famos, dass er die Dame zum Lachen gebracht hat. Auch, wenn ich mir sicher bin, dass er ihr tatsächlich ein Pflaster anbieten wollte, weil er dachte, sie hätte sich an ihrem Finger verletzt.

Nachdem die Dame sich einen Cocktail bestellt hat, fragt sie Simon: »Und? Was hast du zu bieten?«

»Ich bin Straßenbauarbeiter«, antwortet Simon mit stolzgeschwellter Brust, »woll?«

»Straßenbauarbeiter?« Das scheint Hexchen jetzt nicht wirklich zu begeistern.

»Ähm, ja …« Simon scheint irritiert und versucht, aufzutrumpfen. »Aber ich sach mal so, nebenbei bin ich auch Architekt!«

Hexchens Blick wirkt schlagartig neugierig.

»Ich konstruiere Hütten!«

»Hütten?« Die Hexe zieht eine Augenbraue hoch.

»Ja, Hundehütten, um genau zu sein. Ich habe Kunden, die Hunde haben, und diese Hunde brauchen ja auch ein Heim, und das baue ich ihnen.«

»Hundehütten?« Hexchen weiß nicht, ob sie lachen oder weinen soll. Da geht es mir ähnlich. Ich habe einen kochend heißen Kopf und nehme mir vor, dringend ein kleines Smalltalktraining mit meiner Startnummer 3 zu machen.

»Sogar mit Fußbodenheizung und fließendem Wasser, jawoll ja.«

Hexchen starrt ihn an und überlegt vermutlich gerade, ob

sie jetzt sofort geht oder noch abwartet, bis sie ihren Cocktail getrunken hat.

»Küsst du gerne?«, unterbricht sie ihn auf einmal mitten in seinem Redeschwall über die Vor- und Nachteile verschiedener Hundehüttentypen.

»Küssen? Ich?«

»Schätzchen, wir sind doch beide nicht hier, um über Hundehütten zu reden, oder?« Dass unser Hexchen nicht sauer ist, merke ich an ihrem Grinsen. Vermutlich geht es ihr wie mir: Sie findet die Hülle so scharf, dass sie bereit ist, die Füllung zu ignorieren.

»Aber ich dachte … also, ich sach mal so, ich mach sicher alles, was du willst, woll, aber irgendwie hatte ich angenommen, dass du erst mal, so …« Simons Blick geht in meine Richtung, also schaue ich schnell wieder in meine Teetasse, als müsse ich dort mein Schweigegelübde ablesen. Nicht, dass er mich jetzt womöglich um Hilfe bittet!

»Reden ist nicht deine Stärke.«

Ich schiele vorsichtig wieder zu beiden hinüber.

»Aber dafür haben wir uns ja auch nicht getroffen, oder?« Und dann schlingt sie einen Arm um seinen Hals, zieht Simon zu sich heran und küsst ihn, als wäre sie eine Löwin, die sich über ein besonders saftiges Gnu hermacht. Verschämt schaue ich zur Seite – nur um zu bemerken, dass alle anderen gebannt in Richtung von Simon schauen. O Gott. Hat sie ihn schon aufgefressen? Ich richte den Blick zögernd wieder nach vorne, und …

Wow!

Simon hat sich ganz offensichtlich von seinem Schreck erholt und küsst das Hexlein nun mit einer Leidenschaft, die mir schon allein vom Zusehen den Atem raubt.

»Wir gehen jetzt zu dir«, sagt er mit erstaunlich fester

Stimme, als er sich schließlich von ihr löst. Und ich möchte spontan in Jubel ausbrechen – *ja, sei ein ganzer Kerl! Das will sie!*

Nachdem die beiden das Libri verlassen haben, bestelle ich mir einen Sekt, stoße in Gedanken mit mir selbst an und flüstere zur Feier des Tages ein begeistertes »jawoll ja«. Das erste Date war ein voller Erfolg. Jetzt muss Simon nur noch halten, was er verspricht, aber so wie ich ihn kenne, wird er das. Nur das Reden … das sollte er in Zukunft wohl besser von Anfang an der Kundin überlassen …

Kapitel 19

Ich sach mal so: Das war wirklich mal was, jawoll ja!«

Noch etwas verschlafen richte ich mich im Bett auf; Simon hat mich per Telefon aus einem etwas wirren Traum geweckt, in dem ich Phil vor einer wild gewordenen Angelina Jolie retten musste, inklusive an einer Liane schwingen, wobei dabei erstaunlicherweise ich die Tarzan-Rolle übernommen habe.

»Es lief also gut?«, frage ich nach – und bekomme einen unerwartet detaillierten und alles andere als jugendfreien Bericht über die Ereignisse der letzten Nacht.

»Das war die Nacht des Jahrhunderts, Isa, das glaubt mir keiner.«

»Simon, das soll dir auch niemand glauben, denn wir wollen das doch alles diskret behandeln, erinnerst du dich?« Ich verdrehe die Augen; so was versteht sich doch von selbst, oder? »Und außerdem, wenn ich das mal kurz fallenlassen darf: Wichtig ist ja vor allen Dingen, dass es der Kundin gefallen hat.«

»Da mach dir mal keine Sorgen. Julia ist gekommen wie ein gut geölter Flipperautomat, sach ich mal so, und …«

»Simon, zu viele Details!«, unterbreche ich ihn schnell.

»'tschuldigung.« Er räuspert sich. »Also, ich denke schon, sie war zufrieden, denn sie wollte wissen, ob sie eine Zehnerkarte lösen kann. Ich hab dann gesagt, dass ich ja kein Bus bin, so wegen der Zehnerkarte, woll, und dass sie dich das fragen soll. Aber ich sach mal so, ich hab nichts dagegen.«

Eine Zehnerkarte? Hut ab, dann muss Simon wohl wirklich alles gegeben haben. Und aus dem *Hut ab* wird ganz schnell ein *Wow,* als ich meine E-Mails abrufe: Unser Hexchen möchte Simon zwei Monate lang zweimal in der Woche »kommen« lassen; genau so hat sie es geschrieben. Und sie zahlt dafür jeweils ... o mein Gott ... zweihundert Euro! Ich rechne schnell aus, wie viel ich durch meine fünfunddreißig Prozent Provision verdiene – und in meinem Bauch macht sich ein wohliges Gefühl breit. So, als hätte ich gerade eine Tasse heiße Milch mit Honig getrunken.

»Pia!«, brülle ich in den Hörer, als ich sie anrufe. »Pia, du glaubst es nicht – es klappt!« Ich erzähle ihr von der Buchung, dem Date und davon, dass die Kundin Simon für zwei Monate ... äh ... abdeckt. »Ist das nicht der Hammer?«

»Das ist echt super, Isa«, freut sich Pia mit mir. »Ich gratuliere!«

Weil heute mein freier Tag ist, beschließe ich nach dem Duschen, diesen in der Stadt zu verbringen – da das Männertaxi so gut anläuft, habe ich es mir verdient, mir ein paar neue Klamotten zu kaufen!

Gemütlich schlendere ich durch die Geschäfte, die heute anscheinend nur für mich geöffnet haben, denn es ist angenehm leer in der Stadt. Ich finde auf Anhieb eine Jeans, die einfach klasse sitzt, ein tolles T-Shirt und sogar eine superschicke Jacke. Dem Drogeriemarkt habe ich auch schon ein paar Pflegeprodukte abgenommen, und jetzt fehlen nur noch ... richtig ... Schuhe!

Auf dem Weg zu meinem Lieblingsschuhladen kommt mir ein vertrautes Gesicht entgegen. Arbeitet der eigentlich nie? Ich frage mich wirklich, was er eigentlich beruflich macht. Und irgendetwas an ihm sieht anders aus ... hat der sich die Haare heute tatsächlich mal mit etwas Gel schick verstrubbelt?

»Hallo, Herr Möller«, grüße ich ihn im Vorbeischlendern und muss dabei an die Versicherungswerbung der späten siebziger Jahre denken, bei der alle Menschen »Hallo, Herr Kaiser« sagten, während besagter Versicherungsfachvertreter – wie ich damals fand, immer merkwürdig ziellos – durch die Stadt marschierte. Herr Möller grüßt nett zurück, und fast habe ich das Gefühl, als würde er gerne stehen bleiben, um sich mit mir zu unterhalten. Aber ich habe jetzt keine Lust auf Smalltalk, denn in meinen Gehirnzellen blinken meine beiden Lieblingswörter, die direkt nach dem Wort *Männer* kommen: *Schuhe kaufen.* Außerdem bekomme ich langsam Hunger und möchte nachher noch was Nettes kochen. Was, wenn man diese Aussage durch den Isa-Sprachmodulator laufen lässt, natürlich heißt, dass ich mir etwas Nettes bestellen werde. Vielleicht bei dem kleinen Chinesen direkt an meiner Straßenecke? Oder dem Türken von gegenüber?

Also lasse ich einen etwas enttäuscht dreinblickenden, frisch gegelten Herrn Möller mit seinem Lächeln links liegen und gehe schnurstracks in mein Schuhparadies.

»Ich schau mich mal um«, rufe ich der Verkäuferin zu, die sich gerade hinter der Theke die Fingernägel feilt und mir zunickt.

Während ich Schuhe in allen Formen, Farben und Materialien anprobiere und sie dabei wie einen andächtigen Hofstaat um mich aufbaue, damit die Verkäuferin nachher auch ordentlich was zu tun hat, sehe ich plötzlich eine Sonnenblume vor mir.

Hä?

Wie jetzt? Blumen in einem Schuhladen? Wie kommt die

denn jetzt hierhin? Und wieso steht sie nicht in einer Vase, sondern tanzt förmlich vor meinen Augen? Und warum hängt eine Hand daran?

Die Finger, die den Stiel der Sonnenblume umfasst halten, gehören zu einer Hand, die an einem Arm hängt, der in einer Schulter mündet, über dem ein Gesicht … nee, oder?

»Herr Möller, was machen Sie denn hier?« Und warum ist er auf einmal so groß? Also, Herr Möller, so in groß sind Sie ja gar nicht mal so übel! Zumindest solange ich auf dem Hocker sitze. Als ich mich, immer noch verdutzt, hochrapple, wird er wieder zu dem netten, aber viel zu kleinen Mann, den ich bereits seit Wochen kenne. Mir fällt auf, dass er heute wieder keins seiner ollen Sprüche-Shirts trägt, sondern ein recht hübsches blaues Hemd. Das allerdings nicht ganz zu dem zarten Rotton auf seinen Wangen passt.

»Ich wollte … also, ich …«

Och nee, wie niedlich: Der sonst so schlagfertige Herr Möller hat mir eine Sonnenblume gekauft, kommt aber aus dem Stottern nicht mehr raus?

»Ist die für mich? Wie schön! Woher wussten Sie denn, dass ich Sonnenblumen liebe?«

»Das wusste ich gar nicht. Ich hab's mir nur gedacht, weil ich auf Ihrem Auto neulich einen Sonnenblumenaufkleber sah.«

Da hat Herr Möller aber wirklich sehr genau hingesehen; hinten auf dem Heck klebt tatsächlich ein kleiner Sticker mit einer Sonnenblume, und darunter steht *Beauty inside*. Den habe ich mal zum Geburtstag geschenkt bekommen. Von Tom. Aber den Gedanken schüttle ich schnell weg.

»Das ist superlieb von Ihnen, Herr Möller! Vielen Dank.«

Wir lächeln uns an, aber irgendwie weiß keiner von uns beiden, was er nun sagen soll. Und einfach nur so dastehen, sich anlächeln und schweigen kann manchmal ganz schön unangenehm werden …

»Ich wollte Schuhe kaufen!«, sage ich schnell.

»Das dachte ich mir.«

»Wieso?« Er kann doch unmöglich wissen, dass ich süchtig nach hübschen Tretern bin.

»Lassen Sie mich mal ganz scharf überlegen.« Er tut so, als würde er angestrengt nachdenken. »Sollte es daran liegen, dass wir hier in einem Schuhgeschäft sind?«

Ich unterdrücke ein Lachen und sage stattdessen in einem ähnlich ernsten Ton wie er: »Das, Herr Möller, ist ein sehr kühner Schluss. Das würde bedeuten, Sie kauften diese wirklich schöne Sonnenblume für mich in einem …« Na? Na? Na?

Herr Möller tut wieder so, als würde er angestrengt überlegen. Dann schaut er mich so treudoof an wie ein Hundewelpe und sagt: »An der Tankstelle?«

Wir prusten beide los, und es tut gut, einfach mal so ungehemmt albern zu sein.

»Was machen Sie denn danach?«, will Herr Möller dann wissen.

»Wonach?« Ich stelle mich absichtlich dumm, weil ich mich einerseits frage, warum er das wissen will – mir andererseits der Grund schon schwant und es mir so die Möglichkeit gibt, schon mal eine Ausrede zu überlegen.

»Na, nach dem Schuhe kaufen. Haben Sie danach vielleicht ein wenig Zeit?«

»Ach, das tut mir leid, ich bin derzeit wirklich sehr im Stress …«

»An Ihrem freien Tag?«

»Wer sagt denn, dass heute mein freier Tag ist?«

»Ihr liebreizender Chef.«

»Wolf?« Ich schaue ihn groß an.

»Haben Sie noch einen anderen?«

»Zum Glück nicht. Aber wieso sprechen Sie mit meinem Chef über mich?«

Auf einmal scheint sich Herr Möller auch für Schuhe zu interessieren – genau genommen für seine eigenen, auf die er sehr angestrengt hinuntersieht.

»Ich war gerade zufällig im DVD-Verleih und dachte, ich frage Sie mal, ob Sie nicht Lust hätten, einen Kaffee trinken zu gehen.«

»Und dann haben Sie meinen Chef mit mir verwechselt und ihn gefragt?« Ich grinse in mich hinein, während ich tadelnd den Zeigefinger hebe. »Herr Möller, Herr Möller, ich muss schon sagen …«

»Das liegt nur daran«, schießt er schnell zurück, »dass ich so selten Gelegenheit habe, mir Ihr Gesicht in Ruhe einzuprägen. Sie müssen wissen, ich habe ein sehr schlechtes Gedächtnis. Und deswegen wäre es von Vorteil, wenn Sie diesen Kaffee mit mir trinken würden, Frau Schwärzenbach.«

Nein! Herr Möller gräbt mich tatsächlich an! Und das nicht mal unauffällig, sondern total offensichtlich! Erst die Sonnenblume, dann die Einladung zum Kaffee! Und das alles, obwohl er verheiratet ist und Kinder hat! Wobei, nun ja, das dachte ich mir jedenfalls immer so. Vielleicht ist er Single? Wahrscheinlich hatte er sogar noch nie eine Freundin! Vielleicht ist er einer dieser Typen, die noch bei ihren Eltern wohnen und dann eines Tages so verzweifelt sind, dass sie sich an RTL und Vera Int-Veen wenden, um eine Schwiegertochter für ihre Eltern suchen zu lassen. Wahnsinn!

»Ach, das tut mir nun wirklich leid, aber ich trinke momentan gar keinen Kaffee!« Im Körbeverteilen war ich nie so gut.

»Sie dürfen auch gerne Tee trinken oder ein Eis essen oder ein Stückchen Kuchen!«

»Auch eine Herrencreme?« Das ist schneller aus meinem Mund geschlüpft, als ich es unterdrücken kann. Aber es gibt eben ein paar Dinge, bei denen ich jede Hemmung fallenlasse: Schuhe, Männer, Herrencreme.

»Auch eine Herrencreme!« Herr Möller lacht, und ich finde, dass sein Gesicht dabei ausgesprochen sympathisch aussieht. Aber es ist so klein, genau wie der ganze Herr Möller. »Und danach 'ne Currywurst mit Pommes. Gerne auch gleichzeitig. Ich bin durchaus zu Zugeständnissen bereit, Frau Schwärzenbach.«

Ich kann nicht anders, als einfach mitzulachen. *Na, dann mal los* knurrt mein Magen, und es liegt mir schon auf den Lippen ... aber das ist keine gute Idee. Ich merke ja, dass er irgendein Interesse an mir hat (nur welches, erschließt sich mir nicht ganz, so wie er mich immer verbal foppt), und wenn ich jetzt mit ihm in ein Café gehe, dann macht er sich bestimmt Hoffnungen, und das möchte ich nicht. Zumal zu befürchten steht, dass dann Vera Int-Veen samt Kamerateam um die Ecke kommt. Womöglich mit Herrn Möllers Eltern im Schlepptau, die mich sofort »unsere neue Tochter« nennen und auch schon den Standesbeamten aus Linda de Mols *Traumhochzeit* parat stehen haben, der sich mit Tine Wittler darüber unterhält, in welchem Stil wohl unsere erste gemeinsame Wohnung aussehen könnte ... ich schüttle mich innerlich. »Tut mir echt leid, aber ich habe keine Zeit.«

Okay, wenn Phil mich fragen würde, dann wäre das etwas anderes. Was allerdings auch daran liegt, dass Phil mich alles fragen könnte: *Willst du mich küssen?* Logo. *Bist du bereit, für mich über Leichen zu gehen?* Wo ist meine Kalaschnikow? *Willst du mich heiraten?* »Jaaaaaa!«

Herr Möller kratzt sich am Kopf. »Was denn nun – keine Zeit oder jaaaaa?« »Nein, ich habe leider keine Zeit – und jaaaaa, ich muss auch an meinem freien Tag tausend Dinge erledigen.«

Herr Möller öffnet schon wieder seinen (kleinen) Mund, aber bevor er fragt, wie es denn morgen oder übermorgen bei mir ausschaut, rede ich munter weiter: »Und auch in den nächsten Tagen ist es äußerst schlecht. Der Job ist sehr anstrengend, und dann gibt es noch«, ich krame im hintersten Winkel meiner Phantasieecke, »eine alte Nachbarin, die ich nebenbei pflege.«

Sorry, Charlotte, dass ich dich gerade als Ausrede benutzen muss, aber ich will in den nächsten Tagen wirklich wieder mit dir Tee trinken und mit dir über deine Lieblingsbücher reden.

»Sie pflegen also alte Menschen?« Herr Möller klingt begeistert.

»Ja, das muss man doch«, gebe ich mich als Florence Nightingale des 21. Jahrhunderts aus. »Sie sind doch so hilflos ohne uns.«

»Da haben Sie recht. Ich finde es gut, dass Sie so etwas machen!«

Und ich erst! Auch wenn's ja eigentlich gelogen ist. Wobei … mit dem Männertaxi kümmere ich mich zwar nicht in erster Linie um alte, aber doch auf jeden Fall um alleinstehende, einsame und traurige Frauen. Das zählt auch! »Trotzdem finde ich es schade, dass Sie keine Zeit haben. Ich hätte mich gerne mal mit Ihnen unterhalten, ohne dass ein Tresen zwischen uns steht oder Ihr Chef uns zuhört.« Herr Möller schaut mich mit seinen blauen Augen so treuherzig an wie ein kleines Kind. Ich bin versucht, ihm über den Kopf zu streicheln und ihm einen Lolli zu reichen. Oder eine zusammengerollte Scheibe Mortadella.

»Aber was machen Sie denn heute Abend, wenn die alten Damen, um die Sie sich kümmern, schon friedlich schlafen?«

»Dann muss ich … bügeln.« Schon wieder eine Lüge. Ich weiß gar nicht, wo die auf einmal alle herkommen.

»Bügeln?« Er lacht. »Sie Ärmste. Das habe ich zum Glück schon vor ein paar Jahren abgeschafft.«

»Soso, abgeschafft, ja?« Ich drohe ihm spielerisch mit dem Zeigefinger. »Sie lassen das also Ihre Frau ganz allein erledigen?« »Welche Frau?« Er sieht mich überrascht an. »Wie kommen Sie denn darauf, dass ich verheiratet bin?«

Tja, das ist eine berechtigte Frage, aber ich spare es mir, ihm meine offensichtlich falschen Schlussfolgerungen zu erklären. »Mutter, meinte ich«, werfe ich deswegen schnell ein. »Also, ich dachte mir so: Der alte Macho lässt sicher alles von seiner Frau Mutter bügeln.«

Sein Gesicht verdunkelt sich einen Moment. Ups, habe ich da etwas Falsches gesagt? Vielleicht hat seine Mutter ihn jahrelang mit einem Bügeleisen verhauen, und er hat ein ausgeprägtes Trauma …

»Ich bringe meine Hemden immer in die Wäscherei, und die bügeln dann auch alles für mich.« Er guckt mich immer noch ein wenig verdrießlich an. »Sonst noch irgendetwas, was ich Ihnen im Detail erklären sollte?«

Wir schauen uns wieder verlegen an. Los, Isa, sag irgendetwas, um die Situation zu entkrampfen – du bist ihm irgendwie zu nah getreten.

»Also, ich bügle ja alles selbst, da lass ich keinen anderen ran, selbst ist die Frau, Sie wissen schon, man will ja nicht, dass da irgendwer … und so, verstehen Sie?« Okay, das kam nun nicht unbedingt souverän. »Also, meine Socken bügle ich natürlich nicht, das wäre ja wirklich albern, die sieht man ja auch meistens nicht, aber sonst bügle ich wirklich alles. In meiner Familie nennt man mich auch die Bügelkönigin, dabei ist das ja streng genommen eher eine Aufgabe für die Dienstmagd …« Was rede ich denn da? Das muss sofort aufhören, bevor ich mich komplett blamiere. »Jedenfalls bügle ich wirklich alles, sogar meine grünen Frotteeschlüpfer!«

Nein.

Das habe ich nicht gesagt!

Das kann ich unmöglich gesagt haben!

Herr Möller lacht los.

Okay, ich habe das also wirklich von mir gegeben.

»Bügeln Sie die Frotteeschlüpfer denn von links?«, erkundigt er sich dann so ernsthaft, als würden wir mindestens über die Relativitätstheorie sprechen. Mit so einer Frage habe ich nun nicht gerechnet.

»Nein, nein, ich bügel sie ganz … äh … normal. Also, so von außen.«

»Aber dann wird das Frottee doch total platt!« Herr Möller spielt den entsetzten Frotteeschlüpferbeschützer, und nun ist es an mir, zu lachen.

»Wo denken Sie hin!«, strahle ich ihn an. »Wenn ich den Schlüpfer anziehe, pups ich einmal kurz hinein, und schon ist wieder alles schön flauschig!« Und dann pruste ich direkt wieder los.

Herr Möller hält sich den Bauch vor Lachen.

»Sollte das mal nicht klappen, dann suche ich mir jemanden, der so freundlich ist, mal schnell in meinen Schlüpfer zu rülpsen, das richtet bekanntlich jede Faser wieder auf – das müssten Sie ja gut wissen, oder?«

Wir kugeln uns vor Lachen. Die fingernagelfeilende Verkäuferin starrt uns entgeistert an und fragt sich wahrscheinlich, ob sie die Polizei rufen soll. Oder den Notarzt. Und ob sie sich bis zu deren Eintreffen mit ihrer Nagelfeile gegen uns beide Verrückte verteidigen können wird.

»Die Methode müssen wir uns patentieren lassen!«, juchzt Herr Möller und ist bereits puterrot im Gesicht. Aber ich finde diese vollkommen bescheuerte Situation auch so herrlich skurril, dass mir vor Lachen alles weh tut. Kann man sich eigentlich totlachen? Wenn ja, dann steuere ich gerade direkt aufs Himmelreich zu.

»Haaach … ist das schön!« Ich strahle und wische mir ein paar kleine Lachtränchen aus den Augen. Dass meine Wimperntusche dabei leicht verläuft, ist mir egal. Sieht ja keiner, außer Herr Möller.

»Also: Schaffen wir es vielleicht doch, uns heute Abend noch auf ein kleines Geschäftstreffen zu verabreden? Wir müssten ja auch besprechen, ob wir grundsätzlich nur grüne Frotteeschlüpfer aufflauschen oder auch andere Farben …«

Einen kurzen Moment bin ich versucht, einfach ja zu sagen. Allerdings auch wirklich nur einen kurzen. »Es geht wirklich nicht, Herr Möller!« Ich ringe um Fassung und versuche, wieder etwas ernster zu werden. »Vielleicht ein anderes Mal!«

»Versprochen?«

»Versprochen!« Da ich in der einen Hand die Sonnenblume halte und in der anderen meine Tasche, muss es reichen, meine Beine zu überkreuzen. Sicherheitshalber.

»Na, das ist doch schon mal was.« Er lacht mich breit an. »So, dann lasse ich Sie und Ihre neuen Freunde«, er deutet auf den Schuhkreis um mich herum, »nun in Ruhe. Wir sehen uns, Frau Schwärzenbach.«

»Vielen Dank noch mal für die tolle Sonnenblume!«, rufe ich ihm hinterher, während er aus dem Laden marschiert. Dann lasse ich mich wieder auf den Stuhl hinter mir fallen und schaue die Stilettos und Sandaletten um mich herum an. »Und nun zu euch, meine Schönen ...« Aber irgendwie ist die Luft raus, ich habe keine rechte Lust mehr und verlasse deswegen den Laden, ohne ein Paar Schuhe gekauft zu haben. Das kann ich auch ein anderes Mal machen.

An der nächsten Straßenecke sehe ich mein Spiegelbild in einem Schaufenster und stelle verblüfft fest, dass ich immer noch breit grinse. Und gerührt bin ich auch: Es passiert schließlich nicht jeden Tag, dass ich unverhofft Blumen geschenkt bekomme. Früher war das Toms Aufgabe, und er hat sie gerne übernommen. Ich kann mich noch gut erinnern, wie oft ich morgens aufwachte und ein toller Blumenstrauß neben meinem Bett stand. Das damals ja noch unser Bett war.

Auch, wenn Tom mir letzten Endes so weh getan hat, muss ich ihm eines lassen: Wie man eine Frau auf Händen trägt, das weiß er. Und ich vermisse dieses Gefühl, etwas Besonderes für einen Mann zu sein.

Schnell denke ich an die hässliche Visage dieser Chantal und verdränge so die romantischen Gedanken aus meinem Kopf.

Piep, piep. Ich krame mein Handy aus meiner Tasche. SMS *von Sascha.*

Na super. Was soll ich eigentlich noch machen, um ihn loszuwerden – den Jungs von al-Qaida stecken, dass sein Hobby das Zeichnen von Mohammed-Karikaturen ist, oder was?

Die Erinnerung ist das einzige Paradies, aus dem man nicht vertrieben werden kann, Isa. Also werde ich noch oft an unsere romantischen Abende und Nächte denken, das kannst du mir nicht verbieten. Du fehlst mir.

Ahhhhhhhhhhhhhhhhhhh!

Aber ohne es zu ahnen, hat Sascha soeben das Todesurteil für die vage Möglichkeit gesprochen, dass ich mich vielleicht doch mal mit Herrn Möller treffe. Ein Kerl, der einfach nicht versteht, dass ich nichts von ihm will, reicht.

Als ich nach Hause komme, hat meine Laune immer noch leichte Schlagseite, aber das ändert sich sofort, als ich sehe, dass mein Männertaxi-Anrufbeantworter blinkt. Eine neue Bestellung – juchuuuuuh! Es läuft besser, als ich dachte!

»Guten Tag, mein Name ist … Priscilla«, höre ich eine leicht nervös wirkende Stimme. Das kurze Zögern vor dem Namen verrät der Psychotante in mir, dass es sicher nicht ihr richtiger ist. »Ich würde gerne für heute Abend … also … ich will einen Ihrer Herren … kennenlernen. Rufen Sie mich bitte zurück.«

Ich räuspere mich dreimal, bevor ich die Nummer wähle.

»Hallo?«, meldet sich die mir bereits bekannte Stimme.

»Guten Tag, Frau … äh … Priscilla. Hier spricht Isa vom Männertaxi. Sie hatten um Rückruf gebeten.«

»Das ist ja nett, dass Sie sich so schnell melden! Also, ich würde gerne …« Sie stockt.

»Einen Herrn für den Abend bestellen«, vollende ich ihren Satz so souverän, dass ich mir selbst auf die Schulter klopfen könnte. »Ich vermute, Sie nutzen unseren Service zum ersten Mal?« Freundlich erkläre ich Priscilla, wie das mit der Bezahlung läuft. »Für welchen Herrn haben Sie sich denn entschieden?«, will ich dann wissen.

»Tja, also … noch für gar keinen. Sind denn alle frei?« Sie

schluckt hörbar. Im Hintergrund höre ich ein paar leise Stimmen und ein Klappern, das sich nach einer Tastatur anhört. Offenbar ruft Priscilla aus dem Büro an. »Wissen Sie, ich habe noch nie bei Ihnen … bestellt.«

Ich muss daran denken, dass ich in Restaurants auch oft unschlüssig bin, was ich denn nun bestellen soll, und am Ende gefällt mir meist die Speise besser, die dann vor meinem Gegenüber auf dem Tisch steht.

»Antworten Sie einfach mit Ja und Nein«, schlage ich vor und stelle ihr ein paar Fragen. Wie sich herausstellt, ist Priscilla sportlich und legt Wert auf gutes Aussehen. »Dann empfehle ich Ihnen gerne unsere Nummer 1, den Sven.«

»Ich freue mich! Aber, sagen Sie … also …« Sie druckst ein wenig herum und sagt dann leise: »Die Nummer 1, die gibt es doch auf Wunsch auch für … also …«

»Sie meinen extra scharf?«, helfe ich nach und vermeide bewusst, Overnight-Stay zu sagen.

»Genau, extra scharf.« Priscilla klingt erleichtert.

»Das klären Sie einfach mit Sven persönlich. Wo darf er Sie treffen – oder möchten Sie ihn direkt nach Hause bestellen?« Ich frage das so routiniert, als hätte ich es schon hundertmal gemacht, und würde am liebsten vergnügt auf der Stelle tanzen.

»Nein, lieber erst einmal …«

»… in einem Café«, vollende ich ihren Satz, damit sie sich nicht versehentlich vor neugierigen Kollegen outet. Das passt doch wunderbar, denn ich möchte Sven, so wie vorher Simon, bei seinem ersten Einsatz beobachten. »Kein Problem. Kennen Sie das Libri? Sven wird Sie dort um 20 Uhr erwarten. Als Erkennungszeichen wird er den Stadtkurier auf den Tisch legen.«

»Vielen Dank. Und …«

Was denn jetzt noch?

»Also, ich weiß nicht, ob ich das so sagen kann, aber ... ich finde es super, dass es Ihr ... Ihren Service gibt, und Sie machen das alles sehr sympathisch.«

Ich könnte Priscilla küssen! Aber das wäre natürlich nicht geschäftsmäßig. »Unser oberstes Ziel ist es, dass sich unsere Kundinnen wohl fühlen«, flöte ich und verabschiede mich. Beschwingt rufe ich dann Sven an und bestelle ihn für sieben Uhr ins Café.

Als ich die Männertaxi-Mails abrufe, traue ich meinen Augen kaum, denn auch dort ist eine Bestellung eingegangen. Eine gewisse Verena möchte gerne die Nummer 2, unseren Harald, und beordert ihn – in Abendgarderobe, wie sie betont – ebenfalls für 19 Uhr ins noble Restaurant *Georgies*. Dummerweise ist das am anderen Ende der Stadt ... aber das lässt sich natürlich organisieren.

»Hallo Isa!«, meldet sich Pia, als ich sie anrufe.

»Hey. Sag mal, hast du heute Abend um sieben Zeit?«

»Wieso, gibt's einen knackigen Kerl zu testen?«

»Du bist wirklich unersättlich«, rüge ich sie grinsend. »Nein, aber Harald hat sein erstes Date, ich muss allerdings gleichzeitig das erste Treffen von Sven überwachen.«

»Kein Problem, ich übernehme. Schick mir einfach eine SMS, wann und wo, ich stehe bei einer Kundin vor der Tür und ... Ja, hallo, Frau Schrenz, da bin ich schon.« Sie drückt das Gespräch weg, aber wir hatten ja eh alles geklärt. Gut, dass ich Pia habe! Jetzt muss nur noch Harald mitspielen.

Der Mann mit dem Spinnenbeinmuttermal – uuuuhh, mir wird schon schwummerig, wenn ich nur daran denke – hat eigentlich etwas anderes vor, sagt aber, dass er das schon irgendwie umorganisieren kann. Darüber hatte ich mir noch gar keine Gedanken gemacht. Also frage ich ihn, an welchen

Tagen er grundsätzlich Zeit hat und an welchen nicht, rufe auch schnell die anderen Männer an und erstelle dann eine Art Dienstplan. Das dauert seine Zeit, weil ich möchte, dass grundsätzlich drei Männer verfügbar sind, wobei ich Ernst erst einmal nicht mitzähle, denn den werden wir ja nicht so häufig an die Frau bringen. Vielleicht sollten wir unser Angebot doch etwas erweitern und noch ein, zwei Männer einstellen? Natürlich fällt mir bei dem Gedanken Phil ein. Ach, *Phiiiiiilll …* Würde ich nicht am Rechner sitzen, sondern mit einem Stift vor einem Blatt Papier, müsste ich wahrscheinlich direkt ein paar kleine Herzchen malen. Nee, der kommt nicht auf die Karte des Männertaxis. Der ist das Ass, das ich im Ärmel behalte, und zwar ganz für mich allein …

Kapitel 20

Um halb sieben sitze ich im Café *Libri* an einem Tisch neben dem Eingang und bestelle mir ein schönes Glas Weißwein. Als Sven bis kurz vor acht noch nicht aufgetaucht ist, bin ich allerdings versucht, den Kellner zu bitten, mir doch wieder einen Beruhigungstee zu bringen – was, wenn er nicht kommt? Also, ich meine zu dem Date. *Nicht kommen* scheint bei ihm ein allgemeines Problem zu sein.

Es ist Punkt sieben. Keine Spur von Sven.

Nun bin ich wirklich reif für den Tee!

Um kurz nach sieben geht die Tür auf, und eine Blondine tritt ins Café, die ich sofort als eine der *Snack-&-See*-Stammkundinnen erkenne. Aber das kann doch nicht Priscilla sein, oder? Sie heißt … Dagmar? Elke? Miriam? Irgendwie so was in der Art. Sie gehört auf jeden Fall in die Kategorie *Romantische Träumerin*. Sie sieht sich suchend um, steuert zielsicher auf einen allein sitzenden Mann links von mir zu und bleibt dann unschlüssig stehen. Ich folge ihrem Blick und sehe, dass vor ihm *Die Zeit* liegt. Aha – dann dürfte das wohl doch die angebliche Priscilla sein, die Ausschau nach der richtigen Zeitung hält. Vielleicht sollte ich mir ein einfacheres Erkennungszeichen überlegen, eine Baseballkappe zum Beispiel, die sieht man schon von weitem. Auf den Schirm könnte ich *Frei verfügbares Lustobjekt* sticken lassen, und die Krönung wäre ein blinkender Pfeil auf der Oberseite der Cap, der genau auf den Text zeigt. Bei dem

Gedanken, wie Ernst damit aussehen würde, muss ich fast kichern.

Auf einmal fällt mir etwas ein: Wenn ich Priscilla – oder wie immer sie heißt – erkenne … dann weiß sie auch, wer ich bin! Und während ich noch überlege, ob ich elegant unter dem Tisch abtauchen oder mir die Getränkekarte vors Gesicht halten soll, trifft mich der Blick meiner »doppelten Kundin«.

Uhhhh …

Aber dann geschieht zum Glück das, was mir schon öfter passiert ist: Mein Gegenüber guckt mich kurz an – und sieht sich dann weiter um. Wenn man in einem Laden arbeitet wie ich, erkennen einen die Kunden zwar immer dort, wo sie einen erwarten – aber nicht in freier Wildbahn. Als ich damals im *Snack & See* angefangen habe, ist es mir ein paar Mal passiert, dass ich Kunden in der Stadt gegrüßt habe … und erstaunte Blicke erntete. Einmal hat eine Frau ihren Mann, der sich bei uns immer besonders blutrünstige Horrorfilme auslieh, sogar laut angefahren: »Waldemar, wer ist diese Frau?«

»Schatz, reg dich nicht auf, die arbeitet irgendwie … beim Bäcker, glaube ich. Oder im DVD-Verleih? Nee, ist das nicht die Sprechstundenhilfe von Dr. Müller?«

»Wen willst du eigentlich für dumm verkaufen? Wer ist die Schnalle? Geht das schon lange mit euch? Die schnapp ich mir jetzt erst einmal, und dann bist du dran, Waldemar, gnade dir Gott!«

Zum Glück rettete mich damals ein beherzter Hechtsprung in einen Hauseingang; wer weiß, was die eifersüchtige Horrorfilmguckergattin sonst getan hätte. Waldemar kam danach zum Glück nicht mehr ins *Snack & See*.

Wie auch immer: Auch Priscilla hat mich nicht erkannt,

was mir nun die Möglichkeit gibt, sie unauffällig zu mustern, ohne mein Gesicht verbergen zu müssen. So sportlich, wie sie sich am Telefon beschrieben hat, ist sie ganz sicher nicht, es sei denn, man würde auch bei meinem Anblick sofort *Sportskanone* denken. Komisch, oder? Sie ist gar nicht darauf angewiesen, sich anzupreisen, es muss ihr eigentlich nicht einmal wichtig sein, dass sie Sven gefällt – sie mietet ihn schließlich nur. Aber wahrscheinlich würde ich es genauso machen. Wir Frauen neigen doch dazu, immer besonders gut aussehen zu wollen, ob es nun nötig ist oder nicht. Männer sind da anders. Tom ist früher am Sonntagmorgen ungeduscht zum Brötchenholen gegangen, die Haare von der Nacht zerzaust und mit den knittrigen Klamotten vom letzten Abend. Das war ihm ganz egal. So wie Herrn Möller seine alten Spruch-T-Shirts gar nicht als Fashion-Fauxpas auffallen. Männer sind so. Und ich finde das zu gleichen Teilen *na ja* und beneidenswert.

Miss Nicht-ganz-so-sportlich schaut sich suchend im Café um. Als sie zu mir hinüberschaut, nehme ich schnell einen Schluck Wein und schlage die Augen nieder. Irgendwie fühle ich mich ertappt, weil ich sie gerade so aufmerksam gemustert habe. Sie sieht nicht schlecht aus, wirklich nicht. Aber einfach ganz normal – und nach der Erfahrung mit Simons Hexe hatte ich irgendwie erwartet, dass jetzt wieder so ein Geschoss zur Tür hereinkommen würde, auf die sie nun langsam zusteuert.

Was mache ich jetzt? Aufstehen und ihr erklären, wer ich bin und dass Sven sicher gleich kommt? Nee, das geht nicht. Dann wüsste sie, dass ich das Treffen heimlich beobachten will, und das wäre viel zu unprofessionell. Aber was mache ich, wenn …

In genau diesem Moment geht die Tür auf, und Sven be

tritt schwungvoll den Raum. Na endlich! Doch das Erste, was mir auffällt, ist die Tatsache, dass er die Zeitung nicht dabeihat. Na super. Was nun?

Priscilla ist direkt vor ihm stehen geblieben – aber Sven schaut durch sie durch. Oder besser ausgedrückt: über sie hinweg, denn er ist locker anderthalb Köpfe größer als sie. Ich fange an, möglichst unauffällig seine Aufmerksamkeit zu erregen, was dazu führt, dass ich mich laut räuspere, ihm mit der einen Hand winke und mit der anderen auf die Dame vor ihm zeige – und das so verdruckst, damit es außer ihm niemand mitbekommt, dass es vermutlich reichlich seltsam aussieht.

»Geht es Ihnen nicht gut?«, erkundigt sich deswegen auch prompt Priscilla, die ja schließlich direkt vor meinem Tisch steht.

»Was? Äh ... nee ... ich habe nur einen Krampf«, behaupte ich. Glücklicherweise hat Sven mich endlich entdeckt – und versteht mein Gehampel richtig. Er holt seinen Porscheschlüssel aus der Tasche, lässt ihn locker um seinen Finger kreisen und sagt:

»Warten Sie vielleicht auf das Taxi?« Dabei schenkt er ihr das bezauberndste Lächeln aus seinem Repertoire. Entweder sie gefällt ihm deutlich besser als mir, oder der gute Sven ist bereits bei seinem ersten Einsatz ein Vollprofi.

»Ja! Ooooh, ja, genau die bin ich!« Priscilla strahlt ihn an, als hätte er ihr gerade die frohe Kunde überbracht, dass sie den Millionenjackpot im Lotto geknackt hätte.

»Darf ich mich vorstellen? Ich bin Sven, Ihr Begleiter für den Abend.« Mit gesenkter Stimme fügt er hinzu: »Und für die Nacht, wenn Sie es wünschen.«

Okay, es läuft gut! Ich bin begeistert und lehne mich erleichtert zurück.

Da nur noch der Tisch neben mir frei ist, müssen sich die beiden dort hinsetzen.

»Können wir uns bitte duzen? Das wäre mir lieber. Ich heiße übrigens Priscilla.« Sie mustert Sven von oben bis unten und scheint von ihrer Wahl sehr angetan zu sein.

»Was für ein wunderschöner Name. Aber hat dir schon mal jemand gesagt, dass du wie diese tolle Schauspielerin aussiehst, wie heißt sie noch mal …«

»Oooohhh, du meinst Nicole Kidman?«, fragt Priscilla. Ich muss mich zusammenreißen, um nicht ein lautes »Hö?« Richtung Nebentisch zu blöken. Wenn Priscilla aussieht wie ein Filmstar, dann kann ich mich bei *Germanys Next Topmodel* bewerben.

Aber Sven scheint das anders zu sehen. »Genau die meine ich. Was bin ich doch für ein Glückspilz, dass du mich ausgesucht hast und nicht einen meiner Kollegen.«

Alter Schwede, denke ich anerkennend. *Der Mann ist pures Gold wert!*

Priscilla kichert. »Du Charmeur! Aber so gut, wie du aussiehst, könntest du auch ein Hollywoodstar sein!«, säuselt sie. »Was machst du denn so, wenn du nicht … Taxi fährst?«

»Ich habe mein Vermögen«, er betont das Wort, damit sie es auch wirklich mitbekommt, der alte Auf-die-Kacke-Hauer, »mit Börsendeals gemacht, wobei ich einen Großteil dann«, Sven macht eine künstlerische Pause, »einer Hilfsorganisation gespendet habe! Was bringt der ganze Reichtum denn sonst? Ich habe alles, was ich mir wünschen kann.« Er spielt mit dem Porscheschlüssel, um zu unterstreichen, dass er trotz seiner Wohltätigkeit ganz sicher nicht am Hungertuch nagen muss.

»Ooooh, das ist ja toll! Aber warum bist du dann bei diesem … hmmmm … Taxiunternehmen?«

»Aus Lust, Priscilla – aus purer Lust am Leben.« Fast kommt es mir so vor, als würde Sven tatsächlich an einem Marktplatzstand stehen und sich selbst anpreisen.

»Ich möchte Abenteuer erleben, ich möchte alles sehen, was diese wunderschöne Welt zu bieten hat. Ich möchte Bungeespringen im Grand Canyon, ich möchte in Afrika auf Löwen reiten, ich möchte auf den Mond fliegen, um dort einen Kaffee zu trinken, und ich möchte mich mit der bezauberndsten Frau der Stadt treffen. Wie ich sehe, ist mein letzter Wunsch gerade in Erfüllung gegangen.«

Na, nun übertreibt er aber! Aber Priscilla hängt trotzdem an seinen Lippen, als würde Sven statt einem Labello Sekundenkleber verwenden.

»Ooooooh, du führst aber ein aufregendes Leben! So was kann ich mir für mein eigenes gar nicht vorstellen.«

Ich mir auch nicht.

»Dann lass uns doch nicht über Dinge reden, die wir uns nicht vorstellen können, sondern über Dinge, die wir heute Nacht noch erleben werden. Wenn *du* willst!«

Da! Wieder dieses ungeheuer charmante, freche und hübsche Lächeln von Sven.

Priscilla fährt total drauf ab. »Ooooh, jaaaaa …«, schnurrt sie. Auf einmal sehe ich Priscilla vor meinem inneren Auge im Bett mit Simon. Ja, mit Simon, nicht Sven. Und ich muss grinsen bei dem Dialog, den die beiden führen könnten.

Simon: »Deine Haut ist so wunderbar zart, woll!«
Priscilla: »Ooooh, und dein Körper ist so stahlhart und sportlich!«
Simon: »Ich sach mal so, jahrelanges Training.«
Priscilla: »Jaaaa, dann mach es mir, du … du … Sexgott … hihihi … oooooh!«

Simon: »Jawoll ja!«
Priscilla: »Jaaaaaaa!«

Ich grinse und schimpfe gleichzeitig mit mir, dass ich mein Phantasiezentrum selbst jetzt nicht abstellen kann. *Isa, das hier ist jetzt Arbeit! Job! Geldverdienen! Und keine turbulente Komödie.*

»Na, wenn das so ist, Priscilla«, raunt Sven, und ich muss mich wirklich konzentrieren, um ihn noch hören zu können, »dann gibt es nur noch eins, was ich sagen kann, und zwar …«

»Hey, Frau Schwärzenbach, was machen Sie denn hier?«

Mein Grinsen gefriert urplötzlich, denn die Stimme, die sich gerade von der Seite in mein Ohr geschlichen hat, kenne ich. Nee, oder?

»Herr Möller? Hallo! Was machen Sie denn hier?«

Verfolgt mich dieser Mann eigentlich? Und, wie peinlich – warum muss er mich hier ertappen? Heute Mittag noch erzähle ich ihm vom Stress in meinem Job, der Altenpflege und meinen Frotteeschlüpfern, und jetzt sitze ich in aller Gemütlichkeit bei einem Glas Wein im Café. *Autsch!* Andererseits bin ich ihm ja keine Rechenschaft schuldig.

»Ich sitze hier, weil ich …« Mist, was sag ich? »Weil ich Bauchweh bekommen habe und zu Hause leider keinen Pfefferminztee mehr hatte.« Das ist gut!

»Das ist aber ein komischer Tee«, grinst Herr Möller und zeigt auf mein Weinglas.

»Wie … ach, das meinen Sie? Das stand schon da, als ich mich gesetzt habe. Der Kellner war noch nicht da, weiß auch nicht, wo der sich rumtreibt, ich meine, da sitze ich hier und wurde gerne bestellen, weil mein Magen, also, der tut wirklich weh, und …« *Stopp!* Großhirn an Kleinhirn: *Hör auf zu plappern, Isa!*

»Oje, Sie Ärmste. Dann sollte ich mich vielleicht zu Ihnen setzen und auf Sie aufpassen, nicht dass Sie noch vor Schmerzen vom Stuhl fallen …«

»Ach, das müssen Sie nicht, machen Sie sich keine Umstände.« Ich linse aus dem Augenwinkel zu Sven und Priscilla hinüber, die mittlerweile Händchen halten. Sven redet wie ein Kompliment-Wasserfall, und Priscilla saugt jedes Wort auf wie die Sahara einen unerwarteten Regenguss und unterstreicht das mit ihrem unverkennbaren »Ooooh« und »Aaaah«.

»Für mich wären das keine Umstände«, zieht Herr Möller meine Aufmerksamkeit wieder auf sich, »im Gegenteil, es wäre mir ein Vergnügen, und wenn Sie mir nun vielleicht anbieten würden, mich zu Ihnen zu setzen, könnte ich …«

»Nein!«

Die vier kleinen Buchstaben entfahren mir so heftig, dass ich mich selbst erschrecke. Herr Möller zuckt zusammen und bekommt ganz große, runde Augen. Wir schauen uns einen Moment schweigend an.

»Wissen Sie, Frau Schwärzenbach, ich will nicht unhöflich sein«, beginnt er dann hörbar zerknirscht, »und ich will mich auch nicht aufdrängen, aber ich hatte das Gefühl, dass wir beide doch viel Spaß an unseren verbalen Kabbeleien hatten, und deswegen …« Er räuspert sich. »Deswegen finde ich, Sie sollten mir schon mal eine Chance geben, Sie kennenzulernen!«

Ich hole tief Luft. Das kann doch wohl nicht wahr sein, oder?

»Hören Sie, Herr Möller, Sie sind wirklich nett!« Ich schaue zum Nebentisch und sehe, wie Sven seinen Autoschlüssel in die Hand nimmt und die beiden dann dem Kellner, der sich nun auch endlich mal die Ehre gibt, mit einer

Handbewegung zeigen, dass sie direkt wieder gehen. Ich fühle mich leicht gestresst, denn ich möchte sowohl das Gespräch der beiden weiterverfolgen als auch die richtigen Worte für mein Gegenüber finden.

»Herr Möller, Sie sind wirklich ein netter Typ, und ich freue mich, wenn wir uns über den Weg laufen.« Dass ich mich ein kleines bisschen verfolgt von ihm fühle, behalte ich dann doch lieber für mich. »Aber dabei sollten wir es auch belassen. Ich … ich bin nicht der Typ für ein Date. Aber natürlich liegt das«, Achtung, Floskelalarm, »nicht an Ihnen.« Ich hoffe, dass Herr Möller nicht zu denjenigen gehört, die genau wissen, dass *Es liegt nicht an dir* eigentlich heißt *Es liegt nur an dir, aber ich bin zu nett, um es dir so zu sagen.*

»Oh. Ja. Also … äh … Entschuldigung.«

Okay, er gehört zu denen, die es wissen. Jetzt tut Herr Möller mir tatsächlich irgendwie leid.

Ich beobachte, wie Sven und Priscilla das Café verlassen. Sie hängt immer noch an seinen Lippen, er spielt mit großer Geste den coolen Sunnyboy. Hoffentlich hält sein *McJoy* später, was sein Charme jetzt verspricht! Und wenn Priscilla so richtig auf ihre Kosten kommt und sie Sven noch einmal bucht – oder vielleicht auch über eine Dauerbuchung nachdenkt – und das Männertaxi im Freundinnenkreis weiterempfiehlt, dann … dann ist *Isa Schwärzenbach* bald wirklich ein Synonym für den Themenbereich *reich, erfolgreich, berühmt.*

Aber bevor mein Phantasiezentrum mich zu einem neuen Höhenflug abheben lässt, muss ich mich erst noch um etwas anderes kümmern. Genauer gesagt: um jemanden.

»Sie müssen sich nicht entschuldigen, Herr Möller. Aber ich will kein Date. Nicht jetzt, nicht morgen, nicht nächste Woche und auch nicht im nächsten Leben!« So etwas muss man handhaben wie Pflasterabreißen – mit einem entschiedenen Ruck, denn wenn man ewig knibbelt, tut es letztendlich mehr weh, weil es einfach länger dauert.

Ich krame das Geld für den Wein aus meiner Tasche, knalle es auf den Tisch und verlasse das Café, ohne mich noch einmal umzusehen. Na ja, fast. Aus dem Augenwinkel nehme ich noch wahr, dass Herr Möller ziemlich bedröppelt dreinschaut. Das versetzt mir merkwürdigerweise einen Stich, und ich bin kurz davor, stehen zu bleiben und mich nun meinerseits bei ihm zu entschuldigen.

Das wäre nett von dir, lobt mich das Engelchen, das gerade wieder auf meiner Schulter auftaucht, *und außerdem …*

Weiter kommt es nicht, denn in diesem Moment taucht das Teufelchen auf, zieht dem Engel von hinten einen Sack über den Kopf, stopft ihn hinein und wirft sich das wild zappelnde Bündel dann grinsend über die Schulter. *Vergiss den Gnomen*, rät das Teufelchen mir entschieden, *und sieh zu, ob du heute Abend nicht noch Phil erreichen kannst. Das ist ein Mann, der zu dir passt – nicht dieser abgebrochene Meter.* »Genauso sehe ich das auch«, grummle ich vor mich hin und verstehe mich gerade selbst nicht – denn für diese Erkenntnis brauche ich doch eigentlich keinen höllischen Beistand, oder? Warum bin ich dann so … wütend? Und auf wen eigentlich?

Ich greife in meine Tasche und suche nach einem Handy – für die ganze Energie, die gerade in mir rumort, brauche ich ein Ventil, und was würde sich da besser eignen als ein erfreulicher Nahkampf mit Phil? Nichts!

Nichts ist allerdings auch das richtige Stichwort: Ich finde mein Handy nicht. Wahrscheinlich habe ich es zu Hause liegenlassen. *Ahhhhh!* Und natürlich habe ich Phils Nummer nicht im Kopf.

Und jetzt?

Missmutig beschließe ich, zu Fuß nach Hause zu laufen, um wieder ein bisschen runterzukommen. Vielleicht vergesse ich dann auch den Ausdruck auf Herrn Möllers Gesicht. Und mit ein bisschen Glück komme ich dann wegen der körperlichen Betätigung auch nicht auf die Idee, mich zu fragen, ob Sascha auch jedes Mal so erschrocken und verletzt aussieht, wenn er eine Abfuhr-SMS von mir bekommt.

Okay. Das mit dem Glück kann ich vergessen. Ich denke bereits daran. Und das gefällt mir gar nicht.

Direkt vor der Haustür treffe ich Pia, die ebenfalls gerade von ihrem Beobachtungseinsatz zurückkommt. Meine Laune hat sich immer noch nicht gebessert. Aber vielleicht ist Pia auch nicht gut drauf, dann können wir uns gegenseitig aufmuntern!

»Es hat alles wunderbar geklappt, Isa! Harald war charmant, wie man ihn kennt, und ein wahrer Gentleman. Er sah klasse aus, so richtig mit Anzug und Krawatte und dem ganzen Pipapo.«

Das mit dem gegenseitig aufmuntern fällt erst einmal flach. »Hört sich super an«, sage ich wenig euphorisch. »Und was ist dann passiert?«

»Die beiden haben erst einmal schick eine Kleinigkeit gegessen. Ich habe leider keinen Tisch in ihrer Nähe bekommen, aber ich meine, ich hätte gehört, dass diese Verena etwas von Theater gesagt hat. Deswegen wollte sie wahrscheinlich auch, dass Harald sich schick macht. Ob sie die Karten wohl schon hatte? Oder hat sie die extra besorgt? Aber ich sag dir eins: Mit so einem attraktiven Begleiter würde ich mich auch gerne mal im Theater sehen lassen.« Sie schaut so versonnen ins dunkle Treppenhaus, als würde sie erwarten, ihn dort entdecken zu können. »Wobei Harald mir auch ohne Anzug ausgesprochen gut gefiel. Also, so ohne alles …« Sie lacht. »Aber sag mal, du bist so ruhig, was ist los mit dir?«, fragt sie dann besorgt, als sie merkt, dass ich nur mit den Schultern zucke.

»Keine Ahnung, wahrscheinlich PMS«, antworte ich seufzend. »Bin irgendwie nicht gut drauf.«

»War das Date mit Sven denn nicht gut?«

»Doch, doch, alles erfreulich! Ach, ich weiß auch nicht. Lass uns einfach morgen mal quatschen, okay?«

Ich freue mich natürlich über Pias Bericht, bin aber zu verwirrt, um mich noch länger mit ihr zu unterhalten. Ich möchte mich jetzt einfach nur auf mein Bett legen und mich von meinem Adonis Phil verwöhnen lassen. Nicht denken, nur genießen. Die Begegnung mit Herrn Möller hat mich einerseits aufgeregt und andererseits auch zum Nachdenken gebracht: Warum habe ich so aggressiv reagiert? Liegt es nur daran, dass ich von Sascha genervt bin? Bin ich ihm gegenüber womöglich auch viel zu hart? Und wenn ja: Sollte dies bedeuten, dass ich mich gerade zum Negativen verändere?

Ich verabschiede mich schnell von Pia, schließe meine Wohnungstür auf und sehe sofort das Handy, das auf der Kommode im Flur liegt. Ohne lange zu überlegen, schicke ich Phil eine SMS:

Hast du Lust, zu mir zu kommen?

Keine fünf Minuten später meldet mein Handy eine neue Nachricht.

Schon wieder? Du bekommst wohl wirklich nie genug … Gefällt mir! Brauche aber noch eine halbe Stunde, bevor ich losfahren kann, okay?

Mir fällt ein Stein vom Herzen. Wenigstens das klappt! Ich texte ihm schnell zurück:

> Super, freue mich sehr. Ich brauche heute einfach jemanden, der mich ganz feste in den Arm nimmt.

Ich bin selbst erstaunt über meine Wortwahl. Aber genau danach sehne ich mich gerade. Sehr.

Eine Minute später piept mein Handy erneut.

> Isa, nur zur Sicherheit – alles ohne Verpflichtungen, richtig?

Ich muss schlucken. Ohne Verpflichtungen, ja, das ist genau das, was ich immer fordere und was ich brauche. Aber es gibt mir einen Stich, weil ich gerade merke, dass es wohl doch nicht unbedingt das ist, was ich mir wünsche.

Kapitel 21

Drei Stunden lang genieße ich es, nicht nachdenken zu müssen, nur zu fühlen, mich fallen und von Phil verwöhnen zu lassen. Als er dann so wortlos geht, wie er gekommen ist, versuche ich, das wohlige, warme Gefühl so lange wie möglich festzuhalten. Aber es gelingt mir nicht.

Ich war immer froh, dass Sascha nach dem Sex stets recht schnell meine Wohnung verließ – zugegebenermaßen nicht unbedingt aus eigenem Antrieb, sondern weil ich ihn darum bat. Ich wollte alleine einschlafen und morgens alleine aufwachen. Ich wollte mich ungebunden, frei und als Herrin der Lage fühlen. Doch jetzt, wo Phil wieder fort ist, fühle ich mich einfach nur … allein. Ein Gefühl, das ich nur zu gut kenne aus der Hardcore-Liebeskummerphase, nachdem Tom mich verlassen hat.

Phil ist ein toller Mann. Nicht umsonst möchte ich ihn für mich haben. *Weil du dabei bist, dich in ihn zu verlieben*, flötet das Engelchen, das es sich diesmal mit einem Sicherheitsabstand zum Teufelchen auf meinen Zehenspitzen bequem gemacht hat.

Pah, verlieben, krächzt das Teufelchen mir ins Ohr. *Darauf kann ich gut verzichten. Was ich will, das ist guter Sex, schweißtreibend und ohne Verpflichtungen. Liebe, das ist doch nur etwas für …*

Weiter kommt es nicht. Ich schaue den kleinen, feuerroten Gesellen mit den kleinen Hörnchen auf dem Kopf fragend an. Aber der bringt keine Antwort heraus, stampft wütend mit dem Fuß auf und verschwindet mit einem leisen *Plopp* in einer kleinen roten Wolke.

Liebe. Das ist etwas für … mich?

Trotz aller guten Vorsätze, mich nicht mehr darauf einzulassen?

Aber dann muss ich mir natürlich auch die Frage stellen, ob das, was ich für Phil empfinde, überhaupt Liebe sein kann, wenn ich mir dessen nicht sicher bin. Fühlt man Liebe nicht ganz instinktiv und ganz sicher, so rein aus dem Bauch? Ist es nicht nur dann Liebe, wenn man sich eben *nicht* diese Frage stellt? Bei Tom wusste ich vom ersten Moment an: Ja, der ist es. Ich wusste ohne jeden Zweifel, dass das, was ich für ihn empfand, Liebe war.

Hat mir am Ende allerdings auch nicht geholfen.

Warum ist alles, was mit der Liebe zu tun hat, nur so unsagbar kompliziert? Oder bin nur ich es, die das alles kompliziert macht? Nein, Pia hat die gleichen Probleme, das haben wir in langen Nächten und bei vielen Flaschen Wein besprochen. Liegt es vielleicht an unserem Alter? Muss man für Liebe erst … heranreifen? Ich sollte mal mit Charlotte darüber reden.

Irgendwann schlafe ich ein, wache aber nach wenigen Stunden ziemlich gerädert wieder auf. Seufzend marschiere ich in die Küche, um mir einen Cappuccino zu machen. Mit der Tasse in der Hand setze ich mich auf meine Küchenfensterbank und schaue nachdenklich nach draußen.

Natürlich kehren meine Gedanken sofort wieder zur letzten Nacht und zu Phil zurück. Es läuft eigentlich gut mit ihm, keine Frage. Sicher würden mich doch viele Frauen darum beneiden, einen attraktiven … Bekannten zu haben, der immer dann, wenn uns beiden danach ist, zu mir kommt und im Bett alle meine Wünsche befriedigt.

Aber ist das wirklich alles, was ich mir vom Leben wünsche? Sex, wann immer ich Lust habe, ohne viel Gerede und alles absolut komplikationsfrei?

Vielleicht muss ich mir eine ganz andere Frage stellen: Warum will Phil nach dem Sex immer sofort gehen? Hat auch er womöglich nur Angst, dass sich zwischen uns mehr entwickelt, als er eigentlich will?

Aber kann man Gefühle denn unterdrücken? Sind sie nicht einfach so da? Kommen sie nicht geflogen wie eine Magen- und Darmgrippe? Kann man sie sich wirklich wegreden, weil sie gerade nicht in den Lebensplan passen?

Ach, Phil – er ist so ein schöner, starker, zärtlicher Mann. Und er ist so …

… so wie eigentlich? Selbstbewusst, ja, das kann ich mit Sicherheit sagen. Aber ist er auch … nett? Lustig? Fürsorglich? Mir wird unwohl, und ich rutsche nervös auf der Fensterbank hin und her, schnappe mir schließlich ein Kissen vom Küchenstuhl und stopfe es mir in den Rücken, um gemütlich sitzen zu können. So ist's besser … verdrängt aber auch nicht die Frage: Wieso denke ich darüber nach, ob ich in Phil verliebt bin, wenn ich mir eingestehen muss, dass ich ihn eigentlich gar nicht kenne? Bin ich gerade dabei, mir Gefühle herbeizuwünschen? Geht das überhaupt?

In meinem Leben gibt es gerade eindeutig zu viele Fragezeichen!

Es ist noch früh am Morgen, aber unten auf der Straße beginnt schon wieder der Alltag. Aus dem Haus gegenüber kommt ein Paar in meinem Alter, die ich flüchtig kenne: Er arbeitet bei einer Versicherung, glaube ich, und sie ist, wenn ich mich richtig erinnere, Krankenpflegerin. Sie ist noch dabei, einen Apfel zu essen, er tippt auf seinem Blackberry herum. Ich beobachte, wie die beiden zur Kreuzung vorgehen, zusammen und doch irgendwie getrennt in ihrer eigenen Welt. Aber gerade, als ich denke, dass ich mir so eine Beziehung auch nicht vorstelle, so in Routine erstickt und wortlos nebeneinanderher laufend, bleiben sie stehen und verabschieden sich, bevor sie in zwei unterschiedliche Richtungen gehen: Sie küsst ihn, er kitzelt sie ein bisschen, dann muss sie loslaufen, weil der Bus gerade kommt, und er sieht ihr kurz hinterher, bevor er sich auf seinen Weg macht. Ich schaue ihnen traurig nach und denke an Tom. Wie sehr ich es damals geliebt habe, abends noch mal eine Runde mit ihm um den Block zu gehen, einfach ein bisschen frische Luft schnappen und es genießen, gemeinsam unterwegs zu sein. Oder wir sind in den Wald gefahren und haben dort Rehe beobachtet. Ich fand es zwar immer etwas befremdlich, so mucksmäuschenstill zu sein, aber toll war es dennoch. Ich habe diese Nähe zu Tom und die Stille, die uns umgab, so sehr genossen.

Vieles war toll, ganz einfach, weil wir es zu zweit gemacht haben. Ist es nicht erstaunlich, dass man das Gefühl hat, mehr zu sein, obwohl man streng genommen doch sogar nur die Hälfte eines Paares ist?

»Hey, Isa, was ist nur los mit dir?«, frage ich mein Spiegelbild in der Fensterscheibe. »Du wirst doch jetzt nicht sentimental werden, oder?« Wie war das noch? Man schreibt seine Lebensgeschichte selbst. Also brauche ich jetzt mal ein kurzes Kapitel, das mir Mut macht!

»Über Tom bist du hinweg«, fange ich an. »Endgültig. Und dass es manchmal noch weh tut, an ihn zu denken, gehört einfach dazu zum Leben. Zu deinem neuen Leben. Und in dem hast du immer noch ein Dach über dem Kopf, einen

Job, eine Familie und Freunde, noch dazu ein gut anlaufendes Männertaxi und, last but not least, einen Sexgott fürs Bett, der vielleicht nicht alles ist, was er sein könnte, aber … doch schon mal eine ganze Menge. Also: *Genieße es!*« Ich grinse mich an, halte meine Tasse ans Fenster und sage: »Komm, lass uns darauf anstoßen!«

Meine frohgemuten Gedanken sind schnell vergessen, als ich später ins *Snack & See* komme und wieder mal direkt von Wolf angepflaumt werde: »Wo warst du gestern Abend?«

Hä?, möchte ich zurückpoltern, entscheide mich aber für ein freundliches: »Bitte?«

»Wo du gestern Abend warst, frage ich dich, Herrgott noch mal! Was gibt es an dieser Frage nicht zu verstehen?«

»Chef, ich hatte gestern frei, falls du das vergessen haben solltest, und wenn ich freihabe, muss ich dir keine Rechenschaft darüber ablegen, wo ich mich rumtreibe!«

»Ich habe gestern Abend auf deinem Handy angerufen! Aber es ging nicht mal eine vermaledeite Mailbox an!«

Ich erinnere mich nebulös daran, dass tatsächlich einige Anrufe in Abwesenheit angezeigt wurden, als ich nach Hause kam, aber denen habe ich wenig Beachtung geschenkt, weil ich schließlich Phil zu mir beordern wollte. Und die Mailbox habe ich meistens aus, weil ich gar nicht immer und überall erreichbar sein will. Vor allem, wenn es sich um meinen Chef handelt.

»Was war denn überhaupt los?« Ich verstehe gerade gar nichts mehr.

»Angie ist krank geworden! Deine liebe Frau Kollegin hat sich wieder mal eine Grippe genommen.«

»Angie nimmt sich keine Grippe, sie ist einfach anfällig für so etwas«, schnauze ich ihn nun doch an, denn es ärgert mich zutiefst, dass er ihr immer böse Absichten unterstellt. »Und außerdem: Du warst doch auch da!«

»Ja, aber ich musste weg!«

»Ach«, entgegne ich honigsüß, »hast du dir eine kleine Auszeit *genommen?*«

»Ich! Bin! Hier! Der! Chef! Ich kann tun und lassen, was ich will, und bin dir mit Sicherheit keine Rechenschaft schuldig!« Irgendwie habe ich immer das Gefühl, als würde ein Wüstensturm durch mein Gesicht fegen, wenn Wolf so losbrüllt wie jetzt. Würde wenigstens eine Ladung Sandkörner mitgefegt werden, wäre es das perfekte Gesichtspeeling. Aber so … »Du bist meine Angestellte! Du hast flexibel zu sein! Und das bedeutet auch, dass du gefälligst an dein Handy zu gehen hast! Ich! Musste! Den! Laden! Zumachen!« »Du hast bitte schön … was?« Das hat er ja noch nie getan! Wie wichtig kann ein Termin sein, dass Wolf seinen über alles geliebten, weil Geld einbringenden Laden zumacht? Mich beschleicht ein ungutes Gefühl. Gab es einen Notfall? Ist irgendjemandem etwas passiert, den Wolf mag? Und, noch schockierender: Mag Wolf womöglich irgendjemanden? »Was war denn das für ein Termin?«, frage ich vorsichtig nach. Ich rechne zwar nicht mit einer ehrlichen Antwort, aber versuchen kann ich es ja mal.

»Das! Geht! Dich! Einen! Scheißdreck! An!«

Puh … okay. War ja klar. Immerhin – ich dürfte inzwischen eine perfekte Fönfrisur haben von der ganzen Anbrüllerei.

»Ab sofort bist du jederzeit über dein Handy zu erreichen, verstanden? Sonst reden wir beiden mal sehr eindeutig über deine mehr als großzügige Freizeitreglung, kapiert? Und jetzt an die Arbeit, aber zack, zack! Ich gehe nach hinten. Muss telefonieren!«, knurrt Wolf und rauscht ab.

Ich beginne seufzend mein Tagwerk. Während ich Marken zurücksortiere und Kunden bediene, geht mir die Frage, was Wolf denn wohl für einen wichtigen Termin hatte, nicht aus dem Kopf. Sollte Wolf ein notorischer Seitenspringer sein? Die ganzen Kontaktanzeigen in den Zeitungen sprechen ja dafür. Und das würde auch erklären, warum der Mann den Wildwuchs in seinem Gesicht gezähmt hat. Diese Beweiskette regt nun natürlich meine Phantasie an – und obwohl ich gerade einen sehr ernst aussehenden älteren Kunden bediene, pruste ich vor Lachen los, denn ich stelle mir Wolf beim Männertaxi vor! Das wäre eine Gaudi! Ich frage mich nur, an wen ich ihn guten Gewissens vermitteln könnte: an eine taube, blinde Dame? Die könnte ihn vermutlich ertragen. Sie müsste allerdings bei einem tragischen Unfall auch noch ihren Tastsinn verloren haben. Das wären dann wohl doch ein paar Schicksalsschläge zu viel – keinerlei Sinneseindrücke … und dann auch noch Wolf.

Im Lauf der nächsten Stunden spiele ich verschiedene Szenarien durch und habe einen Riesenspaß dabei. Meine Top Drei der potentiellen Wolf-Dates:

Platz 3: die bisher unbekannte Cousine von Hannibal Lecter aus *Das Schweigen der Lämmer*
Platz 2: das Ungeheuer von Loch Ness (Nessie dürfte ja wohl eine Frau sein, oder?)
Platz 1: eine Gummipuppe von Beate Uhse

Die Türglocke reißt mich aus meinen Gedanken – und trotzdem komme ich mir plötzlich vor, als würde ich träumen. Alles passiert wie in Zeitlupe, ein bisschen so, als würde Pamela Anderson als Rettungsschwimmerin in *Baywatch* beziehungsweise in unzähligen Männerphantasien zum Meer stürmen. Aber das hier ist keine Badenixe, das ist eine … eine Göttin? In der Phantasieecke meines Gehirns macht sich die Titelmelodie von *Sex and the City* breit. Ich schaue sie an und finde sie einfach nur umwerfend. Ihre Haare sind blond, lang, wallend und engelsgleich, während ihr Gesicht verteufelt schön ist. Sie trägt einen schwarzen Hosenanzug, der wie angegossen an ihrem kurvigen Körper sitzt, riesige goldene Ohrringe und dazu Schuhe, die sicher von Manolo Blahnik sind und die mich spontan auf die Idee bringen, ihnen einen kleinen Altar zu bauen, auf dem ich all meine Ersparnisse opfern werde, nur um sie einmal berühren zu dürfen. Dazu weht mir ein Hauch ihres Parfüms entgegen, das so klasse riecht, dass mir das Wasser im Mund zusammenläuft, als würde man mir eine offene Tafel Noisette-Schokolade unter die Nase halten.

Aber wer ist diese Göttin? Womöglich eine amerikanische Schauspielerin, die sich vor dem neuen Filmdreh schon mal die Örtlichkeiten ansehen will, in denen es demnächst ihre Werke zu leihen gibt? Als sie vor mir steht, bin ich kurz davor, sie um ein Autogramm zu bitten – doch dann donnert sie plötzlich und ohne Vorwarnung mit der Faust auf die Theke. Ich erschrecke mich und zucke zusammen; die Phantasieeckenmusik verstummt.

»*Wolf!*«

»Äh, Entschuldigung?«

Die Dame wirkt auf einmal irgendwie gar nicht mehr so engelsgleich auf mich. Wutentbrannt schlägt sie ein zweites Mal auf die Theke.

»*Wo? Ist? Wolf?*« Sie hat den Tonfall eines übellaunigen Oberfeldwebels. Das kommt mir merkwürdig bekannt vor …

»Wolf? Ach so, mein Chef … ja, Moment, ich hole ihn!«

Was will die denn von dem? Als wenn der solche Frauen kennt! Vielleicht ist es ja eine etwas übereifrige Kreditberaterin von der Bank, die wütend ist, weil er irgendwelche Raten nicht zahlt?

Ich klopfe an Wolfs Bürotür, öffne sie und erwische ihn dabei, dass er seine Füße bequem auf dem Schreibtisch positioniert hat und aus dem Fenster lächelt, während er telefoniert. Ich höre gerade noch, wie er in den Hörer säuselt: »Für dich würde ich es doch immer wieder tun!«, als er zusammenfährt und mich wütend anstarrt.

»Was ist?«

»Wolf, da ist eine Dame, die dich sprechen möchte!«

»Sag ihr, sie soll später wiederkommen, ich kann jetzt nicht.«

»Ich glaube nicht, dass sie sich so leicht abwimmeln lassen würde. Sie klingt sehr … ich sach mal so …« O Gott, ich hätte nicht gedacht, dass ich mir das Simon-Syndrom so schnell aneignen würde. »Nun ja, sie klingt sehr erregt … ähm … aufgeregt … also, so wütend irgendwie. Sehr!«

Wolf verdreht die Augen. »Ich komme sofort!« Und während ich die Tür hinter mir schließe, höre ich noch, wie er ein »Ich melde mich später wieder« in den Hörer haucht und das Telefonat mit einem Küsschen beendet. Mit einem Küsschen! Wolf! *Hammer!*

»Er ist sofort bei Ihnen«, versuche ich, die Dame an der Theke zu beruhigen, die aufgebracht an einer Zigarette zieht. Besser gesagt, an so einer Plastikspitze, in die man Zigaretten stecken kann. So was kenne ich eigentlich nur von ganz früher aus dem Fernsehen; Alexis aus dem Denver-Clan hat auch immer so eine benutzt, und ich fand das damals schon unheimlich cool und sexy. Bei dieser Dame wirkt es auch so … aber zusätzlich noch irgendwie Ehrfurcht erregend und einschüchternd.

»Ha!«, blafft sie mir auf einmal entgegen. Erschrocken weiche ich einen Schritt zurück und stoße mit Wolf zusammen, der hinter mir aufgetaucht ist und somit wohl der Grund für den Ausruf war.

»Gaby! Was machst du denn hier? Ich denke, du kommst erst heute Nachmittag aus München zurück.« Er läuft knallrot an.

»Wo warst du gestern Abend?«, zischt sie.

Der Satz kommt mir irgendwie bekannt vor, doch diesmal kommt er nicht von Wolf, sondern aus dem makellos rotgetünchten Mund der Dame. Ihr Lippenstift ist bestimmt von Chanel.

»Gestern Abend? Also, äh … du meinst also am … Mittwochabend?«

Meine Güte, so habe ich Wolf ja noch nie gesehen! Er ist richtig nervös, und ich sehe Schweißtropfen auf seiner Stirn. Was hat der nur?

»Soll ich es dir aufschreiben oder was? Stell dich nicht immer dümmer, als du es ohnehin schon bist! Ich will wissen, wo du warst, Herrgott noch mal, ist das so schwierig, du Weichei?«

Weichei? Wolf? Ha! Ich erwäge, mir einen Stuhl heranzuziehen und ein paar Schokonüsse – das ist ja besser als im Kino!

»Schatz, ich …«

Schatz? Nee, oder? Das glaube ich jetzt gerade nicht! Und dann fällt es mir wie Schuppen von den Augen – *klaro!* Gaby – den Namen hat er mal erwähnt. Das muss seine Frau sein! Nur, wenn diese Rachegöttin wirklich die Gattin von Wolf ist … wer ist dann das nervöse Männlein, das neben mir steht und das nur noch optisch eine gewisse Ähnlichkeit mit meinem cholerischen Chef hat?

»Schatz, Schatz, Schatz«, Gaby äfft ihn nach, und ich muss mir auf die Unterlippe beißen, um nicht zu lachen, »bald hat es sich ausgeschatzt, wenn du dich weiterhin so bescheuert anstellst! Also, raus jetzt mit der Sprache!«

»Ich … ich …«, stottert Wolf, »ich war hier!«

»Warst du nicht! Ich habe angerufen, und es ging niemand dran!«

»Wir hatten … eine Störung. Das Telefon war kaputt!«

»Ach ja? Und dein Handy? War das auch kaputt? Es war nämlich auch aus, du mieser kleiner Lügner!«

Warum habe ich bloß keine Videokamera? Den Film, den ich gerade drehen könnte, würde ich noch jahrelang hingerissen ansehen, ganz sicher.

»Ja, der Akku war leer, und ich habe hier doch kein Ladekabel, Schatz, das liegt doch zu Hause im Arbeitszimmer …« Das klingt eigentlich recht überzeugend. Blöd nur, dass Wolf Schweißtropfen an den Schläfen hinunterlaufen. Und natürlich sehe nicht nur ich sie, sondern auch Gaby, die aussieht, als würde sie jeden Augenblick explodieren.

»Isa kann das bezeugen!«

Super, jetzt führt er auch noch eine Zeugin für seine Lügengeschichte an …

Moment mal. Isa?

Ich?

Das Ehepaar Fürchterlich starrt mich an. Auf einmal fühle ich mich, als hätte *ich* etwas verbrochen.

»Ich?«, frage ich hilflos.

»Ja, du warst doch gestern Abend auch hier und hast mich noch drauf aufmerksam gemacht, dass mein Handy-Akku piept«, sagt Wolf schnell und wirft mir dabei einen Blick zu, der irgendwo zwischen einem kleinen hilflosen Hund und der Schlange Kah aus dem Dschungelbuch liegt, die ihre Opfer bekanntlich hypnotisiert.

»Ja?«

»Ach, Isa, weißt du nicht mehr? Es lag doch da vorne neben dem PC.« Er zeigt auf den Computer, während er mir unsanft auf den Fuß tritt. »Ach ja ...« Ich denke fieberhaft nach: Was mache ich jetzt? Normalerweise erkläre ich mich bei einem Streit automatisch mit dem schwächeren Kontrahenten solidarisch. Das wäre jetzt gerade eindeutig Wolf, der offensichtlich Angst vor seiner Frau hat. Also: Mitlügen, dass sich die Balken biegen? Wenn ja, dann sicher nicht aus purer Nächstenliebe, denn die hat Wolf eindeutig nicht verdient. Aber natürlich muss er mir sein Leben lang dankbar sein, wenn ich für ihn Partei ergreife, und das kann doch nur eine sofortige Lohnerhöhung von zweihundert Prozent bedeuten, oder? »Ja, stimmt!« Ich schlage mir gegen den Kopf. »Sag mal, wie schusselig bin ich denn, dass ich das vergessen konnte? Dein Akku war leer, deswegen wolltest du dir mein Handy leihen, um ... äh ... bei diesem Kunden anzurufen und Bescheid zu sagen, dass der von ihm bestellte Film gekommen ist. Aber ich hatte mein Handy zu Hause vergessen. Und als ich später noch eine Bestellung aufgeben wollte, habe ich gemerkt, dass die Leitung tot ist.« Ich spiele das Spiel mit. Wolf schaut mich an, als würde er mich gleich knutschen wollen. Nee, keine Küsse – Kohle will ich, mein Lieber!

»Und das soll ich glauben?«, fragt Gaby. Himmel, diese Frau schaut mich an, als ob sie mich sezieren wollte, ohne vorher auf mein natürliches Ableben zu warten.

»Natürlich!«, flöte ich unschuldig. »Der Techniker war erst heute Morgen da. Irgendwo hinten im Büro liegt noch die Auftragsbestätigung, soll ich die schnell für Sie raussuchen?«

»Nein, lassen Sie mal.« An dem fiesen Blick ändert sich nichts. »Sie sind Isa, richtig?«

Ich nicke. »Ja. Freut mich, Sie kennenzulernen. Warum fragen Sie?«

Gaby lächelt. Für einen Polarforscher wäre das sicher ein hübscher Anblick, denn es ist ein eiskaltes Lächeln. »Nun, Wolf hat mir von Ihnen erzählt – *Isa ist dumm, aber ehrlich,* sagt er immer. Also kann ich Ihnen wohl glauben.«

Ich bin sprachlos.

»Was wolltest du denn eigentlich?«, fragt Wolf schnell.

»Du solltest meine Mutter vom Bahnhof abholen, hast du das etwa vergessen?«

»O mein Gott, da habe ich tatsächlich nicht mehr dran gedacht!« Wolfs Gesicht wechselt von Tomatenrot zu Schneemannweiß.

»Mutti rief mich gestern Abend im Hotel an und war ganz verzweifelt, weil sie hier am Bahnhof stand und du nirgendwo zu finden warst. Ich konnte ja schlecht schnell von München nach Münster jetten, also musste ich ein Taxi rufen und sie in einem Hotel einquartieren, anstatt bei uns zu Hause! Wie peinlich ist das, bitte schön? Die eigene Mutter ins Hotel verfrachten!« Sie funkelt ihn wütend an. Ich traue meinen Augen kaum, denn sie hat nun den gleichen Gesichtsausdruck, den Wolf immer aufsetzt, wenn er mich anschnauzt. »Ich könnte dich …« Sie macht mit den Händen eine Bewegung, die aussieht, als wolle sie ihrem Mann den Hals umdrehen.

»Schatz, es tut mir leid! Es wird nie wieder vorkommen, das verspreche ich dir!« Dass Wolf nicht vor ihr auf die Knie geht, um ihr die Füße zu küssen, ist alles. »Ich werde dich und deine Mutter zum Essen einladen! Ganz feudal ins *Fidelio,* versprochen!«

»Das ist ja wohl das Mindeste, du verdammter Wicht«, knarzt sie. »Meine Mutter erwartet eine formvollendete Entschuldigung, und ich auch.« Sie dreht sich um, stolziert mit hocherhobenem Kopf in Richtung Tür und schnauzt noch ein: »Also, wir sehen uns um halb sieben, Mama isst nicht gerne spät.«

Wolf überlegt kurz. »Oh, Schatz, das tut mir furchtbar leid, aber vor zehn komme ich heute nicht nach Hause.«

»Was?«

Okay, nun macht Gaby mir auch Angst.

»Ich muss nach der Arbeit noch zu einem Termin ... mit Isa.«

Mit mir?

»Mit ihr?«, fragt Gaby wütend und nimmt mich jetzt wieder aufs Korn.

»Ja, das ist sehr wichtig«, sage ich schnell, denn wenn Gaby ihren Ehemann doch noch erschlägt, kann ich meine Gehaltserhöhung vergessen.

»Was kann denn wohl so wichtig sein?«, will sie wissen.

»Ja, also, ich ...«

»Isa ist Alkoholikerin«, sagt Wolf. »Sie muss heute zu ihrem üblichen Treffen, und als ihre engste Bezugsperson hat mich die Gruppenleiterin gebeten, ihr beizustehen.«

Ich bin also Alkoholikerin? Na warte, Wolf, jetzt reden wir über dreihundert Prozent.

»So, Sie sind also eine Schnapsdrossel?«, fragt mich Gaby, aber erstaunlicherweise ist der drohende Gesichtsausdruck aus ihrem Gesicht gewichen. »Mein Vater war auch ein Säufer.« Offensichtlich weiß Wolf sehr genau, mit was man seine Frau knacken kann.

Ich nicke stumm und versuche, möglichst alkoholabhängig und hilflos auszusehen.

»Ich habe ihn dafür verachtet«, teilt Gaby mir mit, und obwohl die Geschichte komplett erfunden ist, fühle ich mich nun wirklich für einen Moment wie ein bemitleidenswertes kleines Etwas. An Wolf gewandt, fährt sie fort: »Gut, dann morgen Abend. Du weißt, dass du Mutti und mir das schuldig bist. Ohne uns wärst du ein Nichts und Niemand.« Und damit rauscht sie endgültig aus dem Laden.

»Ja, mein Schatz, das weiß ich!« Es kommt mir vor, als würde Wolf gleich einen Diener vor ihr machen. Wahnsinn! Der Choleriker ist in Wirklichkeit eine Memme, der vor seiner Frau kuscht. Ich bin sprachlos. Wobei – bei einer Frau wie Gaby kann ich das durchaus ein bisschen verstehen. Sie sieht wirklich toll aus, aber wahrscheinlich musste sie einen Mann wie Wolf nehmen, weil jeder andere vor ihr Reißaus genommen hat. Ein bisschen tut er mir jetzt sogar leid.

»Na, Chef, jetzt einen kleinen Beruhigungsschnaps mit deiner Lieblingsschnapsdrossel?« Ich lächle ihn aufmunternd an.

»Alkohol während der Arbeitszeit? Hast du restlos den Verstand verloren«, motzt er mich an.

»Damit das zwischen uns klar ist: Das alles hast du nie gesehen, hörst du?«

Das ist wieder so typisch für ihn. Aber nicht mit mir: »Okay, Wolf, jetzt ist wahrscheinlich genau der richtige Moment, um über mein Gehalt zu sprechen.«

»Was willst du? Soll das hier eine Erpressung werden, oder was? Vergiss es, Isa Schwärzenbach, vergiss es einfach. Ein Wort zu den anderen Aushilfen, und ich schmeiße dich achtkantig raus und sorge dafür, dass du in ganz Münster-Hiltrup keinen neuen Job bekommst!«

»…« Ich würde ihm jetzt gerne eine gepfefferte Antwort servieren, aber ich bin einfach sprachlos. In Gedanken schicke ich ihm noch ein *Was bist du nur für ein Arschloch?* hinterher, als Wolf wieder in seinem Büro verschwindet.

Jetzt könnte ich tatsächlich einen Schnaps vertragen. Ich bin ja angeblich eh schon Alkoholikerin.

Ahhhhhhhhh!

Ich glaube, ich schreie jetzt mal ein ganzes Jahr durch.

Kapitel 22

Als ich sechs Wochen später auf meinem Bett liege, schreie ich natürlich nicht mehr. Im Gegenteil, ich habe ziemlich gute Laune, denn das Männertaxi boomt. Das bedeutet für mich zwar eine Menge Stress, aber damit kann ich wunderbar leben.

Meine Überlegung, die Preise variabel zu halten, zahlt sich voll aus, denn die Damen zahlen in der Regel sehr gutes Geld für meine Dienste. Oder besser gesagt für die meiner Männer. Nur eine doofe Tussi war dabei, die nach einem Männertaxi-Abend mickrige zehn Euro überwiesen hat. *Zehn!* Das muss man sich mal vorstellen. Ich habe sie daraufhin natürlich angerufen und nachgefragt, ob irgendwas nicht in Ordnung gewesen sei – und sie sagte frech, dass der Mann es nicht gebracht hätte und sie der Meinung wäre, dass ich ihr noch ein Gratis-Date schulden würde. Der Mann war Simon … und mal ehrlich? Ich kann mir nicht vorstellen, dass ausgerechnet er eine schlechte Performance abgeliefert haben soll. Intellektuell ist er sicher kein Überflieger, aber was seine Kundinnen stets zu schätzen wissen, ist, dass er ein Herz aus Gold hat … und natürlich den McJoy eines gut geölten Duracell-Hasen. Also habe ich ihn angerufen und zu dem Abend befragt.

Wie sich herausstellte, war die Kundin alles andere als eine Dame. Sie hatte Simon zwar in ein Nobelrestaurant bestellt, sagte dann aber dort sofort, dass sie erwarten würde, dass er die Rechnung übernimmt – »das kriegst du doch von deiner

Chefin zurück«, behauptete sie. Als Simon verneinte, wollte sie sofort nach Hause gebracht werden – und kaum in der Wohnung angekommen, kam sie zur Sache.

»Das heißt, die Kundin dürfte auf ihre Kosten gekommen sein?«, hakte ich nach.

»Ich sach mal so, ich hab alles gegeben, und irgendwie hat es ihr wohl auch gefallen …«

»Irgendwie?«

»Ja, also, wie soll ich sagen … das war keine von den … Netten?«

»Wie meinst du das, Simon?«

Er schwieg einen Moment, und ich konnte hören, wie er schluckte. »Na, also, sie … sie war irgendwie … gemein. Sie hat mich eigentlich die ganze Zeit … beschimpft.«

»Sie hat … was?« Ich war wirklich erstaunt. »Meinst du, sie hat ein bisschen Dirty Talk gemacht?«

»Nee. Ich sach mal so, sie hat mich total von oben herab behandelt und mir …« Wieder dieses Schlucken. »Isa, ich mach das mit dem Männertaxi wirklich gerne, und die Frauen, die ich durch dich getroffen habe, die waren alle super, woll? Aber die … die war echt fies. Die hat mir das Gefühl gegeben, einfach nur ein Stück Fleisch zu sein. Und am Ende hat sie gesagt, ich wäre dumm wie Stroh.« Er schwieg betreten.

Ich wurde wirklich wütend. Aber natürlich nicht auf Simon, sondern auf die Kundin. Was bildete die sich eigentlich ein? Ich habe die Schnepfe dann noch einmal angerufen und ihr ordentlich Bescheid gesagt. Und zwar in aller Deutlichkeit. Sie steht jetzt auf der roten Liste bei mir, und ihre blöden zehn Euro habe ich ihr sofort zurücküberwiesen. Wenn es um meine Männer geht, dann verstehe ich keinen Spaß. Irgendwo in mir drin steckt wohl doch so etwas wie eine Löwenmutter.

Ansonsten kann ich mich aber wirklich nicht beschweren: Das Männertaxi läuft, die Damen zahlen klasse, und meine Männer haben Spaß. Nicht nur im Bett übrigens, denn das Konzept, dass ich den richtigen Mann für alle Lebenslagen im Angebot habe, kommt auf ganzer Breite an: Harald wurde von einem Langzeitsingle auf eine Geschäftsjubiläumsfeier mitgenommen, damit sie dort nicht ohne Begleitung auftauchen musste, Sven hat einer Kundin das Tennisspielen beigebracht, und auch unser Ernst, der für die extra scharfe Nummer nicht zur Verfügung steht, hat einen treuen Fan: eine Dame, die ausschließlich per Mail mit mir kommuniziert und sich *SilverWoman* nennt, bucht ihn mindestens einmal die Woche. Sie zahlt lediglich einen kleinen Betrag von fünfzig Euro pro Date, aber unserem Charmeur der alten Schule ist das egal. »Weißt du, Isa«, erklärte er mir, »das ist wirklich eine ausgesprochen reizende Person, mit der würde ich mich sogar treffen, wenn ich dafür bezahlen müsste.«

»Na, na, das lass mal nicht deine Chefin hören«, drohte ich ihm lachend.

Ach, meine Männer – habe ich erwähnt, wie viel Glück ich mit ihnen habe?

Nachdem ich den Rechner hochgefahren habe, gehe ich die neu eingegangenen Männertaxi-Mails durch. Zeitgleich kommt ein Anruf für Sven rein; eine gewisse Angelika will ihn für den Abend buchen, um eine Spritztour in seinem Porsche zu machen und, wie sie es ausdrückt, »das Gleiche zu erleben wie meine Freundin Ann-Marie«. Während ich ihr erkläre, dass sie das im Detail mit Sven persönlich klären muss, überfliege ich schnell die Kundinnenkartei, die ich angelegt habe – ja, da gibt es eine Ann-Marie. Sie hat Sven bereits zweimal gebucht. Offensichtlich war sie sehr zufrieden … aber ich bin nicht sicher, ob ich einer Freundin wirklich empfehlen würde: »Du, den musst du dir mal kommen lassen, denn dann kommst du wie ein ganzes Silvesterfeuerwerk.« Nein, da habe ich doch eher ein gewisses … Territorialverhalten, wie man das bei Raubkatzen nennt, glaube ich. Phil beispielsweise fragte mich neulich schon etwas säuerlich, ob denn noch immer kein Platz auf der Männertaxikarte für ihn frei geworden wäre. Aber keine Chance. Er gehört nur mir! Nur für ein paar Stunden, versteht sich. Und ohne Trick, doppelten Boden oder die leiseste Gefühlsregung. Ich kenne die Spielregeln. Auch wenn ich nicht glücklich damit bin, mich an sie zu halten.

Ich klicke mich durch die Mails, muss zwei Absagen schreiben – Sven ist für den nächsten Mittwoch bereits ausgebucht, Harald arbeitet am Wochenende nicht mehr – und stoße dann auf eine Nachricht, die so kurz und prägnant ist, wie ich es inzwischen zu schätzen weiß:

Einmal die Nr. 4, heute Abend um 19:30 Uhr im Restaurant Mütz. Rufen Sie mich bis 16 Uhr unter der unten folgenden Nummer an, und bestätigen Sie den Termin. Gruß, Leila

Die Nr. 4, unsere kleine Jungfrau Lars. Okay, inzwischen ist er das ja nicht mehr, aber für mich hat er immer noch so etwas wie Welpenschutz. Ich vermittle ihn daher sehr zurückhaltend; wenn ich am Telefon das Gefühl habe, dass es die Kundin nur auf das eine abgesehen hat, buche ich sie lieber auf Sven oder Simon um. Nicht auszudenken, was passieren würde, wenn der Knabe in die Fänge einer Frau fallen würde, die ihn so schlecht behandelt wie Simons Alptraumkundin. Tatsächlich habe ich Lars erst zweimal an die Frau gebracht – einmal für eine Massage, die sich eine Vierzigjährige von einem knackigen Jungen wünschte, und einmal – wie niedlich – für eine halbe Stunde Knutschen mit einem dicken Mädchen, die, wie Lars mir danach berichtete, sehr aufgeregt war und ein bisschen enttäuscht, dass er nicht so aussah wie Tom von Tokio Hotel; sie hatte Lars von ihren besten Freundinnen zum 18. Geburtstag geschenkt bekommen.

Ich überprüfe anhand des Dienstplans, ob Lars an diesem Abend für Dates zur Verfügung steht – ja, allerdings erst ab 20 Uhr, vorher hat er irgendeinen Schauspielkurs.

»Ja hallo?«, meldet sich die Dame, als ich sie anrufe.

»Schönen guten Tag – hier spricht Isa vom Männertaxi. Ich habe Ihre Buchungsanfrage für heute Abend erhalten.«

»Das ist nett, dass Sie gleich zurückrufen. Wird es denn klappen?«

»Ab 20 Uhr ist es kein Problem.«

»Ach, sehr schön – ich freue mich.« Ihre Stimme klingt warm und sympathisch, aber durchaus etwas älter; ich schätze sie auf über fünfzig. Sicherheitshalber sage ich daher: »Darf ich Sie darauf hinweisen, dass es unseren Junior nur eingeschränkt für eine extra scharfe Lieferung gibt?«

»Um Himmels willen!« Leila lacht etwas schrill. »Bitte, was denken Sie? Ich möchte mit dem jungen Mann reden, alles andere käme mir dann doch merkwürdig vor bei diesem Altersunterschied!«

Puh ... ich bin beruhigt. Auch wenn ich mich frage, warum eine ältere Frau sich einen jüngeren Mann zum Reden sucht! Aber gut, Menschen sind nun mal verschieden. Ich verabrede mit ihr noch ein Erkennungszeichen, denn es hat sich herausgestellt, dass es den Damen lieber ist, wenn sie etwas festlegen dürfen, statt sich nach irgendwelchen Zeitungen umsehen zu müssen. Leila bittet darum, dass er ein Buch auf den Tisch legt: »Welches, ist mir egal, aber dann haben wir auf jeden Fall etwas, über das wir uns unterhalten können, um erst einmal das Eis zu brechen.«

Ich rufe Lars an. »Ins Mütz? Das ist ja toll«, freut er sich, »die haben da ein sensationelles Kalbfleisch in Limonensauce auf der Karte.«

Mir läuft das Wasser im Mund zusammen – klingt wirklich lecker!

So schön, wie der Tag beginnt, geht er allerdings nicht weiter: Wolf hat eine Laune, die selbst für ihn ungewöhnlich schlecht ist. Seit dem Vorfall mit seiner Frau scheint er außerdem nicht zu wissen, wie er mit mir umgehen soll. Mir geht es auch nicht anders, und die Stimmung im *Snack & See* als angespannt zu bezeichnen, ist daher noch untertrieben. Noch dazu geht alles schief, was schiefgehen kann: Der Computer stürzt ein paar Mal ab und löscht dabei aus unerklärlichen Gründen alle Kundendaten von GH bis GJ. Der Übertrag der Sicherungsdatei klappt natürlich auch nicht, also muss ich anfangen, alles noch einmal neu einzugeben – und wer denkt, dass es sicher nicht so viele Namen gibt, die mit diesen Buchstaben anfangen, der irrt. Ich erwische außerdem einen merkwürdig aufgekratzten Viertklässler, der versucht, eine DVD-Hülle aus der Kuschelecke zu stehlen, und muss mich dafür auch noch von seiner Mutter anblöken lassen: »Das hat Torben-Michel nicht getan!«

»Aber sehen Sie doch, das ist die DVD-Hülle, und die steckt in seinem Rucksack.«

»Was erlauben Sie sich, mein Kind anzufassen? Ich werde Sie anzeigen!«

Das ging noch ein bisschen weiter so, bis Torben-Michel,

der sich vorher offensichtlich mit Süßigkeiten in einen Zuckerrausch katapultiert hatte, sich in hohem Bogen übergab, natürlich nicht auf seine unerträgliche Mutter, sondern auf die Auslegeware, die ich danach mühsam säubern musste. Als sich dann auch noch eine Heulboje, der ich einen Männertaxiflyer in ihre *Schlaflos-in-Seattle*-DVD-Hülle geschmuggelt hatte, lauthals wegen unmoralischer Kuppelei beschwerte, war mir endgültig klar, dass es zu Unrecht heißt, man solle sich vor Freitag, dem 13-ten hüten – wenn die Welt irgendwann untergeht, dann an einem Donnerstag, den 27-ten, davon bin ich ab sofort fest überzeugt.

Seufzend schreibe ich eine SMS an Pia:

Hilfe! Gestrandet in der Hölle. Rettest du mich?

Aber meine beste Freundin kann nicht, sie hat irgendeinen Nagelnotfall und muss danach zu ihrer Mutter. Na toll. Also rufe ich Charlotte an: »Du, ich könnte heute Abend einen Tee gebrauchen – hast du Zeit?«

»Kindchen, es ist lieb, dass du an mich denkst, aber mir passt es gar nicht, ich habe etwas vor. Nächste Woche, versprochen.«

Natürlich freue ich mich für sie, aber das hilft mir jetzt auch nicht weiter. Unschlüssig nehme ich wieder mein Handy zur Hand und schicke die SMS, die gerade an Pia ging, an Phil. Er muss ja nicht wissen, dass Sex mit ihm heute nur meine dritte Wahl ist, um den Alltagsfrust zu vergessen.

Mein Handy piepst. Eine Nachricht von Phil. Na also!

Sorry, heute nicht. Mag lieber in Ruhe auf die Couch.
Gruß Phil

Ich bin heute angeplärrt und fast angekotzt worden – und nun zieht mein Gelegenheitsliebhaber auch noch sein Sofa mir vor. Ich gebe mir die Kugel!

Nee, ich hole mir eine leckere Flasche Wein.

Das ist doch die deutlich bessere Idee. Und dazu bestelle ich mir … *Kalbfleisch in Limonensauce,* schießt mir durch den Kopf. Genau! Das ist es! Ich gönne mir einfach ein leckeres Abendessen in einem schönen Restaurant und kann ganz nebenbei noch ein Auge auf Lars und sein Date haben. Ich schicke ihm eine SMS, um ihn vorzuwarnen, und gehe die letzte Arbeitsstunde des Tages mit besserer Laune an.

Als ich am Abend ins Restaurant Mütz komme, sitzt Lars schon erwartungsvoll an einem Tisch. Oder besser gesagt: Er hängt locker auf seinem Stuhl und stützt seinen Kopf lässig auf seinen angewinkelten Arm, während er verträumt die hereinkommenden Gäste mustert. Ich muss ein wenig lächeln, denn er sieht dadurch nicht nur entspannt, sondern auch irgendwie unschuldig aus. Ich fühle mich wie kurz vor dem Milcheinschuss. Er lächelt mir freundlich zu, und ich nicke zurück, während ich mich von einem ausgesprochen attraktiven Kellner an einen Tisch führen lasse, der – wie es der Zufall so will – ganz in der Nähe von dem ist, an dem Lars sitzt. Vor ihm liegt, wie ich jetzt sehen kann, ein ziemlich dickes Buch. Er hat also an das Erkennungszeichen gedacht. Brav.

»Darf ich Ihnen schon einen Aperitif bringen – einen Champagner oder einen Martini vielleicht?«, fragt der Kellner zuvorkommend, und ich merke, wie der Ballast des Tages mit einem *Kawumms* von mir abfällt und irgendwo unter mir auf dem hübsch gefliesten Boden in tausend kleine Stücke zerbricht, die nicht weiter stören.

»Einen Aperol Sprizz, bitte.« *Und deinen süßen Knackarsch*

auf einer Scheibe Toast, möchte ich noch hinterherschicken, aber das behalte ich natürlich lächelnd für mich.

Als die Tür aufgeht, wandert mein Blick automatisch dorthin. Wie immer fühle ich mich ein kleines bisschen als Detektiv, denn ich beginne routiniert mit dem Scannen der Zielperson: große Frau, normale Figur und Oberweite. Braune Haare zu einem Zopf gebunden. Große Augen, schüchterner Blick. Geschätztes Alter: Mitte fünfzig. Leila? Mmmm … könnte sein, denn zumindest betritt sie das Restaurant alleine und schaut sich suchend um.

Ich schaue unauffällig zu Lars hinüber – und erschrecke, denn meine Nummer 4 ist weg. Na toll, muss er ausgerechnet jetzt pinkeln? Das fängt ja gut an! Aber natürlich will ich mich bei der potentiellen Leila nicht zu erkennen geben und muss darum abwarten, was passiert.

Die Dame entdeckt den dicken Schmöker auf dem Tisch und geht zielstrebig darauf zu. In diesem Moment weiß ich, dass es nur Leila sein kann. Der Kellner kommt und nimmt ihr den langen Mantel ab, während sie sich umschaut; dann deutet sie auf den verlassenen Tisch und fragt: »Wissen Sie, ob dort ein junger Mann sitzt?« Der Kellner nickt. »Ja, er ist aber wohl kurz aufgestanden … sind Sie verabredet?«

»Ja, das sind wir. Mein Cousin«, behauptet Leila. Ich muss grinsen. *Cousin. Nee, ist klar.*

Leila nimmt Platz, und das sieht irgendwie … ich weiß auch nicht … madamig aus. Ein wenig erinnert sie mich an meine Grundschullehrerin.

Fünf Minuten vergehen. Meine Hand hat sich um den Stiel meines Glases gekrampft. Wo bleibt Lars denn nur? Immer wieder schaue ich zur Toilettentür, aber die öffnet sich einfach nicht. Leila bestellt einen Kaffee und blickt sich weiterhin aufmerksam um. Langsam scheint sie nervös zu werden, was mir ihr Blick auf ihre Armbanduhr verrät. Außerdem trommelt sie so komisch mit den Fingern auf dem Tisch. Jetzt erinnert sie mich gerade an eine sich sorgende Großmutter, die vor dem Kindergarten nervös auf ihr Enkelkind wartet, welches wohl noch darin vertieft ist, Sandburgen zu bauen.

Mein Handy piept. Wer ist das denn jetzt? Ich kann jetzt keine Ablenkung gebrauchen. Aber als ich das Gerät gerade ausstellen will, sehe ich, was auf dem Display steht: SMS *von Lars*. Hä? Wie jetzt – von Lars?

Hilfe! Ich bin auf dem Klo und kann nicht rauskommen!

Ich gucke mein Handy an und suche die unterschwellige, versteckte Botschaft, finde sie aber nicht.

Was ist los? Durchfall oder was? Tür versperrt?

Schlimmer!

Lars, dir passiert nichts, versprochen. Ich bin hier und passe auf. Komm jetzt raus, dein Date ist schon da.

Auf keinen Fall! Das geht nicht!

WAS IST LOS, LARS? Spuck's aus!

Der spinnt doch wohl – zumal diese ganzen aussagelosen Kurznachrichten natürlich dafür sorgen, dass mich die Gäste an den anderen Tischen bereits missbilligend ansehen, inklusive Leila.

Sie ist meine Mutter!

Seine Mutter? *Leila?* Leila ist seine Mutter? Das ist jetzt nicht wahr, oder? *O! Mein! Gott!* Wie komm ich aus der Nummer jetzt wieder raus?

Bist du dir sicher?

Okay, eine blöde Frage, aber etwas anderes fällt mir jetzt wirklich nicht ein.

Schick sie weg und sag mir Bescheid, wenn ich wieder rauskommen kann!

Ich starre Lars' SOS an, als hätte er es auf Kisuaheli geschrieben, und weiß erst einmal nicht, was ich machen soll. Nur so viel ist klar: Ich halte gerade die goldene Karte mit dem großen *A* darauf in der Hand. Natürlich könnte ich einfach zu ihr hingehen und erklären, dass ihr Date nicht kommt, und wenn sie ihn noch einmal buchen will, kann ich mir eine gute Ausrede überlegen. Andererseits finde ich das auch irgendwie … unhöflich. Immerhin ist das nicht irgendeine lästige Kundin, sondern Lars' Mutter! Also, was mache ich jetzt? Denk nach, Isa, denk nach!

Ich winke den Kellner zu mir heran. »Bringen Sie der Dame dort vorne bitte ein Glas Champagner«, bitte ich ihn, »aber sagen Sie ihr bitte nicht, von wem es kommt.« Als er die elegante Flöte wenig später elegant vor Leila abstellt und sie sehr fragend aus der Wäsche schaut, nehme ich meinen ganzen Mut zusammen, stehe auf und gehe auf sie zu. Ich komme mir wieder einmal vor wie in einem Film. Wie in Zeitlupe setze ich einen Fuß vor den anderen, als wäre ich auf dem Weg zum Schafott; in meiner Phantasieecke ertönt die Erkennungsmelodie von *Der weiße Hai.*

Ich hole ganz tief Luft, als ich direkt vor ihr stehe. »Entschuldigen Sie bitte – sind Sie Leila?«

Sie schaut mich mit großen Augen an. »Ja, das bin ich. Aber wer sind Sie?« Sie mustert mich von oben bis unten.

»Mein Name ist Isa. Ich bin die Betreiberin des Männertaxis – wir haben heute telefoniert.«

»Ach, bringen Sie den Herrn persönlich vorbei?«, fragt Leila irritiert.

»Darf ich?« Bevor sie etwas sagen kann, nehme ich ihr gegenüber Platz und spüre plötzlich den Drang, loszuprusten. Was ist das hier eigentlich für eine absurde Situation? Ich muss einer Mutter erklären, dass der Mann, den sie sich bestellt hat und von dem sie weiß, dass er nicht nur nette Gespräche, sondern auch Schäferstündchen anbietet, ihr Sohn ist und dass der sich jetzt auf der Toilette vor ihr versteckt …

»Der junge Mann ist heute leider verhindert!«

Sie runzelt die Stirn und zeigt auf das Buch auf dem Tisch. »Aber das hier dürfte doch wohl sein Erkennungszeichen sein, oder?«

»Er … er musste ganz dringend weg.« Ich überlege fieberhaft, aber auf einmal weiß ich, was ich sagen muss: »Es gab einen familiären Notfall – etwas mit seiner Mutter.«

»Oh! Das tut mir natürlich leid. Wissen Sie«, Leila lächelt unsicher, »ich habe auch einen Sohn in dem Alter.«

»So ein Zufall!« Ich strahle sie an, als würde mein Leben davon abhängen. »Darf ich Ihnen denn für den heutigen Abend einen anderen Gesprächspartner besorgen?« Na super, Isa, leichter gesagt als getan – denn ich habe die Dienstpläne der Jungs nicht im Kopf.

»Nein, nein danke, das ist nicht nötig. Vielleicht war das hier doch keine so gute Idee«, sagt sie leise.

Ich schaue ihr in die Augen und sehe … die Sorgen einer Mutter? Okay, vielleicht übertreibe ich es manchmal ein wenig mit meinem Psychokram, aber ich weiß tatsächlich, wie eine Mutter aussieht, die sich wegen irgendetwas Sorgen macht. Ich habe schließlich auch eine. Und das bedeutet, dass ich mich jetzt am besten sofort verabschiede. Wenn Leila nämlich wirklich Probleme hat, dann dürfte ich wohl kaum die richtige Ansprechpartnerin sein. Also, nichts wie weg, und …

»Leila, wenn ich irgendetwas für Sie tun kann, sagen Sie es mir bitte.« Okay, das war jetzt schneller aus mir raus, als ich es verhindern konnte. Pia hat wahrscheinlich recht: Ich habe ein Herz aus Gold, auch wenn eins aus Stahlbeton gerade hilfreicher wäre, um mich aus der prekären Situation zu befreien.

Und nach einem langen Moment des Schweigens platzt es dann tatsächlich aus Leila heraus. »Wissen Sie, ich mache mir solche Sorgen um meinen Sohn!«

Ach schau an … Das ist ja jetzt mal ein komischer Zufall!

»Er ist schon vierundzwanzig, und er hat noch nie eine Freundin mit nach Hause gebracht. Außerdem will er unbedingt Schauspieler werden. Und … und … und ich habe Angst, dass er vielleicht schwul sein könnte!« Nervös knetet sie ihre Hände.

Ich schaue sie erstaunt an. Wie kommt sie denn auf so eine Idee? Okay, zugegeben, Lars scheint ein ziemlicher Spätzünder zu sein. Aber mit Mitte zwanzig kann sie ja nun nicht unbedingt von ihm erwarten, dass er kurz vor der Hochzeit steht und sie bald zur Oma macht. Ich meine, was müsste denn dann meine Mutter von mir denken?

O Gott. Was denkt meine Mutter von mir? Hat sie vielleicht auch Angst, dass ich nach dem Tom-Debakel die Seiten gewechselt habe und demnächst mit Anne Will bei ihr vor der Tür stehe oder mit dieser *Tatort*-Kommissarin? Oder fragt sie sich, ob ich heimlich einem katholischen Orden beigetreten bin und mich darauf vorbereite, den Schleier zu nehmen und in ewiger Enthaltsamkeit zu leben? Dabei steht mir Schwarz gar nicht, es macht mich furchtbar blass, und …

Reiß dich zusammen, Isa, es geht hier gerade nicht um dich!

»Aber Leila, vielleicht hat er einfach noch nicht die richtige Frau gefunden!« »In dem Alter?« Ihre großen, dunklen Augen schimmern feucht. »Wissen Sie, es … wenn er einen Jungen mit nach Hause bringen würde, das wäre sicher nicht das, was ich mir wünschen würde, aber …« Sie zuckt hilflos mit den Achseln. »Ich würde zumindest wissen, dass bei ihm alles … normal ist.«

Ich könnte jetzt natürlich aus dem Nähkästchen plaudern und ihr erzählen, dass ihr Sohn sich von mir an Frauen vermitteln lässt, um Erfahrungen zu sammeln, aber irgendwie bin ich nicht sicher, dass sie das beruhigen würde. Oder dass Lars damit einverstanden wäre.

Mein Handy piept. »Verzeihen Sie bitte, ich erwarte eine wichtige Nachricht«, entschuldige ich mich bei Leila. Es ist eine SMS von Lars.

> Ist sie noch da? Es wird langsam unangenehm hier drin! Ich konnte die Kabine nicht ewig blockieren, und nun schauen mich die Typen, die ans Pinkelbecken wollen, natürlich ziemlich komisch an. HELP!

Ich entscheide mich dafür, nicht zu antworten, denn das Gespräch mit Leila erscheint mir nun wichtiger.

»Vielleicht möchte er Ihnen eine Freundin auch erst vorstellen, wenn er ganz, ganz sicher ist!«, nehme ich den Faden wieder auf. »Wissen Sie, meine Eltern haben meine Freunde auch erst kennengelernt, nachdem ich mindestens ein Jahr mit ihnen zusammen war«, behaupte ich. »Das ist doch auch ein Zeichen für …« Ja, Isa, für was könnte das wohl ein Zeichen sein? Ich habe Tom schon nach drei Wochen bei meinen Eltern vorgestellt, weil ich so glücklich mit ihm war, dass ich einfach nicht länger warten konnte. »… für Respekt vor Ihnen.« So was zieht doch sicher immer.

»Mein Lars ist wirklich so ein lieber Junge, wissen Sie? Er hat nie Dummheiten gemacht, nie geklaut, Drogen genommen oder andere kriminelle Dinge getan. Und ich möchte doch nur, dass er glücklich ist.«

»Ach, ich denke schon, dass er das ist«, platzt es aus mir heraus.

Sie schaut mich verwirrt an.

»Denke ich mir so … denn wenn er unglücklich wäre, hätte er sich Ihnen doch sicher schon anvertraut!«, werfe ich schnell ein. »Wie gesagt, er sucht sicher noch die richtige Frau und wird sie Ihnen eines Tages freudestrahlend vorstellen!«

»Meinen Sie also, dass ich mir unnötig Sorgen mache?«

»Natürlich. Ihr Sohn ist ein ganz normaler junger Mann, der sehr vorsichtig ist, und darauf können Sie stolz sein, finde ich. Außerdem haben Sie selbst gesagt, er hat Ihnen nie Grund zur Sorge gegeben, und er sieht doch gut aus und …«

Oh, Mist!

Ein fragender Blick von Leila.

»Also, ich bin sicher, dass er gut aussieht, bei *der* Mutter!« Ich lache und stecke Leila mit meinem Lachen an.

»Vielleicht haben Sie recht!« Sie scheint ein wenig erleichtert zu sein. »Ach, Isa, Sie tun mir gut!« Obwohl sie lächelt, werden ihre Augen nun doch wieder feucht. »Wissen Sie, ich habe niemanden, mit dem ich über so etwas sprechen kann. Meinem Mann kann ich schlecht sagen, dass ich Angst habe, dass unser Sohn schwul sein könnte, der würde ... nun ja, er ist eben ein sehr konservativer Mensch. Und meinen Freundinnen gegenüber eingestehen, dass ich glaube, dass ausgerechnet mein Vorzeigesohn irgendwie asexuell ist ... nein, das geht nicht.« Eine einzelne Träne kullert nun doch noch über ihre Wange. »Deswegen wollte ich einfach einmal mit einem jungen Mann in Lars' Alter sprechen. Ich dachte, vielleicht kann er mir etwas sagen, was mir hilft, meinen Jungen zu verstehen ...«

Aha, so kam das. Langsam beginne ich zu verstehen. Ich greife ihre Hand. »Machen Sie sich keine Gedanken. Und wenn Sie noch einmal reden möchten – Sie haben meine Nummer. So etwas ist alles im Service inbegriffen.« Ups, das klingt ja nun so, als würde ich ihr eine Rechnung ausstellen wollen! »Natürlich vollkommen kostenfrei, Leila.« Ich winke den Kellner herbei und bestelle noch ein Glas Champagner. »Den haben wir uns jetzt verdient, oder?«

Wir lächeln uns an, und ich freue mich darüber, dass ich dieser Frau helfen konnte.

»Ich heiße Margit«, sagt sie. »Und der Champagner geht natürlich auf mich. Das ist das Mindeste, was ich tun kann, um mich zu bedanken. Aber vorher ... vorher gehe ich mir lieber noch einmal schnell die Nase pudern.« Sie steht auf und verschwindet in Richtung Toiletten. Ich warte, bis sich die Tür hinter ihr schließt, dann springe ich auf, sprinte zur Herrentoilette und überhole dabei einen älteren Mann, der mich entgeistert anstarrt, als ich die Tür vor ihm aufreiße. Aber auf so etwas kann ich keine Rücksicht nehmen.

Lars steht neben dem Waschbecken und guckt mich erschrocken an. Von einem der Pinkelbecken ruft ein Typ erbost: »Hey, das ist hier …«

»… nichts, was ich nicht schon mal gesehen habe, keine Sorge«, pflaume ich ihn an und sage dann zu Lars: »Und du – raus hier. Schnell! Du hast nur ein paar Sekunden.«

Lars schießt an mir vorbei, als wäre ein ganzes Rudel Höllenhunde hinter ihm her, und verschwindet genau in dem Moment aus dem Lokal, als seine Mutter die Damentoilette verlässt. Ich eile zu unserem Tisch zurück; die anderen Gäste schauen mich erstaunt an, aber zum Glück sagt niemand etwas.

Als ich eine halbe Stunde später in meinem Auto sitze und nach Hause fahre, steigen mir Tränen in die Augen. Was, wenn meine Mom vielleicht ähnliche Gedanken in Bezug auf mich hat wie Margit? Macht man sich wirklich so große Sorgen um seine Kinder, wenn man Mutter ist? Für einen Moment habe ich Angst, dass ich das nie erleben werde. Ich bin Mitte dreißig. Ich habe keine Kinder. Ich habe nicht einmal einen Mann, um diese Kinder zu bekommen.

Als ich nach Hause komme, bin ich so übervoll mit Gefühlen, dass ich einfach jemanden brauche, der bei mir ist. Also schreibe ich Phil noch eine SMS, verkneife mir aber, dass ich gerne in den Arm genommen werden würde. Keine fünf Minuten später schreibt er zurück:

Sorry, Isa, habe heute echt keinen Bock auf Sex. Ruf einen deiner Männer an, du sitzt doch an der Quelle.

Die SMS detoniert in meinem Inneren wie eine Bombe. Es fühlt sich an, als würde mir jemand bei lebendigem Leib die Organe rausziehen. Ohne Betäubung. Ich koche mir einen Tee und trinke ihn auf meiner Küchenfensterbank. Während ich dem Regen beim Regnen zuschaue, regnet es auch in meinem Herzen. Warum gerate ich immer öfter in Situationen wie diese? Warum kann ich nicht weiterhin so cool und tough sein, wie ich es in den letzten Monaten war? Warum macht mir mein Herz neuerdings immer wieder einen Strich durch die Rechnung?

Kapitel 23

Als ich am nächsten Morgen meine E-Mails checke, finde ich dort auch eine von Margit: Sie bedankt sich für den tollen Abend und schreibt, dass sie ihren Sohn ab sofort mit anderen Augen sehen will. Außerdem kündigt sie an, mir hundertfünfzig Euro zu überweisen. Einen Moment lang starre ich die Mail einfach nur an. Natürlich freue ich mich über das Geld. Aber es kommt mir irgendwie falsch vor, es für etwas anzunehmen, was eigentlich selbstverständlich sein sollte – einem anderen Menschen zu helfen nämlich. Und mir wird schmerzlich bewusst, dass man das, wonach sich ein einsames Herz sehnt, nicht mit Geld bezahlen kann.

Im *Snack & See* wandert mein Blick immer wieder zum Regal mit den Süßigkeiten: Schokolade, Weingummi, Lakritz, Kekse, Chips … Ach, wie verlockend ist der Gedanke, einfach zuzugreifen und mich damit zu trösten. Ich überschlage, dass wir sieben Kilo Schokolade im Vorrat haben. Sieben Kilo Glück! Doch dann stelle ich mir das gleiche Gewicht auf meinen Hüften vor, und mir wird übel. Außerdem ist es doch absurd: Ich stopfe mich mit Süßigkeiten voll, wenn ich Liebeskummer habe. Und jetzt will ich mich mit Süßigkeiten vollstopfen, obwohl ich nicht mal sicher bin, ob ich in Phil verliebt bin. Also aus Kummer darüber, keinen Liebeskummer zu haben. Bin ich eigentlich noch bei Verstand? Ahhhh!

Aber trotzdem … so eine kleine Tafel Noisette in Ehren …

»Hallo, Frau Schwärzenbach. Lange nicht gesehen.«

Ich schrecke aus meinen Gedanken. Vor der Theke steht … wie könnte es anders sein: Herr Möller. Wobei: Mir wird gerade bewusst, dass ich ihn lange nicht gesehen habe.

Um genau zu sein: Ich habe ihn nicht mehr seit jenem Abend gesehen, als ich so unfreundlich zu ihm war.

Ist er deswegen nicht mehr in den Laden gekommen? Und wieso habe ich das eigentlich nicht gemerkt? Mein schlechtes Gewissen läuft in Sekundenschnelle zu Hochform auf. Aber bevor ich etwas sagen kann, sieht mich mein Gegenüber prüfend an.

»Sie sehen so traurig aus. Alles okay bei Ihnen?«

Ich schaue ihn mit großen Augen an. Er hätte jedes Recht, eine Entschuldigung von mir zu fordern, und sorgt sich um mich? Das ist doch … sehr nett. Sehr, sehr nett sogar. Ich lächle ihn an. Zumindest ist das der Plan. Aber irgendwie scheint die Befehlsübertragung zwischen meinem Hirn und meinem Gesicht nicht zu funktionieren. Meine Mundwinkel heben sich nicht einen Millimeter. Stattdessen merke ich, dass meine Augen zu brennen anfangen. Habe ich einen spontanen Allergieschock?

Oder sollte es tatsächlich möglich sein, dass mir gerade Tränen in die Augen steigen?

»Wer auch immer Ihnen weh getan hat, sagen Sie es mir!«, befiehlt Herr Möller mit gespielter Strenge. »Ich werde ihn verhauen!« Dann grinst er mich aufmunternd an.

»Ach Herr Möller … manchmal ist das Leben einfach nicht einfach«, sage ich mit trockener Kehle. »Außerdem … na, wahrscheinlich hätte ich selbst auch ein paar Klapser von Ihnen verdient, oder? Es tut mir leid, dass ich Sie neulich so angefahren habe. Ich hatte einfach einen schlechten Tag.«

»Das kenne ich. Machen Sie sich keine Gedanken, Frau Schwärzenbach, ich bin ein großer Junge und kann damit umgehen, von einer schönen Frau einen Korb zu bekommen.« Er grinst. »Es sollte allerdings keine Gewohnheit daraus werden.« Es ist erstaunlich. Diesem Mann scheint wirklich gar nichts die Petersilie verhageln zu können. Auf einmal funktioniert meine Gesichtsmotorik wieder, und ich lächle ihn an. »Sie meinen, ich darf Ihnen nicht jedes Mal einen Korb geben, wenn wir uns sehen?«, provoziere ich ihn freundlich.

»Nee, das meinte ich nicht. Mit Ihren Körben könnte ich ja zur Not noch Topseller bei E-Bay werden.« Er strahlt von einem Ohr zum anderen. »Ich meinte eher das mit den Klapsern, die Sie von mir haben wollen.«

Ich schüttle lachend den Kopf. »Herr Möller, Sie werden mich eines Tages noch in den Wahnsinn treiben mit Ihren Sprüchen.« Dabei fällt mir etwas anderes ein. »Müssen Sie eigentlich nie arbeiten? Sie schneien hier ja wirklich ständig rein …«

»Doch, klar muss ich arbeiten. Aber meine Arbeitszeiten sind etwas anders als bei anderen Menschen.«

Ich sehe ihn neugierig an. »Und das heißt?«

»Das heißt«, er bekommt einen verschmitzten Ausdruck, »dass ich Zeit habe, hier immer dann hereinzuschneien, wenn es mir gefällt, und erfreut festzustellen, dass Sie sich doch mehr für mich interessieren, als Sie zugeben würden.«

»Ach, Herr Möller, bilden Sie sich bloß nicht zu viel ein«, behaupte ich leichthin, während mein Gehirn natürlich auf Hochtouren läuft. Ob er im Lotto gewonnen hat? Ist Herr Möller womöglich ein Millionär? Nein, das kann ich mir irgendwie nicht vorstellen. Auch eine höhere Position in der Mafia schließe ich aus. Der uneheliche Sohn von Elizabeth

II. wird er wohl auch eher nicht sein. Also lässt er vielleicht für sich arbeiten. Ist Herr Möller, der immer so wirkt wie der Unschuldsengel persönlich, womöglich einer dieser fiesen Großkapitalisten, der in Südostafrika arme Kinder Teppiche klöppeln lässt? Oder diese merkwürdigen T-Shirts bedrucken, die er immer trägt? Vertreibt er die auf dem Fetischmarkt, von dem ich erst neulich in einer Zeitschrift gelesen habe, dass er boomt? Und wenn ja, wie nennt man seine Kunden dann, die ja nicht auf Lack und Leder, sondern diese Art von Kleidung stehen? Textilophile? Baumwollsexuelle?

Erst jetzt bemerke ich, dass Herr Möller heute wieder kein Sprüche-T-Shirt trägt, sondern ein Poloshirt mit dem kleinen Krokodil auf der linken Brustseite. Und es hat sogar eine annehmbare Farbe: Altrosa. Die Farbe steht ihm. Und trägt er nicht eine andere Brille als sonst?

Herr Möller sieht heute überhaupt richtig gut aus. So gar nicht möllerig.

Fällt mir natürlich nur so auf.

Ehrlich!

»Na: *zu viel* bedeutet ja immerhin schon mal nicht *nichts*«, reißt mich Herr Möller erneut aus meinen Gedanken.

»Herr Möller, Herr Möller, Sie sind also mit wenig zufrieden?« Ich lache ihn an. »Zufrieden bin ich erst, wenn ich Sie öfters lachen sehe, so wie jetzt. Sie sehen so hübsch aus, wenn Sie lachen, und das macht mich richtig …« Er unterbricht sich – und wird tatsächlich ein bisschen rot. Wie niedlich! Ich grinse wie ein Honigkuchenpferd und vermute, ihm rasen gerade tausend Sachen durch den Kopf, die er schnell sagen kann – geht mir ja auch nicht anders, wenn ich auf Autopilot bin. Was bedeuten würde, dass ich Herrn Möller nervös mache.

Ich mache Herrn Möller nervös?

Und das gefällt mir?

Was ist denn hier los?

»Richtig was?«, frotzele ich ihn bewusst kantig an. Ich lasse hier jetzt keine Sentimentalitäten zu!

»Das macht mich richtig glücklich, Frau Schwärzenbach«, beendet Herr Möller seinen Satz. Dabei legt er einen Dackelblick auf, der sich gewaschen hat. Und genau das bringt mich wieder zum Lächeln. Nein, Herr Möller ist mit Sicherheit kein fieser Multimillionär, sondern einfach ein ganz lieber Kerl. Ich bin ein wenig gerührt wegen seiner Worte.

»Na sehen Sie, geht doch!« Und damit dreht er sich auf dem Absatz um und marschiert zur Tür. Ich schaue ihm nach. Erst ein paar Minuten später wird mir bewusst, dass Herr Möller schon wieder in den Laden gekommen ist, ohne einen Film ausleihen oder zurückbringen zu wollen. »Der Spinner«, murmele ich vor mich hin.

Und lächle schon wieder.

Gutgelaunt bediene ich Kunden und lasse mich auch von Wolf, der wieder einmal mit einer Aftershave-Fahne an mir vorbeirauscht, um wohl einen weiteren Seitensprung zu riskieren, nicht aus der Ruhe bringen. Ich sehe also hübsch aus, wenn ich lache? Na, dann wollen wir doch mal sehen, ob mich genau dieses Lachen nicht auch bei Phil weiterbringt. Wahrscheinlich muss ich nur eine andere Taktik fahren. Nicht mehr sofort Sex – erst einmal ein nettes Abendessen. Und dann wird sich alles so entwickeln, wie es sollte. Da bin ich mir ganz sicher!

Als ich am späten Nachmittag nach Hause komme, gönne ich mir ein paar Beauty-Stunden. In mein Badewasser mische ich einen Liter Milch und ein paar Löffel Honig und wandle so auf den Spuren von Kleopatra. Von Charlotte, bei der ich gerade noch auf einen gemütlichen Tratsch war, habe ich ein Buch geliehen, von dem sie meint, man müsse es unbedingt gelesen haben. Eigentlich ist Lesen ja nicht so mein Ding, aber ich merke schnell, dass ich in dem Roman tatsächlich versinken kann. Auch wenn es sich um eine Liebesgeschichte handelt, von denen ich ja eigentlich die Nase voll habe. Oder auch nicht. Oder was auch immer.

Wenn Charlotte wüsste, dass ich ihr Buch mit in die Wanne nehme, würde sie mich sicher lynchen, aber sie sieht es ja nicht, und ich werde auch ganz vorsichtig sein. Davon abgesehen: Der Schmöker heißt *Weit wie das Meer*. Wo, bitte schön, soll ich das denn sonst lesen, wenn nicht in der Wanne?

»Ooooh … uuuuuh … aaaaah … jaaaaa!«, kommt es auf einmal gedämpft von oben.

Ich blicke erstaunt auf. Hallo? Was ist das denn? Hört sich an wie … Pia?

»Ja … ja … jaaaaa!«

Hört sich an wie Pia, wenn sie Sex hat.

»Uuuh … ja, ja, jaaaa …«

Das *ist* Pia. Und sie *hat* Sex!

Ich setze mich in der Badewanne auf. Und zwar so schnell, dass das milchige Honigwasser über den Wannenrand schwappt. Egal! Ich kann im Sitzen nun einmal besser hören als im Liegen. Bilde ich mir zumindest ein.

»Jaaa, mach's mir, du … duuuuuu … du … geiler Hengst!«

Nee, oder? Ich halte gebannt die Luft an und fühle mich sogar durch das Bumpern des Blutes gestört, das gerade mit mindestens hundertfünfzig Dezibel in meinen Ohren pulsiert.

Pia hat Sex? Aber mit wem? Habe ich da irgendwas verpasst? Das glaub ich jetzt gerade gar nicht! Vor allen Dingen … Hengst? Der Kerl muss wirklich der Hammer sein, dass Pia so etwas von sich gibt, denn normalerweise findet sie Tussen, die so etwas beim Sex von sich geben, zum Schreien.

»Jaaaaaaaaaaaaaahaaaaaahaaaaa!«

Ich springe aufgeregt aus der Wanne; dabei rutscht mir das Buch aus der Hand und landet im Wasser. Mist! Ich fische es schnell wieder heraus und lege es vorsichtig auf die Heizung. Dann rubble ich mich so schnell wie möglich mit dem Handtuch ab, werfe mir meinen Bademantel über und stürme in die Küche. Wenn sich Pia einen One-Hour-Stand mit nach Hause nimmt, fackelt sie nach dem Sex nie lange, sondern geht schnurstracks in die Küche und gibt das Klopfzeichen, ganz egal, ob sie sicher ist, dass ich zu Hause bin oder nicht. Ich warte.

Dummdi-dumm …

Ich warte immer noch.

Es ist ganz schön anstrengend, lautlos in der Küche zu stehen und nur ganz flach zu atmen, weil man auf keinen Fall irgendein Geräusch verpassen will.

Himmel, der Kerl muss der Hammer gewesen sein, wenn Pia sich so viel Zeit lässt!

Gefühlte sechs Stunden später – zugegeben, ich habe es gerade mal geschafft, mir ein Glas Wasser einzuschenken und es zu trinken, was eher für zwei Minuten spricht – höre ich endlich das leichte Fußtapsen über mir. Und dann:

KLOPF, KLOPF, KLOPF, KLOPF!

Nein! Ein Viererklopfer? Ein Sexgott? Ich fasse es nicht! Ob sie die neuen Bewerbermails gecheckt und sich direkt einen Kandidaten fürs Männertaxi zum Gespräch bestellt hat? Aufgeregt gehe ich in den Flur und setze mich auf den alten Holzstuhl von meiner Oma, der dort neben der Kommode steht, zum Absprung bereit. Auf Small Talk nach dem

Sex steht Pia nicht (eher auf Long Talk mit mir, in welchem sie mir dann lang und breit über all das berichtet, das sie soeben erlebt hat), und so kann es eigentlich nicht lange dauern, bis der Unbekannte ihre Wohnung verlässt.

Aber auch jetzt lässt Pia sich mehr Zeit als sonst. Als ich schon befürchte, dass sie spontan zu einer zweiten Runde ansetzt und ich hier noch ewig sitzen werde, höre ich, wie jemand aus der Etage über mir ins Treppenhaus geht. Ich flitze auf Zehenspitzen zur Tür, schaffe es aber, mit einer der besagten Spitzen gegen den Schuhschrank zu donnern, und unterdrücke heldenhaft ein lautes *Autsch*. Ich schließe mein linkes Auge und schaue mit dem rechten durch den Spion.

Tapp, tapp, tapp … Die Schritte kommen näher!

Tapp, tapp, tapp … Noch ein paar, dann muss der Unbekannte genau an meiner Tür vorbeigehen.

Und dann bleibt mein Herz stehen.

Es klopft einfach nicht mehr.

Ich sehe mein gesamtes Leben an mir vorbeiziehen. Ich laufe durch den langen, dunklen Tunnel, an dessen Ende das berühmte helle Licht wartet. Oder auch nicht.

»Phil!«, ist das einzige Wort, welches ich rausbekomme, während ich langsam an der Tür hinuntergleite und unsanft auf dem Fußboden ankomme. Mit offenem Mund sitze ich dort und denke immer wieder: »*Ich fass es nicht. Ich fass es nicht. Ich fass es einfach nicht.*«

Pia und Phil? Sex?

Ich fass es nicht. Ich fass es einfach nicht.

Ich weiß nicht, wie lange ich so dasitze. Irgendwann piepst mein Handy. Es liegt auf dem Schuhschrank. Fast unerreichbar für mich. Doch ich schaffe es irgendwie, mich aufzurappeln, und schaue auf das Display.

SMS *von Phil.*

Mit zitternden Fingern drücke ich die Taste, mit der ich die Nachricht öffne.

Hey, Sexy, diesmal hatte ich spontan Lust, aber du warst leider nicht da. Damit sind wir quitt für gestern Abend, oder? *grins* Melde mich die Tage wieder. Alles Liebe, Phil

Auf einmal fällt die Benommenheit von mir ab. Wie von der Tarantel gestochen, reiße ich meine Wohnungstür auf und renne barfuß und nur mit meinem Bademantel bekleidet nach oben. Mein angeschlagener Zeh tut mir weh, aber es ist mir egal. Wie ein wild gewordener Tausendfüßler klopfe ich mit allem, was ich habe, an die Tür, bis Pia mir endlich öffnet.

»Sag mal, trittst du hier gegen …«

»Du … du … wie kannst du nur?«, schreie ich sie an und bemerke nur am Rande, dass sie mich total verdattert anschaut. »Kannst du deine Finger nicht einmal von einem Typen lassen? Wie kannst du nur so sein?« Ich bin total außer Atem, als hätte ich gerade bei einem Marathon mitgemacht. Und sicher sehe ich aus wie Wolf, wenn er seine cholerischen Anfälle hat.

»Hey, Isa, nun beruhige dich doch erst mal … was ist denn passiert?«

Pias nicht im Geringsten schuldbewusster Blick stachelt meine Wut von neuem an. »Du bist eine Schlampe, die nicht genug haben kann!«, plärre ich weiter. »Alles, was nicht bei drei auf den Bäumen ist, musst du vögeln, als würde es kein Morgen mehr geben! Warum tust du mir das an? *Warum?*«

»Sag mal, spinnst du oder was?« Nun wird auch sie ärgerlich. »Was habe ich dir denn getan? Beruhige dich erst mal.«

»Du vögelst Phil und sagst, *ich* soll mich beruhigen?« Ich bin froh, dass gerade keine Weingläser in der Nähe sind, denn meine Stimme ist so schrill, dass sie vermutlich sofort zerplatzen würden.

»Was hast du denn? Du hast mir doch gesagt, dass er eine totale Nullnummer ist, dass du ihn deshalb nicht einstellen wolltest und du null Interesse an ihm hast!«

»Und deshalb musst du ihn vögeln? Ich habe auch kein Interesse an George Bush! Buchst du dir deswegen direkt einen Flug nach Amerika, hä?«

Pia schüttelt den Kopf. »Sag mal, hast du irgendwelche Medikamente genommen, von denen ich nichts weiß? Als ich heute nach Hause gekommen bin, stand Phil vor deiner Tür, aber du warst nicht da. So vor anderthalb Stunden.«

»Da war ich bei Charlotte!«, keife ich.

Pia zuckt mit den Schultern. »Meinetwegen. Jedenfalls hat er sich vorgestellt und gesagt, dass er zu dir will. Da ich ja seinen Namen kannte, habe ich ihm gesagt, dass ich der zweite Part des Männertaxis bin und dass er gerne bei mir warten könne, bis du nach Hause kommst!«

»Und Warten ist bei dir gleichbedeutend mit einer netten kleinen Lehrstunde in Vögelkunde, oder was?« Mein Herz schlägt so wild, als wolle es einen neuen Rekord aufstellen. Ja, du blödes Herz, mach das ruhig und geh schön zur Siegerehrung. Ich brauch kein Herz. Vollkommen überbewertet!

»Natürlich nicht! Aber es hat sich … halt so ergeben.« Pia schaut unschuldig, aber auch leicht verschämt auf ihre Pantoffeln.

»Halt so ergeben?«, gifte ich sie an. »Ich kenne dich doch! Du hast sicher alles dafür gegeben, um ihn so richtig auf

Touren zu bringen, du … du … du Miststück!« Am liebsten würde ich ihr vor die Füße spucken.

Pias linke Augenbraue wandert nach oben. Das kenne ich von ihr. Sie schaltet nun gerade selbst in den Angriffsmodus. »Du, auf Touren bringen musste ich ihn nicht. Das hat er schon selbst erledigt, nachdem er mich gesehen hat.«

Jetzt provoziert sie mich auch noch! Der werde ich was erzählen!

»…«

Okay, das versuche ich jetzt noch einmal.

»…«

Weil ich kein Wort herausbringe, spricht Pia weiter. »Und ganz davon abgesehen: Ich muss dir doch keine Rechenschaft ablegen! Du hast gesagt, er ist scheiße im Bett und du wolltest ihn nicht haben. Nur dachte ich mir, dass ich es bei Lars ja auch geschafft habe, aus einer Jungfrau einen kleinen Kerl zu zaubern, der es einer Frau so richtig schön nett machen kann. Und da Phil blendend ausschaut, dachte ich mir, ich könnte ja mal schauen, ob man an ihm nicht auch noch mal ein wenig arbeiten könnte.«

»Schlampe!« Mehr bekomme ich nicht heraus. Aber immerhin besser als meine vorübergehende Sprachlosigkeit. »Schlampe«, sage ich deswegen noch einmal. Und weil das so schön klappt, versuche ich mich direkt auch noch an einem weiteren Wort: »Fiese Schlampe!«

Pia lächelt mich eiskalt und von oben herab an. »Danke für das nette Kompliment. Aber was soll ich sagen, Isa«, sie streicht sich nachlässig über die Hüften, »ich habe offenbar etwas, was das Beste aus Männern herausholt, die bei dir ihre … sagen wir mal … Probleme haben.« Sie lacht.

Meine Faust möchte ihrem Gesicht gerne einen Besuch abstatten.

»Ich weiß wirklich nicht, warum du dich so aufregst. Du wolltest ihn nicht, also habe ich ihn mir genommen. Und weißt du was? Er ist alles andere als eine Nullnummer. Wir müssen ihn unbedingt beim Männertaxi einstellen.«

»*Wir?* Das Männertaxi gehört immer noch mir ganz alleine, und nur *ich* entscheide, wen ich einstelle und wen nicht! Es war meine Idee! *Meine,* hörst du!« Ich schaue Pia wütend an und ringe nach Luft. »Ich … ich … ich hasse dich«, schreie ich ihr dann ins Gesicht, drehe mich um und stolpere mehr die Treppe hinunter, als dass ich laufe. Der Gürtel meines Bademantels löst sich, und bevor ich über ihn stolpere, reiße ich ihn aus den Laschen und peitsche damit auf den Boden, als würde Pia dort liegen.

In meiner Wohnung angekommen, werfe ich mich auf mein Bett und lasse den Tränen freien Lauf. Tief in meinem Inneren weiß ich, dass Pia eigentlich nichts Falsches getan hat. Und dass Phil, wenn er sofort mit ihr ins Bett gehüpft ist, nie auf die Idee kommen wird, sich über den Sex hinaus für mich zu interessieren. Und dass ich das, wenn ich ganz, ganz ehrlich bin, auch gar nicht will.

Aber wenn Phil nicht mehr da ist, so als Option, dann stehe ich immer noch ganz alleine da.

Und das zerreißt mir das Herz.

Kapitel 24

Als ich am nächsten Morgen auf meiner Küchenfensterbank sitze und einen Cappuccino trinke, sehe ich aus dem Haus gegenüber wieder das Paar kommen, das ich neulich schon beobachtet habe. Und als hätten sie sich gegen mich verschworen, halten sie sich heute an den Händen, während sie auf die Kreuzung zugehen, und lachen miteinander. Das machen die doch absichtlich, um mich zu ärgern. Genau wie die beiden Vögelchen, die zu zweit im Baum schräg vor meinem Haus sitzen und sich gegenseitig putzen.

Und was ist das? Fallen da gerade wirklich zwei Blätter gemeinsam von dem besagten Baum?

Die Welt ist gemein, das Leben ist ungerecht, und beides hat sich offensichtlich gegen mich verschworen. Denn bei dem Wort *gemeinsam* fällt mir auf, was ich nicht bin: *gem.* Ich bin einfach nur *einsam.*

Alle reden ständig über die Gefahren der Gen-Manipulation. Aber was viel, viel schlimmer ist, ist die *Gem-Amputation.* Und unter der leide ich. Jeder hat irgendjemanden, mit dem er gemeinsam sein kann. Nur ich bin ganz und gar einsam auf dieser Welt. Wer liebt mich denn? Meine Eltern, ja, aber die sind evolutionär dazu gezwungen, habe ich jedenfalls mal in einer Zeitschrift gelesen. Aber von ihnen abgesehen?

Und bin ich selbst schuld daran? So schuld wie an dem Streit mit Pia? Habe ich mir das alles selbst eingebrockt mit meiner bescheuerten »Ich will Sex, aber keine Bindung«-Einstellung? Ist es das, was ich vom Leben erwarte? Will ich wirklich einfach immer nur Spaß haben, ohne eine Verpflichtung einzugehen?

Ich krame ein Taschentuch aus meiner Hosentasche und trockne meine Tränen ab. Wahrscheinlich geht es mir nicht allein so, oder? Ich schnappe mir mein Handy und sehe im Anrufspeicher die vielen Nummern von Frauen, die beim Männertaxi bestellt haben. Ich bin nicht allein! Aber wirklich tröstlich ist der Gedanke nun auch nicht. Ich zappe gedankenverloren durch meine gespeicherten Kurznachrichten. Bei einer bleibe ich hängen – es ist tatsächlich eine von Sascha. Wieso habe ich die denn nicht wie alle anderen von ihm gelöscht?

Nur ein Herz kann mehr geben als ein Körper.

Mir steigen schon wieder Tränen in die Augen. Er hat recht! Ein Körper kann Befriedigung spenden für ein paar Stunden – aber Liebe macht wirklich glücklich. Zumindest, wenn sie auf Gegenseitigkeit beruht.

Sascha hat um mich gekämpft. Ich war gemein zu ihm, doch er hat nie aufgegeben, mir zu sagen, dass ich ihm wichtig bin. All die Monate, in denen ich ihn abgewiesen habe, war er doch immer da. Der Fels in der Brandung.

Ob ich mich bei ihm melden sollte?

Ich habe schon den Daumen auf der *Antworten*-Taste, als mein Handy piept. Als ich die SMS lese, bleibt mein Herz ein zweites Mal in vierundzwanzig Stunden stehen.

Hallo Isa, ich würde gerne mit dir reden. Sag mir bitte Bescheid, wann wir uns treffen können Tom

Tom? Mir fällt fast das Handy aus der Hand. Der kann mich mal! Meine Traurigkeit wird durch die auf einmal wieder brodelnde Wut wegkatapultiert, als würde in mir ein Vulkan ausbrechen. Vermutlich stoße ich gleich eine riesige Aschewolke aus und lege damit den Flugverkehr in ganz Europa lahm. Vielleicht ist es doch gar nicht so schlimm, Gem-amputiert zu sein, einsam ohne *gem*. Immerhin ist man dann nicht genervt von Typen, die es weder verdient haben noch wert sind, dass ich mich mit ihnen beschäftige.

Mit einem grimmigen Lächeln lösche ich die SMS von Tom – und schreibe stattdessen eine an Sascha:

Hallo Sascha! Ich würde mich gerne mit dir treffen. Hast du morgen Zeit? Liebe Grüße, Isa

Als zwei Minuten später eine Antwort von ihm kommt, muss ich lächeln.

Isa, du weißt, dass ich für dich alle Zeit der Welt habe!

Ja, das weiß ich. Sascha hat nie lockergelassen. Und ist es nicht das Beste, was einer Frau passieren kann – ein Mann, der sich nicht abschrecken lässt, der treu bleibt, auch wenn man ihm keinen Grund dafür gibt?

Dann komm doch heute Abend um 19 Uhr zu mir.

Vielleicht war es falsch, ihn wegzustoßen. Vielleicht ist er der Mann für mich, und ich habe es einfach nur nicht erkannt? Ich werde es herausfinden!

Sah er immer schon so gut aus? Ja, natürlich – aber wenn man einen Menschen mal eine längere Zeit nicht gesehen hat, dann ist es manchmal doch so, als würde man ihn zum ersten Mal treffen. Und Sascha kann sich wirklich sehen lassen: groß, gutgebaut, die Haare cool zurechtgemacht. Es hat schon seine Gründe, warum ich verdammt scharf auf ihn war!

Wie bekommt man die Haare wohl so hin? Vermutlich steht er länger vor dem Spiegel als ich. Aber egal, ich kann mich gar nicht satt an Sascha sehen, während er vor mir auf der Couch sitzt und meine Frage nach dem, was er in den vergangenen Monaten so getrieben hat, beantwortet. »Ich habe richtig Karriere gemacht. Bin eine Stufe raufgestolpert und *nein*, ich habe nicht mit dem Chef geschlafen!« Er lacht, während er das sagt, nimmt das Glas Cola, das vor ihm steht, trinkt und schaut mich schelmisch über den Rand hinweg an.

»Und auch sonst läuft es super bei mir. Ich bin gerade dabei, eine schicke Eigentumswohnung zu kaufen. Ich kann mir die Raten jetzt leisten, und wer heute noch Miete zahlt, ist doch selbst schuld, oder? Ich lebe jetzt nach dem Prinzip: *My home is my castle.*«

Hat Sascha früher auch schon gelacht wie ein Pferd? Aber wahrscheinlich ist er einfach deswegen so euphorisch, weil er im Traum nicht damit gerechnet hatte, jemals wieder auf meiner Couch Platz zu nehmen.

»Und so mit Mädels?«, frage ich vorsichtig. »Läuft es mit denen auch so gut?«

»Ach, Isa«, sagt er und lacht schon wieder, »ich habe dir damals gesagt, dass ich mich in dich verliebt habe, und daran hat sich nichts geändert.«

Ich mustere ihn von oben bis unten. Es gab Zeiten, da bin ich schon über ihn hergefallen, kaum dass er meine Wohnung betreten hat. Er schaut wirklich klasse aus, fast wie gemalt, wenn ich das Pferdelachen retuschiere und mir keine Gedanken darüber mache, wie lange er im Bad steht, bevor er es mit diesem coolen *»Ich bin gerade erst aufgestanden«*-Look verlässt.

»Weißt du, als du mich verlassen hast, da habe ich etwas gelernt.«

Oha, was kommt denn jetzt?

»Man muss sich Ziele setzen im Leben. Das mache ich jetzt viel bewusster. Ich weiß, was ich will – und dann bekomme ich es auch.« Er strahlt mich an. »Deswegen habe ich mir auch ein neues Auto gekauft, so ein schnittiges kleines Cabrio, wie du es immer toll fandest. Hast du Lust, gleich eine kleine Spritztour mit mir zu machen?«

Sascha tritt wesentlich selbstbewusster auf, als ich ihn in Erinnerung habe. *Ich weiß, was ich will – und dann bekomme ich es auch*, hallt es in meinem Kopf wider. Meint er damit auch mich?

»Oh, liest du neuerdings?« Sascha deutet auf *Weit wie das Meer*, welches aufgequollen auf dem Couchtisch liegt. Das Buch ist fast doppelt so dick wie normalerweise, und ich muss unbedingt dran denken, Charlotte eine neue Ausgabe zu kaufen.

»Och, weißt du … auch ich habe mich verändert.«

»Ach ja? Also, wenn du mich fragst – du siehst noch genauso gut aus wie früher.« Er zieht eine Augenbraue hoch. Das hat er früher auch immer gemacht; es war unser Zeichen für Sex. Augenbraue hoch: *McJoy* einparken?

Ich tue so, als hätte ich es nicht bemerkt. »Ja, ich lese jetzt ganz viele Bücher«, behaupte ich, »und beruflich tut sich bei mir auch einiges.«

»Bist du denn nicht mehr in diesem DVD-Verleih?«, fragt Sascha erstaunt.

»Doch, klar.« Vom Männertaxi erzähle ich lieber nichts.

»Und was genau tut sich in dieser Klitsche? Steigst du zur Chef-Verleiherin auf?« Er lacht wieder. Ich sollte das Fenster schließen. Nicht auszudenken, wenn der Wind sein Gewieher zur nächsten Pferdekoppel trägt und Black Beauty und Flicka spontan auf die Idee kommen, ihren Freund hier zu besuchen.

»Na ja«, ich knibbel nervös an meinen Fingernägeln. »Wolf ist nicht mehr so oft vor Ort, und da bin ich seine Vertretung. Also, so quasi.« Will ich Sascha jetzt echt weismachen, dass ich im *Snack & See* Karriere machen werde?

»Na, das ist doch toll!«, behauptet Sascha und macht dabei eine Handbewegung, als würde er eine lästige Fliege verscheuchen. Oder einen vollkommen verrückten Gedanken wegwischen. Aber bevor ich mich darüber ärgern kann, wandert seine Augenbraue wieder nach oben. Noch ein bisschen mehr, und er hat seinen Haaransatz erreicht. Wenn er das perfektioniert, muss er sich über Geheimratsecken nie Sorgen machen, dann kann er einfach seine Brauen da oben festtackern lassen. »Und männertechnisch?«, will er wissen.

»Nöx.«

»Wie, nöx?«

»Na, nix halt. Ich habe zwischendurch zwar Männer kennengelernt, aber es ...«

»Es war keiner dabei, der mir das Wasser reichen konnte?« Sascha lacht über beide Ohren. Wahrscheinlich machen sich die Urweltpferde aus dem Allwetterzoo bereits auf den Weg, um nachzusehen, warum einer der Ihren sich in meine Wohnung verirrt hat. »Weißt du, Isa-Schatz, das hätte ich dir vorher sagen können.«

Ich würde ihm am liebsten meine Cola ins Gesicht schütten. Er ist sich seiner Sache total sicher. Waren seine ganzen

SMS vielleicht nur eine Masche? Hat er sich in den Kopf gesetzt: *Die Alte bekomme ich, wenn ich mich nur richtig ins Zeug lege, und dann setze ich sie in mein neues Auto und fahre mit ihr in meine tolle Eigentumswohnung?* Es war echt ein Fehler, ihn einzuladen.

Ich schaue mir Sascha noch einmal ganz genau an und versuche, mir vorzustellen, mit ihm zusammen zu sein. Zu heiraten. Vielleicht Kinder zu haben, Enkelkinder, Urenkel, bis dass der Tod uns scheidet und dieses ganze Gedöns. Theoretisch ist das alles möglich. Ich hätte es vermutlich wirklich gut bei ihm. Aber ich stelle fest, dass der Film nicht in meine Phantasieecke passt. Er hat das falsche Format. So, als würde man einen 16:9-Film auf einem normalen Fernseher schauen. Sascha passt nicht zu mir und ich nicht zu ihm, und ich weiß, dass ich ihm das jetzt irgendwie klarmachen muss.

»Ich habe ein paar *tolle* Männer kennengelernt, wenn du es so genau wissen willst, sehr einfallsreich und ausdauernd.« *Boing*, das hat gesessen. Ich sehe, wie sich ein gekränkter Ausdruck in Saschas Gesicht breitmacht. »Aber es war keiner dabei, in den ich mich verlieben konnte.« So! Jetzt wollen wir aber mal seriös werden.

»Das willst du doch auch gar nicht!«

Äh, ja. Das war nun tatsächlich nicht die richtige Argumentation von mir. »Eben!«, sage ich schnell, um Zeit zu gewinnen.

Sascha runzelt die Stirn. »Aber was willst du dann?«

»Von dir oder im Allgemeinen?« Ich ahne, dass jetzt eine Diskussion kommt, auf die ich so gar keine Lust habe.

Er schüttelt ungeduldig den Kopf. »Warum hast du mich herbestellt, Isa?«

Ich kann ihm schlecht sagen, dass ich einfach nur einsam war und irgendjemanden in meiner Nähe wünschte, der mir die Hand hält, mir vielleicht einen Tee kocht, die Füße massiert und mir liebe Worte ins Ohr flüstert. Andererseits: Warum eigentlich nicht?

»Ich habe mich einsam gefühlt, Sascha. Einsam und irgendwie …«

»… sexlustig?«, fragt er mit einem breiten Grinsen. Vermutlich macht er innerlich bereits das Strike-Zeichen, weil er denkt, dass wir uns nun gleich die Kleider vom Leib reißen und dort weitermachen, wo wir aufgehört haben. »Komm, du kannst es ruhig sagen. Wir kennen uns doch! Und genau deswegen liebe ich dich doch.«

Hä? Ich sehe ihn groß an.

»Also, versteh mich nicht falsch. Ich liebe dich … äh … so im Ganzen. Aber was mir besonders gut an dir gefällt, das ist, wie zielstrebig du dir das nimmst, was du willst.«

Wenn es nicht so verdammt traurig wäre, müsste ich jetzt eigentlich loslachen: Sascha hat sich in mich verliebt, weil ich mich nicht in ihn verlieben wollte – und nun möchte ich mich verlieben, merke aber, dass seine Liebe nicht die ist, die mich glücklich machen könnte.

»So zielstrebig bin ich nicht mehr«, sage ich matt.

Er schaut mich an. Auf einmal ist da eine Härte in seinem Blick. »Das heißt, du hast mich hier heute antanzen lassen, nur um mich noch mal abzuschießen?«

»Nein«, sage ich erschrocken, »so ist das nicht, ich …«

Er schüttelt unwirsch den Kopf. »Isa, sag mir einfach nur eins: Möchtest du, dass ich jetzt bleibe, oder wäre es dir lieber, wenn ich gehe? Aber wenn ich gehe, dann solltest du dir darüber klar sein, dass ich nicht noch einmal zurückkommen werde.« Er schluckt hart. »Vielleicht ist das deine Zielstrebigkeit, die auf mich abgefärbt hat.«

Ich nicke stumm.

»Das war es dann also?«, fragt er.

Ich nicke noch einmal.

»Okay.« Sascha steht auf, räuspert sich und schaut mich lange an. »Schade, Isa. Du wusstest immer so genau, was du wolltest, aber jetzt …« Er steht auf und geht an mir vorbei aus der Tür.

Ich sitze noch eine halbe Stunde einfach nur so da, starre gegen die Wand und denke an alles und gleichzeitig an nichts. Als das Handy klingelt, greife ich mechanisch danach.

»Ja, hallo?«

»Guten Tag, spreche ich mit dem Männertaxi?«, will eine vergnügte Frauenstimme wissen.

Ich räuspere mich. »Ja, natürlich, Isa am Apparat. Was kann ich für Sie tun?«

»Eine Freundin hat mir Ihre Nummer gegeben.«

»Das freut mich. Möchten Sie, dass ich Ihnen unser Angebot noch einmal erkläre?«

Sie lacht. »Das ist nicht nötig. Ich weiß genau, was ich will. Die Nummer 2 für morgen Abend … und zwar in extra scharf.«

»Gerne«, sage ich. »Warten Sie kurz, ich muss einen Blick in unsere Terminplanung werfen.« Während ich die Buchung routiniert bearbeite, denke ich, dass ich auch endlich wieder überzeugt sagen können möchte, dass ich weiß, was ich will.

Kapitel 25

Als ich am nächsten Morgen in der Küche meinen Cappuccino trinke, höre ich Stimmen im Flur. Charlotte unterhält sich mit … ich spitze die Ohren … mit einem Mann? Nun bin ich ganz sicher nicht so neugierig wie meine Nachbarin, aber natürlich möchte ich trotzdem wissen, mit wem sie da so angeregt plaudert. Ich springe auf, laufe so leise wie möglich zur Tür und schaue durch den Spion. So weit ist es schon mit mir gekommen.

Moment! Das ist doch … nee, oder? Da steht Herr Möller! Und Charlotte bittet ihn gerade fröhlich lachend in die Wohnung. Woher kennen die beiden sich? Ist ja der Hammer!

Ob Herr Möller eine Reinigungsfirma hat und Charlotte ihn bestellt hat, um ihre vier Trillionen Bücher zu entstauben? Oder ob er ein Versicherungsfritze ist, der ihr eine Lebensversicherung andrehen will? Ich bin kurz davor, bei ihr anzuklingeln und sie vor dem Schlimmsten zu bewahren. Aber vielleicht ist er ja auch nur ein Staubsaugervertreter oder ein Zeuge Jehovas oder …

Ich gehe in mein Schlafzimmer, öffne das Fenster und lehne mich, so weit es geht, hinaus. Wenn Charlotte in ihrer Wohnung hören kann, was bei mir im Bett passiert, dann kann ich doch jetzt vielleicht auch … nee, Fehlanzeige. Ich höre nur zwei Vögel zwitschern. Wahrscheinlich die beiden Piepmätze, die sich gestern vor meinen Augen im Baum vor dem Haus vergnügt haben und die sich jetzt darüber amüsieren, wie neugierig ich bin. Frechheit! Ich muss meinen Vater fragen, ob er mir mal sein Luftgewehr leiht …

Auf einmal ertönt die Türklingel; nicht meine, sondern die von Charlotte. Sie bekommt noch mehr Besuch? Ich stürme zurück zu meinem neuen besten Freund, dem Türspion.

Nee!

Pia steht vor Charlottes Tür, welche in dem Moment aufgeht, und wird höflich hineingebeten. Jetzt versteh ich gar nichts mehr! Was haben die drei denn miteinander zu tun – und warum bin ich nicht dabei? Es handelt sich hier doch schließlich um meine Nachbarin, meine ex-beste Freundin und meinen … *äh* … den Herrn Möller. Ich habe das Gefühl, als hätte sich die ganze Welt gegen mich verschworen.

Ich schaue auf die Uhr. Eigentlich müsste ich mich jetzt auf den Weg zur Arbeit machen. *Eigentlich.* Uneigentlich gibt es jetzt aber Wichtigeres. Also rufe ich Wolf an. Er ist zum Glück nicht da, also spreche ich auf seine Mailbox, dass ich später komme, stelle dann mein Handy ab, damit er nicht die Möglichkeit hat, im Gegenzug mich anzurufen, und lege mich hinter meiner Wohnungstür auf die Lauer.

Nach knapp einer Stunde höre ich, wie Charlottes Wohnungstür aufgeht. Ich schaue durch den Spion und sehe, wie die drei sich voneinander verabschieden. Herr Möller geht die Treppe hinunter, Pia hinauf in ihre Wohnung. Charlotte hat ein seliges Lächeln auf dem Gesicht, als sie ihre Tür schließt. Was geht hier vor?

Und wie finde ich das möglichst schnell heraus?

Kurzentschlossen schnappe ich mir *Weit wie das Meer* und klingle an Charlottes Wohnungstür.

»Isa, das ist ja schön, dass du mich schon so früh besuchen kommst!« Charlotte begrüßt mich herzlich und umarmt mich.

»Irgendwie hatte ich das Gefühl, dass du dich allein fühlen könntest …«, sage ich so unschuldig, als könnte ich kein Wässerchen trüben, und erwarte eigentlich, dass sie mir nun von ihrem Besuch erzählt. Aber: Pustekuchen.

»Komm rein, ich koche uns einen Tee!« Ich folge ihr in die Küche. »Ist heute nicht ein wunderschöner Tag?« Sie lächelt und schaut dabei nach draußen. »Die Sonne scheint! Und hör mal, die Vöglein!«

»Ja, die lieben Vögelchen.« Sie zwitschern tatsächlich gerade, als würden sie vor Lachen über mich fast aus dem Baum fallen. Na warte, wenn ich die vor die Flinte bekomme!

»Ja, sehr schönes Wetter!«

»Und es soll die ganze Woche so bleiben, haben sie im Wetterbericht gesagt«, freut sich Charlotte.

Wen interessiert schon das doofe Wetter? Mich interessiert, warum Herr Möller, Pia und Charlotte sich kennen und sich anscheinend ach so toll verstehen, dass es meiner Nachbarin einen Gute-Laune-Schub gibt.

Nachdem sie den Tee aufgegossen hat, gehen wir ins Wohnzimmer. Ich lege die XXL-Version ihres Buches vor sie auf den Tisch. »Ähm … Charlotte … es tut mir leid, aber …«

»Was ist *das* denn?« Charlotte wird erst etwas blass, aber dann steigt ihr ein wütendes Rot in die Wangen.

»Das ist … also, das war … also, dein Buch …« »Was hast du damit gemacht?« Charlotte ist entsetzt.

»Ich lag in der Wanne, und da ist es …«

»In der Wanne? Du gehst mit einem Buch, das du dir geliehen hast, in die Badewanne? Also, so etwas hätte ich nicht von dir erwartet.«

Ich fühle mich wie ein kleiner Sünder, der vor dem Richter steht und dem gleich die Guillotine angekündigt wird. »Ja, ich weiß, und es tut mir ja auch leid. Ich kaufe dir das Buch natürlich neu.«

»In einem Buch, das man gelesen hat, stecken Erinnerungen, Isa. Die kann man nicht einfach neu kaufen.« Sie sieht mich streng an. »Ich bin sehr enttäuscht von dir. Ich habe dich für eine Frau gehalten, auf die man sich verlassen kann. Eine, die weiß, was sie tut. Aber das hier …«

»Es … es tut mir …« Auf einmal kullern mir Tränen über die Wangen. »Es tut mir leid, Charlotte. Ich …« Ich fühle mich schuldbewusst und habe das Gefühl, dass mir der Boden unter den Füßen weggezogen wird. Und dann bricht auf einmal alles aus mir heraus: Ich erzähle Charlotte von Sascha und von Phil und von Tom, davon, dass ich mich so gem-los fühle und dass ich sie jetzt so gut verstehen kann. Dabei heule ich Rotz und Wasser, aber anders als vorgestern Abend nach dem Streit mit Pia habe ich diesmal das Gefühl, dass nicht nur alle Staudämme brechen, sondern mir das auch irgendwie guttut. Wahrscheinlich liegt es daran, dass Charlotte mir zuhört und irgendwann sogar aus ihrem Sessel aufsteht, sich zu mir aufs Sofa setzt und mich in den Arm nimmt.

»Ich kann dich so gut verstehen, meine Kleine. Aber ich weiß, dass eines Tages auch in deinem Leben alles gut werden wird. Da bin ich mir ganz sicher. Manchmal kommt das Glück einfach dann, wenn man nicht danach sucht.«

Diese sogenannten Lebensweisheiten kenne ich, aber ich habe noch nie dran geglaubt.

»Und mach dir keine Gedanken wegen des Buches. Ich habe dir nur die Taschenbuchausgabe gegeben. Das gebundene Original habe ich natürlich noch im Regal stehen. Ich würde meine wahren Schätze nie einfach so aus den Händen geben.«

Wenigstens das! Ich bin erleichtert.

»Aber was machen wir jetzt mit dir?« Sie hält mir ein Taschentuch hin, und ich schneuze hinein. Ich weiß nicht, was man mit mir machen soll. Besser gesagt, ich weiß es schon. Ich möchte geliebt werden! Ich weiß nur nicht, von wem.

Und dann sitzen wir einfach nur so da. Charlotte hält mich fest, die Tränen laufen mir über die Wangen, und beide blicken wir schweigend auf das riesige Bücherregal, als würden sich dort die Antworten auf all die Fragen in meinem Kopf verstecken. Irgendwann wird mir bewusst, dass ich nun wirklich endlich zur Arbeit muss. Als ich das sage, schüttelt Charlotte energisch den Kopf. »Das kommt gar nicht in Frage. Gib mir die Nummer von deinem Chef.« Ich gebe sie ihr erstaunt. Was hat sie vor? Charlotte erhebt sich und verschwindet in den Flur. Ich höre, wie sie telefoniert – sie ruft tatsächlich Wolf an! Mit resoluter Stimme erklärt sie ihm, dass ich heute zu Hause bleiben muss. »Nein, das wird sie ganz sicher nicht«, sagt sie streng. »Sie ist heute krank. Morgen können Sie wieder mit ihr rechnen. Und das mit dem Nacharbeiten vergessen wir ganz schnell, denn Sie möchten doch nicht, dass ich meine alten Kollegen im Arbeitsgericht anrufe? Na sehen Sie. Ja, ich wünsche Ihnen auch einen schönen Tag.«

Mit einem grimmigen Lächeln kommt Charlotte ins Wohnzimmer zurück. »Dein Chef ist ein harter Hund«, sagt sie. »Aber der bellt auch nur, weil er nicht beißen kann.«

»Danke, Charlotte«, nuschele ich verheult. »Das ist so lieb von dir.«

»Das mache ich doch gerne, meine Kleine. Aber darf ich dich trotzdem in deine Wohnung zurückschicken? Ich habe einen Friseurtermin, den möchte ich nicht absagen. Du kommst doch zurecht?«

Ich nicke. »Ja, natürlich. Danke für alles, Charlotte.« Ich erhebe mich, umarme sie zum Abschied und stehe wenig später wieder in meiner Wohnung. Zuerst einmal wasche ich mir das Gesicht mit kaltem Wasser. Ein Blick in den Spiegel zeigt mir, dass ich in den nächsten Stunden aber wohl besser doch nicht aus dem Haus gehen sollte, um keine kleinen Kinder zu erschrecken, so verquollen, wie ich aussehe. Die Einzige, der ich mich so zeigen würde, ist Pia. Sie hat mich schließlich auch durch das ganze Tränental nach der Trennung von Tom begleitet. Ich vermisse sie auf einmal ganz schrecklich. Ich will meine beste Freundin zurückhaben!

Und genau in diesem Moment höre ich unser geheimes Klopfzeichen an der Tür. Pia! Gedankenübertragung? Mit roter Nase und verheulten Augen eile ich zur Tür und reiße sie auf.

»Kann ich reinkommen?«, fragt Pia und streckt mir einen frisch gebackenen Kuchen entgegen, der verführerisch duftet.

»Selbstgebacken?«, frage ich erstaunt. Pia nickt stolz. Ich weiß dieses Friedensangebot sehr zu schätzen, denn Pia ist genau wie ich alles andere als eine perfekte Hausfrau, die nur ungerne kocht und backt.

»Komm rein«, bitte ich sie. Wir gehen in die Küche, und ich mache, ohne groß nachzufragen, zwei Cappuccinos, während Pia ganz selbstverständlich die Teller aus dem Schrank holt und den Kuchen anschneidet.

»Isa, es tut mir leid«, beginnt sie, als wir gemeinsam am Tisch sitzen. »Ich wusste doch nicht, dass zwischen dir und Phil etwas lief. Ich würde mich *nie* an einen Mann ranwerfen, an dem du Interesse hast! Wir sind doch Freundinnen!«

»Ich weiß«, gebe ich kleinlaut zu. »Und es tut mir furchtbar leid, dass ich so ausgerastet bin. Du hast keinen Fehler gemacht, wirklich nicht. Es ist alles meine Schuld.«

»Aber was genau läuft denn zwischen euch beiden?«, will Pia wissen. »Weißt du, als ich mit ihm geschlafen habe, da war ziemlich schnell klar, dass er ganz sicher nicht der Totalausfall im Bett ist, als den du ihn dargestellt hast.« Sie droht mir spielerisch mit dem Zeigefinger. »Und deswegen habe ich mir schon gedacht, dass du ihn einfach nur für dich behalten wolltest, statt ihn im Männertaxi an die Frau zu bringen.«

Ich zucke ein bisschen linkisch mit den Schultern. »Du kennst mich eben zu gut.«

Sie lacht. »Worauf du wetten kannst. Was ich aber trotzdem nicht verstehe – was genau läuft denn da zwischen euch? Ich meine, Phil kann doch nicht so ein Schwein sein, dass er fröhlich mit mir ins Bett springt, wenn er eigentlich etwas mit dir laufen hat.«

»Das ist es ja«, sage ich traurig. »Wenn es nach ihm geht, dann läuft da gar nichts zwischen uns außer Sex. So wie ich das auch immer eingefordert habe, ich dummes Huhn.«

»Und jetzt bist du doch in ihn verliebt?«

Ich schaue betreten auf meinen Couchtisch, als würde dort die Antwort auf diese Frage stehen. »Ich glaube nicht. Er ist toll im Bett, sieht klasse aus, hat was auf dem Kasten, aber letztendlich«, ich schlucke schwer, und dann kommen mir die Worte über die Lippen, die mir einerseits so schwerfallen, mich aber andererseits auch erleichtern, »ist er einfach nur ein Mann, der gerade da ist, und nicht der Mann, den ich wirklich bei mir haben möchte.« Ich ziehe ein Taschentuch aus der Packung und schneuze mich. »Dann ist er auch nicht der Richtige«, sagt Pia entschieden. »Wahrscheinlich würde er sich auf Dauer als Loser auf ganz anderen Gebieten entpuppen. Vielleicht kann er sich in einem Restaurant nicht anständig verhalten, oder er pupst in Gegenwart von fremden Menschen, oder er rülpst … wobei, nee, du hast ja schon einen Mann in deinem Leben, der dir manchmal ein Ständchen börkst, richtig?« Sie spielt auf die Szene mit Herrn Möller an, die ich ihr damals natürlich brühwarm erzählt hatte. Wir lachen, und es fühlt sich gut an.

»Aber eins müsste mir mal irgendjemand erklären«, sage ich dann. »Warum suchen wir Frauen uns eigentlich so oft Kerle aus, die auf unseren Gefühlen rumtrampeln? Warum versuchen wir oft mit aller Macht, die Männer zu bekommen, die sich einen Teufel um uns scheren? Warum sind wir Frauen so … so …«

»So bescheuert, meinst du?« Pia lacht.

»Ja, warum sind wir so bescheuert und lassen uns überhaupt auf so was ein?«, frage ich sie, wie ein Kind seine Mutter fragen würde, warum Feuer heiß und Eis kalt ist und warum im Kühlschrank immer das Licht brennt.

»Wenn ich das wüsste, hätte ich wohl schon den Nobelpreis bekommen. Wir Frauen sind anscheinend so.« Sie runzelt nachdenklich die Stirn. »Wir lassen uns lieber schlecht behandeln, anstatt einfach mal an unserem Beuteschema vorbeizuschauen. Denn du musst zugeben, bei dem Thema mischen die Phils dieser Welt ganz vorne mit.«

Das Beuteschema. Ist das wirklich der Anfang aller Probleme? Ja, ich habe eines: Für mich müssen Männer vor allem groß sein, schlank, humorvoll und intelligent. Wenn ich zurückdenke, so waren das auch alle, die ich für kürzere oder längere Zeit an mich rangelassen habe; wobei, im Fall von Phil muss man ja sagen: die mich für eine eher kürzere als längere Zeit an sich rangelassen haben. Aber letztendlich hat das alles nicht gehalten.

»Vielleicht sollte ich tatsächlich mal schauen, was diese Welt sonst noch so zu bieten hat«, überlege ich. »Am Beuteschema vorbei sozusagen.«

Pia grinst mich breit an. »Wow, Isa, das hört sich so ...« Sie runzelt die Stirn in gespielter Anstrengung. »So erwachsen an.«

Ich drohe ihr spielerisch. »Pass bloß auf, was du sagst. Ich bin ... eine ausgesprochen freundliche, offene Person. Ich gebe jedem Mann eine Chance, also ab sofort.«

»Klar! Du bist ja fast so etwas wie die Mutter Teresa der Buckligen.«

»Und der Männer mit Überbiss«, ergänze ich.

»Und denen mit Haaren auf dem Rücken.«

»Und denen ohne welche auf dem Kopf.«

»Und gerade neulich habe ich dich zu einem dicken Kerl mit Eiterpickeln im Gesicht sagen hören, dass seine inneren Werte ihn schön machen.«

Wir prusten los. Dann streckt Pia mir die Hand entgegen.

»Peace?«

»Peace!«

Und schon liegen wir uns in den Armen, und es ist fast ein Wunder, dass ich nicht direkt noch mal losheule vor Erleichterung und Freude. Ich fühle mich geborgen, und es ist gut zu wissen, dass nicht nur ein Mann mir dieses Gefühl geben kann.

»Und jetzt essen wir diesen wunderbaren Kuchen!« Ich nehme die erste Gabel und seufze wohlig. »Mmmm, lecker. Bist du sicher, dass der von dir ist?«

»Willst du schon wieder frech werden?« Sie grinst. »Aber ich bin selbst begeistert, wie einfach der zuzubereiten ist. Ich habe das Rezept von einer Kundin. Habe ich dir eigentlich von der erzählt, Frau Schrackers? Also, ich sage dir ...« Sie fängt an, mir vergnügliche Geschichten zu erzählen, und wir lachen, während wir danach von Hölzchen auf Stöckchen kommen und den Nachmittag verplaudern. Das Treffen zwischen ihr, Herrn Möller und Charlotte erwähnt Pia allerdings mit keinem Wort, und ich werde sie auch nicht danach fragen. Sie wird mir schon verraten, was da vor sich geht, wenn es für mich eine Bedeutung hat. Da bin ich ganz sicher. Außerdem kann ich Herrn Möller fragen, wenn er mich das nächste Mal im Laden besucht. Ich ertappe mich bei dem Gedanken, dass ich mich auf den nächsten verbalen Schlagabtausch mit ihm freue.

Spätabends schickt Pia mir eine SMS.

> Ich hab dich lieb, meine Süße, und ich bin froh, dass wir uns wieder vertragen haben. Ohne dich wäre mein Leben grau, das weißt du doch, oder? Und vergiss nicht: Egal, was kommt: ALLES WIRD GUT.

Ich lächle, als ich mich in meine Bettdecke einrolle. Alles wird gut. Ja, daran glaube ich gerade wirklich.

Kapitel 26

Als ich am nächsten Tag ins *Snack & See* komme, höre ich ein merkwürdiges Geräusch. Hat der Ventilator im Computer ein Problem? Nein, es klingt eher so, als hätte jemand einen wahnsinnigen Schnupfen, aber kein Taschentuch zur Hand und müsse deshalb ständig den Schnodder in der Nase hochziehen.

Ich folge dem Geräusch bis zur angelehnten Tür von Wolfs Büro. Ist er krank? Dann soll er doch bitte nach Hause gehen, ich habe wirklich keine Lust, mich anzustecken.

»Guten Morgen!«, sage ich betont fröhlich, als ich das Büro betrete. Wolf sitzt mit dem Rücken zu mir und schaut aus dem Fenster. Er zuckt zusammen, als er mich hört, und fährt herum.

»Was ist denn mit dir los?«, platzt es aus mir heraus.

»Wie? Was denn? Nichts, was soll sein? Ich … ich …« Er stottert und scheint nach einer Antwort zu suchen. Seine Augenränder sind gerötet. Wenn ich es nicht besser wüsste, würde ich glatt denken, Wolf hätte geweint. Aber das ist ja wohl mehr als unwahrscheinlich, denn dann müsste er Gefühle haben, und allein die Bedeutung dieses Begriffes müsste er bei Wikipedia nachschauen.

»Bist du krank?«, frage ich ihn.

»Ich … ähm … eine Allergie!«

Er schaut sich im Raum um. »Ich habe eine Allergie gegen Staub! Hier!« Er fährt mit dem Finger über seinen Schreibtisch und zeigt ihn mir. Wirklich viel Staub kann ich nun zwar nicht an seiner Fingerspitze sehen, aber ich ahne bereits, was nun kommt. Und tatsächlich: Wolf erhebt sich schnell, drängelt sich an mir vorbei und schnauzt mich dabei an: »Du weißt ja, wo die Putzsachen sind. Ich bin mal eben weg, und wenn ich wiederkomme, ist hier alles picobello sauber. Verstanden?

Und mach das Retrofenster neu! Diese Woche nehmen wir *Staying alive*. Also los, zack, zack!«

Na super! Das ist ja mal wieder ein ganz toller Start in den Arbeitstag.

Nachdem ich Wolfs Büro ordentlich durchgewischt habe – nicht auszudenken, wenn er wirklich eine Allergie hat, daran zugrunde geht und die Polizei mich dann verdächtigt, ihn in den Tod getrieben zu haben –, bin ich gerade dabei, mir aus dem Internet Bilder von John Travolta und den Bee Gees für die Deko im Retrofenster auszudrucken, als Herr Möller den Laden betritt. »Herr Möller, das ist aber schön, dass ich Sie heute sehe!«, rufe ich ihm lächelnd zu. Das trifft sich doch wunderbar, dann kann ich direkt fragen, woher er Charlotte kennt und was er und Pia gestern bei ihr gemacht haben.

»Guten Morgen«, sagt er knapp. Ich blicke in ein todernstes Gesicht. Oje, was ist dem denn über die Leber gelaufen?

Wortlos knallt er mir die DVD, die er sich gestern wohl ausgeliehen hat, auf den Tresen. Ich bin kurz davor, einen Rülpser anzudeuten, um ihn zum Lachen zu bewegen. »Geht es Ihnen gut?«, frage ich stattdessen.

»Geht so.«

Meine Güte, Herr Möller ist doch sonst immer so gesprächig. Ich komme mir vor wie im falschen Film.

»Äh … ja. Und sonst so? Möchten Sie heute einen neuen Film mitnehmen?«, frage ich und hebe ein Bild von John Travolta hoch. »Vielleicht *Staying alive*? Kann ich sehr empfehlen.«

»Nein danke, ich hätte nur gerne drei Tafeln Schokolade. Einmal Vollmilch, einmal Noisette und einmal Sahnecreme.«

Das hat er ja noch nie gemacht! »Schokolade? Sie?«

»Ja, wie jetzt: ich? Steht da etwa drauf *Für Männer verboten,* oder wie?«, pflaumt er mich an.

Ich lache über diesen Witz, aber als ich feststelle, dass Herr Möller immer noch ernst dreinschaut, vergeht auch mir das Lachen. Irgendwas stimmt nicht mit dem. Und das liegt sicher nicht daran, dass er heute ein ausgesprochen schönes, blaukariertes Hemd trägt. Überhaupt sieht der ganze Herr Möller besser aus als sonst. Wenn man mal von seinem miesepetrigen Gesichtsausdruck absieht. »Das steht Ihnen aber wirklich gut«, sage ich und deute auf das Hemd.

»Na wie schön«, ätzt er.

Auweia. Ich hole schnell die Tafeln aus dem Regal und tippe die Preise in die Kasse ein. Herr Möller legt mir wortlos einen Fünf-Euro-Schein auf den Tisch. Ich gebe ihm ebenso schweigend das Wechselgeld.

»Was machen Sie denn heute noch so?«, frage ich ihn schließlich.

»Das interessiert Sie doch gar nicht«, faucht Herr Möller mich an, »also können wir uns diese Floskeln sparen, oder?« Er dreht sich um, verlässt den Laden und lässt mich sprachlos zurück. Der tut ja gerade so, als hätte ich ihm etwas getan! Haben Männer eigentlich auch PMS?

Als ich nach Hause komme, treffe ich Charlotte im Hausflur.

»Isa, meine Liebe, geht es dir wieder besser?« Sie lächelt mich an. Nein, stimmt nicht. Sie lächelt nicht, sondern sie strahlt über das ganze Gesicht.

»Ja, es geht wieder. Ich habe mich wieder einigermaßen bekrabbelt«, gebe ich freundlich zurück.

Charlotte nimmt mich schwungvoll in den Arm. »Siehst du, auf Regen folgt Sonnenschein. Das war schon immer so, und daran wird sich wohl auch nie etwas ändern, solange sich diese wunderschöne Erde dreht.« Dann drückt sie mir noch einen Kuss auf die Wange und widmet sich wieder ihrer Wohnungstür, die sie putzt, als würde sie sie streicheln. Dabei singt sie leise »Eine neue Liebe ist wie ein neues Leben«.

Während ich mich auf mein Bett werfe, um die Mailbox zu checken, bekomme ich diesen Ohrwurm nicht mehr aus dem Kopf. Toll. Ich habe weder eine alte Liebe noch eine neue. Aber dafür läuft das Männertaxi auf Hochtouren – nachdem ich ein paar Telefonate geführt und Buchungen bestätigt habe, sind die letzten freien Termine, die Simon, Sven und Harald in den nächsten drei Wochen haben, komplett ausgebucht. »Ich sach mal so, das ist echt super, jawoll ja!«, freut sich Simon, als ich ihm Bescheid gebe. Besser könnte ich es nicht ausdrücken. Vermutlich sollte ich doch noch ein paar Männer mehr auf die Karte setzen lassen – und vielleicht auch endlich bei Wolf kündigen, um mich voll und ganz auf mein eigenes Unternehmen konzentrieren zu können? Ich stehe auf, strecke mich und beschließe, unter die Dusche zu springen.

»Eine neue Liebe ist wie ein neues Leben, na, na-na-na, naaaa!«, singe ich ausgelassen, während das warme Wasser auf mich niederprasselt. »Heute fängt ein neues Leben an, deine Liebe, die ist schuld daran. Alles ist so wunderbar, dass man es kaum verstehen kann …«

Was ich tatsächlich nicht verstehe, ist, dass ausgerechnet jetzt jemand bei mir an der Haustür klingelt. Will Charlotte womöglich ein Duett mit mir anstimmen? Grinsend wickle ich mich in ein Handtuch und laufe schnell zur Tür, obwohl ich fröhlich vor mich hintropfe. Ich öffne schwungvoll.

»Na, das ist ja ein Empfang!« Vor mir steht Phil und strahlt mich an.

»Äh, ja, hallo«, sage ich. Wir sehen uns einen Moment an.

»Und jetzt?«, fragt Phil mich dann grinsend.

»Was jetzt?«

»Bittest du mich jetzt rein und trocknest dich erst mal ab, oder wollen wir hier noch ein bisschen stehen bleiben?«

»Ach so, natürlich.« Ich winke ihn herein. »Geh doch schon mal vor.«

»Ins Schlafzimmer?« Er grinst mich herausfordernd an. Für einen kurzen Moment werde ich schwach … aber auch nur für einen kurzen. Ich bin ja nicht blöd.

Also, nicht immer.

»Nein, setz dich doch bitte ins Wohnzimmer. Da vorne, siehst du? Ich bin gleich bei dir.« Erst da fällt mir auf, dass Phil zuvor nie in meinem Wohnzimmer war.

In Windeseile trockne ich mich ab, ziehe mir etwas an und binde mir die feuchten Haare zu einem Pferdeschwanz zusammen. Außerdem trage ich noch schnell eine mattierende Tagescreme auf und etwas Lipgloss. Einem Mann wie Phil sollte man nicht gegenübertreten, wenn man sich nicht sicher fühlt – und ich fühle mich nun einmal besser, wenn ich ein bisschen zurechtgemacht bin.

»So, Phil, was kann ich denn heute für dich tun«, frage ich freundlich, aber distanziert, als ich mich zu ihm aufs Sofa setze. Er schaut mich ein bisschen irritiert an. Hat der gedacht, ich schmeiße mich ihm sofort wieder an den Hals? Okay, zugegeben, so lief es bisher immer – aber jetzt nicht mehr.

»Du, Isa, wegen neulich ... als du mich treffen wolltest, da ...«

»Da hattest du keine Lust, ich weiß. Und als sich das am nächsten Tag schlagartig änderte und ich nicht verfügbar war, hast du eben bei Pia Station gemacht«, fasse ich zusammen, als würde es sich hier um die normalste Sache auf der Welt handeln. »Du ... du weißt das von Pia und mir schon?«

»Klaro, wir erzählen uns alles. Ist doch nix dabei!« Ich gebe mich betont cool und lässig.

»Mensch, ihr seid wirklich zwei Frauen nach meinem Geschmack«, freut Phil sich. »Von euch könnten sich viele andere wirklich eine Scheibe abschneiden.«

»Wie nett, dass du das sagst«, lächle ich ihn an und überlege, ob ich nicht auch mal schnell eine Scheibe von ihm abschneide. Oder besser gesagt: ein Stück. Sein bestes.

»Und sag mal: Nimmst du mich jetzt in deine Kartei auf? Pia meinte, dass sie mit dir darüber sprechen wollte.«

Der lässt aber auch wirklich nicht locker. Ich schaue ihn nachdenklich an. Was spricht eigentlich dagegen, ihn zu vermitteln? Eigentlich nur mein Stolz. Ich wollte ihn für mich. Und er hat mir nun wirklich sehr deutlich gezeigt, dass er daran wenig Interesse hat. Ich meine, hallo – er schläft mit mir, er schläft mit meiner besten Freundin, er will in meine Männertaxi-Kartei, und nächste Woche erwische ich ihn dann auch noch mit Charlotte, oder was? Ich merke, wie ich wütend werde. *Du willst mich nicht, Freundchen, aber du meinst, dass ich dir weiter Frischfleisch zuführe? Da hast du dich so was von geschnitten!*

»Weißt du, Phil ...«

Das Telefon klingelt. Ich schaue es unentschlossen an. Gehe ich jetzt dran, oder schicke ich erst einmal Phil in die Wüste? Er nimmt mir diese Entscheidung ab, indem er sich das Telefon schnappt und es mir mit einem charmanten Lächeln in die Hand drückt. »Hier, Frau Chefin!«

Der Mann macht mich wahnsinnig, denke ich, während ich widerstrebend lächeln muss und den Anruf entgegennehme. »Hier spricht Isa vom Männertaxi, was kann ich für Sie tun?«

»Einmal die Nummer 2 für heute Abend«, fordert eine dominante Frauenstimme. »Overnight-Stay.«

»Tut mir leid, die Nummer 2 ist leider bis auf weiteres ausgebucht«, sage ich freundlich, »ab...« Weiter komme ich nicht.

»Dann eben die Nummer 3«, ranzt mich die Dame an, die diese Bezeichnung offensichtlich nicht verdient. »Kann ja nicht so schwer sein, oder?«

Am liebsten würde ich ihr nun sehr deutlich erklären, was ich von ihrem Ton halte, aber ich habe den Spruch »Der Kunde ist König« eben doch zu sehr verinnerlicht. »Es tut mir wirklich leid, aber Nummer 1 bis 3 sind erst in drei Wochen wieder buchbar.«

»Wie bitte?«, knarzt es mir entgegen.

»Und die Nummer 4 steht leider ebenfalls nicht zur Verfügung«, setze ich freundlich hinterher. So weit kommt es noch, dass ich den armen Lars einem solchen Drachen vorwerfe.

»Ach nee, und jetzt bieten Sie mir gleich die Nummer 6 an, oder was? Denken Sie, ich bin gerontophil? Was ist denn das bitte schön für ein beschissener Service?«

»Es tut mir wirklich leid«, sage ich mit leicht bebender Stimme, »aber ich habe einfach keinen Mann für heute Abend.«

Phil tippt mir auf die Schulter, um danach mit beiden Zeigefingern auf sich zu zeigen. Dabei grinst er mich breit an und zieht die Augenbrauen so weit hoch, dass man ihn damit an die Zimmerdecke tackern könnte.

Meine Gesprächspartnerin flucht wütend vor sich hin, droht damit, sich über mich zu beschweren – bei wem, lässt sie offen, und ich muss fast grinsen bei dem Gedanken, dass sie versucht, meinen nicht vorhandenen Chef ausfindig zu machen –, und ist die beste Definition des Wortes Furie, die man sich vorstellen kann. Parallel dazu versucht Phil, mir immer noch pantomimisch klarzumachen, dass er zur Verfügung steht. Aber dieses Teufelsweib kann man wirklich niemandem zumuten.

Außer jemandem, der es wirklich verdient hätte …

Hmmm …

»Oh, warten Sie mal«, flöte ich mit unschuldigem Augenaufschlag in Phils Richtung, »ich sehe gerade, wir haben doch noch einen Mann, den wir Ihnen heute Abend schicken können!«

»Welchen?«

»Sie werden sich freuen zu hören, dass er nicht offiziell auf der Karte steht.« Ich senke die Stimme verschwörerisch. »Er ist ein … Spezialangebot, das normalerweise unseren treuesten Stammkundinnen vorbehalten ist. Aber in Ihrem Fall mache ich natürlich gerne eine Ausnahme.«

»Na also«, bellt sie mich an, und ich presse den Hörer ganz fest ans Ohr, damit Phil nicht hören kann, was da für ein Charmebolzen auf ihn wartet.

»Passt es Ihnen heute Abend um 19 Uhr?«, schlage ich vor. »Im Café Libri?«

»Wieso im Café? Ich bestelle ein Hotelzimmer, da soll er direkt hinkommen.«

Vor meinem inneren Auge sehe ich eine Suite, die komplett mit schwarzem Leder ausgestattet ist und in deren Mitte eins dieser SM-Kreuze steht, die ich zum Glück nur aus Dokumentationen aus dem Privatfernsehen kenne. Oh Phil, du tust mir jetzt schon leid ... oder auch nicht.

»Tut mir leid, gnädige Frau, bei einer Erstbuchung muss ich auf ein Kennenlernen in der Öffentlichkeit bestehen«, erkläre ich knapp. »Um sieben im Café. Sie erkennen unseren Phil an seiner engen schwarzen Lederhose und dem weißen Rüschenhemd, das er weit aufgeknöpft tragen wird, damit Sie die Ware sofort überprüfen können.«

Phil schaut mich verdutzt an.

»Na, wenn es sein muss.« Die Dame ist ebenfalls nicht begeistert und legt auf. Ich mache – rein innerlich, versteht sich – ein kleines, vergnügtes Tänzchen und muss mich gleichzeitig darauf konzentrieren, nicht zu breit zu grinsen.

»Sag mal, die Lederhose und das Hemd«, fragt Phil, »muss das sein? Ich mache mich doch total zum Affen in dem Café.«

»Nein, wirklich?« Ich gebe mich sehr überrascht. »Was hast du denn gedacht, was die normale Berufsbekleidung ist? Aber kein Problem, wenn du nicht möchtest, kann ich die Buchung natürlich stornieren ...«

»Nein, nein, ich mach das schon«, sagt Phil schnell. »Ich muss nur überlegen, wo ich die Klamotten herbekomme.«

»Das nenne ich einen Profi!«, strahle ich ihn an und schiebe ihn gleichzeitig in Richtung Wohnungstür. »Dann mal los, mein neues Spezialangebot! Ich wünsche dir viel Vergnügen bei deinem ersten Auftrag!«

Eins steht fest: Dieses Schauspiel werde ich mir heute Abend nicht entgehen lassen!

Nein, Phil sieht nicht so aus, als habe er sich seinen ersten Einsatz so vorgestellt. In seinem Aufzug wird er natürlich von allen anderen Gästen im Libri angestarrt, als sei er einem schlechten Film entsprungen. Und die Lederhose, die er aufgetrieben hat, ist tatsächlich so eng, dass er offensichtlich Probleme hat, sich darin zu setzen. Ich bin versucht, so etwas wie Mitleid mit ihm zu empfinden, doch das lassen das kleine Engelchen und das kleine Teufelchen auf meiner Schulter nicht zu, die in seltener Einigkeit Ringelreihen tanzen und vor Vergnügen *The Show must go on* singen.

Ich habe Phil eingeschärft, jedes Mal aufzustehen, wenn die Tür sich öffnet, »damit die Kundin dich auch sofort sieht« – ohne ihm natürlich zu verraten, dass ich die Drachenlady unmittelbar nach unserem ersten Gespräch noch einmal angerufen und für halb acht bestellt habe. Direkt danach habe ich dafür gesorgt, dass er im Libri einen Tisch bekommt, von dem er aus zwar sehen kann, wann die Tür aufgeht, aber nicht, wer davorsteht – also steht er nun gerade zum wiederholten Mal in den letzten dreißig Minuten stramm, obwohl nur zwei junge Typen hereinkommen, die bei seinem Anblick fast losprusten.

Ich lehne mich derweil entspannt zurück und bestelle mir bereits den zweiten Prosecco. Man muss die Feste feiern, wie sie fallen.

Inzwischen ist es halb acht. Pünktlich auf die Sekunde geht die Tür auf, Phil springt hoch und …

O nein!

Diese Frau kenne ich: groß, schlank, mondän, Haare wie ein Engel und ein Gesichtsausdruck wie ein Teufel. Das ist Gaby, Wolfs Frau!

Okay, denke ich, *die trifft sich bestimmt mit einer Freundin, um einen Plan auszuarbeiten, wie sie Wolf fertigmachen kann*. Aber: von wegen! Gaby sieht Phil und geht zielstrebig auf ihn zu. Ich fasse es nicht! Die Frau, die Wolf eine Szene wegen seines möglichen Fremdgehens gemacht hat, ist die neuste Kundin des Männertaxis? Großartig!

Mein Lachen bleibt mir allerdings im Hals stecken, als Gaby mich im Vorbeirauschen erkennt und stehen bleibt. »Sie hier?«

»Ich habe heute Abend frei«, murmele ich. Diese Frau ist wirklich einschüchternd. »Und was führt Sie hierher? Kommt Wolf auch gleich?« Das sollte sie in ihre Schranken verweisen, denn ich weiß schließlich sehr genau, dass sie hier nicht mit *ihrem* Mann verabredet ist.

»Passen Sie mal auf, *Schätzchen!*« Sie spuckt das Wort regelrecht aus, damit klar wird, dass sie eigentlich etwas ganz anderes meint. »Sie haben mich hier heute Abend nicht gesehen, ist das klar? Sonst müsste ich Wolf und Ihren Freunden bei den Anonymen Alkoholikern womöglich erzählen, dass ich Sie beim heimlichen Saufen erwischt habe.« Sie deutet auf das zweite Glas Sekt, das mir gerade serviert wird. »Und wir wollen doch nicht, dass eine stadtbekannte Schnapsdrossel ihren Job verliert, oder?«

Der Kellner bleibt wie angewurzelt neben dem Tisch stehen und sieht so aus, als wolle er mir das Glas wieder entreißen.

»Hahaha!«, lache ich betont fröhlich. »Das ist so ein netter Scherz!«

»Ich denke, wir haben uns verstanden.« Gaby bedenkt mich mit einem Blick, den man vermutlich als versuchte Körperverletzung anzeigen könnte, und stolziert dann weiter. Sie lässt sich auf den zweiten Stuhl an Phils Tisch fallen. »Du bist also meine Bestellung«, knurrt sie ihn an.

»Ja, angenehm. Ich bin Phil«, sagt er etwas unsicher und

streckt ihr die Hand entgegen, die sie nicht schüttelt, sondern einfach in der Luft hängen lässt, während sie ihn so eindringlich mustert, dass ihm offensichtlich heiß und kalt zugleich wird. Er will sich setzen, aber sie schnalzt missbilligend mit der Zunge.

»Noch nicht.«

Genüsslich lässt sie den Blick über die hautenge Lederpelle an genau der Stelle wandern, hinter der sich sein McJoy verbirgt. Ich möchte wetten, dass dieser gerade auf Erdnussgröße zusammenschrumpft, aber so genau kann ich es aus meinem Blickwinkel nicht sehen. Dann berührt sie Phil am Arm und deutet ihm, sich umzudrehen. Ein Viehkauf ist nichts dagegen.

»Sehr schön«, sagt Gaby dann knapp, nachdem Phil seine 360°-Drehung vollzogen hat. »Können wir jetzt los?«

»Äh, natürlich.« Phil friemelt ein paar Münzen für sein Mineralwasser aus der Hosentasche.

Gaby erhebt sich. »Und keine Angst, mein Schöner, ich fresse dich nicht, ich …« Sie beugt sich zu ihm vor und flüstert ihm etwas ins Ohr. Ich würde einiges dafür geben, das zu hören! Zumal sie ihm eine ganze Menge zu sagen hat. Aber zu meiner Überraschung versucht Phil nun nicht, um sein Leben zu laufen. Ganz im Gegenteil: Ich höre, wie er mit einem sexy Unterton »Das kannst du haben« zu ihr sagt und sie daraufhin ein kehliges Lachen ausstößt. Wenige Augenblicke später sind die beiden aus dem Libri verschwunden. Im Vorbeigehen hat Phil mir einen Blick zugeworfen, den man durchaus als begeistert interpretieren dürfte.

Irgendwo habe ich gelesen, dass Rache ein Gericht ist, das eiskalt serviert werden muss. In diesem Fall habe ich's gerade wohl eher lauwarm auf den Tisch gebracht. Aber ich bin nun mal keine Küchenfee.

Seufzend winke ich den Kellner herbei. »Kann ich zahlen, bitte?«

»Das macht acht vierzig«, sagt er und hat dabei einen undefinierbaren Blick.

Ich lege einen Zehn-Euro-Schein auf den Tisch. »Danke, stimmt so.«

Er nickt und schiebt mir dann einen Zettel zu. Darauf steht eine Telefonnummer. Überrascht schaue ich ihn an. Er ist ungefähr in meinem Alter, einen Kopf größer als ich, er hat sehr schöne Augen – und er hat mir soeben seine Nummer zugesteckt! Wann ist mir das denn das letzte Mal passiert? Ich bin begeistert! Eine neue Liebe ist wie ein neues Leben …

Ich strahle ihn an. »Danke, das freut mich sehr.« In Gedanken setze ich hinzu: *na, na-na-na, naaaaa!*

Er nickt mir freundlich lächelnd zu und geht dann zurück zum Thekenbereich.

Beschwingt laufe ich zu meinem Auto. Dabei fällt mir ein, dass ich nicht mal weiß, wie mein neuer Verehrer heißt. Aber wenn er einen Anrufbeantworter hat, lässt sich das ja ändern. Ich hole mein Handy heraus, tippe die Nummer ein und warte gespannt.

»Guten Tag«, meldet sich eine sonore Männerstimme, die mir augenblicklich Vertrauen einflößt, *»Sie haben die Nummer der Suchtberatung Münster gewählt. Bitte haben Sie einen Moment Geduld, bis Sie mit einem unserer Berater verbunden werden …«*

Das ist nicht wahr, oder?

Obwohl ich fassungslos bin, muss ich grinsen. Und dann fange ich an zu glucksen, erst leise, dann immer lauter, und schließlich lache ich so schallend, dass ich vermutlich die ganze Nachbarschaft aus ihren Fernsehsesseln aufschrecke, und muss mich an einer Laterne festhalten, um nicht umzukippen.

»Kann ich Ihnen helfen?«, fragt ein älterer Herr von der Seite.

Noch einer, denke ich und brülle nun regelrecht vor Lachen, so dass er eilig das Weite sucht, was mich natürlich erneut johlen lässt.

Nach einer halben Ewigkeit habe ich mich so weit unter Kontrolle, dass ich zu meinem Auto gehen kann. Alles tut mir weh: mein Gesicht, mein Zwerchfell, der Bauch. Und es fühlt sich wunderbar an!

Charlotte hat recht: Auf Regen folgt Sonnenschein. Und zwar immer! Nur manchmal anders, als wir es erwarten …

Kapitel 27

Gibt es eigentlich wasserdichte Handys? Wenn ja, dann muss ich mir dringend eins besorgen, denn ein paar Abende später klingelt mein Mobiltelefon schon wieder, als ich unter der Dusche stehe. Mist! Warum rufen die Leute eigentlich immer dann an, wenn es gerade ungünstig ist, das Gespräch entgegenzunehmen? Mir ist das in den letzten Monaten drei- oder viermal passiert. Vielleicht sollte ich mir eine Freisprechanlage, wie es sie für Autos gibt, in mein Badezimmer einbauen lassen? Dann müsste ich nicht wie jetzt splitterfasernackt und vor allem nass aus der Dusche springen, über die Fliesen des Bades und über das Laminat des Flurs bis hin zum PVC in der Küche schlittern, um dann endlich den grünen Knopf an meinem Handy drücken zu können. »Isa Schwärzenbach hier!«, keuche ich etwas außer Atem in den Hörer. »Isa?« Ich höre eine männliche Flüsterstimme und im Hintergrund irgendwelchen Lärm.

»Ja, was ist denn?«, flüstere ich zurück. Was natürlich vollkommen bescheuert ist, ich bin ja schließlich in meiner Wohnung.

»Isa, du musst mir helfen!«, flüstert die Stimme. Sie ist wirklich schwer zu verstehen.

»Wer ist denn da überhaupt?«

»Hier ist Lars, Isa!«

»Und warum flüsterst du?«

»Ich habe mich im Bad eingeschlossen!« Ah ja. So was in

der Art hatten wir doch schon mal. Musste er wieder vor seiner Mutter flüchten, oder steht er ganz einfach auf gekachelte Nasszellen. Vielleicht ein neuer Fetisch?

»Aha. Und weiter?« »Du musst mich hier rausholen!«

Ich bin kein Star, hol mich hier trotzdem raus, oder was? Ich kapiere kein Wort von dem, was er sagt. »Lars, ich verstehe nicht …«

»Ich kann aber nicht lauter reden!«, zischt er mir zu wie eine asthmatische Schlange. Was ich allerdings nicht ganz nachvollziehen kann, denn im Hintergrund bumpert und wumpert es so laut, als habe er seine Musikanlage auf maximale Lautstärke gedreht.

»Nee, ich verstehe dich zwar, aber ich verstehe dich nicht!«

»Hä?«

Okay, dann noch einmal langsam und zum Mitschreiben. »Warum hast du dich in deinem Bad eingeschlossen, und warum soll ich dich da rausholen?«, frage ich so geduldig wie möglich. »Und warum flüsterst du, um Gottes willen?« Ich setze mich hin. Nasser Po auf kaltem Holzstuhl fühlt sich übrigens irgendwie ekelig an.

»Ich bin nicht zu Hause, sondern bei einer Dame, die mich für heute engagiert hat«, flüstert er weiter.

Gerade will ich fragen, ob es sich diesmal vielleicht um seine Oma handelt, aber dann schaue ich lieber in den Kalender und entdecke den Termin. Lars wurde von einer Kathi Reimann bestellt und direkt nach Hause geordert.

»Und warum musst du dich auf dem Klo verstecken?«

»Nein, viel schlimmer! Als ich hierhin kam, wartete nicht nur Kathi auf mich, sondern eine ganze Horde wild gewordener Weiber!«

»Warum das denn?«

»Die feiern hier einen Junggesellinnenabschied!« Okay,

das erklärt die laute Musik im Hintergrund. Ich meine, jetzt gerade die Weather Girls zu hören.

»Aber das ist doch kein Grund, gleich Panik zu bekommen«, wundere ich mich. »Feiere doch einfach ein bisschen mit, und …«

»Isa!«, zischt Lars. »Die sind absolut hemmungslos! Die haben mich in die Wohnung gezogen und sofort angefangen, mir die Kleider vom Leib zu reißen! Isa, die sind vollkommen enthemmt, das macht mir wirklich Angst!«

Ich muss grinsen. »Nun stell dich nicht so an, Lars«, rede ich ihm gut zu. »Leg doch einfach einen schnellen Strip für sie hin, und dann …«

»Ich will nicht strippen! Ich gehe da nicht raus!«, brüllt er mich auf einmal an, so dass ich erschrocken den Hörer vom Kopf weghalte.

Warum stellt der sich eigentlich so an? Er ist doch schließlich Schauspieler! Und hat sich nicht selbst der Harry-Potter-Darsteller bei seinem Bühnendebüt nackig machen müssen? »Stell dir doch einfach vor, du würdest dich in einem Theaterstück vor dem Publikum ausziehen. Das ist doch nix anderes!«

»Das ist hier aber kein Publikum wie im Theater!«, zickt Lars weiter. »Die sind außer Rand und Band, und ich glaube, die fallen über mich her und … o Gott, hörst du das?«

Ich presse den Hörer an mein Ohr und versuche, aus dem Lärm etwas herauszufiltern. Ja, das sind Frauenstimmen. Ganz eindeutig alkoholisiert. Und sie singen – na, sagen wir mal besser: sie gröhlen – etwas, das sich anhört wie: »*Wir woll'n dein Ärschlein sehn, wir woll'n dein Schwänzlein seh'n, wir woll'n, wir woll'n dich nackig sehen …*«

»Wie viele Frauen sind es denn?«, frage ich.

»So genau habe ich das nicht gesehen, ich habe mich ja so

schnell wie möglich ins Bad gerettet, aber ich glaube, es sind mindestens sieben, wenn nicht mehr.«

»Oh, sieben auf einen Streich. Aber das wird so ein knackiger Junge wie du doch schaffen.« Ich gebe zu, dass ich wohl den Ernst der Lage verkenne.

»Isa, die sind so aufgepeitscht, die tun mir was an, da bin ich sicher!« Er klingt nun ziemlich schrill. Im Hintergrund höre ich lautes Klopfen und Rufen. Wenn ich das richtig verstehe, skandiert der Damenchor zur Melodie von *Moskau* lautstark: *»Bürschlein, Bürschlein, wirf den Schlüpper an die Wand, wir fassen dich dann richtig an, hohohoho-hey!«*

»Lars, beruhige dich. Was glaubst du denn, was sie machen, dir den Schwanz abbeißen und dich zu Tode knutschen?« Ups, das hätte ich jetzt besser nicht gesagt.

»Meinstdudiemachendashilfeichwillhierrausdumusstsofortkommenoderichrufediepolizei!«, fiept es mir entgegen.

»Du rufst auf keinen Fall die Polizei!«, sage ich schnell – wenn sich das herumspricht, kann ich das Männertaxi sofort dichtmachen. »Ich leite etwas in die Wege und hole dich da raus. Ich habe da schon so eine Idee!«, versichere ich ihm, obwohl ich noch nicht mal den Hauch einer Ahnung habe, was ich tun soll. »Halt durch!« Dann lege ich auf und renne ins Schlafzimmer, um mich anzuziehen. Gleichzeitig versuche ich, mich einigermaßen trockenzurubbeln, und weil das doch ein bisschen viel Koordination auf einmal ist, knalle ich mit dem großen Zeh gegen den Türrahmen und sehe Sternchen vor Schmerzen. *Aua!* Ich muss nicht nur eine Gegensprechanlage im Badezimmer installieren lassen, ich brauche auch gepolsterte Möbel und eine Ladung neue Zehen! Aber die dringlichere Frage ist natürlich: Was mache ich jetzt? Ich kann doch wohl echt schlecht bei dieser Kathi anklingeln und Lars da rausholen. Mir fällt eine Szene aus einem Hollywoodfilm über das alte Rom ein, in der eine Gruppe Christen unter dem Jubel der Zuschauer an ein Rudel hungriger Löwen verfüttert wird. Ein besonders blutrünstiges Tier will sich gerade auf die junge Heldin stürzen, als sich der Held dazwischenwirft. So ungefähr kann ich Lars vermutlich auch retten. Nur bin ich dummerweise kein Held. Ich überlege.

Natürlich!

So kann's gehen!

In Windeseile rufe ich Simon und Sven an. Simon hat heute eigentlich seinen freien Abend, Sven ein anderes Date, aber ich kann der Dame Harald schmackhaft machen, der zwar eigentlich eine Verabredung fürs Theater hat, aber zum Glück kann Ernst dafür einspringen. Mein Handy raucht, meine Nerven liegen mindestens so blank wie die von Lars, aber ich bekomme alles hin. Ich bin ziemlich stolz auf mich, als ich aus der Wohnung stürme und mich auf den Weg zu dieser Kathi mache, die nur ein paar Straßen von mir entfernt wohnt. Vor einem halben Jahr wäre so eine Aktion für mich ein Drama gewesen – nun organisiere ich das alles so flockig, als wäre nichts dabei. Wenn das mit dem Männertaxi mal nicht mehr laufen sollte, kann ich mich problemlos bei den Vereinten Nationen bemühen. Die Friedensverhandlungen im Nahen Osten? Die Atomwaffendebatte mit dem Iran? Chinas etwas zu sportlicher Umgang mit den Menschenrechten? Nicht verzagen, Isa Schwärzenbach fragen!

Ich bin so begeistert von mir selbst, dass ich fast mit einem Mann zusammenstoße, der gerade an unserem Haus vorbeijoggt, als ich auf die Straße trete.

»Hey!«, rufe ich verdutzt, aber dann erkenne ich, wer da an mir vorbeistürmt. »Hallo, Herr Möller! Wie geht's Ihnen? Lange nicht gesehen«, rufe ich ihm freundlich hinterher. Aber er bleibt nicht stehen, sondern winkt nur über die Schulter, ohne sich auch nur umzudrehen.

»Was hat dieser Mann bloß?«, frage ich mich. Ein letzter Blick auf ihn, bevor er um die nächste Ecke biegt, gibt mir zumindest eine Teilantwort: Herr Möller hat einen ausgesprochen knackigen Hintern. Diese enganliegenden Joggingshorts aus garantiert atmungsaktivem Material hat Gott, so es ihn gibt, doch für Frauen wie mich erfunden, die mit weit sitzenden Hosen optisch so gar nichts anfangen können.

Niedlich, der Arsch, denke ich. Und: *Aber komisch, dieses Verhalten.* Wenn Herr Möller das nächste Mal in den Laden kommt, muss ich ihn mir wirklich einmal zur Brust nehmen und fragen, was mit ihm los ist. Irgendwie fehlen mir unsere netten Kabbeleien.

In diesem Moment piept mein Handy. Wie zu erwarten war, ist es eine SMS von Lars:

Isa, die versuchen gerade, die Tür einzutreten! ICH RUF DIE BULLEN!!!

Ich tippe zurück:

Dann rufe ich deine Mami an – willst du das? Die Kavallerie ist unterwegs. Sei ein Mann!

Ich glaube, das findet Lars jetzt gar nicht lustig.

Zeitgleich mit mir kommt ein Taxi vor Kathis Haus an, aus dem Sven springt. »Was ist denn los?«, will er aufgeregt wissen. Ich erkläre ihm kurz den Sachverhalt. Aus einer Wohnung im dritten Stock hören wir laute Musik und schallendes Gelächter. Offenbar ist die Party in vollem Gang.

»Sieben?« Sven lacht. »Isa, du traust mir einiges zu, aber mehr als zwei dürften schwierig werden für mich, es sei denn, mir wachsen noch schnell ein paar zusätzliche Arme.«

In diesem Moment biegt ein Rennrad mit Höchstgeschwindigkeit um die Ecke. Auf ihm sitzt ... auweia, ein Polizist! Hat Lars doch die Bullen angerufen?

Seit wann haben die eigentlich Dienst-Rennräder?

Als der Radler mit quietschenden Bremsen vor uns zum Stehen kommt, erkenne ich Simon. »Wo hast du *die* denn her?«, frage ich ihn erfreut mit einem Blick auf die sexy Uniform.

»Von meinem Bruder!«, antwortet Simon mit stolzgeschwellter Brust. »Ich sach mal so, die passt doch genau zu der kleinen Rettungsaktion, die wir hier heute abziehen!«

»Dein Bruder ist Polizist?« Also nicht, dass ich Simons Familie so ein Mitglied nicht zutrauen würde, aber ...

»Nee, aber der hatte das Kostüm noch vom letzten Karneval im Schrank, woll?« Dabei fällt sein Blick auf Sven. »Ist das der Kleine, den ich retten soll?«

»Nein, das ist do-« Weiter komme ich nicht.

»Ich bin Sven«, stellt er sich selbst vor. »Ich bin die Nummer 1 auf der Liste vom Männertaxi.«

»Na, wie heißt es immer – aller guten Dinge sind drei, jawoll ja.«

Oh-oh ... sieht mir aus wie ein Fall von Hengstbissigkeit. »Sven, Simon – Simon, Sven«, stelle ich die beiden schnell vor. »Und ihr rettet hier heute die Nummer 4, den lieben Lars. Also los jetzt.« Ich drücke energisch auf die Klingel.

»Und was ist der Plan?«, will Sven wissen.

»Da sind sieben wilde Weiber«, grinst Simon ihn von oben herab an. So habe ich den ja noch nie erlebt! »Du kümmerst dich um zwei, ich mich um die fünf anderen, und Isa holt den Jungen raus. Das schaffst du doch, oder?« Er guckt Sven herausfordernd an.

»Übernimm dich mal nicht, du Wachtmeister«, sagt Sven cool. »Und ich übernehm mal direkt die ersten vier Frauen, die uns entgegenkommen – könnte ja länger dauern, bis du deinen Schlagstock da«, er deutet auf das Schaumstoff-Utensil an Simons Gürtel, »zum Einsatz gebracht hast.«

Ich klingle inzwischen Sturm und werfe den beiden einen strengen Blick zu. »Wollt ihr jetzt auch noch mal schnell das Bein heben, um euer Revier zu markieren?«

Die beiden sehen mich schmollend an, als wollten sie sagen: *Der da hat aber angefangen.* Männer!

Endlich wird der Türöffner betätigt. Wir flitzen durchs Treppenhaus und klopfen an die Tür, durch die man nun ein donnerndes *Sisters are doing it for themselves* dringt. Eine verdammt alkoholisierte junge Frau öffnet. Sie schaut mich fragend an.

»Kathi Reimann?«, frage ich.

»Noch bis übamorgn!« Sie grinst breit, als sie Sven sieht. »Wenn nichnoch was dazwischnkommt …« Dann entdeckt sie Simon in seiner Uniform und macht große Augen. »W… ww… waren wir zu lllaut?«, lallt sie. Hinter ihr tauchen drei andere Frauen zwischen zwanzig und fünfzig auf, die uns ebenfalls anstarren.

»Treten Sie bitte zur Seite. Mein Assistent und ich haben einen Insidertipp bekommen, und deswegen sind wir hier, um eine Razzia durchzuführen«, sagt mein neuer Lieblingsbulle. Kathi zuckt zusammen. »Mach mal die Musi leise, wir ham Ärger!«, ruft sie über die Schulter, und ich sehe förmlich, wie ihr Alkoholpegel vor lauter Schreck direkt zwei Promille nach unten sinkt. So von zehn auf acht … Tatsächlich wird die Musik sofort leiser gedreht, dafür drängen noch ein paar angeschickerte Frauen in den Flur – ich zähle insgesamt acht. Macht vier Frauen für jeden meiner beiden Retter. Na, dann können sie sich zumindest nicht um ungerechte Aufteilung beschweren … Ich kichere in mich hinein, als nun Sven seine Brieftasche herausholt, sie aufklappt, wie man das immer im *Tatort* sieht, wenn eine Dienstmarke gezeigt wird, und er zu den Damen sagt: »Privatermittler Sven, guten Abend. Stimmt es, dass hier heute Abend eine nicht genehmigte Party mit Frauen steigt, die wissen, was sie wollen? Mein Kollege, der Unterwachtmeister Pudelich«, er deutet auf Simon, »und ich würden gerne mal hereinkommen, um Leibesvisitationen bei Ihnen durchzuführen.«

»Wo … wo habnsie … Wo ist denn Ihr Durchsichtun… Durchsuchungsbefehl?«, will Kathi wissen.

Simon strahlt sie an. »Ich sach mal so, den lassen wir Ihnen später schicken … mit besten Grüßen vom Männertaxi! Und jetzt, Ladys, wird gefeiert, jawoll ja!« Er nimmt lässig seine Dienstmütze ab und lässt sie um den Finger kreisen.

Die Partymäuse begreifen – und stimmen ein infernales Jubeln an, das mich einen Schritt zurücktreten lässt. Gleichzeitig schießen diverse Arme nach vorne und packen Simon und Sven, die sich bereitwillig in die Wohnung ziehen lassen. Während im Hintergrund die Musik wieder laut gedreht wird, drücke ich mich noch schnell in die Wohnung, bevor Kathi sie schließen kann.

»Unwer sind Sie?«, will die Gastgeberin wissen.

»Isa Schwärzenbach vom Männertaxi«, stelle ich mich vor. »Ich wollte es mir nicht nehmen lassen, Ihnen unsere Geschenke zum Junggesellinnenabschied persönlich vorbeizubringen.«

»Dassja süß!« Sie fällt mir um den Hals. »Komm rein, du

feierhererst … feierst doch sicha mit?« Dann runzelt sie die Stirn. »Aber … da is doch nocheina im Bad?«

»Das war eine Fehllieferung«, sage ich souverän. »Und deswegen bekommen Sie nun auch zwei Herren zum Preis von einem. Also, haben Sie viel Spaß!« Ich schiebe Kathi in Richtung ihres Wohnzimmers, wo Simon und Sven bereits auf Stühle gestiegen sind und sich unter dem Gejohle der Frauen die Hemden aufknöpfen.

Das Wohnzimmer schaut aus wie nach einem Bombenangriff. Luftschlangen, Konfetti, viele, viele Sektflaschen- und gläser. Nachdem Simon anfängt, seine Hüften kreisen zu lassen, gibt es für die Weibsen kein Halten mehr, und sie fallen förmlich über ihn her. Ich schaue mich im Flur um und entdecke eine Tür mit dem Wörtchen BAD darauf. Ich klopfe an: »Lars, ich bin es. Kannst rauskommen, alles wird gut.«

»Okay«, höre ich. Die Tür geht auf, und ein halbnackter Lars betritt den Flur. Von seinem Hemd sind wirklich nur noch Reste übrig. Kurz mache ich mir Sorgen um Simon und Sven – aber ein schneller Blick ins Wohnzimmer zeigt mir, dass sie wirklich Herren der Lage sind. Lars schleicht sich von hinten an, angelt sich vorsichtig seine Jacke vom Boden hoch und erstarrt dann, als er sieht, wie sich Sven lasziv die Jeans aufknöpft.

»Werr bissuuu denn?«, fragt eine Frau um die fünfzig, die sich zu uns umdreht und nun auf uns zutorkelt. Sie trägt ein knallenges rosa T-Shirt, auf dem *Mutter der Braut* steht.

»Ich bin hier die Putzfrau, lasst euch von mir nicht stören«, sage ich.

»Hey, da issschaa nochn Maaann!«, schreit sie, als sie Lars entdeckt, der sofort aus der Wohnung flüchtet. Ich renne hinter ihm her auf die Straße und schütte mich dort aus vor Lachen. Wie göttlich ist das, bitte schön? Wahnsinn!

Als ich später im Bett liege, bekomme ich noch eine SMS von Lars.

Danke, dass du mich da rausgeholt hast, Isa.

Ich muss grinsen, während ich eine Nachricht zurückschicke:

Hey Kleiner, das wird ja schon langsam zur Gewohnheit – gerne geschehen!

Isa, sei mir bitte nicht böse. Ich habe gemerkt, dass dieser Job nichts für mich ist. Ich möchte gern aussteigen.

Oh, damit hatte ich nun nicht gerechnet. Ich seufze. Aber es macht wirklich Sinn. Ich mag Lars, aber ich kann ihn natürlich nicht gut vermitteln, wenn ich mir immer Sorgen um ihn machen muss.

Mach dir keine Gedanken, Lars. Und du und ich, wir finden schon noch einen anderen Weg, wie du Frauen kennenlernen kannst, meinst du nicht? Lass uns einfach morgen noch mal darüber reden, okay?

Das ist lieb von dir, aber ich habe heute im Bad viel Zeit gehabt, darüber nachzudenken. Und als ich dann die beiden Männer gesehen habe, die vor den Frauen strippten, um mich zu retten, da ist mir eins klargeworden: Ich will nicht einer von ihnen sein … ich will einen wie sie haben.

Okay, ich gebe zu, dass ich jetzt überrascht bin. Also ist mein süßer kleiner Lars doch schwul? Hätte ich nicht gedacht.

Andererseits ist es ein gutes Gefühl zu wissen, dass ich ihm indirekt dabei geholfen habe, herauszufinden, was er wirklich will.

Na, das sind mal Neuigkeiten! Ich wünsche dir alles Gute, Lars – und zur Not gründe ich ein Männertaxi nur für dich.

Na, vielleicht gibst du mir erst einmal einen Tipp, wie ich's meinen Eltern beibringe?

Und es ist wieder so weit: Dr. Isa Schwärzenbach, Ihre Beraterin in allen Lebenslagen, ist erneut im Einsatz!

Deine Mum ist cooler, als du denkst, Lars. Und dein Vater ist zwar eher der konservative Typ, aber er liebt dich und wird hinter dir stehen, da bin ich ganz sicher.

Danke, Isa. Du bist toll, weißt du das?

Ach, Lars … Ich schalte das Handy aus und lächle in die Dunkelheit. Bin ich das wirklich? Zumindest ist es ein schöner Gedanke!

Kapitel 28

Die nächsten zwei Wochen vergehen wie im Flug. Ich habe schon drei Tage nach der Befreiungsaktion einen Ersatz für Lars gefunden: Er heißt Kevin, ist süße zwanzig und im Gegensatz zu seinem Vorgänger ein mit allen Wassern gewaschenes Früchtchen, das sehr genau weiß, wie er Frauen um den Finger wickeln kann. Ich habe ihn nicht selbst getestet; im Moment ist mir irgendwie nicht nach Sex. Pia hat sich allerdings nur zu gerne bereit erklärt, diese Aufgabe für mich zu übernehmen. Als kleines Dankeschön habe ich ihr *Die Reifeprüfung* auf DVD geschenkt, wir haben sie bei einer Flasche Rotwein zusammen angesehen und vergnügt den Titelsong *Mrs. Robinson* mitgesungen.

Die Karte des Männertaxis musste aber nicht nur wegen Kevin überarbeitet werden – denn inzwischen habe ich sechs Männer im Angebot. Der zweite Neuzugang ist, wie man sich denken kann, Phil. Der meldete sich nach dem Date mit Gaby erst mal gar nicht, so dass ich schon darüber nachdachte, dass sie ihn als Sexsklaven in einem Keller festgekettet hat. Aber dann rief er doch an: »Die Frau ist der Hammer, Isa.«

»Das kannst du laut sagen.« Ich vermutete aber, dass er es anders meinte als ich.

»Wir haben uns jetzt ein paar Mal getroffen«, beichtete er, »auch ohne, dass sie mich bei dir bestellt hat. Das ist doch sicher okay?«

War es natürlich nicht. Aber ich wollte nicht widersprechen. Einerseits nicht, weil ich keine Lust auf eine Diskussion mit Phil hatte, andererseits, weil ich ein bisschen Angst davor habe, dass Gaby wütend wird und mich anruft – nee, den Stress brauche ich nicht. Stattdessen habe ich Phil seinen Wunsch erfüllt und ihn auf die Karte gesetzt. Er hatte bereits drei Dates – und gleich das zweite hat mir eine Rekordsumme von fünfhundert Euro aufs Konto gespült. Der Wahnsinn, oder? Von meiner Provision habe ich sehr schöne Armbänder für Pia und mich gekauft. »Der Mann hat unsere Freundschaft kurzfristig ins Wanken gebracht«, sage ich, als ich ihr das Geschenk überreiche, »und nun hat er indirekt hierfür bezahlt: Das ist ein Freundschaftsarmband, damit du nie vergisst, wie lieb ich dich habe.«

»Dafür brauche ich keine Erinnerung!«, strahlt Pia, als sie mich fest umarmt. »Aber das Armband nehme ich natürlich trotzdem. Wow, ist das schön – du bist ein Schatz!«

Wir beschließen, von nun an jeden Monat einen Freundinnentag zu feiern, der nur uns gehört. Natürlich sehen wir uns immer noch häufig, aber nicht mehr so oft wie früher, denn das Männertaxi hält mich ganz schön auf Trab. Ich nehme Telefonate entgegen, schreibe Mails, organisiere, führe eine kleine Buchhaltung, überweise den Männern ihr Geld und, und, und.

Apropos Freundinnen – es gibt auch ein neues Freundespaar. Nach ihrem gemeinsamen Einsatz bei den wilden Partyweibern sind Sven und Simon noch einen trinken gegangen und seitdem echt gute Kumpels geworden. »Ich sach mal so, das ist schon ein Großkotz vor dem Herrn«, erklärte mir Simon, »aber der hat's echt drauf.« Und auch Sven ist begeistert von seinem *best buddy*: »Weißt du, Isa, ich habe kaum Freunde, denen es wirklich egal ist, dass ich Geld habe. Simon ist das schnurz. Der will mit mir ein Bier trinken gehen oder mir eine dieser komischen Hundehütten zeigen, die er baut, aber er erwartet nicht, dass ich ihm eine abkaufe. Das ist eine ganz ehrliche Haut und ein dufter Typ, sach ich mal so.«

Auweia: die Simonitis ist offensichtlich wirklich ansteckend!

Als ich morgens in die Videothek komme, ist Wolf wieder da. Nach seiner angeblichen Stauballergieattacke hat er sich einen Spontanurlaub gegönnt. Nun, vermisst habe ich ihn nicht. Im Gegensatz zu Herrn Möller, der sich nicht mehr im Laden blicken lässt, was ich irgendwie blöd finde. Ich bin sogar schon mal bei ihm zu Hause vorbeigefahren – die Adresse habe ich ja im Computer –, weil ich dachte, ich sehe ihn dort vielleicht herumjoggen. Fehlanzeige. Und irgendwie finde ich das … schade. Schließlich ist er ein netter Typ, und seinen Humor könnte ich gut gebrauchen, da nun mein Kotzbrocken-Chef wieder da ist. Bin mal gespannt, was er als Erstes zu mir sagen wird.

»Guten Morgen, Isa! Möchtest du einen Kaffee? Ich habe gerade frischen gekocht!« *Hä*?

Wolf fragt mich *freundlich*, ob ich einen Kaffee trinken möchte, den er gekocht hat? Das sind gleich zwei Kuriositäten und Raritäten in einem Satz. Das gibt es doch gar nicht!

»Was ist denn mit dir los, Wolf?« Seine Augen sehen irgendwie anders aus. Nicht so verkniffen wie sonst, sondern … traurig. Und seine Stirn faltet sich wie die Haut bei einem Hundebaby, in die es erst noch hineinwachsen muss. »Du bist so … so …«

Er schaut mich fragend an. »Ja?«

»So …«, ich suche nach dem richtigen Wort und traue mich kaum, es im Bezug auf ihn auszusprechen, »… nett?«

Wolf zuckt nur mit den Schultern, kramt eine Tasse aus dem Schrank hinter der Theke, geht damit in sein Büro und kommt mit dem versprochenen Kaffee wieder nach vorne.

»Bitte schön.« Und dann lächelt er. Wolf *lächelt!* So langsam habe ich das Gefühl, ich spiele die Hauptrolle in einem Science-Fiction-Film, in dem Wolf von Außerirdischen entführt wurde und durch einen der Ihren ersetzt wurde, der sich eine menschliche Verkleidung zugelegt hat. Misstrauisch schaue ich Wolfs Ohren an – wachsen dort vielleicht kleine Tentakel heraus?

»Wolf … ähm … ist alles in Ordnung mit dir? Kann ich dir irgendwie helfen?«, frage ich ihn vorsichtig. Er hebt den Kopf und schaut mich an.

»Nein, Isa, lass mal gut sein. Ich komm schon klar.« Er geht in sein Büro zurück, und ich höre, wie er sich dort die Nase putzt. Kopfschüttelnd mache ich mich an die Arbeit.

Als ich gerade dabei bin, die Marken wegzusortieren, tippt mir eine Frau auf die Schulter. »Entschuldigen Sie?«

Ich wende mich zu ihr um und erkenne sie – eine Kundin, die bis vor ein paar Wochen mit ihrem Freund zusammen herkam und dann von einem Tag auf den anderen als Heulboje unterwegs war. Frisch getrennt und, wenn ich das richtig sehe, mindestens drei Kilo schwerer als vorher. »Was kann ich für Sie tun?«

Sie sieht mich ein wenig unsicher an. »Bekomme ich bei Ihnen … so einen Flyer?«

»Ich weiß nicht, wovon Sie reden«, behaupte ich, denn ich behandle das Männertaxi ja immer noch wie einen Geheimtipp. »Aber warten Sie mal, eine andere Kundin hat gestern etwas liegenlassen, vielleicht hilft Ihnen das weiter.« Ich gehe zu meinem Spind, der sich unter der Theke befindet, und hole einen Männertaxiflyer raus. »Hier, bitte.« Ich zwinkere ihr aufmunternd zu. »Viel Spaß damit!«

So etwas passiert in letzter Zeit immer mal wieder. Das ist doch wirklich ein Grund, stolz zu sein.

Eine halbe Stunde später kommt Wolf aus seinem Büro. »Ich bin mal ein paar Stunden unterwegs. Ich muss den Kopf frei kriegen. Du kommst hier allein klar, oder?«

»Natürlich.« Ich bin versucht, ein *So wie in den letzten beiden Wochen* hinterherzuschicken.

»Danke, Isa. Es ist gut, dass ich mich so auf dich verlassen kann.«

Ich blicke ihm mit mindestens 1,5 Millionen Fragezeichen auf der Stirn hinterher. Habe ich das wirklich gerade gehört?

Vor der Ladentür stößt Wolf fast mit Herrn Möller zusammen. Und obwohl es natürlich vollkommen albern ist, macht mein Herz tatsächlich einen kleinen Sprung. Ich habe ihn wirklich vermisst, den kleinen Herrn Möller. Aber er schaut Wolf lediglich an, grüßt nett und geht dann weiter. Den Arm, den ich gerade hochgehoben habe, um ihm zuzuwinken, sieht er gar nicht.

Als ich am Abend zu Hause von der Küche ins Wohnzimmer gehen will, höre ich Stimmen im Treppenhaus und das Abschließen von Charlottes Wohnungstür. Da ich neugierig wie immer bin, schaue ich durch meinen Spion – und glaube meinen Augen kaum: Charlotte hakt sich bei Herrn Möller unter! Sie trägt ein langes, schwarzes Kleid und hat ihre Haare schön gemacht; an ihren Ohren glitzern kleine goldene Ringe. Herr Möller trägt einen dunklen Anzug, so richtig mit hellem Hemd und Krawatte und so. Er sieht überhaupt nicht aus wie Herr Möller. Also schon so vom

Hals an aufwärts … wobei, nee, auch dort nicht. Er hat sich die Haare schick gegelt und sieht einfach richtig gut aus. Noch dazu lachen die beiden einander an, als wären sie alte Freunde, und das macht doch jeden Menschen irgendwie gleich ein Stück weit attraktiver.

Was geht hier vor?

Ich beobachte, wie die beiden zur Treppe gehen. »Ich bin so aufgeregt, das können Sie sich gar nicht vorstellen!«, höre ich Charlotte eifrig sagen.

»Doch, das kann ich mir denken, meine Liebe!«, entgegnet Herr Möller.

Bin ich hier im falschen Film oder was? Wo gehen sie hin? So chic angezogen, als würden sie direkt zum Standesamt fahren.

Ich renne zum Küchenfenster und sehe gerade noch, dass Herr Möller Charlotte in seinen Wagen hilft. So ein großes, schwarzes Auto, eine richtige Limousine. Das darf alles nicht wahr sein. Wenn ich es nicht besser wüsste, könnte ich glatt denken, die beiden hätten ein Date. Obwohl – weiß ich es denn besser?

Ach was, Isa! Nun ist aber gut. Herr Möller und Charlotte? Im Leben nicht! Ihr Sohn kann er aber auch nicht sein, denn der ist ja schon lange tot, und für ihren Enkel aus Amerika ist er natürlich zu alt. Ist Herr Möller vielleicht ein Neffe? Oder ein Cousin? Aber Charlotte sagte doch, dass sie überhaupt keine Verwandten mehr hat. Nicht, dass Herr Möller womöglich ein Heiratsschwindler oder ein Erbschleicher ist und deshalb über so viel Tagesfreizeit verfügt! Zieht er alten Damen das Geld aus der Tasche und macht sich damit ein schönes Leben? Ich werde Charlotte gleich morgen früh darauf ansprechen. Dann kann ich auch endlich fragen, warum sie sich schon einmal mit ihm und Pia getroffen hat.

Sie interessieren sich mehr für mich, als Sie zugeben wollen. Das hat Herr Möller doch irgendwann zu mir gesagt, oder? Na warte, Freundchen. Ich werde der Sache auf die Spur kommen, was auch immer es sein mag, und dann …

Ja, was dann?

Kapitel 29

Am nächsten Morgen macht Charlotte die Tür nicht auf, als ich bei ihr klingle. Ist sie schon wieder unterwegs? Oder gestern Abend nicht nach Hause gekommen? Ich fühle mich fast wie meine eigene Mutter: *Junge Frau, wo warst du die ganze Nacht?* Dabei ist die junge Frau in diesem Fall vom Alter her eher meine Großmutter …

Im Laden ist Wolf immer noch ungewohnt handzahm und kommandiert mich nicht herum. Dabei könnte ich es heute wirklich brauchen, denn das würde mich davon ablenken, mir über Charlotte und Herrn Möller Gedanken zu machen. Der lässt sich natürlich auch nicht blicken, wäre ja zu schön, um wahr zu sein. Ich bin kurz davor, mit der fadenscheinigen Behauptung, laut unseres Systems habe er eine DVD noch nicht zurückgebracht, bei ihm anzurufen, lasse es dann aber doch. Ich will ja nicht wie eine hysterische Stalkerin wirken. Außerdem stelle ich fest, dass seine Telefonnummer gar nicht gespeichert ist. Deswegen fahre ich am Abend auch nur einmal durch seine Straße. Okay, zweimal. Aber nur ganz kurz. Und zweimal ist einmal weniger als dreimal, oder?

Lange muss ich dann aber doch nicht darauf warten, Herrn Möller zur Rede zu stellen. Nachdem ich noch einmal vergeblich versucht habe, Charlotte zu erreichen, sitze ich mit einer Tasse Tee auf meiner Küchenfensterbank und schaue nach draußen, als ich Herrn Möller joggenderweise am Haus vorbeilaufen sehe. Ich zögere nicht lange, ziehe mir schnell etwas anderes an und stürze zur Haustür. Denn wenn er irgendwo hinjoggt, wird er auch wieder zurückjoggen, und dann muss er zwangsläufig wieder an meinem Haus vorbei. Vorsichtshalber schnappe ich mir noch eine Zeitschrift, falls die Wartezeit zu lange dauert.

Als ich gerade mitten in einem äußerst interessanten Artikel über die Vermeidung von Altersflecken vertieft bin, höre ich Lauf- und Schnaufgeräusche. Ich drehe mich um und sehe, wie Herr Möller schwitzend angejoggt kommt. Ich stehe schnell auf, feuere die Zeitschrift in den Hausflur und tue so, als würde ich gerade losjoggen wollen – denn natürlich trage ich einen Jogginganzug, um meine Tarnung perfekt zu machen.

Herr Möller kommt an mir vorbei, würdigt mich aber keines Blickes. »Hallo, Herr Möller«, rufe ich ihm zu. Kein *Hallo*, kein *Guten Tag*, nichts. Der spinnt doch wohl! Hey, ich habe ihm nichts getan!

Da hilft nur Plan B. Ich lasse mich fallen und schreie laut »Auuuaaaa«. Clever, wie ich bin, versuche ich, eine der großen Mülltonnen, die vor dem Haus stehen, umzureißen, um auf mich aufmerksam zu machen, auf dass sie laut scheppernd zu Boden fällt. Das klappt nicht ganz – sie kracht stattdessen ungebremst auf meine Hand. »Ahhhhhhhhhhhuuuuuaaaaaaaaa!« Ich will aufspringen, rutsche dabei aber auf einer Ladung Kartoffelschalen aus, die aus der Mülltonne gekullert ist, lege mich der Länge nach hin und schlage mit dem Kopf gegen die Treppenstufe vor dem Hauseingang. Für einen kurzen Moment wird mir schwarz vor Augen.

»Auaaa, auaaa, auua …«, sprudelt es dann aus mir heraus und sogar ein kleines »Hilfe«. So viel zu meinem brillanten Plan. *Aua!*

Auf einmal ist jemand neben mir, der mich in den Arm nimmt und mich an sich drückt. Ich fühle mich geborgen wie lange nicht mehr. Dankbar blicke ich zu meinem großen, starken Retter auf – und bin verblüfft, dass es sich bei diesem tatsächlich um den kleinen Herrn Möller handelt.

»Ha… hhallo, Fra… Frau Schwärzenbach, kann ich Ih… Ihnen helfen?« Er ist völlig außer Atem.

Natürlich bin ich bestens darauf vorbereitet. In Gedanken habe ich, während ich auf ihn gewartet habe, mehrfach geprobt, wie ich mit einem leicht gequälten Gesicht *»Ich wollte gerade laufen gehen und bin prompt ausgerutscht und wohl irgendwie umgeknickt«* hauche. Das muss ich jetzt nur noch möglichst lebensecht rüberbringen.

»Auaaaaa!«

Okay, so ganz hat es nicht geklappt.

»Mein Knöchel!«, bekomme ich gerade noch heraus, während ich mir den Hinterkopf halte und die lädierte Hand unter die Achsel klemme. Nicht ganz überzeugend, befürchte ich.

»Was tut Ihnen denn nun weh?«, fragt Herr Möller verwirrt.

»Na, der Knöchel!«, behaupte ich, denn es ist immer besser, bei seinem Plan zu bleiben.

»Nicht der Kopf und die Hand?«

»Nein! Ich werde es ja wohl wissen, oder?« Dass dieser Mann aber auch einfach nie glauben kann, was man ihm sagt!

Ich halte ihm meinen rechten Fuß fast vor die Nase.

»Tut das weh?«, fragt er, als er auf dem Knöchel rumdrückt.

»Nö.« Mann, Isa, das sollte es aber. »Jaaa, aua, genau da tut es weh!«, jammere ich.

»Bewegen Sie den Fuß mal vorsichtig.« Zunächst will ich ja so tun, als könne ich ihn nicht bewegen, aber als Herr Möller ihn mit festen Fingern abtastet, kitzelt das irgendwie, und ich bewege ihn schon aus lauter Reflex.

»Gebrochen ist aber nix«, stellt Herr Möller fest.

»Aber sicher verstaucht!«, versuche ich, die Sache zu dramatisieren. »Und wenn ich jetzt auftrete, kann ein Blutgerinnsel entstehen. Das merkt man so schnell gar nicht. Aber es wandert immer weiter nach oben, vom Fuß über die Waden zu den Knien und dann immer weiter hoch, bis es irgendwann am Herzen ankommt, und dann kann ich sterben!« Das habe ich mal bei *Grey's Anatomy* gesehen, und ich finde, ich höre mich schon fast so kompetent an wie Dr. Meredith Grey.

Herr Möller schaut mich zweifelnd an. »Na ja, ganz so schlimm wird es wohl nicht sein.«

»Woher wollen Sie das so genau wissen?«, ranze ich ihn an. »Auf meinem Grabstein wird stehen, dass Sport eben doch Mord ist, und Sie werden sich Ihr Leben lang fragen, warum Sie mich nicht ernst genommen haben, denn Sie hätten mich schließlich retten können!«

Ha! Den musste ich ihm jetzt einfach reinwürgen.

Herr Möller grinst und steht auf. Bevor ich ihn fragen kann, ob er mich jetzt einfach so hier liegen lassen will wie eine gestrandete Schildkröte, reicht er mir eine Hand und hilft mir hoch. »Kommen Sie, ich bringe Sie in Ihre Wohnung, bevor noch auf Ihrem Grabstein steht: Sie lag wochenlang vor ihrer Haustür und wurde dann versehentlich von der Müllabfuhr abgeholt!«

»Das ist eine Frechheit, Herr Möller!«, entgegne ich huldvoll und denke: *Ja! Strike! Jetzt bin ich von dem Geheimnis zwischen Charlotte, Pia und Herrn Möller nur noch siebenundzwanzig Stufen weit entfernt.*

Als wir vor meiner Wohnung ankommen, sehe ich, dass die Tür von Charlotte aufgeht. Sie steht gebückt mit dem Rücken zur Tür und hebt einen riesigen Müllbeutel hoch. Ich will gerade grüßen, aber in dem Moment verabschiedet sich Herr Möller mit den Worten: »So, ich denke, Sie kommen ab hier alleine zurecht – und zur Not müssen Sie einen Arzt rufen!« Schneller als der Wind rennt er die Treppe wieder hinunter und lässt mich, ziemlich dumm aus der Wäsche guckend, zurück.

Inzwischen hat sich Charlotte aufgerichtet und sieht mich, den Müllbeutel in der Hand, erstaunt an, während ich perplex Herrn Möller hinterherschaue. Wir wären ein schönes Motiv für eine Comedyshow, glaube ich.

»Was ist denn hier los?«, will Charlotte wissen.

»Die entscheidende Frage scheint doch zu sein: Was ist mit dem los?«, frage ich zurück. Wenn ich die Wahrheit nicht von Herrn Möller serviert bekomme, muss ich sie eben bei Charlotte einfordern. Aber auf einmal pocht die Stelle an meinem Hinterkopf, wo ich vermutlich eine Riesenbeule bekomme, schmerzhaft los. »Aua …«

»Du bist ganz blass! Komm doch erst mal rein«, bittet mich Charlotte in die Wohnung. Blass? Ich? Sollte das Blutgerinnsel womöglich schon in meinem Kopf angekommen sein?

Reiß dich zusammen, Isa!

Ich folge Charlotte in ihr Wohnzimmer und nehme auf der Couch Platz.

»Ich hatte einen Sportunfall«, beklage ich mich.

»Seit wann machst du denn Sport?«, fragt Charlotte erstaunt.

»Ich jogge, schon ewig … weißt du das nicht? Du wirst doch nicht vergesslich werden?« Angriff ist die beste Verteidigung. »Aber Herr Möller hat mich gefunden und ins Haus gebracht.«

»Du Arme! Soll ich mal schauen?«

»Nein, das hat Herr Möller schon gemacht.«

»Du armes Kind, soll ich einen Arzt anrufen?«

»Nein, Herr Möller meint, es ist nicht so schlimm ... und der kennt sich doch aus, der Herr Möller.« Wenn ich seinen Namen noch einmal sagen muss, um eine Reaktion aus Charlotte herauszukitzeln, bekomme ich einen Schreikampf.

»Aber der ist doch kein Arzt.« Charlotte schüttelt den Kopf.

»Ach«, gebe ich mich erstaunt, »ihr kennt euch?«

»Ja, Herrn Möller kenne ich. Ein äußerst netter und charmanter junger Herr.« Aha! Sie lächelt, während sie von ihm redet. Klingt sie nicht fast ein bisschen schwärmerisch? Charlotte wird doch nicht ...

»Woher kennst du ihn denn?«, frage ich deshalb neugierig.

»Ach ...« Sie wird tatsächlich ein kleines bisschen rot! »Durch einen Bekannten. Der liebe Junge war so nett und hat mir neulich den Wasserhahn in der Küche repariert. Der tropfte immer.«

»Herr Möller ist Klempner?«, frage ich erstaunt.

»Nein, was er beruflich macht, weiß ich eigentlich gar nicht. Aber mein Bekannter sagt, er sei ein Allroundtalent und könne so ziemlich alles reparieren. Soll ich uns jetzt erst einmal einen Tee machen, und du erzählst mir alles in Ruhe?« »Das wäre schön!«

Ich lehne mich auf der Couch zurück, während Charlotte in die Küche geht. Wie immer, wenn ich hier bin, lasse ich meinen Blick über das Büchermeer – ach, was sage ich, über den Seitenozean – an der Wand schweifen ... und bemerke dabei etwas, was auf einigen Büchern liegt und mich knallgelb anstrahlt.

O mein Gott!

Ich springe auf, hechte zum Regal und reiße den Männertaxiflyer an mich. Es ist einer von den alten, auf denen noch Lars steht und kein Phil. »Wo hast du *das* denn her?«, platzt es entsetzt aus mir heraus, als Charlotte wieder ins Zimmer kommt.

»Das? Also, das … das hast du neulich mal verloren.« Charlotte ist sichtbar nervös. »Wann?«

»Als du diesen Anruf von deinem ehemaligen Freund bekommen hast. Im Flur. Du erinnerst dich? Da ist es dir aus der Tasche gefallen.«

»Und was macht der Zettel jetzt hier in deinem Regal?«, frage ich sie.

»Ich wusste gar nicht, dass er dort liegt. Ich dachte, ich hätte ihn weggeworfen.« Ich merke, dass Charlotte nicht die Wahrheit sagt, und schaue sie ernst an. Mein Herz beginnt, schneller zu schlagen.

»Was geht hier vor, Charlotte?« »Ach, Isa, ich … ich war neugierig«, sagt sie wie ein kleines Kind, das vor Weihnachten in den Schränken der Eltern nach Geschenken sucht und dabei erwischt wird.

»Und dann?«

»Habe ich einer Bekannten davon erzählt.« Einer Bekannten? Von wegen! Ich weiß sehr genau, dass Charlotte außer mir eigentlich keine Bekannten hat. Und Herrn Möller, versteht sich.

»Und dann?«

»Ach Kind, das weiß ich nicht … es könnte möglich sein, dass sie einmal dort hingeschrieben hat, um zu sehen, ob dieser … dieser Service überhaupt funktioniert.« Sie schaut mich so unschuldig an, als könne sie kein Wässerchen trüben, aber ich bemerke, dass sie nervös ihre Hände knetet.

Ich schaue sie skeptisch an. »Was haben Herr Möller und Pia neulich hier bei dir gemacht?«

»Du hast sie gesehen?«

Mist, jetzt muss ich mich als Spionguckerin outen. Das ist genau das Verhalten, was ich an ihr nicht mochte, und das ist mir jetzt natürlich unsagbar peinlich.

»Ich habe das nur zufällig mitbekommen«, rechtfertige ich mich. »Also, was wollten die beiden hier?«

»Herr Möller war hier, um den Wasserhahn zu reparieren, das habe ich dir doch bereits gesagt.« Charlotte schaut mich irritiert an. »Warum interessiert dich das eigentlich so?«

»Und Pia?«, gehe ich gar nicht auf ihre Frage ein. »Die hat die Rohrzange gehalten, oder was?«

»Pia hat sich ein Päckchen Backpulver bei mir geliehen. Sie wollte einen Kuchen backen. Für dich.«

Der Kuchen! Natürlich, auf die Idee hätte ich auch selber kommen können. »Ihr hattet wohl Streit, wie sie sagte, und sie wollte sich mit dem Kuchen bei dir entschuldigen.«

»Und was hat sie sonst noch so erzählt? Hat sie den Zettel hier auch gesehen?«

»Isa, warum bist du so aggressiv?«

Ja, das frage ich mich auch gerade. Warum ist es mir so peinlich, dass Charlotte einen meiner Flyer hat? Ich bin doch stolz auf das, was ich mache. Gut, meiner Mutter würde ich vielleicht nicht unbedingt auf die Nase binden, dass ich Männer an die Frau bringe … wobei: Warum eigentlich nicht?

»Ich … äh … entschuldige, Charlotte. Ich will dich nicht so anfahren. Ich wüsste nur gerne, ob du weißt, dass …« Ich sehe sie abwartend an.

Sie lächelt. »Ob ich weiß, dass das Männertaxi dir gehört?

Ja, das hat Pia mir erzählt, als sie den Flyer bei mir auf dem Tisch gesehen hat. Sie ist sehr stolz auf dich, musst du wissen. Und … und ich bin es auch.«

Ich habe das Gefühl, ein kleines Kind zu sein, dem man eine große Tüte Bonbons geschenkt hat. »Das ist sehr nett von dir, Charlotte. Und was hat Pia noch so erzählt?«

»Dass ihr euch wegen einem Mann gestritten habt. Ich dachte erst, die Rede wäre von diesem ungehobelten Italiener, den ich dir mal vom Hals geschafft habe, oder dieser andere, der eine Zeitlang regelmäßig zu dir kam, aber es scheint wohl doch ein ganz anderer gewesen zu sein.«

»Und Herr Möller?«, frage ich und habe einen Kloß im Hals. Es ist mir auf einmal sehr unangenehm, dass er den Eindruck haben muss, dass sich die Kerle bei mir die Klinke in die Hand geben. Ist er deswegen auf mich sauer?

»Der liebe Junge hat das alles gehört, ja. Aber ich wusste doch nicht, dass er dich kennt, sonst wäre ich sicher diskreter gewesen. Er fragte nämlich irgendwann, um welche Isa es sich denn handeln würde, und ich sagte ihm deinen Nachnamen und dass du meine Nachbarin bist. Ich war sehr überrascht, dass er daraufhin wusste, wo du arbeitest.« »Und was passierte weiter?«

»Eigentlich nichts mehr. Er ist dann ziemlich schnell gegangen.« Charlotte überlegt. »Ich glaube, er hat so etwas gesagt wie *Das erklärt alles,* aber ich dachte, das bezog sich auf den Wasserhahn …«

Okay, das erklärt nun auch mir alles. Herr Möller muss mich wirklich für das Letzte halten – da sage ich ihm heftig ins Gesicht, dass ich keine Dates will, und dann bekommt er den Eindruck, dass die Kerle bei mir im Treppenhaus schon fast Schlange stehen. Ich merke, wie mir die Schamesröte ins Gesicht steigt.

Charlotte sieht mich auf einmal verschmitzt an. »Warum fragst du eigentlich so viel nach Herrn Möller?«

»Mache ich doch gar nicht«, behaupte ich. »Aber, weißt du, er ist eben ein Stammkunde in der Videothek, und da macht man sich eben seine Gedanken, was er so für Filme ausleiht für seine Frau und seine Kinder.«

»Welche Frau und welche Kinder? Er ist doch alleinstehend.« Sie lächelt. »Das weiß ich, weil er mir verraten hat, dass er seine Hemden in die Reinigung bringt, da er zwei linke Hände fürs Bügeln hat. Ich habe ihn damit gestern ein bisschen aufgezogen, als wir aus der Oper gekommen sind.«

»Warum gehst du eigentlich mit Herrn Möller in die Oper?«, hake ich nach.

»Ach, nur so ... ich war mit einem gemeinsamen Bekannten verabredet, aber dem ist etwas dazwischengekommen, und da ich die Karten nicht verfallen lassen wollte ...« Sie mustert mich aufmerksam. »Bist du an ihm interessiert, Kindchen?«

Ich? An Herrn Möller?

»Ich? An Herrn Möller? Nein, wirklich nicht. Er ist doch viel zu klein«, sage ich im Brustton der Überzeugung.

»Hast du nicht gesagt, er habe dich ins Haus gebracht?«, fragt Charlotte.

»Ja, schon. Aber er musste mich nicht huckepack nehmen, wenn du das meinst.«

»Ach, Isa.« Sie kommt zu mir und streichelt mir liebevoll über die Wange. »Musst du denn erst so alt werden wie ich, um zu erkennen, dass die Größe eines Mannes nichts damit zu tun hat, ob er größer und stärker ist als du?«

Kapitel 30

Als ich am nächsten Tag in den Laden komme, steht Wolf hinter dem Tresen und hat wieder seinen gewohnt mürrischen Gesichtsausdruck sowie gerötete Augen von seiner Stauballergie. Die Schonfrist scheint vorbei zu sein, die Außerirdischen haben wieder meinen Originalchef zurückgebracht. Schade eigentlich.

»Da bist du ja endlich«, begrüßt er mich. Ich will gerade zu einer Erklärung ansetzen, warum ich fünf Minuten zu spät gekommen bin, als er auch schon weiterredet: »Möchtest du auch was vom Bäcker?«

In der Zeit, die ich Wolf kenne, habe ich gelernt, dass dieser Satz am besten übersetzt wird mit: *Nein, Chef, aber ich gehe gerne für dich rüber und kaufe dir etwas, und das natürlich zack, zack und dalli, dalli.*

»Nein, Chef, aber …«

»Okay, dann gehe ich schnell. Bis gleich.«

Ich sehe ihm erstaunt hinterher. Er sieht wieder aus wie Wolf, aber er benimmt sich immer noch wie … ein Mensch. Interessant.

Ich beginne mit meiner Arbeit. Jedes Mal, wenn die Tür aufgeht, wird mir ein bisschen flau im Magen, denn ich erwarte, dass Herr Möller vor mir steht. Ich will ihn jetzt wirklich so bald wie möglich darauf ansprechen, dass er keinen Grund hat, wütend auf mich zu sein. Ich habe ihm nichts getan! Und ich bin auch nicht die männermordende Schlampe, für die er mich womöglich hält.

Aber obwohl heute Morgen Hochbetrieb ist, kommt Herr Möller nicht. Stattdessen verteile ich ein paar Männertaxiflyer, erkläre einer wütenden Lehrerin, dass ich auch nichts dafür kann, dass die schöne Jane-Austen-Verfilmung nicht dem Roman entsprechend *Verstand und Gefühl* heißt, sondern *Sinn und Sinnlichkeit,* und helfe Opa Knotschke, einem älteren Herrn, den ich so lange nicht gesehen habe, dass ich ihn schon auf dem Friedhof vermutete, im Kuschelzimmer, denn er kommt nicht an die Marke des Films heran, den er ausleihen möchte. Ich überlege kurz, ihm stattdessen lieber einen Disneyfilm auszuhändigen, denn das Cover der DVD ist so hardcore, dass ich befürchte, dass der Film für Opa Knotschke tödlich sein könnte, aber dann werde ich dadurch abgelenkt, dass Wolf mit einer Tüte vom Bäcker zurückkommt und eine große Schachtel dabeihat. »Kommst du gleich mal in mein Büro?«, bittet er. Ja, Wolf bittet. Er befiehlt nicht. Wow!

»Sofort«, flöte ich, wünsche Opa Knotschke einen schönen Nachmittag und wappne mich dann für den Besuch in der Höhle des Löwen.

Als ich Wolfs Büro betrete, sehe ich, dass in dem Karton eine ganze Palette Kuchen und Torte transportiert worden ist. »Was feiern wir denn?«, frage ich neugierig, nachdem er mir ein großes Stück Sahnetorte auf einen Teller packt und mir unter die Nase hält. Und in dem Moment wird mir alles klar.

Wolf ist handzahm. Er hat gerötete Augen. Er hat vor, ganz viel Kuchen zu essen.

Wolf hat Liebeskummer!

»Oh ... das tut mir leid!«, sage ich, bevor er etwas sagen kann. Und dadurch bricht auf einmal die Mauer zusammen, die er um sich herum aufgebaut hat. Ich sehe, dass sich Wolfs

Augen mit Tränen füllen – und glaube gerade nicht, dass mir das wirklich passiert.

Ich nehme ihm schnell den Teller ab, und er lässt sich schwer in seinen Schreibtischstuhl fallen. Ich nehme ihm gegenüber Platz.

»Was ist los mit dir?« Meine Hände sind feucht, ich bin aufgeregt, und irgendwie krampft sich mein Magen zusammen. Ein so gestandener Mann wie Wolf (zumindest ist er das, wenn Gaby nicht in der Nähe ist) sitzt mir gegenüber wie ein Häufchen Elend. Das ist kein schöner Anblick. Und obwohl es sich hier immer noch um Wolf handelt, trifft es mich bis ins Mark.

Ob Wolf von Gabys Eskapaden mit Phil weiß? Andererseits ist er doch nicht besser! Also, zumindest glaube ich das. Ich mein, warum sollte er Seitensprungagenturen in Zeitungen einkreisen, sich rasieren und Aftershave kaufen und den ganzen Zauber machen, wenn er Gaby nicht auch betrügen würde?

Wolf holt tief Luft. »Gaby hat mich betrogen.« Er schaut mich an, als würde er von mir hören wollen, dass er sich doch sicher vertan hat und dass sie das doch nie tun würde. Doch ich schaue ihn nur schweigend an, während mein Gehirn auf Hochtouren läuft.

»Ich hatte schon seit Monaten das Gefühl, dass da irgendwas nicht stimmt. Ich meine … Gaby und ich sind seit mehr als zwanzig Jahren verheiratet. Da kennt man Gewohnheiten, und da merkt man halt auch, wenn sich irgendwas verändert. Eigentlich sagt man uns Männern ja nach, dass wir gar nichts merken und dass eher ihr Frauen die feinfühligeren Menschen seid, aber …« Er zuckt mit den Schultern. »Aber in diesem Fall hatte ich wohl das richtige Gespür.«

Mein Magen dreht sich. Ich habe ein schlechtes Gewissen,

denn wenn er auf Phil anspielt, dann bin ich ja quasi noch die Verkupplerin des ganzen Schlamassels. »Und woher weißt du, dass sie dich wirklich betrügt?«, frage ich vorsichtig.

»Ich habe mir das Auto eines Freundes geliehen, das sie nicht kennt, und als sie vor zwei Wochen abends total schick gemacht das Haus verließ, um eine Freundin zu treffen, bin ich ihr gefolgt. Zunächst sah alles ganz harmlos aus. Sie fuhr zu so einem Café, Libri heißt es, glaube ich.«

Ich schlucke. Mist!

»Ich bin natürlich nicht hinterhergegangen, also wartete ich draußen. Und ich musste gar nicht lange lauern, bis sie mit einem Typen wieder rauskam. So ein richtiger Aufreißertyp mit Lederhose und viel zu weit aufgeknöpftem Hemd. Du weißt schon … so ein Macker, auf den die Frauen irgendwie alle stehen.«

Das war nun eindeutig nicht der Eindruck, den Phils Outfit hinterlassen sollte, aber das lief ja sowieso alles etwas anders, als ich es mir vorgestellt hatte.

»Den hat sie dann ins Auto gepackt und ist mit ihm in ein Hotel gefahren! Isa, wie schäbig ist das eigentlich? Mich hat sie schon seit fast einem halben Jahr nicht mehr an sich rangelassen, und dann krallt sie sich so einen Jüngling, um ihn in einem billigen Hotel zu vernaschen!« Er ist zutiefst verletzt. »Und das, obwohl ich mich so bemüht habe – ich habe mich für sie rasiert, obwohl ich mein Kinn nicht mag, ich habe mir dieses Aftershave gekauft, das sie toll findet, obwohl ich davon Kopfschmerzen bekomme, und dann … so etwas! Ich will mir gar nicht vorstellen, woher sie diesen Kerl kennt und wie lange das schon läuft zwischen den beiden.«

Ich suche gerade das Loch im Boden, in welchem ich

versinken kann. Aber ich finde keines. »Weißt du … unsere Ehe ist für Außenstehende vielleicht ein wenig … komisch.« Er schluckt schwer. »Gaby hat in unserer Beziehung die Hosen an, das hast du ja neulich mitbekommen. Und ich finde das auch gar nicht schlimm. Ich war immer so der ruhige Typ, ich könnte keiner Fliege etwas zuleide tun, und ich habe immer starke Frauen geliebt, die selbstbewusst das Ruder in der Hand halten.«

»Äh … ja.« Mehr fällt mir gerade nicht ein, denn es kommt mir vor, als würde Wolf über seinen außerirdischen Klon sprechen und nicht über sich.

»Aber dann, im Lauf der Jahre … es gibt schon einen Unterschied dazwischen, zu sagen, wo es langgeht, und den anderen unterzubuttern. Und bei Gaby und mir hat es sich von dem einen zum anderen gewandelt. Ich glaube gar nicht, dass ihr das bewusst ist, ich habe ja selbst lange gebraucht, um zu begreifen, warum ich hier im Laden so …« Er sucht nach Worten und schaut mich traurig an.

»… so herrisch und cholerisch bin?«, beende ich seinen Satz.

»Ach, Isa.« Er seufzt. »Ich weiß, dass ich manchmal ein absolutes Arschloch sein kann.«

»Immer«, sage ich, ohne nachzudenken.

»Wie bitte?« Er schaut mich groß an.

Augen zu und durch, Isa. »Immer, Wolf. Du warst nicht *manchmal* ein Arschloch, sondern *immer!*«

Er schaut betreten auf seine Hände. »Okay, ich weiß, dass ich immer ein Arschloch war, und im Nachhinein tut es mir so furchtbar leid. Ich war einfach so dermaßen unzufrieden mit meinem Leben, dass ich meinen Ärger irgendwie damit kompensiert habe.« Er schluckt. »Ich weiß, dass ich unausstehlich war, und ich kann, ehrlich gesagt, auch gar nicht verstehen, dass du es so lange mit mir ausgehalten hast. Jede andere hätte mir wohl alles vor die Füße geschmissen.«

»Das stimmt allerdings.« Ich schaue ihn an und weiß nicht, ob ich gerade lachen oder weinen soll. »Aber … ach, weißt du, Wolf, es gehören immer zwei dazu. Den einen, der es macht, und den anderen, der es zulässt.« Denn genau so ist es. Wolf steckt in seiner Ehe fest und ich in diesem Job. Wir haben beide Optionen – er kann Gaby verlassen, ich bei ihm kündigen und versuchen, aus dem Männertaxi endgültig einen Fulltimejob zu machen. Aber wir beide haben es nicht getan.

Auf einmal wird mir heiß und kalt zugleich. Was, wenn das mein Problem ist? Was, wenn ich immer so darauf bedacht bin, alles immer so weiterzumachen, wie ich es gewohnt bin, ohne zu sehen, dass es anders ganz einfach besser wäre? Weil es einfacher ist, einen grässlichen Chef zu haben als gar keinen? Weil es zwar schmerzhaft, aber auch irgendwie sicher ist, immer auf dieselben Männer hereinzufallen?

Aber hier geht es gerade nicht um mich. Energisch schiebe ich deswegen die Fragen an mich selbst zur Seite und konzentriere mich wieder auf mein Gegenüber.

»Hattest du denn nie den Gedanken, aus dieser Ehe ausbrechen zu müssen? Hast du dich nie … öh … anderweitig umgeschaut?«

Er lacht bitter. »Du wirst es kaum glauben, aber …«

Doch, Wolf, ich werde es mit Sicherheit glauben!

»Ich habe es wirklich versucht. Es gibt doch in den Tageszeitungen jede Menge solcher Angebote, Seitensprungagenturen und so was.« Er wirkt ein wenig beschämt. »Ich habe mich auch ab und zu mit diesen Frauen getroffen.«

»Ja, aber dann hast du doch nichts anderes getan als Gaby!« Soso! Der Herr ist die Scheinmoral in Person!

»Es ist nicht so, wie du denkst, Isa. Ja, ich wollte eine kleine Affäre haben, mich endlich wieder wie ein ganzer Kerl fühlen und … weißt du …« Er schaut sich die Decke nun sehr gründlich an, weil es ihm offensichtlich peinlich ist. »Ich wollte mich einfach wieder einmal begehrenswert fühlen, weißt du? Aber dann habe ich mit diesen Frauen geredet und immer sofort festgestellt, dass sie Gaby nicht das Wasser reichen können, so herrisch sie auch ist. Ich liebe sie, und deswegen konnte ich sie einfach nicht betrügen.«

Uff. Das ist harter Tobak. So sind doch eigentlich sonst immer nur wir Frauen, dachte ich.

»Und wenn Gaby mit diesem Typen auch nur geredet hat?« Ich glaube meine eigenen Worte zwar nicht, aber ich finde, ich muss die Option zumindest mal in den Raum stellen.

Wolf schüttelt den Kopf. »Das glaube ich nicht. Es … es ist auch nicht das erste Mal, dass sie mich betrügt. Sie hat es schon öfter getan, und wir standen deswegen auch schon mal kurz vor einer Scheidung. Doch ich habe immer wieder um sie gekämpft.« Wolf schneuzt ins Taschentuch. »Ich fühle mich so verloren. Was soll ich nur tun?« Er schaut mich flehend an.

Was soll ich ihm denn jetzt raten? Das hier ist eine Nummer zu groß für mich Laienpsychologin, das ist ein Fall für eine Paartherapie oder für Angelika Kallwass. Ich räuspere mich. »Rede mit ihr!«

Er schweigt.

»Rede mit ihr und sage ihr klipp und klar, dass es so nicht weitergehen kann und dass du ihr eine allerletzte Chance gibst. Und vielleicht …« Ich überlege einen Moment, ob ich es ihm sagen kann, aber ich denke dann, dass genau jetzt der richtige Moment dafür ist. »Vielleicht solltest du dich auch ein wenig verändern. Rein optisch gesehen.«

»Wie jetzt?« Wolf scheint nicht zu verstehen, worauf ich anspiele.

»Na … du hast doch schon angefangen, dich zu rasieren und Aftershave zu benutzen. Hör doch nicht auf halbem Wege auf. Du könntest zum Friseur gehen, dir ein paar neue, schicke Klamotten zulegen. Werde interessant für andere Frauen – dann bist du es auch wieder für deine eigene!«

Na, wie habe ich das gemacht? Die Therapeutin in mir wird gerade aus ihrem Tiefschlaf geweckt.

»Meinst du, das reicht?«, fragt Wolf skeptisch.

»Na, reichen wird es mit Sicherheit nicht. Aber Gaby sollte sehen, dass du dich bemühst. Und sie sollte vielleicht auch merken, was sie an dir hat. Denn wenn wir Frauen erst einmal merken, dass wir dabei sind, etwas zu verlieren, dann wollen wir es auch behalten. Glaub mir, ich weiß, wovon ich rede …«

Eigentlich bin ich selbst gar nicht so davon überzeugt, denn einer Ehe, die so dermaßen kaputt erscheint, würde ich gar keine Chance mehr geben. Aber vielleicht folgt auch für Wolf auf Regen Sonnenschein?

»Und du solltest natürlich mit ihr darüber reden, dass es so nicht weitergehen kann. Schlag doch einfach mal mit der Faust auf den Tisch, wie du es hier immer machst. Zeig ihr, dass du nicht länger der Duckmäuser bist, der du bisher in ihrer Gegenwart warst. Zeig ihr, dass du ein Mann bist, der erkannt hat, dass sie einen Schritt zu weit gegangen ist. Dass sie eine Grenze überschritten hat! Irgendwie so was.«

Das klingt gut, finde ich, und an Wolfs Gesicht merke ich, dass ihn meine Worte motivieren.

»Isa, du bist ein Goldstück!« Er steht auf, geht um den Schreibtisch und kommt mit offenen Armen auf mich zu. »Lass dich mal drücken!«

Ups! Das ist … ungewohnt. Aber dennoch glaube ich in dem Moment ganz fest daran, dass mein Männertaxi es vielleicht sogar geschafft hat, diese Ehe zu retten, und vor allem, sie wieder schön zu machen. Denn ohne Phil hätten Wolf und ich das Gespräch hier nicht geführt.

»So, und nun wieder an die Arbeit«, sagt Wolf, »zack, zack … bitte.«

»Dalli, dalli, gerne«, grinse ich ihn an. Und dann lachen wir.

Wolf und ich lachen. Gemeinsam! Ein Tag zum Im-Kalender-Eintragen.

Ich bin gespannt, ob das alles heute Abend in der *Tagesschau* verkündet wird. Weltbewegend genug ist es.

Eine Stunde später kommt Wolf aus seinem Büro. »Ich gehe heute Abend etwas früher, wenn es dir nichts ausmacht, Isa.«

»Hast du noch etwas vor?«, frage ich vorwitzig.

»Ich gehe zum Friseur«, sagt er. »Aber erst einmal muss ich dir das geben.« Er legt einen Computerausdruck vor mich hin. Ich werfe einen neugierigen Blick darauf – und bekomme erst einmal einen Schreck. Oben steht *Gehaltsneuordnung, rückwirkend zum 1. Januar dieses Jahres*. Und darunter, dass Wolf offiziell mein Gehalt erhöht, und zwar kräftig. Ich weiß nicht, was ich sagen soll. Also mache ich das, was ich besonders gut kann – ich sage schnell etwas Dummes. »Lass gut sein, Wolf, meine Therapiestunden sind eigentlich kostenlos! Zumindest die erste!« Ich grinse ihn an.

»Über Geld mache ich bekanntlich keine Scherze, Isa. Ich weiß, dass ich immer viel zu ungerecht zu dir war. Du hast Überstunden gemacht, und ich weiß, dass ich ohne dich aufgeschmissen wäre, und dennoch habe ich dich bezahlt wie eine einfache Aushilfe. Dabei bist du viel mehr.« Er seufzt.

»Außerdem glaube ich, dass ich mich auf allen Fronten ändern muss, wenn ich wieder der Mann werden möchte, der ich mal war, und nur dann kann ich auch meine Ehe retten.«

»Ich freue mich darauf, den neuen alten Wolf kennenzulernen«, sage ich aufrichtig. Und dann? Umarme ich ihn und drücke ihm einen fetten Schmatzer auf seine Wange.

»Nun ist gut.« Wolf entklammert sich aus der Umarmung. »Ich bin dann mal weg, bis morgen!«, verabschiedet er sich. »Aber Isa, bei aller Liebe – der Kühlschrank für die Kunden muss trotzdem aufgefüllt werden, klar?«

»Aye, aye, Sir!« Ich salutiere spielerisch. Nachdem ich die Flaschen nachgefüllt habe, schnappe ich mir den Staubwedel und nehme mir jedes einzelne Regalbrett im ganzen *Snack & See* vor. Das ist eine Aufgabe, die ich immer bockig vermieden habe. Aber heute macht sie mir richtig Spaß. Ich hätte nie gedacht, dass ein gutes Betriebsklima so viel ausmacht.

Als ich nach Feierabend wieder in meine Wohnung komme, fahre ich wie jeden Abend meinen Laptop hoch und staune nicht schlecht, als ich die Anzahl der Bestellungen fürs Männertaxi sehe. Wahrscheinlich sollte ich wirklich expandieren. Ich muss mich nur trauen und aufhören, vom Weltruhm zu träumen, sondern stattdessen endlich Nägel mit Köpfen machen. Etwas riskieren. Aufhören damit, immer nur das zu tun, was in irgendeiner Weise die sichere Bank für mich ist.

Kapitel 31

Am nächsten Nachmittag überarbeite ich die Checkliste, die ich benutzt habe, als ich meine ersten Männertaxi-Kandidaten testete. Inzwischen habe ich genug Erfahrungen gesammelt, um zu wissen, was ich noch alles beim ersten Gespräch abklären sollte und welche Fragen rückblickend keinen Sinn gemacht haben. Außerdem beäuge ich mein Wohnzimmer und überlege, was ich verändern müsste, um so etwas wie ein gemütliches Arbeitszimmer daraus zu machen, das nicht gleichzeitig das Schlafzimmer ist. Noch bin ich zwar nicht so weit, dass ich wirklich bei Wolf kündigen werde, aber es macht Sinn, alles rund um mein eigenes Unternehmen noch etwas professioneller zu gestalten. Allerdings sollte man sich jetzt nicht vorstellen, dass ich über Nacht zu einer Karrierefrau mutiert bin – ich liege auf dem Sofa, während ich auf meinem Klemmbrett herumkritzle, und auf meinem Bauch steht ein Riesenbecher Häagen-Dasz Caramel. »Hmmmmmm …«, mache ich genießerisch, als ich den Löffel abschlecke.

»Mmmmmmmmm …«, höre ich von irgendwo das Echo.

Moment mal.

In meiner Wohnung gibt es ein Echo?

Ich richte mich erstaunt auf.

»Hmmmmmm?«, mache ich noch einmal.

»Mmmmmmmmmm!«, kommt es leise zurück.

Ich halte die Luft an.

»Mmmm, mmmmm ... mmmmmmmm!«

Da, schon wieder! Das ist kein Echo, das ist etwas anderes. Und es hört sich fast an wie ein leises Stöhnen! Sollte Pia Besuch haben? Nein, die hat mich gerade angerufen, die macht heute bei einer Hotelbesitzerin und ihren Freundinnen die Nägel, bevor dann später Simon dort auftauchen wird, um die Damen noch auf ganz andere Art zu verwöhnen. Das ist tatsächlich auch eine Idee, die ich mir schon notiert habe: Genuss-Komplettprogramme. Da gibt es viele tolle Möglichkeiten.

»Mmmmmm ...«

Ich gehe in den Flur und horche. Nichts. Also gehe ich in mein Schlafzimmer. Das Fenster ist gekippt und ...

»Mmm mmm mmm mm mmmmmmmmmmmmmmmmm!«

Das kommt doch aus Charlottes Wohnung! Ist ihr etwas passiert?

Ich reiße das Fenster auf und hänge mich hinaus, um etwas zu hören. Aber das dunkle Stöhnen hat aufgehört. Ich warte mit klopfendem Herzen. Vielleicht sollte ich schnell bei ihr klingeln? Oder sicherheitshalber sofort einen Krankenwagen rufen?

»War es schön für dich?«, fragt eine Männerstimme.

Ich falle fast aus dem Fenster. Nee, oder? Ich habe doch nicht etwa gerade ... Charlotte wird doch wohl nicht ...

»Ooooh ja, es war wunderschön.« Charlottes Stimme, die zu mir herüberschwebt, klingt wohlig und weich.

Ich fasse es nicht! Meine Nachbarin hatte gerade Sex. Sex? In *dem* Alter?

Aber mit wem?

Herr Möller, schießt es mir durch den Kopf. Aber natürlich weiß ich, dass es albern ist. Wieso drängt sich dieser

Mann eigentlich dauernd in meine Gedanken? Ich schiebe ebendiese energisch zur Seite und horche angestrengt.

»Diese Gewissheit, jemanden zu lieben, ist doch wirklich das Schönste im Leben.« Das war die Männerstimme.

Dann ist es wieder still. Ich warte noch einen Moment, dann kehre ich ins Wohnzimmer zurück, kann mich aber nicht konzentrieren.

Nachdem der Eisbecher leer ist, höre ich, wie die Wohnungstür von Charlotte geöffnet wird. Also fröne ich meinem neuen Hobby, husche mucksmäuschenstill, aber im fünften Gang zur Tür und schaue durch meinen Spion, der mir mittlerweile schon richtig ans Herz gewachsen ist. Eigentlich könnte ich ihm bald einen Namen geben.

Ich sehe Charlotte. Besser gesagt, sehe ich einen Mann von hinten, der im Flur steht, während Charlotte in einem geblümten Morgenmantel im Türrahmen lehnt und ihren Besucher versonnen anlächelt. Da ich ihn nur von hinten sehen kann, bleibt mir nur, seine Klamotten zu scannen. Er trägt eine schwarze Stoffhose und einen beigen Trenchcoat. Hat ein bisschen was von *Columbo*. Nur in schick halt. Charlotte schlingt ihre Arme um seinen Hals, und es sieht aus, als würden sie sich küssen. Aber es handelt sich definitiv nicht um Herrn Möller, denn der Unbekannte ist viel größer – Charlotte muss sich auf die Zehenspitzen stellen – und hat graue Haare.

»Es war schön mit dir«, höre ich Charlotte sagen. Sie klingt so verliebt. Meine Nachbarin hat einen Freund! Und es ist …

Der Mann dreht sich um und geht zur Treppe.

Ich stehe mit offenem Mund da.

Es ist … Ernst! Mein Ernst von Topphoff-Erpenstein knutscht mit meiner Nachbarin Charlotte! Dieses gewiefte Luder! Also war sie deshalb so nervös, als ich sie auf den Flyer angesprochen habe! Von wegen, eine Bekannte hätte mal eine Mail geschickt ... Da tut sie so unschuldig, und dabei ist sie es, die Ernst so oft bucht. Ich bin platt wie eine Flunder. Ich hätte ja wirklich mit allem gerechnet, aber doch nicht damit!

Piep, piep.

Mein Handy meldet, dass ich eine neue SMS bekommen habe.

Isa, ich muss mit dir reden! Hast du kurzfristig in einer halben Stunde Zeit? Es ist wirklich wichtig. Tom

Ich überlege. Soll ich diese Nachricht einfach löschen? Besser wäre es. Und sicherer. Wer weiß, ob mir das, was er zu sagen hat, nicht wieder weh tun wird.

Andererseits: Will ich nicht sowieso versuchen, öfter mal etwas zu tun, was nicht sicher ist?

Worum geht es denn?

schreibe ich deshalb zurück. Seine Antwort erreicht mich binnen Sekunden:

Das möchte ich persönlich mit dir besprechen. Kommst du bitte ins LaPonte?

Das ist sein Lieblingsitaliener, in dem er sich immer besonders wohl gefühlt hat. Nee, Freundchen, so nicht. Wenn du mir etwas zu sagen hast, dann ganz sicher nicht in deiner Komfortzone.

Wenn du mich sehen willst, wirst du hierhin kommen müssen. Und ich habe nicht viel Zeit. Bis gleich.

Pünktlich wie die Feuerwehr klingelt Tom nach dreißig Minuten an meiner Tür. *Der hat die Haare aber gar nicht schön* ist das Erste, was ich denke, als er meine Wohnung betritt. Früher trug Tom seine Haare immer so schön verwegen und wuschelig; heute ist seine dunkle Haarpracht spießig geschnitten und ganz komisch nach hinten gekämmt.

»Hallo«, sagt er und kommt mir dabei fast schüchtern vor.

»Hi«, erwidere ich betont locker. Er beugt sich zu mir und drückt mir einen Kuss auf die Wange. Meine Augen fangen an zu tränen. Aber nicht vor lauter Rührseligkeit, sondern vielmehr, weil mir sein Aftershave so in den Augen brennt. Was ist das denn für ein Giftzeug? Früher trug der doch immer *Dolce&Gabbana-Light-Blue-Homme*. Das ist so ein Teufelsduft, der mir ständig den Verstand geraubt hat. Aber das hier riecht nach *»Ich war auf dem Flohmarkt und habe dieses nachgemachte Zeug total billig eingekauft«*-Zeug.

Bevor ich die Tür schließe, schaue ich noch mal nach draußen.

»Guckst du, ob die alte Mattheuser hinter der Tür steht und uns beobachtet?«, fragt Tom schief grinsend. Er kennt sie ja nur in der neugierigen Version.

»Nein«, sage ich und denke für mich, dass diese Zeiten längst vorbei sind und dass Charlotte mir das Neugierigkeitsgen vermacht hat. »Und ich wäre dir dankbar, wenn du nicht so abfällig über meine Freundin Charlotte sprechen würdest.«

Tom sieht mich überrascht an. »Oh, ja, tja … entschuldige. Ich dachte nur, weil du so geguckt hast …«

Ich könnte ihn dafür küssen, dass er mir hier gerade die perfekte Vorlage präsentiert. »Ich habe nur geschaut, wo *Schontaahl* ist.« Dabei grinse ich ihn frech an, und ihm entgeht natürlich nicht, dass ich den Namen seiner Freundin, der Frau, wegen der er mich verlassen hat, betont französisch ausspreche (inklusive Würgereiz). »Ich dachte, wo sie hingeht, da willst auch du hingehen ... und umkehrt.«

»Deshalb bin ich hier«, sagt Tom, und ich registriere einen leicht traurigen Unterton. Ich gehe ins Wohnzimmer und setze mich in den Sessel. Er nimmt gegenüber auf der Couch Platz.

»Schieß los, was ist?«, frage ich betont locker. In der letzten halben Stunde habe ich sämtliche möglichen Szenarien durchgespielt, von denen allerdings *Könntest du bitte dein Blut untersuchen lassen, ich brauche eine Rückenmarkspende* noch die realistischste ist, und das soll etwas heißen.

»Du fehlst mir!« Die Worte plumpsen aus ihm heraus, und ich erstarre verblüfft.

Was?

Ich schaue ihn an, als hätte er mir gerade erzählt, dass er es geschafft hat, ein Kilo Granny-Smith-Äpfel in pures Gold zu verwandeln.

»Ich mache bitte schön *was?*« Kann ja sein, dass ich mich einfach nur verhört habe. Vielleicht hat er ja auch *Du lebst hier* gesagt, was ja zutreffend wäre, oder *Du klebst vier*, was zwar keinen Sinn macht, aber immer noch mehr als *Du fehlst mir*.

»Du fehlst mir, Isa!«

Da! Er hat es noch einmal gesagt, und ich habe mich beim ersten Mal nicht verhört.

Noch vor einigen Monaten wäre es mein größtes Glück gewesen, diese Worte aus seinem Mund zu hören. Aber das ist vorbei. Stattdessen spüre ich, wie sich mein innerer Wutvulkan wieder anschickt, eine Aschewolke in die Atmosphäre zu pumpen.

»Was soll das?« Meine Stimme ist eiskalt, obwohl es in mir brodelt. »Hat sie dich rausgeschmissen, oder was?« Ja, das wird es sein! Chantal hat Schluss gemacht, und jetzt weiß er nicht, wo er hinsoll. Wäre ja auch ganz schön peinlich, mit achtunddreißig bei den Eltern anzuklingeln und um Asyl zu bitten. Das macht man dann wohl lieber bei der Ex, wenn man so ein rückgratloser Arsch ist wie Tom.

Ups, habe ich das gerade wirklich gedacht? Ich spule noch mal zurück.

Wenn man so ein rückgratloser Arsch ist wie Tom. Ach, das klingt gut.

»Nein, um Gottes willen. Ich bin immer noch mit ihr zusammen!«

Aaaah, verstehe. Wobei, nein, ich verstehe natürlich gar nichts!

»Aber mir wird immer wieder bewusst, wie sehr ich dich vermisse. Und ich glaube, dass du das wissen solltest.«

»Das, mein Lieber, muss ich ganz sicher nicht wissen. Glaub mir, ich habe bei unserer Trennung alles über dich erfahren, was ich wissen muss.« Ich merke, dass mein Blutdruck steigt.

»Ich weiß, dass ich dir so verdammt weh getan habe, und es tut mir leid, Isa! Wirklich! Ich habe gemerkt, dass Chantal mir nicht das geben kann, was du mir gegeben hast. Liebe, Geborgenheit, Wärme, ein Zuhause. Ich mache es kurz: Ich möchte gerne zurück zu dir.« Er schaut mich mit großen, schimmernden Augen an – und fügt heldenhaft hinzu: »Ich lasse dir natürlich alle Zeit der Welt, um eine Entscheidung zu treffen! Aber bitte, denk darüber nach. Das bist du uns schuldig.«

Schuldig? *Hallo?* Erstaunlicherweise scheinen noch keine dunklen Wolken aus meinen Ohren zu entweichen, sonst würde Tom – nein, der rückgratlose Arsch – mir nicht so gespannt gegenübersitzen.

»Nur damit ich das richtig verstehe«, will ich wissen, »wenn ich jetzt sage, dass ich uns noch eine Chance gebe, würdest du Chantal genauso gegen eine Wand fahren lassen, wie du es damals mit mir gemacht hast? Mit Vollgas und ohne Sicherheitsgurt?«

»So, wie du es sagst, klingt es so hart, Isa.«

»So, wie ich es sage, klingt es verdammt realistisch! Denn es *ist* hart, mein Lieber! Und damals war es das auch!« Ich kann gerade gar nicht glauben, dass das wirklich passiert. Ich bin … fassungslos. Und entsetzt. Da knallt mir der Kerl, mit dem ich sieben wunderbare Jahre zusammen war und der mich dann hat fallen lassen wie eine heiße Kartoffel, einfach so vor den Latz, dass er seine neue Freundin genauso abservieren wird, wenn ich ihn zurücknehme. Der hat doch wohl nicht mehr alle Bits im Speicher!

»Isa, bitte, denk darüber nach. Wir waren doch glücklich!«

»Oh ja, und das wären wir vielleicht sogar noch, wenn du mich damals nicht mit dieser Schlampe betrogen hättest!« Ich rede mich in Rage und bin froh, dass gerade nichts in der Nähe ist, das ich nach Tom werfen könnte. Das Letzte, was ich damals nach ihm geworfen habe, war ein halbes Brötchen mit Nussnougatcreme. Ich sehe es heute noch vor meinem geistigen Auge an der Tapete entlanggleiten, bis es mit einem Plöpp auf dem Boden landete. »Wobei ich mir schon die Frage stellen muss, ob ich das nicht alles falsch gesehen habe. Vielleicht ist sie gar nicht die Schlampe, auf die ich wütend sein muss. Vielleicht bist du ganz einfach der rückgratloseste Arsch, den es gibt!«

»Beruhige dich doch erst mal, Isa.«

»Ich muss mich nicht beruhigen!« Okay, das käme überzeugender, wenn ich nicht schreien würde.

»Isa, vermisst du es denn nicht auch?«, fragt Tom mit ganz ruhiger Stimme. »Die Liebe und die Geborgenheit, die immer zwischen uns war?«

Ich atme tief durch. »Du hast etwas vergessen.«

Er sieht mich erstaunt an.

»Du hast das Vertrauen vergessen, du jämmerlicher Knilch. Oder kannst du mir verraten, wie ich jemandem wie dir jemals wieder vertrauen soll? Anstatt dass du erst mal mit Chantal Schluss machst, kommst du hier elendig angekrochen. Und wenn ich dich nicht haben will, kannst du problemlos zu ihr zurückkehren und bist kein Risiko eingegangen, ja? Wie *jämmerlich* bist du eigentlich?«

Ich stehe auf und gehe zur Wohnungstür. Ich muss nicht sagen, dass er meine Wohnung verlassen soll, er merkt es auch so. Immerhin das!

»Wenn du es dir anders überlegst, Isa, dann melde dich bitte bei mir! Ich habe nie aufgehört, dich zu lieben!«

Ich schubse ihn raus und knalle die Tür hinter ihm zu. Dann gehe ich in die Küche, nehme mein Handy, suche Toms Nummer und lösche sie.

Wollen Sie diesen Kontakt wirklich löschen?

Oh ja, aber so was von!

Kapitel 32

Am nächsten Abend sitze ich wieder einmal mit einer Tasse Tee auf der Küchenfensterbank und schaue nachdenklich nach draußen. Neben mir liegt das Handy, auf dem vor einer halben Stunde eine SMS angekommen ist, mit der ich so nicht gerechnet hätte.

> Hallo Isa! Es wird dich freuen zu hören, dass ich kurzfristig eine tolle Frau kennengelernt habe, in die ich mich verlieben darf. Ich wünsche dir viel Glück bei allem, was du vorhast, und werde deine Nummer nach dem Versand dieser SMS aus meinem Handy löschen. Ich denke, so möchtest du es haben: ohne Verpflichtung, ohne etwas, das bleibt. Sascha

Ich freue mich für Sascha, wirklich. Und wahrscheinlich ist es auch fair, dass er mir so eine Nachricht schickt – ich habe ihn schließlich nicht gut behandelt. Was mich aber umtreibt, ist: Warum haben um mich herum alle Menschen so eine Gewissheit? Wolf weiß, dass er seine Gaby liebt, und ist bereit, dafür zu kämpfen. Sascha weiß, dass er sich verlieben will, und findet, nachdem er mich endgültig gestrichen hat, sofort eine neue Empfängerin für seine Gefühle. Charlotte und Ernst haben sich auch gefunden, und wie sagte er so schön zu ihr: *Diese Gewissheit, jemanden zu lieben, ist doch wirklich das Schönste im Leben.*

Und ich? Ich sitze alleine in meiner Küche, und die einzige

Gewissheit, die ich habe, ist die Tatsache, dass sich Kirschtee in meiner Tasse befindet und dass mich gerade niemand vermisst oder sich wünscht, mit mir zusammen zu sein.

Ja, ich weiß, ich wollte immer nur Sex ohne Verpflichtung und all das. Aber ich habe eingesehen, dass dieses Männerkonsumieren doch nichts für mich ist. Eine Zeitlang ist es okay, aber auf Dauer fehlt mir doch ein ... ein gesunder Background. Ich möchte nach Hause kommen und mich freuen, weil dort jemand auf mich wartet, der mit mir glücklich ist.

Klar: Ich könnte mir auch eine Katze zulegen, aber das ist doch etwas anderes.

Ich möchte morgens aufwachen und in die Augen eines Mannes schauen, der alles an mir mag. Der mich so liebt, wie ich bin – mit sieben Kilos mehr oder weniger. Mit verstrubbelten Haaren, mit Celluarmen und -beinen, mit verrotzter Nase, wenn ich einen Liebesfilm schaue, mit einem Lachkrampf, wenn ich über seine Witze lache, und mit Joghurtsauce im Gesicht, nachdem ich einen Döner gegessen habe.

Ist es so schwer, einen Mann zu finden, der mich zum Lachen bringen kann? Der sich schöne Dinge ausdenkt, um mir eine Freude zu bereiten? Der mich jeden Tag aufs Neue überrascht? Einer, der zärtlich ist und lieb und treu?

Lieber Gott, wenn es dich gibt, kannst du mir nicht ein kleines Zeichen geben? Irgendetwas, was mir das Gefühl gibt, dass ich zu mehr bestimmt bin als zu einem traurigen Singleleben? Ich bin heute sogar so mutig und würde dir eine Falte unter dem rechten Auge dafür anbieten. Und ich werde auch nicht versuchen, sie mit Faltencreme glatt zu bügeln.

Nun komm schon, gib dir einen Ruck und mir ein Zeichen.

In Filmen würde jetzt ein Vogel vorbeigeflogen kommen, oder es würde ein Bilderrahmen runterfallen oder ...

Dingdong.

Oder es würde die Türklingel ertönen!

Ist das das Zeichen? Ich flitze in den Flur und nehme den Hörer der Gegensprechanlage in die Hand. Wer kann das jetzt noch sein?

»Ja, bitte?«

»Isa, ich bin es, Sven. Lässt du mich rein?«

Sven? Was will der denn jetzt von mir? Der hat doch heute ein Date mit einer Frau, die ihn letzte Woche schon mal gebucht hat. Ob die ihn versetzt hat? Erklärt aber immer noch nicht, was er hier will. Schnell schaue ich zur Zimmerdecke. »Nur zur Sicherheit, Gott: Sven kenne ich schon. Wenn der mein Wink mit dem Zaunpfahl sein soll, für den darfst du mir definitiv keine Falte verpassen!«

Neugierig öffne ich ihm die Tür. Der sonst so sportliche Sunnyboy schlurft die Treppe hinauf, als würde er die komplette Last der ganzen Welt auf seinen Schultern tragen. Er schaut schrecklich aus.

»Sven, was ist denn passiert?«

Au Backe, der Typ ist einfach nur fertig. Hat er etwa geweint? Ich bitte ihn in die Wohnung, er drückt mich, küsst mich leicht auf die Wange und geht dann an mir vorbei, direkt ins Wohnzimmer.

»Möchtest du etwas trinken?«

Er schüttelt den Kopf. »Isa, es ist so ... so schrecklich!« Er guckt mich mit großen Augen an.

»Was ist denn passiert?« Ich fühle mich unwohl, denn ich sehe ja, dass irgendwas ganz Schlimmes passiert sein muss, aber ich habe auch Angst davor, dass er es mir erzählt.

»Erzähl schon, Sven, und spann mich nicht so auf die Folter!«

»Heute Abend hatte mich Jessica gebucht.«

»Ja. Mit der hast du dich doch schon letzte Woche getroffen, oder?« Er nickt bedröppelt.

»Wir haben uns letzte Woche wirklich supergut verstanden. Es war ein toller Abend, wir haben geredet und geredet, und der Sex, der war … wirklich schön. Ganz langsam und zärtlich, weil sie es so wollte.« Er atmet tief durch. »Und natürlich dachte ich, dass es diesmal so weitergehen würde. Aber … aber es war ganz anders.«

Mein Herz beginnt, heftiger zu schlagen, denn er macht es so verdammt spannend, dass ich es kaum noch aushalten kann, endlich alles zu erfahren.

»Sie hat Krebs!«

Ich habe mit vielem gerechnet, aber nicht mit so etwas. »Krebs?«

Und dann lehnt Sven sich zurück und beginnt zu erzählen. »Sie war irgendwie niedergeschlagen, und deswegen habe ich halt wieder den coolen Sven raushängen lassen. Du kennst mich ja: Hey, was kostet die Welt? Ich erfüll dir alle Träume, denn ich bin der tollste Hecht, den dieses Universum je gesehen hat. Es gibt Frauen, die finden das toll, und es gibt Frauen, die bringe ich damit zum Lachen. Aber bei Jessica war das anders.«

Meine Handflächen werden feucht.

»Nachdem ich mit meinem ganzen Quatsch fertig war, fing sie an zu reden. Ihr erster Satz war: *Ich bin schwerkrank und könnte schon sehr bald sterben.* Einfach so, Isa. Sie sagte es, als würde sie mir ihren Namen nennen oder sich noch ein Glas Mineralwasser bestellen. Ich saß da und konnte überhaupt nichts mehr sagen. Auf der einen Seite wirkte sie so ungemein selbstbewusst und bestimmt, aber dahinter habe ich gemerkt, wie klein und verletzlich sie sich gefühlt haben muss. Weißt du«, er räuspert sich, »sie hatte schon einmal

Krebs, vor drei Jahren. Damals hieß es, dass die Behandlung gut angeschlagen hätte und sie geheilt sei. Aber vorgestern hat sie eine neue Diagnose bekommen. Es … es geht alles von vorne für sie los mit der Leukämie und der Behandlung. Kannst du dir das vorstellen?«

Ich schüttle leicht den Kopf. »Und weiter?«

»Dann hat sie mir von diesem … von diesem Schwein erzählt!« Sven wird rot im Gesicht, und die Wut blitzt aus seinen Augen. »Isa, ihr Freund hat sie damals verlassen, nachdem er die Diagnose hörte! Ihr ging es schlecht, sie ging zum Arzt, sie bekam ein paar Tage später die Diagnose, erzählte alles ihrem Freund, und was macht der? Macht sich aus dem Staub! Er hätte nicht die Kraft, das mit ihr durchzustehen. *Er*, Isa! So hat er ihr das gesagt: *Er* hätte nicht die Kraft!«

Sven hat Tränen in den Augen, und ich drücke ihn sanft an mich. O mein Gott, wie verkehrt kann diese Welt eigentlich sein?

»Jessica sagte, dass es ihr erst mal total beschissen ging und dass ja auch direkt die Behandlung anfing. Chemo und der ganze Mist. Aber während sie redete, hat sie sich zu keiner Zeit selbst bemitleidet oder gejammert. Sie wirkte so unheimlich stark auf mich, während ich immer kleiner wurde. Ich kam mir selten im Leben so dermaßen dämlich vor, Isa.« Ich reiche ihm ein Papiertaschentuch, er nimmt es, schneuzt sich die Nase und erzählt dann weiter.

»Sie hat das damals alles allein durchgestanden. Natürlich hat sie ein paar Freundinnen und ihre Mutter, aber sie sagt, ihr hat die ganze Zeit ein Mann gefehlt. Und wie das so ist im Leben: Als es ihr wieder besserging, hat sie erst einmal auf der Überholspur leben wollen. Sie ist viel gereist, sie hat ein Jahr in Australien verbracht, sie ist keine Kompromisse mehr eingegangen. Es gab da wohl auch ein paar Männer, aber sie ist nie lange bei einem geblieben. Deswegen hat sie auch die Idee gehabt, beim Männertaxi zu bestellen: Sie will einfach alles ausprobieren, was es gibt.«

Mir schnürt sich der Hals zu, und ich kriege inzwischen kein Wort mehr raus.

»Sie hat letzte Woche schon erwähnt, dass es ihr nicht gutgeht und sie sich bei ihrem Arzt durchchecken lassen muss. Und dann bekommt sie diese Diagnose!«

»Und jetzt?«, frage ich mit belegter Stimme.

»Sie sagt, sie will das nicht noch einmal alleine durchmachen. Sie will jemanden, der ihr guttut. Sie möchte das Gefühl haben, ein Mensch aus Fleisch und Blut zu sein, eine richtige Frau und nicht nur ein mit Chemie vollgepumptes Opfer der Umstände.«

Ich sehe ihn hilflos an. »Braucht sie nicht vielleicht eher einen Pfleger?«

Sven schüttelt heftig den Kopf. »Das gerade nicht. Sie möchte Nähe und ...« Er sucht nach dem richtigen Wort. »Körperwärme. Sie sagt, dass Zärtlichkeit und Sex das beste Antidepressivum wären, das sie momentan zu sich nehmen könnte. Aber sie will keinen Mann, um den sie sich ihrerseits Sorgen machen muss. Keinen, der an ihr hängt und darunter leidet, dass es ihr nicht gutgeht. Und wo findet man so einen Mann – natürlich beim Männertaxi. Sie hat gesagt: Du bist so voller Leben, Sven, und davon hätte ich gerne etwas ab, wenn du bereit bist, es mir zu geben.« Sven guckt mich mit verheulten Augen an.

»Mich hat das so fertiggemacht, Isa. Jessica ist so tapfer, so stark, so klug. Und ich habe keine Ahnung davon gehabt und den Clown gegeben wie immer. Ich kam mir auf einmal so klein, nichtig, schäbig und verlogen vor.«

Oh ja, das kann ich gut verstehen. Denn ich empfinde gerade ähnlich. Ich hadere seit Wochen mit meinem Liebeskummer und damit, dass ich den falschen Männern hinterherlaufe, ich streite mich wegen Phil mit meiner besten Freundin, bejammere meine Figur und denke dabei auch noch die ganze Zeit, dass das Schicksal es nicht gut mit mir meint. Dabei sind meine Probleme doch ein Nichts gegen so was!

»Und dann?«, frage ich Sven.

»Wir haben noch eine Weile geredet, sie hat mir erklärt, was in den nächsten Wochen auf sie zukommt ... und dass sie sich jetzt natürlich nicht jede Woche einen anderen Mann mieten möchte, sondern dass sie gerne einen hätte, bei dem sie sich fallen lassen kann, ohne Verpflichtungen zu haben oder sich erklären zu müssen. Sie sagte, sie möchte, dass die Krankheit kein Thema zwischen uns ist, deshalb würde sie mir jetzt alles erklären, damit wir dann nicht mehr darüber sprechen müssen. Ich soll sie nicht behandeln wie eine Krebskranke, sondern wie eine Frau.«

»Kannst du das?« Meine Stimme klingt so brüchig, als müsste ich sie eincremen.

»Wir sind so verblieben, dass ich ihr gesagt habe, ich bräuchte ein paar Stunden Bedenkzeit und würde mich dann wieder bei ihr melden. Ach, Isa ... Ich kam mir in dem Moment so bescheuert vor, aber ich musste erst mal tief durchatmen und einen freien Kopf bekommen! Ich hatte echt das Gefühl, ich bekäme im Restaurant eine Panikattacke. Dann bin ich direkt zu dir gefahren, und hier sitze ich nun und bin echt fertig!«

Ich nehme ihn wieder in den Arm und wische ihm die Tränen weg. Mir selbst steht auch das Wasser in den Augen, und ich bin fassungslos. In der letzten Viertelstunde hat die Realität das Männertaxi eingeholt. So fühlt es sich jedenfalls an.

Wir schweigen. Draußen neigt sich der Tag dem Ende zu,

aber hier drin bei uns scheint die Zeit stillzustehen. Vielleicht läuft sie aber auch unendlich schnell ab; ich weiß es nicht. Irgendwann frage ich: »Und jetzt, Sven?«

Er richtet sich auf. »Ich weiß nicht, ob es die richtige Entscheidung ist oder die ganz falsche, Isa. Aber … ich werde es machen.«

In diesem Moment könnte ich einfach nur losheulen. Aber gleichzeitig möchte ich Sven küssen. Ich finde es so ungemein mutig, was er vorhat, dass ich es ganz schwer in Worte fassen kann, was ich genau empfinde.

»Jessica hat mir in den paar Stunden, in denen wir geredet haben, gezeigt, dass es so viel wichtigere Dinge im Leben gibt, als immer nur als der tolle Hecht dazustehen. Ich will diese Herausforderung annehmen, Isa. Nicht nur für Jessica, sondern auch für mich. Aber das bedeutet natürlich auch, dass ich auf unbestimmte Zeit für das Männertaxi ausfalle. Verstehst du das? Ich möchte mich auf Jessica konzentrieren und für sie da sein, wann immer sie möchte.« »Das ist kein Problem, Sven, und ich kann es absolut nachvollziehen!« In seiner Haut möchte ich allerdings nicht stecken, denn es wird mit Sicherheit auch für ihn eine harte und schwere Zeit werden.

Ich drücke Sven einen Kuss auf den Mund, würde am liebsten sagen, dass er ein toller Mann ist, aber manchmal sagt ein Schweigen mehr als tausend Worte, und wir sitzen noch ein paar Minuten nebeneinander auf meiner Couch.

Als Sven wieder fort ist, setze ich mich noch mal auf meine Fensterbank, denn dort kann ich am besten nachdenken. Jessicas Geschichte hat mich sehr mitgenommen, denn sie erzählt wirklich so viel darüber, worauf es im Leben wirklich ankommt. Bei manchen Menschen gerät die Welt schon aus den Fugen, wenn der Kaffeeautomat kaputtgeht oder wenn der TÜV am Auto abgelaufen ist oder wenn ein Fingernagel abbricht. Oder weil das eigene Leben gerade nicht so rund läuft, aber man eigentlich gar nicht so genau weiß, warum. Und dann hört man solche Geschichten, die einen auf den Boden der Tatsachen zurückholen.

Vielleicht war das das Zeichen, das ich mir vorhin so sehnlichst gewünscht habe?

Vielleicht soll ich endgültig verstehen, dass ich mein Leben und alles, was darin nicht funktioniert, mit anderen Augen sehen muss. Vielleicht soll ich endgültig begreifen, dass ich meine Geschichte selbst schreibe, dass ich mein Happy End selbst erfinden muss und dass es immer etwas gibt, mit dem ich mir selbst ein Lächeln ins Gesicht zaubern kann.

Ich öffne das Fenster, sehe in den Himmel, der langsam dunkler wird, und sage: »Ja, ich hab's kapiert. Danke. Und die Falte … mach sie bitte trotzdem nicht ganz so tief, ja?« Irgendwie habe ich das Gefühl, dass ich auf eine Antwort warten sollte. Einen letzten Lichtstrahl, der plötzlich durch die Wolken bricht. Oder ein bisschen Blitz und Donner.

Nee, da passiert wohl nichts mehr. Seufzend schließe ich das Fenster, gucke dabei auf die Straße …

… und sehe Herrn Möller, der gerade vorbeijoggt. Ich beobachte ihn, bis er hinter der nächsten Straßenecke verschwindet, und frage mich, ob irgendeine höhere Macht mir nun direkt noch eine Falte verpasst und sich dabei göttlich über mich amüsiert.

Herr Möller hat mich immer wieder zum Lachen gebracht. Selbst wenn ich mal nicht so gut drauf war. Er hat mir Blumen geschenkt, obwohl ich ihm keinen Grund dafür gegeben habe. Er ist laut Charlotte ein liebenswerter, hilfsbereiter Mann. Er hat sich rein typtechnisch verändert, hat sich die Haare etwas wachsen lassen und sogar Abstand von diesen grässlichen Sprüche-Shirts genommen. Hat er das womöglich für mich getan? Und in all den Wochen habe ich immer wieder an ihn gedacht – weil ich genervt von ihm war, weil ich mich mit ihm amüsiert habe, weil ich seine blauen Augen schön und seinen Hintern knackig fand, weil ich nicht wollte, dass er böse auf mich ist, und weil ich ihn irgendwie vermisse, wenn er nicht da ist.

Wie blöd bin ich eigentlich, dass ich aus alldem immer noch nicht die richtigen Schlüsse gezogen habe?

Ich springe auf. Mein Herz rast.

Ich habe einen heißen Kopf und eiskalte Finger.

Dann ist Herr Möller eben nicht groß und stark wie Tom und Sascha und Phil, sondern klein und … möllerig. Vielleicht ist es aber auch genau das, was den drei Adonissen in meinem Leben gefehlt hat: das Möllerige.

Ich renne ins Bad und hole mir ein Haargummi, binde mir einen Zopf, ziehe mir eine Jacke über, stolpere fast die Treppe hinunter und habe nur noch eines im Sinn: Ich muss mit Herrn Möller sprechen. Jetzt. Sofort! Und was ich ihm dann sage … na, das wird mir schon einfallen, wenn ich vor ihm stehe!

Einige Minuten später stehe ich am Anfang des Rolevinckwegs. Herr Möller wohnt, wie ich weiß, im Haus Nummer 4. Ich stelle mich mit klopfendem Herzen vor das Klingelschild, strecke den Finger aus und …

Familie Vorreyer
Thomas & Nadine Becker

S. und C. von Dahlen
A. Steinkamp
Gwen Klein
Tania Barbosa

Oh nein – er wohnt hier gar nicht! In unserer Kartei muss eine falsche Hausnummer stehen! *Das darf doch nicht wahr sein!* Schnell greife ich nach meinem Handy, um Wolf anzurufen, damit er für mich nachschaut.

Ich habe mein Handy zu Hause liegenlassen! *Ahhhhh!*

Also bleibt mir nichts anderes übrig, als Haus für Haus abzuklappern und mir jedes Klingelschild anzuschauen. Es wird dauern, aber es wird mich nicht umbringen.

Nachdem ich die ersten zwölf Häuser abgeklappert und gefühlte sechzig Türschilder gelesen habe, fühlt es sich an, als würde ich das Telefonbuch von Münster-Hiltrup auswendig lernen. Na super, damit kann ich ja immer noch zu *Wetten, dass …?* gehen. Seufzend lese ich die Namen, die nun vor mir stehen: K. Fiedler, Stefanie Schultheiß, Ralf Hilker, Fettenpfund. *Fettenpfund?* Okay, ich glaube, es gibt nichts Schlimmeres als den Namen Fettenpfund, oder?

Es beginnt zu regnen. Und zwar so richtig.

Zum Glück bin ich nicht aus Zucker, denke ich, *und immerhin heiße ich Schwärzenbach, das kann mir auch das Wetter nicht nehmen.*

Der Gedanke verliert seine tröstende Wirkung, als ich keine drei Minuten später bis auf die Unterwäsche durchnässt bin. Aber ich suche tapfer weiter. Irgendwo hier wohnt Herr Möller. Erst als es auch noch anfängt zu blitzen, wird mir langsam mulmig. Ich sehe schon meine Todesanzeige vor mir:

Am Wendepunkt ihres Lebens
wurde Isabell Schwärzenbach leider nicht
aus heiterem Himmel von der Liebe getroffen,
sondern von einem Blitz
aus einer besonders schwarzen Wolke des Schicksals.
Möge sie in Frieden ruhen.

Und dann, endlich, finde ich ein Klingelschild mit dem Namen *Möller* darauf. Okay, Möller ist jetzt nicht gerade ein äußerst seltener Name, aber ich bin mir sicher, dass es hier sein muss, zumal es die Hausnummer 34 ist und darin zumindest schon einmal die 4 vorkommt.

Ich klingle Sturm. Aber die Tür bleibt verschlossen. Ich bin sofort losgelaufen, als ich ihn auf dem Rückweg von seiner Joggingrunde bei mir am Haus vorbeikommen sah. Wenn er seitdem sein Haus verlassen hätte, müsste ich ihn gesehen haben. Das bedeutet: Er ist zu Hause! Warum macht er dann die Tür nicht auf?

Ich gehe ein Stück nach hinten und schaue mir die Fenster des Hauses an. Ich habe keine Ahnung, welche Fenster zu seiner Wohnung gehören, aber in fast allen brennt Licht. Vielleicht ist er unter der Dusche? Oder hinter einer Gardine, sieht mich und macht trotzdem nicht auf?

Ich stürze mich noch einmal auf die Klingel und bearbeite sie so hingebungsvoll, als würde ich dafür die Goldmedaille einer Drückerkolonne bekommen. Na, vielleicht ist das ja auch so. Auf einmal kann ich es kaum noch aushalten, ihn zu sehen. Was würde ich dafür geben, jetzt in diese strahlend blauen Augen zu schauen, die so viel Lebensfreude ausstrahlen?

Zugegeben, ich würde jetzt gerade auch sehr viel dafür geben, einfach nicht mehr im strömenden Regen stehen zu müssen.

Das Wasser schwappt bereits in meinen Schuhen hin und her, als ich mich auf den Weg nach Hause mache. Und trotzdem bin ich nicht schlechtgelaunt. Im Gegenteil: Ich habe das Gefühl, beschwingt zu sein wie lange nicht mehr. Ich würde sofort ein vergnügtes *Singing in the Rain* anstimmen, wenn ich mehr vom Text kennen würde als genau diese eine Zeile.

Kapitel 33

Das Erste, was ich am nächsten Morgen im Laden mache, ist, in unserer Kundendatei nachzusehen, wann Herr Möller das letzte Mal hier war. Gleichzeitig sehe ich, dass die Hausnummer die gleiche ist, die ich gestern ausfindig gemacht habe; wieso dachte ich denn, er wohnt in der Nummer 4? Ach, Isa … Aber egal: Zumindest habe ich an der richtigen Möller-Klingel Klingelterror gemacht.

Dummerweise hat Herr Möller gerade keine DVD von uns ausgeliehen. Das bedeutet natürlich auch, dass es keinen Grund für ihn gibt, in den Laden zu kommen und mich hier rein zufällig zu treffen. Okay, Isa, dann … Angriff!

Ich greife zum Telefon und wähle die Nummer, die Wolf irgendwann nachgetragen hat.

Es tutet.

Es tutet immer noch.

Tuuuut … tuuuuut … tuuuuut …

Der Mann macht mich wahnsinnig. Wie kann man eigentlich keinen Anrufbeantworter haben? Gibt es gegen so etwas nicht irgendein Gesetz?

Bis zu meinem Feierabend habe ich die Nummer so oft gewählt, dass mir Wolf vermutlich den Verschleiß der Tasten am Telefon von meinem frisch erhöhten Gehalt abziehen wird. Also fahre ich noch einmal zur Wohnung von Herrn Möller, aber wieder macht niemand die Tür auf. Wo steckt der Mann? Er wird doch nicht spontan ausgewandert sein?

Okay, bei meinem Glück ist er tatsächlich schon auf dem Weg nach Kuala Lumpur ... Aber hätte er das nicht vielleicht unserer gemeinsamen Freundin Charlotte erzählt?

»Ach, Isa, das tut mir leid, ich weiß auch nicht, wo er steckt«, enttäuscht meine Nachbarin mich. »Aber was ist denn los? Du schaust ja ganz verstört aus.« Charlotte beäugt mich skeptisch, und ich spüre, dass sich meine Augen mit Tränen füllen. »Komm doch rein, vielleicht kann dir ja mein Bekannter weiterhelfen.« Sie bittet mich in ihre Wohnung. Als ich ins Wohnzimmer komme, schreckt Ernst von Charlottes Couch hoch.

»Isa, das ist eine unerwartete Überraschung«, sagt er, als er mich wie immer mit einem formvollendeten Handkuss begrüßt. Er wirkt leicht verwirrt. »Aber was führt Sie denn zu uns?«

Charlotte schaut sehr schuldbewusst aus der Wäsche. »Ich wollte es euch eigentlich in einem richtigen Moment sagen«, fängt sie an. »Ernst, Isa ist meine Nachbarin. Und Isa, ich habe dich neulich angelogen, als du den Flyer gefunden hast. Ich war es, die Ernst gebucht hat. Immer und immer wieder. Fast jeden Tag.« Sie sieht mich an, als würde ich jeden Moment sagen, sie müsse sich jetzt sofort für drei Tage zum Schämen in die Ecke stellen.

»Warum hast du mir das denn nicht gesagt, Charlotte? Was ist denn so schlimm daran?«, will ich wissen.

»Na ja, eine Frau in meinem Alter und dann dieses ganze Gedöns ... Da habe ich mich irgendwie geschämt.« Charlotte schaut zu Boden. »Dabei ist das natürlich nur ganz platonisch zwischen Ernst und mir«, behauptet sie dann schnell. Ich tue mal so, als würde ich seinen gekränkten Gesichtsausdruck nicht bemerken und hätte auch nichts aus ihrem Schlafzimmer gehört. Außerdem finde ich eine andere Frage viel interessanter.

»Aber du hast doch gar keinen Internetanschluss. Wie hast du das dann alles eigentlich gemacht?«

»Ich bin in ein Internetcafé gegangen.« Aus Charlottes Mund klingt es fast so, als würde sie über einen Swingerclub sprechen. »Und da hat mir so ein netter junger Mann geholfen …«

»Diesem jungen Mann bin ich zu größtem Dank verpflichtet«, mischt sich Ernst ein und lacht. »Denn ohne ihn hätte ich diese wunderbare Frau nie kennengelernt, mit der mich schon jetzt so viel verbindet …« Er hüstelt. »Rein platonisch, versteht sich.«

»Und dieser nette junge Mann ist Herr Möller!«, stelle ich lachend fest. Endlich schließen sich die Kreise. Ich bin ausgesprochen zufrieden, das Geheimnis nun gelöst zu haben, zumal ich jetzt nur noch wissen muss, wo dieses Internetcafé ist.

»Nein, nein. *Herr* Möller«, Ernst lacht, während er das *Herr* betont und es offensichtlich höchst amüsant findet, dass ich ihn so nenne, »ist mein Sohn!«

»Ihr … was?«

»Mein Sohn.«

»Aber wie geht das denn?«

Ich bekomme meinen Mund nicht mehr zu.

»Nun, Isa, wenn Sie möchten, dann erkläre ich Ihnen das natürlich gerne noch einmal, wie das so geht mit den Bienen und den Blumen …« Seit wann hat Ernst eigentlich eine so ausgeprägte humoristische Ader?

»Ach Ernst, siehst du nicht, dass das arme Mädchen ganz aus dem Häuschen ist?« Charlotte gibt dem Spaßvogel einen Klaps. »Ich habe dir doch erzählt, dass ich den lieben Jungen durch einen Bekannten kennengelernt habe, erinnerst du dich? Und dieser Bekannte ist Ernst.«

»Das verstehe ich nicht.« Ich setze mich zu den beiden auf die Couch und bin komplett durch den Wind. »Warum ist Herr Möller der Sohn von Ernst, der doch eigentlich von Topphoff-Erpenstein heißt?« Charlotte lacht auf. »Das, meine Liebe, das ist eine Frage der Eitelkeit.«

Ernst wird tatsächlich ein bisschen rot auf den Wangen. »Möller ist mein ursprünglicher Familienname, und deswegen trägt ihn auch mein Sohn. Aber Sie erinnern sich vielleicht, dass mich meine erste Frau verlassen hat und ich ein zweites Mal geheiratet habe? Henriette hatte diesen schönen Nachnamen, und deswegen habe ich ihr den Wunsch erfüllt, ihn anzunehmen.« Er lächelt. »Natürlich war das für einen Mann meines Alters ein sehr unkonventioneller Schritt, aber …«

»… der adlige Name hat deiner Eitelkeit natürlich nicht geschadet«, zieht Charlotte ihn gutmütig auf.

Jetzt erinnere ich mich an die Geschichte. Herr Möller ist also das *Kind,* das Ernst damals ganz alleine großziehen musste. »Und das ist die Frau, die auch gestorben ist?« Ich schaue erst Ernst an und dann Charlotte, und beide nicken.

»Es scheint fast so, als könnte keine Frau Ernst überleben«, sagt Charlotte so furztrocken, dass ich versucht bin, in schallendes Gelächter auszubrechen. »Aber mach dir keine Sorgen, Isa, ich habe mir schon ein paar kreislauffördernde Mittel besorgt.«

»Na, das sind ja wunderbare Voraussetzungen, Charlotte«, erwidere ich – und pruste nun doch los. Charlotte stimmt ein, und auch Ernst kann sich unserer Fröhlichkeit nicht entziehen.

»Nun aber mal ernsthaft, äh, Ernst«, sage ich dann, »ich muss Ihren Sohn sprechen! Ich war schon bei ihm zu Hause, aber er macht nicht auf.«

»Ich kann ihn über sein Handy anrufen und herbitten, das ist kein Problem«, sagt Ernst erstaunt. »Aber sagen Sie einmal, Sie wollen ihn doch hoffentlich nicht für das Männertaxi rekrutieren, oder? Wissen Sie, ich glaube nicht, dass mein Sohn sich so einfach testen lassen möchte …«

»*Testen?*« Mir wird heiß und kalt. »Ihr Sohn weiß also auch, dass ich die Männer getestet habe?«

»Ja, natürlich weiß er das. Ich habe ihm davon erzählt. Er sollte doch wissen, was sein alter Herr für eine neue Freizeitbeschäftigung hat, und ich kann Ihnen sagen, er war alles andere als begeistert davon. Aber dann hat er Charlotte kennengelernt und hat uns seinen Segen gegeben. Mein Sohn ist sehr verständnisvoll, müssen Sie wissen.«

Na, das hoffe ich … »Können Sie ihn jetzt bitte anrufen, Ernst? Und, also … es wäre vielleicht eine gute Idee, ihm nicht zu sagen, dass ich ihn hier treffen will.«

»Aber …«

»Ernst: Hier gibt es gerade kein *Aber*«, entscheidet Charlotte und scheucht ihren Freund aus der Tür. »Los, ruf ihn an.«

Ich beiße mir vor lauter Nervosität einen Fingernagel ab. Egal, den kann Pia wieder herrichten. Jetzt ist nur eines wichtig: dass Herr Möller herkommt und mit sich reden lässt. Ich muss aufklären, dass ich nicht so eine Schlampe bin, wie er es wahrscheinlich denkt.

Okay, vielleicht bin ich ein *bisschen* schlampig, was meinen Umgang mit den Männern in den letzten Monaten angeht. Aber das waren nur Verzweiflungstaten! Jetzt ist doch alles anders! Jetzt möchte ich wieder zu einem Mann gehören, und so, wie es aussieht, könnte Herr Möller doch genau der Richtige für diese wichtige Rolle in meinem Leben sein.

Ernst kommt vom Telefonieren aus dem Flur zurück. »Der Junge ist in einer Stunde hier.«

»Möchtest du so lange warten?«, fragt Charlotte. »Ich habe noch etwas Sandkuchen da, und …«

»Nicht nötig!« Ich springe auf und rase in meine Wohnung. Eine Stunde? Ich werfe einen schnellen Blick in den Spiegel. Okay, das bekomme ich hin …

Kapitel 34

Als ich wieder in Charlottes Wohnung komme, trage ich ein leichtes Sommerkleid und meine besten Schuhe. Meine Haut strahlt, als wäre ich spontan im Urlaub gewesen, und glitzert dank einer brandneuen Bodylotion an den entscheidenden Stellen verführerisch. Mein Haar wogt über meine Schultern – vermutlich verstirbt es gerade wegen der ganzen Volumenprodukten, die ich einmassiert und draufgesprayt habe, aber ich hoffe einfach mal, dass Herr Möller mich auch mit Glatze lieben wird, wenn er erst einmal dazu bereit ist, mich überhaupt wieder sympathisch zu finden. Der verführerische Duft meines Lieblingsparfüms umweht mich, und ich fühle mich schön, anziehend, begehrenswert … und kaum, dass ich das Wohnzimmer betrete, klein, unsicher und hilflos. Denn Herr Möller ist schon da. Er trinkt eine Tasse Tee und hört lächelnd seinem Vater zu. Als er mich sieht, gefriert dieses Lächeln innerhalb von Sekunden.

»Ich muss weg, meine Lieben. Habe noch einen Termin«, sagt er. Während er die Tasse auf den Tisch stellt und aufsteht, würdigt er mich keines Blickes. Ich stehe einfach nur da wie bestellt und nicht abgeholt. Mein Herz rast, aber ich bekomme keinen Ton raus.

»Nun warte doch mal, mein Sohn. Isa ist hier, weil sie gerne mit dir reden möchte!« Ernst hat den sogenannten Ernst der Lage erkannt und ergreift Partei für mich.

»Wie jetzt? Das Ganze hier ist auch noch abgekartet? Das ist jetzt nicht wahr, oder?«

Mir wird flau im Magen. Das läuft gerade gar nicht gut. Und noch dazu versucht er jetzt, sich an mir vorbeizudrängeln.

»Bitte bleiben Sie, Herr Möller, und hören Sie sich an, was Isa zu sagen hat«, bittet ihn nun auch Charlotte.

Was ich ihm zu sagen habe? Tja, nun wäre eine gute Gelegenheit, mir schleunigst darüber Gedanken zu machen. *Ich bin keine Schlampe, Herr Möller,* könnte etwas dürftig sein.

»Nein, tut mir leid, ich muss wirklich …«

»Setz dich!«, donnert Ernst. Sein Sohn bleibt stehen und dreht sich zu ihm um. »Du wirst dir jetzt anhören, was die junge Dame dir zu sagen hat. Das ist eine Frage der Höflichkeit und des Anstandes.«

Ich könnte Ernst gerade küssen.

»Setz dich, mein Sohn, wir lassen euch einen Moment alleine«, sagt Ernst nun wieder in seiner gewohnt ruhigen Art. Herr Möller schaut Charlotte an, die lächelnd und aufmunternd nickt. Also, *so* musste auch noch kein Mann gezwungen werden, mit mir zu reden.

Herr Möller bleibt im Raum stehen, während Charlotte und Ernst hinter sich die Tür schließen. Ich schaue betreten auf meine Schuhspitzen und stelle fest, dass sie vorne ein kleines bisschen abgeschrabbt sind. Ich überlege, wann ich sie gekauft habe und ob ich sie wohl noch mal umtauschen könnte. Vielleicht gibt es sie ja sogar noch in einer anderen Farbe. Rot wäre nicht schlecht. Oder Dunkelblau, das würde mir auch gefallen. Ich könnte mir auch ein ganz anderes Modell aussuchen …

»Mhmh«, räuspert sich Herr Möller.

Okay, es hilft nichts. Keine weiteren Ausflüchte mehr. *It's showtime!*

»Nun, worüber wollen Sie mit mir reden?« So ernst habe

ich Herrn Möller noch nie erlebt. Okay, in den letzten Tagen schon, aber vorher nicht. Wo ist dieser lustige, schelmische Blick? Mir wird übel, als würde ich gerade auf einem Zahnarztstuhl sitzen, festgeschnallt an Armen und Beinen.

»Sollen wir uns nicht lieber setzen?« Warum redet man eigentlich lieber im Sitzen? Weil es dann nicht so auffällt, wenn einem die Beine versagen? Meine fühlen sich gerade an, als wären sie aus Gummi.

Herr Möller setzt sich wieder auf die Couch und schaut durch das Fenster nach draußen. Er ignoriert mich, sofern das in dieser Lage möglich ist.

Okay, Isa, los!

»Ich möchte wissen, warum Sie so sauer auf mich sind.« So, der erste Satz ist raus. »Warum gehen Sie mir aus dem Weg? Ich wüsste nicht, dass ich Ihnen irgendwas getan hätte!«

Er beginnt, mit seinem linken Fuß zu wippen. Ha! Ein eindeutiges Zeichen der Nervosität, das Diplompsychologin Isabell Schwärzenbach natürlich nicht entgeht. Es fällt Herrn Möller also alles andere als leicht, über dieses Thema zu reden. Was andererseits bedeutet, dass es ihm nicht egal ist. Dass *ich* ihm nicht egal bin. Denn sonst würde er so cool bleiben, wie er sich in der letzten Zeit gegeben hat.

Stille. Irgendwo tickt eine Uhr.

Im Baum vor dem Fenster sitzen wieder die beiden Vögel, aber sie zwitschern nicht. Offenbar erkennen auch sie den Ernst der Lage.

Stttttiiiiiillllleeeeee …

»Also gut!« Ich erschrecke mich richtig, als Herr Möller das sagt. »Fangen wir von vorne an!«

Ich setze mich gerade hin und streiche das Kleid auf meinen Oberschenkeln glatt. »Das ist eine gute Idee.«

»Ich weiß von Ihrem Männertaxi!« Immer noch würdigt er mich keines Blickes.

»Okay«, erwidere ich und muss mich räuspern, denn mein Mund wird trocken.

»Ich weiß, dass Sie es mit Ihrer Freundin Pia zusammen führen.«

Ein wenig komme ich mir vor wie in einem Polizeiverhör bei der Beweismittelanalyse. »Das stimmt.« Und ist noch lange kein Grund, sauer auf mich zu sein.

»Ich weiß auch, dass mein Vater für Sie arbeitet. Oder besser gesagt, dass er für Sie gearbeitet hat. Ich glaube, er wollte ohnehin kündigen.«

Logisch! Jetzt wo er mit Charlotte zusammen ist, wird er wohl kaum noch Interesse daran haben, sich mit anderen Frauen zu treffen. »Davon bin ich ausgegangen«, sage ich.

»Und natürlich weiß ich auch, dass Charlotte meinen Vater über das Männertaxi kennengelernt hat.« Sollte er mir dafür nicht eigentlich dankbar sein? Ich meine, hallo, ich habe seinem Vater eine neue Liebe beschert! »Herr Möller, das ist natürlich alles so, wie Sie es sagen, aber das hat doch gar nichts mit uns …«

Er unterbricht mich, indem er seine Hand warnend erhebt, ohne aber seinen Blick auf mich zu richten.

»Und ich weiß auch … also …« Er rutscht nervös auf seinem Platz herum, und ich habe das Gefühl, dass er eigentlich aufstehen und rauslaufen will. »Und ich weiß auch, dass Sie die Männer … *testen,* bevor Sie sie einstellen. Und dass es sich hier nicht nur um Theaterbesuche, Kinotreffen oder andere harmlose Dinge handelt, muss ich sicher nicht extra erwähnen, oder?«

Ich habe das Gefühl, ich muss mich rechtfertigen. Aber warum eigentlich? Es kann ihm doch schnurzpiepegal sein, dass ich die Männer teste, die ich einstelle. Was geht ihn das an? Wir sind schließlich nicht zusammen. Ich betrüge ihn nicht. Das wäre ja fast so, als wäre ich auf Chantal oder Gaby eifersüchtig, weil sie den Mann bekommen haben, den ich mal … oh. Ach so. Daher weht der Wind!

»Sind Sie … eifersüchtig?«, frage ich vorsichtig.

Als hätte man ihm einen Stock in den Hintern katapultiert, springt Herr Möller von der Couch auf. »Eifersüchtig?«, schnauzt er mich an. »Eifersüchtig? Ha! Dass ich nicht lache!«

Okay, Freundchen, bis hierhin – und nicht weiter. Ich springe ebenfalls auf. Und das trotz meiner hochhackigen Schuhe! Dafür habe ich doch eigentlich Applaus verdient.

»So, dann sind Sie also nicht eifersüchtig – was denn dann?«, schieße ich zurück. »Ein konservativer Pupser, der sich bei der Idee, dass es das Männertaxi gibt, fast vor Angst ins Hemd macht, oder was?«

»Sie haben gar keine Ahnung, was all das hier für ein Scheißgefühl ist!«

»Dann erklären Sie es mir gefälligst!«, poltere ich zurück. »Gönnen Sie Ihrem Vater etwa das Glück nicht, das er durch mein Männertaxi gefunden hat?«

»Ich habe mich so sehr für meinen Vater gefreut! Charlotte ist eine tolle Dame, mit der er vielleicht seinen Lebensabend verbringen kann. Als ich von dem Männertaxi erfuhr, fand ich es zunächst ungewöhnlich für einen Mann in seinem Alter, aber heutzutage gibt es nun mal alle möglichen und unmöglichsten Wege, andere Menschen kennenzulernen!« Seine blauen Augen sind jetzt direkt auf mich gerichtet, seine Wangen glühen, und als ich etwas zu meiner Verteidigung sagen will, unterbricht er mich sofort. »Und als ich erfuhr, dass Sie dieses Männertaxi führen, hat Sie das für mich nur noch interessanter gemacht!«

Nun kommen wir der Sache doch langsam näher. »Noch interessanter?«, frage ich.

»Ja, noch interessanter. Sagen Sie mal, haben Sie eigentlich gar nichts mitbekommen? Als ich Sie vor ein paar Monaten das erste Mal in der Videothek gesehen habe, bin ich nur noch wegen Ihnen dorthin gegangen! Verstehen Sie? Ich fand Sie sofort nett, interessant, hübsch, witzig!«

Mein Herz schlägt ein bisschen schneller.

»Ich wollte Sie näher kennenlernen, habe aber schnell gemerkt, dass ich wohl nicht Ihr Typ bin. Also habe ich mich zum Clown gemacht, weil ich Ihnen imponieren wollte. Ich habe sogar damit angefangen, mich zu ändern, so rein optisch. Ich wollte Ihnen gefallen, ich Idiot, weil ich dachte, dass Sie mir dann eine Chance geben würden.«

Ich schäme mich. Ich schäme mich so sehr! Dieser ganze Humbug mit dem Beuteschema, dieses ganze *Er ist mir aber zu klein* – wie blöd bin ich eigentlich gewesen?

»Und dann erfahre ich so ganz nebenbei, dass Sie mit anderen Kerlen sogar sofort ins Bett gehen. *Die* müssen sich nicht verändern. Mit *denen* klappt das wunderbar ohne viel Tamtam.« Herr Möller sieht aus, als würde sein Kopf gleich explodieren. Ich schaue schuldbewusst auf den Fußboden. »Können Sie sich vorstellen, wie sich das anfühlt, wenn man sich für einen Menschen abstrampelt, wenn man nie die Hoffnung verliert, dass es irgendwann vielleicht eine Chance geben könnte – und dann merkt man, dass man am ausgestreckten Arm verhungert, während jeder dahergelaufene Teilzeit-Gigolo ein großes Stück vom Kuchen bekommt?«

Damit geht er nun doch zu weit. »Jeder dahergelaufene Teilzeit-Gigolo?«, poltere ich los. »Was bilden Sie sich eigentlich ein? Sie haben doch keine Ahnung, was in den letzten

Wochen wirklich passiert ist! Ja, ich habe mit ein paar Männern geschlafen, ohne sie vorher erst in Ruhe kennenzulernen. *Na und?* Was ist so schlimm daran? Aber da es Sie so sehr interessiert, Herr Möller: Es waren zwei! Keiner von ihnen war *dahergelaufen!* Und keiner von denen hat mich als Stück vom Kuchen gesehen, sondern, sondern …« Ich ringe nach Worten. »Die haben mich als … als gottverdammte Torte gesehen! Mich! Im Ganzen! Denn so ist das nun mal, Herr Möller: Man muss mich so nehmen, wie ich nun mal bin. Jaja, witzig und sexy, das gefällt Ihnen gut, aber wehe, ich entspreche nicht Ihren persönlichen Moralvorstellungen, dann wird es haarig, dann fragen Sie gar nicht mehr nach, sondern spielen sofort die beleidigte Leberwurst.« Ich weiß gar nicht so genau, in welche Richtung ich hier gerade argumentiere, aber weil ich so in Fahrt bin, mache ich einfach mal weiter. »Ich gebe ja zu, dass ich Tomaten auf den Augen hatte! Ich hätte sehen müssen, dass Sie etwas ganz Besonderes sind! Ja, und? Komme ich dafür jetzt in den Gefühlsknast, oder was? Ich hab's doch inzwischen begriffen! Und ich weiß inzwischen auch, dass man mal ein Risiko eingehen muss, auch wenn etwas nicht sofort auf den ersten Blick passt. Sie fühlen sich verarscht, weil ich mit anderen Männern geschlafen habe? *Ha!* Können Sie sich vorstellen, was ich für eine Scheißangst habe, weil ich fürchte, dass ich Sie verliere, bevor ich Sie überhaupt … äh … hatte?« Habe ich in den letzten drei Minuten eigentlich mal Luft geholt? Ich fühle mich auf einmal so außer Atem, dass ich eine Pause machen muss. Schwer atmend, aber durchaus kampfeslustig blitze ich Herrn Möller an. Und bemerke, dass sich seine Wut gelegt hat. Seine blauen Augen strahlen mich an. Ich könnte in ihnen versinken! Auf einmal fällt mir auf, dass er wunderschön geformte Lippen hat, und ich möchte gerade nur eines: sie küssen.

»Warum war es Ihnen eigentlich so wichtig, mit mir zu reden?«, fragt er mich sanft.

»Weil … weil … weil es mir wichtig war«, stottere ich, »also so irgendwie, so …«

»Es?«

»Na ja … weil *Sie* mir wichtig waren.«

»Waren?« Er lächelt mich an.

Ich weiß nicht, ob ich lachen oder weinen soll. »Sind, Herr Möller. Sie *sind* mir wichtig!«, platzt es aus mir heraus.

Wir schauen uns an, und ich habe das Gefühl, als würde man mein Herz klopfen hören können. Da stehe ich, Isabell Schwärzenbach aus Münster-Hiltrup, mit Herrn Möller vor Charlottes Bücherregal, und mir rutscht gerade verdammt noch mal das Herz in die Hose.

»Und was ist das jetzt … mit uns?«, fragt Herr Möller sanft.

»Wenn ich das mal wüsste!« Ich schaue ihn hilflos an. »Sagen Sie es mir?«

»Nun …« Er kommt zu mir herüber. »Wir können uns offensichtlich sehr gut streiten. Und wir können miteinander lachen. Und alles andere … wird sich vielleicht finden.«

Ich hätte es nicht besser ausdrücken können. Aber trotzdem, eine kleine Angst meldet sich sofort wieder in mir zu Wort: »Vielleicht?«, frage ich. »Müssten wir nicht eigentlich wissen, dass es sich bestimmt finden wird?«

Herr Möller steht nun ganz nah vor mir. »Ach Mensch, Frau Schwärzenbach. Wissen Sie denn nicht, dass *vielleicht* die kleine Schwester der Hoffnung ist?«

»Und *bestimmt* ist …«

Er überlegt. »*Bestimmt* ist der langweilige Onkel von *kein Abenteuer*. Und das passt nicht zu uns.«

»Wieso?«, hauche ich mit leicht kratziger Stimme.

»Weil Sie ein Abenteuer sind, Frau Schwärzenbach.«

Und dann nimmt er mich in den Arm. Natürlich fällt mir im ersten Moment sofort auf, dass er nur minimal größer ist als ich.

Aber dann merke ich, dass das egal ist. Denn es fühlt sich ganz einfach nur schön an. Und … richtig.

Richtig abenteuerlich.

Kapitel 35

»Na endlich! Ich dachte schon, ihr vertragt euch gar nicht mehr«, sagt Charlotte, als sie zu uns ins Zimmer zurückkommt. Ich habe kurz den Verdacht, dass sie an der Tür gelauscht hat. Sie nimmt uns beide gleichzeitig in die Arme. Ernst kommt hinterher, klopft seinem Sohn auf die Schulter und sagt: »Das hast du sehr gut gesagt, mein Junge. Ich bin stolz auf dich!«

»Habt ihr etwa gelauscht?«, lacht Herr Möller, löst einen Arm von meiner Schulter und legt ihn um seinen Vater.

»Nein! Niemals! Wir doch nicht!«, behauptet Charlotte und stupst mich vergnügt an. »Wo gibt es denn so etwas, alte Menschen, die Jüngere belauschen und beobachten …«

»Kann ich mir gar nicht vorstellen!«, grinse ich breit und lasse nun auch einen meiner Arme von Herrn Möller um die Schultern von Charlotte wandern.

Wir müssen ausschauen wie ein kitschiges Postkartenmotiv: vier erwachsene Menschen, die sich in den Armen liegen und sich des Lebens freuen. Nie hätte ich gedacht, dass sich für mich alles so entwickeln würde. Ich weiß natürlich immer noch nicht, was das mit mir und Herrn Möller wird. Aber ich spüre Glück in mir. Pures Glück und nichts anderes.

»Mochten Sie jetzt vielleicht einen Cappuccino bei mir trinken?«, frage ich Herrn Möller, der zustimmend nickt. Ich nehme ihn an die Hand, wir verabschieden uns bei Charlotte und Ernst und treten in den Flur.

Herr Möller und ich verbringen einen tollen Abend miteinander. Nach dem Cappuccino bestellen wir uns Pizza bei Luigi; es kommt diesmal nur der alte Pizzafahrer, der uns einen wunderschönen Abend wünscht und mir dabei zuzwinkert.

»Den haben Sie aber nicht auch schon ... getestet, oder?«, frotzelt Herr Möller.

Ich knuffe ihm entrüstet in die Seite. »Was denken Sie von mir?«

»Ich denke, dass wir jetzt damit aufhören können, uns zu siezen – meinst du nicht?«

»Ich bin die Isa!« Fast hätte ich noch hinterhergeschoben: *Wie Pisa, nur ohne P*, aber das gehörte zu Tom, und die Tom-Zeiten sind nun wirklich lange vorbei.

»Und ich heiße Robin.«

Robin – wow. Was für ein toller Name.

Andererseits ... ich schaue ihn mir an. Irgendwie kommt es mir komisch vor, ihn mit seinem Vornamen anzusprechen, der sich noch ein bisschen ... kalt anfühlt.

»Darf ich dich trotzdem noch ein bisschen ... möllern?«, frage ich vorsichtig.

Er lacht. Ist mir eigentlich schon einmal aufgefallen, wie unverschämt gut dieser Mann aussieht, wenn er lacht?

»Du darfst alles, Isa. Nur das Testen für das Männertaxi, das solltest du bitte aufgeben.«

»Einverstanden«, sage ich, ohne lange darüber nachdenken zu müssen. »Aber komm nicht auf die Idee, mir das komplette Männertaxi ausreden zu wollen.«

»Käme nie auf die Idee!« Er lacht. »Hey, ist doch toll zu wissen, dass du mit den schönsten Männern der Stadt – und dich trotzdem für keinen von ihnen entscheidest, sondern für mich.«

»Vielleicht«, sage ich neckend.

»Bestimmt!«, sagt er entschlossen.

Wir reden die ganze Nacht hindurch. Es gibt schließlich so viel, das wir nicht voneinander wissen.

»Sag mal, Herr Möller, was machst du eigentlich beruflich?« Nicht, dass ich es hier doch mit einem Millionär zu tun habe.

Er lächelt, stellt sich hin, macht eine Faust, packt sich diese auf den Kopf, fängt an, sich zu drehen, und trällert dabei: »Tatüüütataaaa!«

»Polizist?«, frage ich lauthals lachend.

»Knapp daneben.«

»Feuerwehrmann?« Seine Antwort ist ein breites Grinsen. Ein Feuerwehrmann! Ich habe mir immer schon einen Mann in Uniform gewünscht! Ein Mann, an dessen Seite ich mich sicher und geborgen fühlen kann. Ich hoffe, der liebe Gott verpasst mir dafür, dass dieser Traum für mich in Erfüllung geht, nicht noch ein paar Falten mehr.

»Ich habe deswegen Schichtdienst. Manche Frauen stört das, glaube ich. Dich auch?«, will er wissen.

»Von mir aus darfst du jedes Feuer dieser Stadt löschen, wann immer du willst, Herr Möller«, sage ich – und denke: *Aber bitte nicht das, welches in mir gerade zu knistern beginnt.* Ich kann all das immer noch nicht so recht fassen: Ich bin wirklich auf dem besten Wege, mich in Herrn Möller zu verlieben! Und zwar so richtig, richtig, richtig, richtig.

Nach unserer durchredeten Nacht stehe ich am Küchenfenster und schaue ihm nach. Ich weiß, dass er wiederkommen wird. Und das fühlt sich verdammt gut an. So warm, innen drin.

Wenn ich Pia von uns erzählen werde, wird sie natürlich sofort fragen, wie er im Bett ist. Dabei haben wir uns heute nicht einmal geküsst. Also, zum Abschied schon, aber wir haben nicht geknutscht. Nicht, dass ich nicht gewollt hätte, aber irgendwie finde ich es auch schön, wenn wir damit noch ein bisschen warten, bis wir uns besser kennen. Ich sehe ihn nicht als Sexobjekt, wie ich es mit allen anderen Männern seit Tom gemacht habe. Ich sehe ihn als … männlichen Menschen. Als Mann, der mir ein Zuhause geben wird. Und damit meine ich nicht eine schicke Wohnung oder ein Reihenhäuschen am Stadtrand. Sondern einen Ort, von dem ich weiß, dass ich endlich angekommen bin.

Epilog

Inzwischen sind drei Monate vergangen. Ich sitze an meinem neuen Schreibtisch im Wohnzimmer, schaue aus dem Fenster und lasse die letzten Wochen Revue passieren. Ich habe im *Snack & See* gekündigt, um mich ganz auf das Männertaxi konzentrieren zu können. Manchmal muss man eben etwas wagen! Wolf war geknickt, aber ich habe ihm erzählt, dass ich mir ein zweites Standbein aufgebaut habe, und das fand er beeindruckend. Allerdings habe ich ihm nicht gebeichtet, dass es sich dabei um das Männertaxi handelt, das seine Ehe in Gefahr gebracht hat.

In ebendieser Ehe läuft es inzwischen wieder deutlich besser. Wolf hat sich meinen Rat zu Herzen genommen: Er sieht inzwischen ganz nett aus, so ohne den Bart, mit einem modischen Kurzhaarschnitt, der ihn irgendwie männlich macht, und seinen neuen Klamotten. Außerdem hat er sich mit Gaby ausgesprochen; wenn ich an die beiden Choleriker denke, nehme ich an, dass es dabei ziemlich laut zugegangen ist. Aber was zählt: Sie haben sich wieder zusammengerauft und wollen einen Neuanfang starten. Wolf ist der beste Beweis dafür, dass man alles erreichen kann, wenn man sich seiner Gefühle für einen anderen Menschen sicher ist. Man darf nur nie aufhören, daran zu glauben.

Charlotte und Ernst sind ein richtig schönes Paar geworden. Sie unternehmen viel, gehen ins Theater, planen diverse Städtereisen und genießen ihren Lebensabend. Sie überlegen sogar, ob sie sich eine gemeinsame Wohnung suchen sollen. »Also: Er überlegt sich das«, vertraute mir Charlotte an. »Ich brauchte das gar nicht. Es ist doch fast schon eine Dummheit, unsere beiden schönen Wohnungen aufzugeben. Andererseits, Isa, was soll ich dir sagen: Für Dummheiten ist man zum Glück nie zu alt!«

Sven trifft sich immer noch mit Jessica. Ihre Blutwerte haben sich in den letzten Wochen stark verbessert. Vielleicht spielt das seelische Wohlbefinden bei Krankheiten doch eine größere Rolle, als man meint? Wie vielleicht nicht anders zu erwarten war, hat sich Sven inzwischen sehr in sie verliebt. Jessica hält ihn aber ein bisschen auf Abstand, was ihn regelmäßig dazu motiviert, sich bei mir und Simon auszuweinen. Ich rede ihm dann immer gut zu: »Bei manchen Frauen musst du einfach Geduld haben, weißt du?« Ich weiß schließlich, wovon ich rede.

Harald hat das Männertaxi inzwischen verlassen. »Das war eine tolle Erfahrung, wirklich«, sagte er zu mir, »aber ...«

»... du liebst deine Frau und hast begriffen, dass das wirklich nicht zusammengeht: Männertaxi und Ehe«, vollendete ich seinen Satz.

Er nickte. »Genauso ist es. Hättest du mir das nicht von Anfang an sagen können?«

Ja, das hätte ich wahrscheinlich. Aber manche Sachen musste ich auch erst einmal lernen. Eine der neuen Richtlinien für die Bewerbersuche ist: keine verheirateten Männer.

Das Testen der Männer habe ich natürlich aufgegeben. Dafür ist nun Pia zuständig, die ich offiziell als Mitarbeiterin eingestellt habe. Neben Simon, den wir zu unserer Nummer 1 gemacht haben, arbeiten nun insgesamt fünfzehn Männer für uns. Und damit nicht genug! Pia und ich haben große Pläne –

wir wollen Rundum-Sorglos-Pakete für schöne Tage anbieten, Feste organisieren und das Männertaxi auch in andere Städte bringen. Vor drei Wochen hatten wir tatsächlich eine erste Buchung aus Nürnberg – eine Dame hatte durch eine Freundin von Phil gehört und wollte ihn unbedingt ... äh ... kommen lassen.

Phil. Ach, Phil ... er ist schon ein umwerfend schöner Mann, aber ich trauere ihm nicht hinterher. Manchmal kommt er mir fast wie eine Statue im Museum vor: Es ist schön, sie anzusehen, aber man möchte sie nicht unbedingt mit nach Hause nehmen. Während ich mit Simon, Sven und Lars inzwischen richtig gut befreundet bin, haben Phil und ich ein freundliches, aber distanziertes Arbeitsverhältnis miteinander. Aber das ist auch okay so. Zumal ich mir an diesem Mann tatsächlich eine goldene Nase verdiene!

Lars hat seinen Eltern immer noch nicht gesagt, dass er schwul ist. Wenn er wüsste, dass er das gar nicht tun muss – Margit hat mich neulich angerufen, um mir zu erzählen, dass sie ihn »mit einem stattlichen jungen Mann« in der Stadt gesehen hat. Ich habe ihr nicht verraten, dass es sich bei diesem um Lars' ersten Freund handelt, Björn. Ich habe die beiden einander vorgestellt. An mir ist doch wirklich eine Kupplerin verlorengegangen, oder? Ich bin ziemlich stolz auf mich.

Björn ist übrigens Feuerwehrmann – da habe ich ihn auch kennengelernt, bei einem Fest, auf das ich Herrn Möller begleitet habe. Ja, Herr Möller. Den gibt es natürlich immer noch. Und jeden Tag ein bisschen mehr.

Gestern haben wir einen tollen Nachmittag im Park verbracht und Enten gefüttert. Das habe ich schon als Kind geliebt, aber nie einen Mann gefunden, der dies mit mir machen wollte. Alle fanden das immer langweilig. Herr Möller aber hat sogar das Toastbrot gekauft, das wir dann an die Enten verfüttert haben.

Außerdem hilft Herr Möller Pia und mir beim Ausbau des Männertaxis und unterstützt mich auch sonst, wo er nur kann. Er hat mein Leben so sehr bereichert ... Ups, nun kullert doch tatsächlich eine Träne über meine Wange! Aber die weine ich nicht, weil ich unglücklich bin, sondern ganz im Gegenteil: Ich weine, weil das Glück Einzug in mein Leben genommen hat.

Mein Handy piept. Auf dem Display sehe ich, dass es eine SMS von Herrn Möller ist

Habe ich dir heute schon gesagt, dass du mich so verdammt glücklich machst?

Ich drücke das Handy an mein Herz und kann jedem dieser einzelnen Worte nickend zustimmen. Wie sagte Sascha noch? *Nur ein Herz kann mehr geben als ein Körper.* Ja, genau so ist es. Auch wenn ich auf Herrn Möllers Körper nichts kommen lasse. Außer mich, sozusagen.

Meine Gedanken wandern zurück zu jenem 26. Juli, der sich so tief in meinem Herzen verankert hat. Der Tag, den Herr Möller und ich nun an als unseren Jahrestag in den Kalender eingetragen haben.

Es war ein Abend, an dem Herr Möller mich zunächst ins Restaurant ausführte und wir später dann noch in meiner Wohnung zusammensaßen. Wir redeten, lachten, aber irgendwann wurden wir beide stiller und verstummten schließlich ganz. Er schaute mir lange in die Augen. Es fühlte sich an, als würden Stunden vergehen, bis sich unsere Lippen näherten. Ganz zaghaft, Millimeter für Millimeter tasteten wir uns aneinander heran. Ich spürte seinen Atem auf meinen Lippen, und es dauerte noch einen langen Moment, bis sich unsere Lippen endlich trafen.

Nach dem Kuss schaute Herr Möller mich an und grinste. »Und jetzt hörst du endlich mit dem *möllern* auf. Nenn mich bitte Robin!«

Ich lachte und küsste ihn noch mal. Und noch mal und noch mal und noch mal. Wir konnten gar nicht mehr aufhören, uns zu küssen.

»Vergiss es einfach, Herr Möller!«, flüsterte ich ihm dabei ins Ohr.

»Robin, Isa, Robin!« Er lachte.

»Du bleibst mein Herr Möller, ob du willst oder nicht. Für immer und ewig.«

»Für immer und ewig? Glaubst du denn, dass wir es so lange miteinander aushalten?«

»Vielleicht!«, sagte ich. Mit einem sehr entschiedenen Ausrufezeichen.

»Bestimmt!«, konterte er.

Und dann küsste er so viele schöne Gefühle in mich hinein, dass sie für ein ganzes, gemeinsames Leben reichen werden. Da bin ich mir ganz, ganz sicher.

Ich schaue nach draußen, lächle und schicke dann eine SMS mit dem Satz, den ich an diesem 26. Juli zum ersten Mal ausgesprochen habe und der mich glücklicher macht, als ich es je für möglich gehalten hätte:

Ich liebe dich, Herr Möller!

Danksagung

Manchmal stimmt es wohl doch, dass man zur rechten Zeit am rechten Ort sein muss, damit sich ein Leben schlagartig ändert. Hätte Daniel Biester (www.literatina.de) meinem Lektor nicht von mir erzählt, wäre dieser Roman vielleicht nie entstanden. Danke dafür, Daniel!

Mein allerallerallerallergrößtes Dankeschön gilt Timothy Sonderhüsken, dem besten Lektor der Welt (also, nicht dass ich Vergleichsmöglichkeiten hätte …): für das Wahrmachen eines Traumes und dafür, dass Sie immer an mich glauben und mir mit Rat und Tat zur Seite stehen! Sie haben zwar nicht Amerika, dafür aber Kossis Welt entdeckt – und ich frage mich gerade, welche Entdeckung spektakulärer ist. Danke für das wundervolle Hand-in-Hand Gehen!

Ich danke meinen *Mädels, denen ich dieses Buch gewidmet habe: Monika Püthe, Nadine Rother, Ramona Tanski, Renate Ritzmann-Gülker, Christiane Stephan, Natalie Lepa, Julia Heiser: Ihr seid die Besten, und es gibt (fast) nichts Schöneres als gemeinsame Pizza- und Hühner-Abende! Danke, für jede Menge Inspiration und dass ihr stolz auf mich seid!

Ich danke meinen Freunden Mark und Ute Mühlbäck. Weil ich bei euch zu Hause nun ein eigenes Kossi-Bücher-Regal bekomme.

Mein Dank gilt auch Pia Braun und Karin Lippmann: Weil ihr die allererste Fassung des Männertaxis testlesen »musstet« und es jetzt sicher gar nicht mehr wiedererkennt.

Ich danke Günter Joemann (Joey): Weil du mich damals gezwungen hast, meine Texte im Internet zu veröffentlichen, und weil du schon vor fünfzehn Jahren prophezeit hast, dass ich eines Tages einen Roman schreiben werde. Damals habe ICH gelacht, heute lachst DU.

Vielen Dank auch an meinen österreichischen Bücher(p)lausch-Kollegen Stefan Baumgartner: Für all die tollen Gespräche und unser Bücherpodcastbaby, dem wir mittlerweile nicht mehr die Windeln wechseln müssen. Es läuft von ganz allein.☺

Ein Riesendank geht an meine bezaubernde Autorenkollegin Kerstin Gier: Für das tolle Zitat im Rückseitentext und fürs »Sich-nahe-Fühlen«, auch wenn wir örtlich getrennt sind. Wir sind Schwestern im Geiste, da bin ich mir ganz sicher! Und ich liebe es, mit dir gemeinsam »gutes Karma« zu sammeln.

Nicht vergessen darf ich natürlich Sebastian Fitzek: Weil du alle meine Ideen toll findest und für jeden »Kossi-Spaß« zu haben bist. Und weil du jetzt endlich mal was anderes gelesen hast als einen Thriller! ~~Ich bin~~ Meine Mädels sind seit unserem Meet & Read immer noch alle verliebt in dich!

Danke auch an all meine treuen Kossis-Welt-Besucher: Weil ihr mir guttut und mir mit dem, was ihr macht, so viel Motivation gebt, dass ich euch dieses Buch eigentlich glatt hätte widmen können! Ich kann nicht alle Namen nennen, aber seht diese hier bitte stellvertretend für euch alle: Tanja Hilger, Jessica Götz, Andrea Topphoff-Erpenstein (sie hat »Ernst« den Namen gegeben!), Bärbel Kuzaj, Verena Spanggler, Brigitte Topp, Wanda Siegenthaler, Andrea Stübbe, Mechthild Schramm, Sylvie & Tiziana Grohne, Silvan Saummüller und Rebecca Kiwitz.

Natürlich danke ich auch Mama & Papa: Für ALLES, und dieses Wort ist noch lange nicht genug! Vergesst bitte nicht, dass dieser Roman meiner Phantasie entsprungen ist und kein heimliches Doppelleben eurer Tochter widerspiegelt.☺

Ohne euch alle wäre ich nicht die Kossi, die ich heute bin! DANKE!

Und natürlich danke ich Ihnen, der Leserin oder dem Leser dieses Romans. Danke, dass Sie ihn gelesen haben, obwohl ich ihn ja eigentlich nur für meine Mädels und mich geschrieben habe.

Silke Schütze

Kleine Schiffe

Roman

Wer hat behauptet, dass Liebe einfach ist? All das Herzklopfen und Himmelhochjauchzen, all die Ängste, Versuche und Bauchlandungen. Aber jeder muss da durch. Denn ohne Liebe tut das Leben weh.

Erst wird Franziska vierundvierzig. Dann von ihrem Mann verlassen. Und als sie kurz darauf merkt, dass sie zum ersten Mal schwanger ist, weiß sie, dass sie noch einmal ganz von vorne anfangen muss. Aber wie soll das gehen? Zufällig trifft Franziska die ebenfalls schwangere, flippige neunzehnjährige Lilly – und lernt von ihr, dass das Leben ein wunderbares Abenteuer wird, wenn man sich nicht immer an die bekannten Spielregeln hält …

Ein Roman wie das Leben selbst: ein bisschen verrückt, immer wieder chaotisch, zum Weinen schön und voller Überraschungen.

Knaur Taschenbuch Verlag

Gernot Gricksch

Königskinder

Roman

Zuerst die gute Nachricht: Ja, es gibt sie wirklich, die eine große wahre Liebe und den einen Menschen, den das Schicksal für uns vorherbestimmt hat. Dummerweise ist das Schicksal manchmal aber etwas schlampig bei der Durchführung seiner Pläne. So kommt es, dass Simone und Mark lange nach dem großen Glück suchen müssen: in Hamburger Teeläden, auf dem Roten Platz in Moskau, bei der Oderflut in Brandenburg. Während sie Taxi fahren und Sushi verkaufen. In den wilden 70ern und im ersten Jahrzehnt des 21. Jahrhunderts. Und sie ahnen nicht, dass sie sich immer wieder haarscharf verpassen ...

Knaur Taschenbuch Verlag